王维

诗歌语篇风格互文研究

- 风中诗
- 诗中画
- 画中禅
- 随风轻摆悟禅音

刘婉晴 ◎ 著

中国广播影视出版社

图书在版编目（CIP）数据

王维诗歌语篇风格互文研究 / 刘婉晴著 . -- 北京：中国广播影视出版社, 2023.4
ISBN 978-7-5043-9007-3

Ⅰ.①王… Ⅱ.①刘… Ⅲ.①王维（699-759）—唐诗—诗歌研究 Ⅳ.①I207.227.42

中国国家版本馆 CIP 数据核字（2023）第 060226 号

王维诗歌语篇风格互文研究
刘婉晴　著

责任编辑　　王　波
责任校对　　龚　晨
装帧设计　　中北传媒

出版发行　中国广播影视出版社
电　　话　010-86093580　010-86093583
社　　址　北京市西城区真武庙二条9号
邮政编码　100045
网　　址　www.crtp.com.cn
电子邮箱　crtp8@sina.com

经　　销　全国各地新华书店
印　　刷　廊坊市海涛印刷有限公司

开　　本　710毫米×1000毫米　　1/16
字　　数　284（千）字
印　　张　21.5
版　　次　2023年4月第1版　　2023年4月第1次印刷

书　　号　978-7-5043-9007-3
定　　价　98.00元

（版权所有　翻印必究·印装有误　负责调换）

序　言

古往今来，风格研究都是学界研究的重点论域。西方修辞学经典——亚里士多德的《修辞学》第三卷有十九章，第一至第十二章专题讨论了风格问题。译者罗念生在《译后记》中介绍了风格研究对修辞理论建构的意义："第三卷讨论演说的形式——风格与安排，相当于我们今日的修辞学，是亚里斯多德的《修辞学》中最有价值的部分"。因为亚氏认为，讨论风格问题"只知道讲些什么是不够的，还须知道怎样讲，这大有助于使我们的演说具有一定的特色"。以此认知为基础，亚氏将风格理论的基本原则确定为：正确、明晰、庄重、得体。尽管其所论问题的出发点是演讲风格，但对整个风格范畴的研究是具有普遍意义的。

汉语风格研究史上，我国传统文论、诗话、文体论及20世纪初的修辞学论著经常运用"体""体性""体式""品""味""格""趣向"等来表示"风格"范畴，其中"体"是最为典型的"风格"概念术语。如刘勰《文心雕龙》体性篇作为风格论的主干成分就专门论述了作为风格形成主观因素的创作个性。《体性》篇开篇即呈现了风格形态："夫情动而言形，理发而文现，盖沿隐以至显，因内而符外者。然才有庸俊，气有刚柔，学有浅深，习有雅郑，并情性所铄，陶染所凝。是以笔区云谲，文苑波诡者矣。"刘勰还将作家创作个性归纳为：才、气、学、习四要素，把语言风格推衍为八类："若总其归途，则数穷八体：一曰典雅，二曰远奥，三曰精约，四曰显附，五曰繁缛，六曰壮丽，七曰新奇，八曰轻靡。"在《定势》篇中刘勰讨论了体裁与风格形成的主观因素，认为作家的创作个性终究会在作品中表现出来，形成一种独有的风格；客观因素方面，讨论了作品的体裁所规定的结构类型，因从体裁出发，要求作家必须顺应它的特定体裁风格类型。《明诗》篇也分析了体裁风格对作家创作的作用力。《议对》《夸饰》篇则专门区分作家不同创作个性形成作品风格的差异。《时序》篇特别强调了时代风格对作家个人风格形成的制约作用。《通变》篇则归结了文学风格稳定性与多样性的辩证关系。不一而足，《文心雕龙》作为古代风格论的集大成者，其研究所涉论题的广泛性和研究导向给后世的风格研究带来了相当程度的规定性与影响力。现代修辞学奠基作、陈望道的《修辞学发凡》也循此传统，在第十一篇"文体或辞体"中从体性的维度将风格分为四组八种：简约和繁丰、刚健和柔婉、平淡和绚烂、谨严和疏放。

互文性理论是由法国学者朱莉娅·克里斯蒂娃20世纪60年代创立的文本理论。其理论接受了俄国学者巴赫金的狂欢理论、对话理论、瑞士学者索绪尔的结构主义和中国哲学家张东荪的架构主义宇宙观和多元认识论。综而观之，从哲学、符号学到互文性理论再到解析符号学，是克里斯蒂娃学术思想形成、发展与嬗变的历史轨迹。互文性理论自创立，以跨世纪、跨领域的态势先后在法国、英国、德国、美国、加拿大、日本和我国的多个学科范畴产生了显要的影响力，而长久、强盛的学术生命力在于其不仅仅映射了克里斯蒂娃洞悉事理的深度和广度，描写解释了文本形态自身发展演变的规律性，更揭示了作为交际工具、信息载体的文本在超时空的动态生成过程中与社会历史的互涉关系和巨大的文化功能，并因此产生了哲学符号学的方法论意义，科学阐释了文本传承与创新的互动关系，演绎了语言交际最重要的人际功能，创建了宏观、动态、多元认知维度的互文语篇理论体系。

21世纪，面临全球化的语境，语言研究已经从微观、静态、单一逐渐向宏观、动态、多元的理论范式转型。2012年克里斯蒂娃到复旦大学讲学，更是成为一个特殊的历史际遇，让拥有中国古老修辞学传统和现代语言学意识的互文理念与西方的文本互文思想形成碰撞，产生共通互融，互文语篇理论中国化、语篇化真正落地，推动修辞互文理论范畴形成，并不断拓展、壮硕，演变成为修辞学研究的一个重要领域。基于此，风格互文、语体互文、语篇互文理论范畴也相应发展成为分论域。

围绕着互文语篇理论的建构与发展，专注此论题研究的学术共同体也逐渐形成。2021年从复旦大学毕业的刘婉晴博士即是此共同体中勤勉耕耘、勇于探索、识见颇深、成效显著的一位成员，在风格互文研究领域也独树一帜，做出了一番成绩。

互文语篇理论学术共同体对语篇视角风格互文的研究始于2006级复旦大学硕士生范昕关于学位论文选题的确定。她对著名作家张爱玲及大陆、台湾和美国作家群共同形成的语言流派风格"张腔"有丰富的语料积累和研究诉求，"试图将互文理论借鉴至语言风格学领域上，从更广阔的历史视界和当下世界的文本交流中探讨'张腔'与他体的共性与个性"。她在2009年完成的学位论文《互文视野下的"张腔"语言风格研究》中写道：

祝克懿教授认为，无标记的互文最易与地域风格、时代风格、民族风格、流派风格发生联系。如克莉斯蒂瓦所言的"基因文本"，弗莱（Northrop Frye）所言的诗性文本的"神话母题"，荣格（Carl Gustav Jung）所言的"集体无意识"都是无标记互文。这些基因、母题、模式在不同社会背景的人们心中一代又一代留存、积淀下来，反射在语义文本的生成过程中。只要有一定适合的语境和诉诸文本的需求，它们就会转换成为有着相同语言风格的文本。《互文视野下的"张腔"语言风格研究》深受该说法的启示，将其付诸具体的研究实践，不仅认同该说法，认为无标记互文能够牵引出风格制导因素，还将有标记互文视为一种风格策略，认为它们能够促动、显示语言风格特征。

该学位论文因视角新颖、方法前沿被充分肯定，毕业时获得优秀的答辩成绩。

刘婉晴博士颇具学术眼光与胆识，其学位论文选题就是有相当理论难度且缺少直接研究成果参鉴的风格互文研究，而其学位论文无论从理论建构的学科价值和实践分析的辩证多维角度看，都更上层楼。

本书在互文语篇理论的视域下、以唐代著名诗人王维诗歌作为考察对象，在对风格相对稳定又不断发展这一本质属性的认知基础上，从语篇视角对风格互文展开了多维的论证分析。毕业时以三十余万字学位论文的大体量和"优秀"答辩成绩的考核结果，获得博士学位。

宏观理论视角看，本书通过对语言风格、互文、语篇三个概念内涵外延意义的确立，梳理风格互文理论的生成基础与发展流变的路径，并从系统、层级、关系切入，设置"语句互文""主题互文""意象互文"三个理论范畴，对风格互文现象、互文表征、互文类型及其实现机制等展开充分讨论，审视了风格互文在语篇系统中不同层级的互动多元关系。

微观理论角度看，该书对"互文""风格互文""互文要素""互文单位"等系列概念的内涵外延不仅有深刻的理解认知解读，还不乏有创新意识的独特见解。例如"互文"的解读：

祝克懿（2010）对"互文"的概念意义进行了细致的解读，指出"'互文'是'互文性'的简称，理论上二者同指'互文性理论'。"并从该术语的使用与功能视角出发进一步梳理了"互文"的其他三种能指。在此基础上，本文结合西方学者、俄罗斯学者及国内众多学者的论述，整合、归纳出以下几种所指：

1.指文本间相互指涉的动态、建构过程，是一种言语行为；

2.指文本间的联系，是一种互动、对话关系；

3.指一个文本将其他文本纳入自身的现象，是一种具体的语言现象；

4. 指文本互涉的性质状态，即认为互文是文本的一种本质属性，是互文这一言语行为所表现出来的功能特征；

5. 指一种新文本的建构方式，是文本通过否定、认同、内化他文本来建构自身特性的方式；

6. 指一种语言单位或信息表征单位，可等同于具有实体特征的"互文本"，即"互文"这一言语行为的成品，指文本或语篇的互涉、映射所产生的结构体。

再如对"风格互文"概念理论来源的严密推导和拓展深化认知：

"风格互文"即"语言风格"的"互文"，……本文取其"关系"这一所指，因而风格互文指的就是不同风格的相互关系。罗伯特·哈坦在讨论音乐风格时提出了"风格互文性"与"策略互文性"这组概念，并指出："'风格互文性'指某种风格被策略地利用，而不考虑其风格里的其他个别作品；'策略互文性'指的是有意借用一部或一些具体的早期作品。"依据互文性理论的系统、关系意识，这一观念应该同样适用于语言学论域的风格互文研究。……本文认为："风格互文"是通过互涉方式形成的语篇或文本语言风格间的相互关系，它是以风格为表征的。具体而言，风格互文是在交际主体和交际语境的共同制导下，通过音韵、词语、辞格、意象、主题等互文单位的相互指涉而形成的风格间的互涉关联。

基于这样扎实的理论阐释推导和对王维诗歌经典语篇的实例分析，本书得出了系列有解释力的结论。

一、关于"风格互文"

语言要素与非语言要素的互涉变化是风格互文生成与发展的重要动因；风格互文的典型生成路径是互文语义的流动；具有辨识度的互文单位助益于风格互文的识别；风格互文的识别可以通过语句互文、主题互文、意象互文、主体互文等进行表征；风格互文的实现与大脑"浮现"机制和"象似""突出"原理紧密相关，语境与主体是贯穿语篇互文过程始终的核心要素。

二、关于"语篇风格互文"

语篇视角的风格互文是语篇系统由互文单位实现的风格互文表征；在该系统中，风格互文的本体与互体由于一定的交际意图在系统中的一定层级发生的互涉关系，使风格意义产生交融/分离，最终形成"风格互文"。主题互文、意象互文、语句互文等是王维诗歌语篇风格互文的具体表征，也是该关系实现的载体。

此外，该书还值得肯定的是，立题探讨"风格互文"，运用现代风格论整合王维诗歌的建构体制，探索诗歌语篇生成识解的意义流动与风格互文之间的动态多元关系，为诗歌语言风格研究提供了新的研究视角与解读方法，为互文语篇理论建设贡献了她的一份智慧。

作为青年学者，刘婉晴博士毕业年余就出版该作，真可谓天道酬勤！一方面，她坚守天分勤力的本分，发奋研读，修养功夫；一方面她考论古代著名诗人文士的诗歌语篇风格，也在才情与表达方面受到熏染启迪。该作文字读来，颇为赏心悦目。

该作是其博士学位论文的主体部分，期待来年又有新作问世。

祝福快速成长的学术新人！

祝克懿于复旦书馨公寓

2022 年 12 月

目 录

第一章 绪论 ·· 001

    第一节 研究对象 ·· 003

    第二节 研究综述 ·· 004

    第三节 借鉴的理论与研究方法 ··· 027

    第四节 研究的理论意义与实践价值 ·· 035

    第五节 语料的选取 ·· 038

第二章 理论基础与概念范畴 ··· 040

    第一节 "语言风格""互文""语篇"的概念阐释 ··························· 040

    第二节 "风格互文"的概念阐释 ··· 049

    第三节 语篇视角的风格互文 ·· 068

    本章小结 ··· 089

第三章 风格互文的形式化表现——语句互文 ······························ 091

    第一节 语言形式与语言风格 ·· 092

    第二节 王维诗歌语篇中的词语互文及其风格互文 ······················ 099

    第三节 王维诗歌语篇中的句子运用与风格互文建构 ·················· 120

    本章小结 ··· 148

第四章 风格互文的具象性表征——意象互文·················150

    第一节 王维诗歌语篇的意象互文建构··················151

    第二节 王维诗歌语篇意象互文分析···················168

    第三节 王维诗歌语篇意象互文与风格互文···············200

    本章小结·····································213

第五章 风格互文的向心力——主题互文··················215

    第一节 诗歌语篇的主题互文分析····················216

    第二节 王维诗歌语篇主题互文类型与风格互文·············237

    第三节 王维诗歌语篇的主题互文关系与风格互文分析··········257

    本章小结·····································280

第六章 结语······································283

    第一节 研究的主要内容··························284

    第二节 研究的基本结论··························285

    第三节 研究可提升空间··························288

参考文献··289

附录1 王维诗集版本对比·····························306

附录2 王维现存诗歌篇目·····························320

第一章 绪论

风格作为一个被广泛使用的范畴概念,随着学科领域的拓展和跨学科研究的不断深入,成为语言学、修辞学等研究中不可越过的重要一环。恩克韦斯特(Enkvist,1992)提出风格是语篇的特质,将风格视为一个概念词,是能依据其他更基本的概念加以界定的术语,这准确地指出了风格界定困难、众说纷纭的核心原因:内涵与外延的复杂性和模糊性。学界对语言风格与语篇复杂关系的分析至今仍未形成一个明确的认识和可操作的研究框架。恩克韦斯特把风格视为"语篇同语境上相关标准之间存在的差异",并将风格与语篇可接受性、语篇容限度以及语篇变异等问题结合起来讨论,总结出"语言学的语篇风格学是一个逐渐向新的探索开放的研究领域"。[1]这些观点激发了本书从广义文本性的视角对语篇与风格、语篇风格与语篇风格之间的复杂关系的进一步思考。

溯其历史,寻其意义,风格始终面临着多义性和一系列不断变化的转喻,是个复杂的抽象概念。早在《文心雕龙·隐秀》"互体变爻"中就从表达方式和意义的在场与否对"隐""秀"两种文风进行了细致的分析,其"互体"实质上指的就是一种差异,该观点已然指出"隐"之文风在爻象的生成与变化过程中所蕴涵的通变属性。倘若将该论述置于互文性理论的烛照之下,可以

---

[1] 恩克韦斯特:《语言风格学》,李大勤、王德福、张成福译,徐州:中国矿业大学出版社,1992年,第129页。

发现它已然涉及广义的互文性。这种历来纠缠不清的风格关系与互文性理论交互渗透、转化的实质具有相通之处。既然文体风格有通变属性，那么语言风格是否亦如此？语言风格是各种外在形式与内容互相适合的统一实体，始终在统一的形式特征中加以表现，这种相互适应、表现与反映间有着怎样的关联与特征，与互文性理论的交互意识、时空意识属性是否具有相通之处？

另外，风格效果总是源于语篇与标准（无论有意还是无意的选择）的比较，其间的同异正是其风格特征。这种风格特征似乎在很大程度上也与互文性特征相通：同质性为基础，异质性为核心。在风格研究中，要将研究对象置于语篇载体中，与之比较的语篇可以是实在的具体语篇，也可以是在既往经验基础上确定的期待体，如研究王维诗歌风格时，可以与裴迪、陶潜诗作进行比较，也可与心目中构拟的零度风格的诗作进行比对。这些思考都为本书立题与研究提供了基础。

过去的语言风格研究已取得显著成果，本书将进一步思考：语篇单位及语篇风格之间是否存在某种关联？语言风格的不同属性、不同层级、不同形态能否构成互文关系？能否结合互文性理论、互文语篇理论对语言风格展开研究，对语言风格现象有更深层的思考和探讨？在什么条件下，语言风格互文现象可以发生并得到较为充分的体现？这些语言风格互文现象是如何形成的，有什么样的途径与表现方式？语言风格互文类型有哪些，它们的影响机制又是什么？能否跳出已有的理论框架寻找新的视角来分析语言风格、使其一般结论得到进一步的完善？

第一节　研究对象

本书研究对象为：王维诗歌语篇风格互文现象。既包括诗歌语篇风格成素的互文，也包括语篇整体的风格互文，即篇内互文和篇际互文；既包括单语篇的风格互文，也包括多语篇、语篇集合的风格互文。主要出于以下考虑。

1. 王维享有"当代诗匠""天下文宗"之美誉，其才情足以与李白、杜甫相提并论；其诗篇以圆融的人生态度、浑然的诗情画意备受世人瞩目。广泛的题材、多元的风格是王维诗歌的典型特点，既继承了陶渊明、谢灵运等山水诗风，又影响到后世诸多诗人的诗歌创作与风格表现，为中国诗的传统奠定了基础。其诗歌在语句、主题、意象、结构等各方面呈现出明显的互文性特征，具有典型性。

2. 诗歌是古典文学体裁的典型代表。唐诗语言风格丰富、多变，类型多样、成熟，不同风格随着主体、语境等的变化而变化，产生交叉渗透。王维作为盛唐时代的诗人，其多元诗风极具典型性和代表性，是风格互文现象研究的佳选。

3. 纵观诗歌史的因袭与模仿关系，互文性是其最普遍、最突出的文本特征之一。风格互文是语篇互文的最高范畴，是主体、语境综合作用的结果。诗歌语篇缺乏语言形态标记，具有语义的不确定性与模糊性等特点，这使得意义的整合成为诗歌语篇识解的关键。这一本质属性与风格互文的典型生成路径相契合。

4. 语言风格是一个复杂而丰富的范畴概念和语言系统。从内部看，语言风格同全民语言材料、风格要素、风格手段、交际环境、范围、目的、对象、任务等相联系；从外部看，又与哲学、心理学、逻辑学、美学、文学、社会语言学等密切相关。另外，不同风格间也存在复杂的交叉渗透关系，语言风格的这种属性特征与互文语篇理论相契合。现代汉语风格学研究虽已取得显著的成绩，但风格单位间及与其产生互涉的内外部语境间的层级、系统、关系问题还未引起重视。

总之，本书最终确定以王维诗歌语篇风格互文现象作为研究对象。既是王维诗歌在盛唐的独特地位及其多元风格特征的使然，又是诗歌这一特殊体裁特征及其语义表征的互文性特征与风格互文生成路径契合的结果，也是书文风格互文研究对语料及其所呈现的风格特征进行综合筛选的结果。本书既重视王维诗歌语篇中风格互文现象记述层面和表现层面的描写和分析，也注意借助互文语篇理论，从诗歌语篇范畴及宏观视角来探寻诗歌风格间的互涉关系、外在表现及其互涉机制等问题。通过存在的来剖析风格互文的基本形态、层级建构、实现路径及影响机制等，以此深化语言风格研究和语篇分析，在具体语言实践中做出新的尝试。

第二节 研究综述

祝克懿明确指出："由于客观存在与主观体认和感知之间，从时间维度有着由浅而深、片面而全面、粗疏而细致、平面而立体、部分而整体、特殊而一般等认知发展过程，因而呈现出'风格'概念意义解读多元，研究方法多维，理论范畴缺乏系统性等过程特征。"[①] 风格具有动态、多元、发展等属性，与互文性理论相契合；这种复杂错综的交互关系使风格互文及其研究成为可能。

---

① 祝克懿：《语言风格研究的理论渊源与功能衍化路径》，《当代修辞学》，2021 年，第 1 期，第 68 页。

一、国内外语言风格互文研究

中外语言风格研究都是古已有之，都经历了传统风格学和现代风格学两个历史阶段。一般认为，语言风格在现代语言学中的运用萌芽于索绪尔（1999）在《普通语言学教程》讲义中使用的一组对立术语：语言（language）与言语（parole）以及调整言语与语言相对立的"言语活动"；真正对语言风格的本质有所认识的，应首推瑞士语言学家巴利（Charles Bally），他在《风格学概论》中明确提出语言风格与社会生活的依存关系（丁金国，1984），而于1909年出版的《法语风格学》中已努力使风格学在语言学中成为独立的学科，自此"语言风格"术语正式用于语言学（林万菁，1994），现代风格学得以建立。而后，风格研究在继承传统风格理论的遗产基础上，受国外多学科理论的影响、结合现代汉语实际而形成。

（一）国外风格互文研究

1. 西方风格互文研究

国外术语中与"风格"相当的有希腊语"stylos"，拉丁语"stylus"，英语"style"，德语"Stil"等。西方最早提出风格理论的是古希腊的狄米椎耶斯，他在《论风格》中将风格分为平明、庄严、精炼、强力四种类型，不仅是文体学和风格学的滥觞，更是风格转向语言学的典型代表。他将文学作为语言事实、以句为单位分析语言编织，进而考察风格的生成，致力于语言形式与风格规律的研究。他已经认识到语言风格"以语言为本体"的研究范式，强调语言媒介的关键价值与至高位置；窥见风格生成与风格表现的重要关联，也对风格的具体表征和不同形态有了一定的认识。但其分析方法在一定程度上仍继承亚里士多德的悖论，因而也有人认为西方传统风格是由亚里士多德的《修辞学》开创。他运用"语文学"的研究方法，主要关注体裁风格，提出语言的准确性是风格的基础,已经论及风格的内容、形成原因和风格的优劣等问题。该观点已然认识体裁与语言风格的关联,也关注到风格规律、风格评判、风格生成等问题意识,只是还缺乏学科的独立性和内容的系统性。风格论者布封(1753)提出"风格就是人本身",强调作品风格是作家思想情感的表现形式;贡布里希(Gombrich,1968)也认为风格表示一个作家的写作方式。他们都认为风格是作家思想、气质、个性、审美等因素在作品中留下的印记和标志,这为作家作品风格研究和风格的生成、转变及其动因等问题的分析指明了方向,也为本书风格互文分析提供了重要的启发。

沃尔夫冈·凯塞尔明确提出"风格是一个统一体",一切属于风格的标志就是一切风格的特点,它们是互相调节的。"对于一切方向最主要的,风格是表现,而且一切标志都是一个内在之物的表现。"[1] 该观点将风格置于宏观的语义结构统一体中来看待,注意到内在复杂心理和风格具体表现的关系,实际上已与互文性理论的关系意识相通,已经触摸到风格互文关系的存在。风格概念理解的困难与其多元、复杂要素及属性有关,歌德认为艺术是把各种具有不同特点的形体结合起来加以融会贯通的模仿,进而产生了风格;风格是艺术所能企及的最高境界(王元化,1982)。他已经意识到风格与艺术及其形态表现、特点间的关系。而后巴利的两部著作对语言风格及其研究有了本质的认识,为后来的研究者们从语言学视角研究风格的研究提供了重要的启发意义和借鉴价值。

索绪尔(1999)"语言"与"言语"的动态语言观突破了传统、静态的分析方法,为后来的研究者在语言学中开拓言语风格研究奠定了基础,实现了从语言风格到言语风格的飞跃,为风格的动态、恒定发展分析找到了强有力的理论依据。而后,马里奥·阿奎利纳(Mario Aquilina,2014)在著作《文学中的风格事件》(*The Event of Style in Literature*)中指出风格是一种动态的、

---

[1] 凯塞尔:《语言的艺术作品》,陈铨译,上海:上海译文出版社,1984年,第369页。

宏观的语言外在功能，极具研究意义和影响力。该观点明确了理解风格的决定因素是超越上下文，除语言结构形式外，还要从语言功能意义及更大的语境背景等方面来观看，这也是风格互文分析的必由之路。综合上述观点，宏观、动态、多元的系统观、整体观和发展观为现代语言风格分析提供了新的研究维度和研究方法，也是本书分析的重要理据。

20世纪20年代，布拉格语言学派从结构主义的角度来研究语言学，提出语言变异说，强调用功能方法分析语言和系统内的变化，语言变化的开始形态和终极形态在一定时期内同时存在于一个语言共同体中，它们作为风格变体而存在（姚小平，2001）。同样地，风格系统也在发生变化，它们在特定环境下共存于一个更大的网络空间，彼此参照而存在。后起的"英国伦敦学派"在功能学派理论基础上提出用语言环境理论解释风格现象，发展了布拉格学派"风格是常规的变异"理论。科恩（1966）在考察内容即所指时，从另一侧面回到了风格的零度概念；这使人想到风格其实是对某种规范的偏离，是一种缺陷、有意制造的缺陷。这一研究既非热奈特意义上的潜在结构，也非科恩意义上的现实结构，而是被建构出来的全新结构，这些论述为偏离概念开辟了道路，使得零度与偏离的互涉思想得以被接纳，并为本书风格互文研究奠定了理论基础。

20世纪60年代法国语言风格学开始兴盛，该时期的代表著作有：康拉德·比罗（Conrad Bureau）的 *Linguistique fonctionnelle et Stylistique Objective*（《功能语言学和客观文体学》），让·科恩（Jean Cohen）的 *Structure du language Poétique*（《诗歌语言结构》）以及里法泰尔（Riffaterre）的 *Essai de Stylistique structurale*（《结构文体论文》）等。1989年，著名语言风格学家乔治·莫利尼（Georges Molinié）写成 *La Stylistique*（《文体学》）一书，论述语言风格学的研究史、研究方法及其应用，提出并强调了语言风格研究的"标记"。这种"标记"其实就是作家在语言形式上所表现出的各种各样的风格手段，已经瞥见风格识别的形式依据，但仍要强调这些手段形式背后蕴涵的意义和功能，以及它们在特定语境和主体下形成的错综关系。2011年乔治·莫利尼又出版了 *Éléments de stylistique française*（《法国文体学要素》）一书作为大学语言风格学的教材，已经关注到文体要素与文体风格的互动关联。但对于要素背后的语义的提取、动态变化关注仍较少，这些风格识别中更为关键的问题也是风格评判的重要标准。

20世纪70年代开始，美国快速发展了语言风格学。该时期最具代表性的语言风格学家及其论著是：柯蒂斯·海耶斯（Curtis Hayes）的 *Linguistics And Literature: Prose and Poetry*（《语言学和文学：散文和诗》1969），约翰·格林德与苏泽特·哈登·埃尔金（John Grinder & Suzette Haden Elgin）合著的 *The Application of Transformational Grammar to Literary Analisis*（《变换律语法对于文学分析的运用》1973）。这两篇论文成为当时语言风格学的经典之作，兰家宁（1990）对两篇经典的主要观点作了详细介绍，不再赘述。

而后，诸多学者不余遗力地对语言风格进行深入分析和讨论，取得显著成绩。辛克莱（Sinclair, 1982, 1996）结合风格理论讨论文学作品语言和诗歌语言，这为语言风格互文研究提供了具体的操作方法，但不免产生文学语言形式化的倾向。贝雷尔·朗（Berel Lang, 1987）讨论语言风格概念及其具体表征，意识到二者实现与被实现的关系。道格拉斯·比伯和苏珊·康拉德（Douglas Biber & Susan Conrad, 1983）首提语篇研究的三个视角——语体、语类和风格，结合语体分析语言特点和情景语境在功能上的关系来分析风格，为风格互文研究提供了可操作方法。威廉·恩普森（William Empson, 1985）在语言分析为要点的基础上结合艾略特的批评理论和弗洛伊德的精神分析法畅谈语言风格的变化，强调语言的感觉与意义、风格的关系。大卫·克里斯托和德里克·戴维（David Crystal & Derek Davy, 1988）从风格自身多样性出发,密切关注风格学所要完成的任务,使用英语例证对风格学所涉及的内容做了归纳性概述。威多森(Widdowson,1997)专注于理解话语,将风格学视为语言学与文学批评之间的一种动态调停方式。马丁和大卫·罗斯(Martin & David Rose,2008)从文学体裁角度出发,结合语法、语义等范畴考察语体,为语言风格学研究提供了借鉴意义。事实上,大部分语言学家都对语言风格十分重视,他们的探索与论述为本书风格互文研究奠定了坚实的基础。

综上,学者们已然察觉"风格"是一个概念词,并试图提供一个严格的定义;有的集中研究语篇与风格的关系,并且主要在语篇生成者的个性、语篇刺激因素、交际环境及接受者反应等方面寻找风格分析的线索;有的试图从语篇的叙述过程中尽力将研究客观化、最大限度地将语篇风格上有效的客观性特征手段与无风格意义的特征区别,以此来寻找风格的线索。这些观点强调了风格特征、风格形态与风格表征、风格手段等主客观要素的关系,也充分考虑了语篇载体与风格诸要素的关联,是风格互文分析的前提。

学者们立足语言学观念建立起了三种关于风格的基本看法:一是将风格看作是对中心无风格或目前风格表征形式的某种风格特性的外加,将风格分析视为一种抽离性过程;二是风格被看作是贴上标准或零度标签的偏离,风格分析是对打算分析的文本特征与被界定为标准的背景文本特征间的比较;三是将风格视为一种涵义,风格是从语篇环境和情景中获得的每一种语言特征的综合意义,风格分析就是研究特定语言单位及其赖以出现的外在环境间的关系。这些观点相互补充,为风格互文界定与表征提供了有效的研究方法。既指出了互文识别的标准,也关注了互文标记的存在;又将语境作为风格互文的核心要素来提出,指出风格的生成与变化必然与社会语言学、认知语言学等学科相交叉;强调风格效果源于对比,是以语篇为载体在语境关联的基础上形成,这也是本书研究的核心思想。

2. 苏联风格互文研究

20世纪20年代，风格问题就是苏联文学理论界的热门话题，尽管30—40年代曾一度陷入困顿，但50年代中期文学风格研究再次受到重视，发表了很多语体学、风格学研究的论著，成立了专门的风格学研究机构。1953—1955年间，苏联科学院针对语言风格问题进行了近两年的大规模讨论，出现了一些代表性论著，如毕奥特罗夫斯基的《论风格学的几个范畴》（1954）、索罗金《关于风格学的基本概念的问题》（1954）、布达哥夫《论语言风格问题》（1954）、葛季别林《言语风格与语言风格手段》（1954）及维诺格拉托夫《风格学问题讨论的总结》（1955）等，深入讨论了语言风格的诸多根本性问题，使风格学成为前苏联的显学，直接影响汉语风格学研究的产生。

20世纪60年代初，风格研究重新成为苏联学者们热烈争鸣的论域。首先，是对"什么是风格"的追问，直至1974年，古谢夫仍在追问"究竟什么是风格"。当时苏联《文学报》以大量版面组织、讨论了关于文学语言与语言风格的问题，相关学术会议也陆续举行。文学风格探索进入了新的阶段，涌现出一大批有分量的论著，如维诺格拉多夫《诗歌语言理论，诗学》（1963）、季莫菲耶夫《方法，风格，诗学》（1964）、科瓦廖夫《苏联文学中的风格多样性》（1965）、格里戈梁《艺术风格问题》（1966）、利哈乔夫《古俄罗斯文学的诗学》（1967）、奇切林《思想和风格》等。总的来看，60、70年代，这一阶段苏联学界的风格研究论著颇丰，且呈现新领域、新层次的研究趋势，理论建构日趋完善，但仍局限在文学风格的范畴之内。

20世纪70年代中期到80年代，苏联学院世界研究所陆续出版四卷文集《文学风格理论》（1976—1982），一定程度上为60年代的风格问题讨论做出了总结。这套书既有普遍的理论概括，也有具体的历史研究，内容翔实、选题广泛，具有很强的借鉴意义。1979年《苏联社会科学文摘》第二期刊载了《社会主义现实主义理论和风格问题》，介绍文艺学对风格问题的研究，不仅详尽探讨了风格问题，也提出要运用现实规律同艺术内部规律的辩证结合的方法来分析风格问题。该文明确提出风格问题是最有争议的问题之一，而风格体系内部的规范性和开放性的相互关系问题更是如此。令人欣喜的是，这时期的风格问题已然从具体作品的风格描写和风格成因分析走向了风格体系的探索，开始挖掘风格体系内外、静态动态等的关系，这些思想概念和理论范畴为风格特点的确定、风格对象的探讨、风格结构及其关系、影响力量的分析等都提供了帮助。

自90年代起，俄罗斯各学科研究迎来了全面发展：语言风格学、篇章语言学、社会语言学研究、文学研究遍地开花，风格研究与语言符号、体裁类型、意识形态等相结合，跨学科交叉研究兴盛，研究形式多样、研究内容往更深更广的领域拓展。令人欣喜的是：此时俄罗斯后现代主义文学已经关注到"互文性"，其互文性在某种程度上充当一种新型文学体裁的结构要素，具有互文性的引用文本与表单文本、注解文本等可以结合拼凑出一个新的文本。该观点与今天我们所讨论的互文性概念相吻合，它在语篇中的具体运用和分析方法也与当下的互文语篇理论相契合。更可喜的是：随着后现代主义的发展和人们认知的发展，俄罗斯学者们提出体裁互文、语言范式、结构范式及语言解构等创新性的概念范畴，对后现代主义的文学作品尤其是小说中互文手段如引用、套语等形式也予以关注；意识到语言过程中的主体消解，挣脱集体意识的框架，实现篇章结构的解构和叙事风格的构拟与转变，将语篇作为一场永无止境、错综复杂的文本游戏来解析，显然这一理论观点与克里斯蒂娃、热奈特等人的文本解读是一致的。

进入21世纪以后，俄罗斯语言风格研究在经历了长期的繁荣后，进入了持续平稳的发展。语言风格研究与其他学科研究相互作用、互相影响，既有对传统风格学的继承与发展，也开创了独具特色的分析方法；将日常语言、不同语体、不同功能的语言都纳入了风格学的研究范围，既关注风格学史的研究，也横向拓宽了语言风格的研究论域，一个多元共存、交互融合的新局面正在形成。

综上，语言风格研究的历史悠久，国外学者们从不同角度、不同层级、不同领域对语言风格展开了深入、切实的研究，为今天的语言风格研究留下了宝贵的财富。但大多论述仍存在不足：一是有些论著看到了风格微观研究与宏观研究的重要性，但在高屋建瓴的基础上往往忽略了对理论深度的提炼，对于风格演变规律的总结概括也有所欠缺。二是语言风格研究的论域过于宽广或是受限过多，有些将语言风格延至美学、艺术、建筑等相关联，偏离了语言学论语的风格研究；有些则只将语言风格限定于文学作品风格，又将文学风格与语言风格相混杂，使语言风格研究长期受限，难以打破桎梏。三是这些研究多是一种静态描写、分析，动态、关系、发展意识不强，系统性、概括性的理论提升仍需强化。这些不足也是本书研究需努力克服的关键点，也是本书将对语言风格研究做出的尝试。

（二）国内风格互文研究

"风格"概念始于魏晋，指人的风度、品格，清代后偏指风采、风韵。《文心雕龙》"议对"篇从文学批评领域明确提出"风格"概念，设专章"通变"概述了从黄帝、唐尧至齐梁的时代风格，又设"体性"详细阐述八种风格，最早将风格用于文章评论。颜之推《颜氏家训》"文章"篇、胡应麟《诗薮》等提到的风格概念都侧重于作家作品风格、文体风格和风格类型理论，未见专门从语言的角度来研究语言风格的论著。当然，这不是否定古人对语言风格问题的关注。

其实先秦典籍中业已存在关于语言风格的只言片语。孔门四科言语中讲"应对辞气"其实就是言语风格，《论语》中讲说话的气度应视交际对象、目的、场合和内容等的不同而变化，《礼记·乐记》指出"声音"与时代、社会相关，这些都是关于语言风格的记载，已经意识到风格的影响因素与转变规律、但还未能上升到自觉的理论高度层面。语体风格论的萌芽从杨雄的"诗人之赋丽以则，辞人之赋丽以淫"就已开始，其后曹丕《典论·论文》分析不同文体的措辞风格，陆机《文赋》讨论文体风格和语言风格，刘彦和《文心雕龙·体性》"八体"主要谈论语言风格、并同篇论述11个作家文章家的个人风格。刘知几《史通·言语》论述语言的时代、地域风格，韩愈评论先秦典籍的语言风格，孙弈、洪迈、叶梦得等人也先后论述作家语言风格。这些论述角度不同、性质不同，始终与文学、文学批评等相混，还不能算是纯粹的语言风格研究；而且这些观察和分析是零星、混杂的，未能达到一个系统的、完善的理论高度。

20世纪30年代开始，我国语言风格理论研究进入了新时期，出现了一些代表性著作，如王易《修辞学通诠》（1930）、陈望道《修辞学发凡》（1932）、宫廷璋《修辞学举例》（1933）等，都从语言的角度探讨了语言风格问题，只是语言风格在书中所占分量不大，未能凸显其重要地位。

值得关注的是：宫廷璋《修辞学举例》的"风格篇"较系统地阐述了风格的定义、因素、分类标准及其最高原则等问题，初步形成了风格研究的整体观和系统观。"从时间上看，该作在语言风格学专著中是出版最早的；从功能上看，该作以不同于传统风格论的新形态展示了融注西方修辞理念的风格面貌，系统地设立了专属语言风格学研究的新格局，功莫大焉！"[①]

林文金（1985）指出：将语言风格作为一个系统和专门的学科研究，从20世纪50年代开始。该时期陆续有人介绍苏联风格学的理论，语言学界也开始从语言角度描写汉语的风格真正做到了从语言学角度来展开研究。但由于语言风格与文风关系密切，50、60年代关于语言问题尤其是文风问题的讨论总涉及语言风格问题，最初的语言风格研究多是作为修辞学里的一部分来

[①] 陈光磊，陈振新：《陈望道诞辰120周年纪念文集》，上海：复旦大学出版社，2013年，第16页。

进行，呈现出一种附庸的发展趋势。张世禄、高名凯、方光焘等都认为文风、风格研究的是语言运用中的言语现象，属于言语问题，已有了明显的言语风格意识。

其后，随着西方文体学理论的陆续引进，汉语风格逐渐与其相融合，并逐步实现本土化研究。20世纪60代初，中国科学院选译并出版《语言风格与风格学论文选译》（1960）论文集，对汉语风格学研究直接产生了重大影响，至今仍有极大的指导意义和借鉴价值（苏旋，1960）。因而，学界普遍认同的观点是：现代汉语风格学是50年代在苏联风格学研究的影响下建立起来的。尽管陈望道《修辞学发凡》论述四组八种表现风格，首开现代汉语修辞学研究风格的先河，但实例多于理论、在全书的分量轻微，在之后很长一段时间未受到关注和重视。

学界一般认为："汉语风格学是50年代受苏联语言风格学研究影响创立的。这是高名凯《语言风格学的内容与任务》（1959）等一批论文和译著《语言风格与风格学论文选译》理论形成的整体效应和一直延续至今的强力效应。"[1] 高名凯首先将苏联语言学界三十年代以来风格学的研究情况和成果引入中国，全面介绍现代语言学的风格理论和流派，阐明风格的性质、特点及其划分标准（程祥徽等，2000），使汉语风格学于1959—1960年掀起了第一个浪潮。1962年，高名凯在《语言论》（1995）列专章谈论风格学问题；而后在《语言学名词解释》（1978）的"语言风格"和"语言体裁"透彻、简明地表述其语言风格观。经过语言学者半个多世纪的共同努力，汉语语言风格研究开始走上科学的道路，基本走出传统的意会体验法。1966年漫长的狂飙后，汉语风格研究从基本理论做起，重新起步，开始独立为一门语言学的分科，掀起第二个浪头。

20世纪80年代和90年代初的几年，陆续呈现了一批有影响的成果：

---

[1] 陈光磊、陈振新：《陈望道诞辰120周年纪念文集》，上海：复旦大学出版社，2013年，第18页。

程祥徽《语言风格初探》(1985)、张德明《语言风格学》(1989)、郑远汉《言语风格学》(1990)、黎运汉《汉语风格探索》(1990)等。其中张著作为我国大陆第一部该领域的专著,具有拓荒的性质,开始关注语言风格手段、风格要素、风格功能等与语言要素的互动,这也是该时期语言风格学研究十分重要的课题。王伯熙(1980)、吕叔湘(1983)、林文金(1985)、宗廷虎(1988)等学者也从实践运用和学科理论等视角出发对风格类型、风格系统与风格要素的互涉关联问题加以阐释。此时的汉语风格研究已经具备辩证意识和关系意识,为本书研究打下了强有力的基础。值得注意:1993年澳门举办"语言风格学与翻译写作国际研讨会",该会议及其论文集(《语言风格论集》,1994)使得语言风格学在台湾、澳门等地区跨进持续、平稳发展的阶段。

  研讨会后、世纪之交,风格学以现代语言学为理论基石,以独特的研究对象和研究方法迎来了第三个浪头。丁根元(1992)对"汉语现代风格学的建筑群"的四部风格学专著做出细致而深入的评析。黎运汉(1996)梳理了建国以来汉语风格理论研究的基本情况,涉及定义、分类、性质等方面的问题。李伯超《中国风格学源流》(1998)首开中国风格学"史"的研究领域,将研究范围限于古代风格学;只是其语言风格仍与文学风格、文章风格、文体风格等相混杂。祝克懿(1999)对繁丰语言风格的性质特征做出阐释,又以"样板戏"为研究对象,系统地思考语言风格的相关特征及其动因(祝克懿,2002,2003)。这些研究推动了汉语语言风格学的研究和发展,可惜大多仍缺失关于风格间的"影响"研究,未能将语言要素、历史演变与语言风格置于一个纵向、发展、有内在逻辑关联的序列中来加以研究,就算有,也只是一些散落的零珠碎玉,有待成体系、全面地发展。

  进入21世纪,语言风格研究研究领域更加全面,既关注语言风格的描写与演变,也开拓了语言风格学"史"的研究领域。张德明《中国现代语言风格学史稿》(2005)首开现代风格学"史"的研究,对我国20世纪初至2000年的语言风格研究之作做专门评述;其分析以现代语言为标准来集中评论展开,宗廷虎、李金苓(2003)评价"此书是我国第一本专门从语言学角度探讨的风格学史,是一点也不过分的。"① 丁金国对语体风格研究中的"语体""语域"等核心概念进行梳理(2008),运用语料库的新方法(2009)、思考风格共性与个性(2013),深入思考、阐述语体风格研究的理论与实践相关问题(2017),专注于语体风格的系统研究。李熙宗(2010)谨遵陈望道的嘱托,以语体风格研究为毕生的学术目标,矢志不渝地对语体风格的相关问题进行分析,取得了系列成果,初步建构了一个属于语体风格的、完整的理论框架和方法体系。

该时期研究往精深细方向发展,出现广泛吸纳西方先进理论与研究方法的语言风格研究论著,如:刘宏伟、徐盛桓《〈经济学家〉新闻标题的美学风格——基于生成整体论的视角》(2010),彭礼智、刘泽海《基于语料库的译者风格研究》(2019),王泓、方艳梅《基于信息熵的语言风格分析方法初探》(2020)。有些论著从语篇翻译、写作或教学角度展开,关注语言风格与其他学科的交叉渗透,如:冯军《论外宣翻译中语义与风格的趋同及筛选机制》(2010)、王家平《创作与翻译的互文性研究——以鲁迅作、译美学风格的对话为中心》(2020)。

最值得关注的是:该时期的语言风格研究开始思考其背后更深层次问题,如语篇风格与语篇结构、语篇构成要素、语篇的衔接连贯等,出现了一些将互文语篇理论与互文性理念运用到语言风格研究领域中的论著,如:夏金《去个性化和风格创新——〈阿尔弗雷德·普鲁佛洛克的情歌〉和欧洲文学传统的互文研究》(2014)、祝克懿《语言风格研究的理论渊源与功能衍化路径》(2021)、刘婉晴《"风格互文"现象的描写解释与特征识别》(2021)、黄鸿辉

---

① 宗廷虎,李金苓:《修辞史与修辞学史阐释》,济南:山东文艺出版社,2003年,第69页。

《体裁风格分析程序及互文生成路径——以笔记小说经典文本的体裁风格为例》(2021)、尉薇《通俗科技体的否定互文性与互动机制研究》(2022)、闪洪《文艺语体交叉渗透的互文类型与实现路径》(2022)。语言风格与互文语篇理论结合、跨学科交叉融合的风格研究开始受到关注，也为本书"风格互文"概念的提出奠定了基础。

总的来说，新世纪以来的语言风格研究不仅明确了标准、划清了界限，也拓展了研究论域和对象范畴，吸收先进理论不断发展，呈现多元、融合的态势。

从历时角度看，中国古代风格研究独具特色，有其成熟的辩证、比较、形象比喻等方法，将书面语作为明晰固定的研究对象，以相对稳定的评价标准形成了一套独立审美范畴"体""格""性"等，也取得了系统的研究成果；但始终与语文学、文章学等相结合，未能取得独立地位。随着现代语法的建立和白话文的兴起、现代汉语的普及，在继承传统风格理论和吸收国外风格理论的基础上逐步发展起来的现代语言风格学，经历了转型期（20世纪初至40年代）、开拓期（50年代至70年代）、繁荣期（80年代至20世纪末）、平稳期（21世纪以来）等阶段，有了极大的拓展。将书面语和口语全部纳入研究领域，尤其关注语体风格的研究；除了沿袭文体风格（语体风格或功能风格）、表现风格、作家风格、时代风格等类型外，将民族风格、地域风格也纳入研究对象；研究方法上，则从体用不二转向本体合一，采用层次分析法和比较、归纳、统计等具体方法。但对于语言风格内外要素的关联性尤其是语篇与语言风格关系的讨论与关注仍十分薄弱。

综之，国内外风格研究历史悠久，学者们依据各自的研究任务、学科背景与理论目标等对风格概念、风格类型、风格形态等问题做出各自的阐释，描绘了不同论域下的风格面貌与结构语义形态，体现了一些较为集中且稳定的共识，但也呈现出较明显的差异。总的来说，西方语言风格分析自古希腊亚里士多德、狄米椎耶斯至今已形成较为完备的体系；苏联的语言风格研究自成一派、独具特色；而汉语风格学是在苏联风格学的影响与传统风格学的基础上发展起来。它们彼此独立，又相互借鉴，为本书语言风格研究提供了多维度视角、多元化方向与多样性方法，但它们都不能形成一种万能的绝对的理论，而是一种发展性理论，随着语言、认知、社会的发展，风格理论仍会纳入新鲜的理论，不断发展充实、更新。

以上风格互文的相关论述体现了一定的关系意识和互动意识：语言风格是一种动态、变化的整体结构，是不断变化的，既相对封闭、又有强烈的包容性；它是统一于某个语篇中的主客观因素的综合呈现。但这些论述未能站在更宏观的理论视域下来展开，只是零星的、未成体系的表述。互文性理论和语篇理论的强大阐释力恰好为语言风格研究提供了有力的论据。语言风格具有相对性、主观性和整体性等特征，受到交际主体、交际意图、语境等因素的共同制约；风格系统中的诸多要素在空间上相互关联，也在时间上不断延展。可见，互文语篇理论为指明语言风格形态的多样性与象征性、语义的整体性与动态性，揭示语言结构规律与语言单位变化对风格现象的生成与影响，为言语过程中的风格互文形态、互文表征、互文结构类型及制约因素等问题的分析给出了新方向和有效的研究方法。

二、王维诗歌语言风格研究

学界对王维诗歌的研究方法多样、角度多元，也是较为深入和细致的，取得了较为显著的研究成果。盛唐人对王维诗歌评价的资料有限，唐人笔记小说中的大量记载虽不尽属实，但民间对王维绝妙才藻与儒雅风姿的钦慕广为盛行。从已有研究对王维诗歌艺术特征的体认可以看出盛唐人对王维诗歌精工典丽的一面更加重视，强调突出其"秀雅"、清新优美的风格特征。大历十子皆尚其清雅之风，从钱起、韦应物等诗中可见一斑。中唐尤其是元和诗坛追步王维清淡空灵的诗歌风格,柳宗元的清幽峭刻、韩白的奇崛险怪均是对其清净之境和禅意的发展,王维诗歌特有的从容、闲适情韵颇为白居易欣赏。晚唐司空图在《与李生论诗书》中说王右丞"澄淡精致,格在其中",在《与王驾评诗书》又说"趣味澄敻,若清沇之贯达"。总之,唐代对于王维诗风的体认以"词秀调雅"为代表,大历时期开始偏于清雅情韵,中唐趋于淡泊肃穆,晚唐司空图为代表标举其整体韵味并成为唐音的重要参照标准。

宋人对王维的评论多与其绘画有关,对于其诗或诗歌风格的谈论也多是评论其画而兼及的,并且多是对司空图"澄淡精致"之论的形象或强化。南宋严羽《沧浪诗话》(2014)也没有专门评论王维诗风,但其赞美盛唐诗"其妙处透彻玲珑,不可凑泊,如空中之音,相中之色,水中之月,镜中之象,言有尽而意无穷",这显然仍是对王维诗风的尊崇。此外,胡仔评"王摩诘诗,浑厚一段,覆盖古今;但如久隐山林之人,徒成旷淡"[1],概括出其诗超然逸兴的特点;刘克庄认为王诗淡泊雅洁,"非食烟火人口中语"[2];敖陶孙以"秋水芙蓉,倚风自笑"的形象比喻指出王维诗歌清秀明丽、自然雅致的风格特点。朱熹(1979)也评价王维"词虽清雅,亦萎弱少气骨",甚至将王维的雅洁诗风看作其人格"萎弱"的反讽,认为其诗尽管翛然清远,却无气骨。这一苛责的观点在金元时期有了更多的响应者,吴师道等人便持该观点;当然也有一些学者肯定其雅洁、冲淡之风,如金人赵秉文等。但总体而言,金、元时期对王维诗风的论述总体没有突破宋代,随着文人画的兴盛,王维诗名不显。

明代何良俊评王右丞之诗"清深";魏庆之认为王维诗造意绝妙,"蝉蜕

---

[1] 胡仔:《苕溪渔隐丛话》,上海:人民文学出版社,1962年,第257页。
[2] 刘克庄:《后村诗话》,北京:中华书局,1983年,第190页。

尘埃之中，浮游万物之表者也"①；胡应麟认为"张子寿首创清淡之派。盛唐继起，孟浩然、王维、储光羲、常建、韦应物，本曲江之清淡，而益之以风神者也。"②这几位具有典型"清淡"之风的诗人组成了"淡远"为风格特征的诗派，王维是清淡一派的大家；又称其诗"幽闲古淡"。许学夷（1987）强调王维诗歌清幽旷远的诗境中蕴涵浑厚的大格；茶陵派首领李东阳评王诗"淡而愈浓，近而愈远"③，欣赏其雅淡、清隽的诗风。屠隆、陆时雍、徐增等皆肯定其诗冲淡幽适的特点，将其列为"大名家"之列。

清代诸多诗学著作和诗评或挖掘王维诗歌意旨或关注其诗歌创作手法，根据诗歌各体的特点和意境特征论述其诗歌风格。刘熙载（1978）评价王孟诗结尚清雅，但维诗并非仅清雅，只是后世孟、大历诗人重视这一格，仿效其刻画景物的秀句和清雅淡逸的意境。翁方纲认为右丞诗足称"清妙"；乔亿、牟愿相等强调王维诗歌气象宏远、沉雄幽韵（详见《清诗话续编》，1983）。施补华则认为"摩诘七古，格整而气敛，岁纵横变化不及李、杜，然使事典雅，属对工稳，极可为后人学步。"④尽管历代学者对王维诗风的论述不一，但从不同论域、不同维度做出的多元化阐释值得我们的关注、梳理和延伸。

20世纪上半叶，学者多笼统地评价和分析王诗的风格特点和艺术技巧。这体现在一些专著和少量的单篇论文里，如傅东华（1930）认为王维诗"只在一种清淡而深长的趣味"；杨荫深（1936）指出王诗可称得"淡而有味"四字。50、60年代，开展了一次关于王维诗歌如何评价的讨论，但多偏重于分析王诗的思想意义及其山水诗的社会意义，对其诗风仍作笼统的说明。70年

---

① 魏庆之：《诗人玉屑》，上海：上海古籍出版社，1978年，第301页。
② 胡应麟：《诗薮》，上海：上海古籍出版社，1979年，第135页。
③ 丁福保：《历代诗话续编》，北京：中华书局，1997年，第1370页。
④ 王夫之：《清诗话》，上海：上海古籍出版社，1999年，第985页。

代末以后，对王诗艺术特色的探讨趋于细致和深入，出现了一大批从禅意、绘画、音乐等角度研究其诗歌艺术性的文章以及分析王维各体诗歌特点和创作成就、比较王维与其他诗人的论著，但对语言风格关注度仍不够，且未能完全脱离语文学和文章学的论域。值得说明的是：陈铁民《王维新论》（1990）设立专章论述王维诗歌的多样风格，这是专门从风格视角来对王维诗歌进行分析的论著；他还特别对王维与盛唐其他山水田园诗派的诗歌风格进行了对比分析。可以说，王维诗歌研究在 20 世纪末已经形成了较大规模，取得了相当可观的成绩。

为清晰、客观地梳理王维诗歌语言风格的研究情况，在知网中以"王维诗歌语言风格"为主题词进行搜索，结果为 0。这激发我们扩大范围、以主题词"王维诗歌"搜索，结果为 1121 篇。将该结果以可视化形式呈现，如图 1.1、1.2 所示（数据截至 2022 年 10 月）。

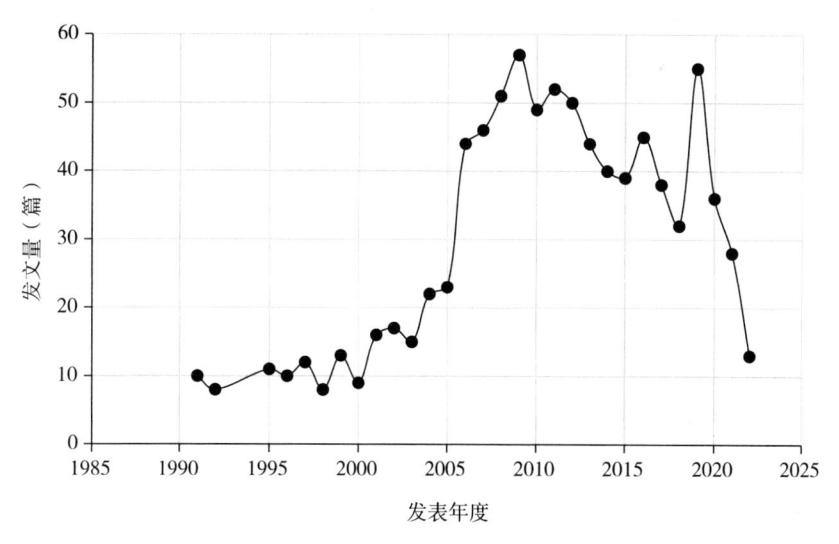

图 1.1 "王维诗歌"研究的总体趋势分布图（中国知网数据库）

图 1.2 "王维诗歌"研究的学科分布图（中国知网数据库）

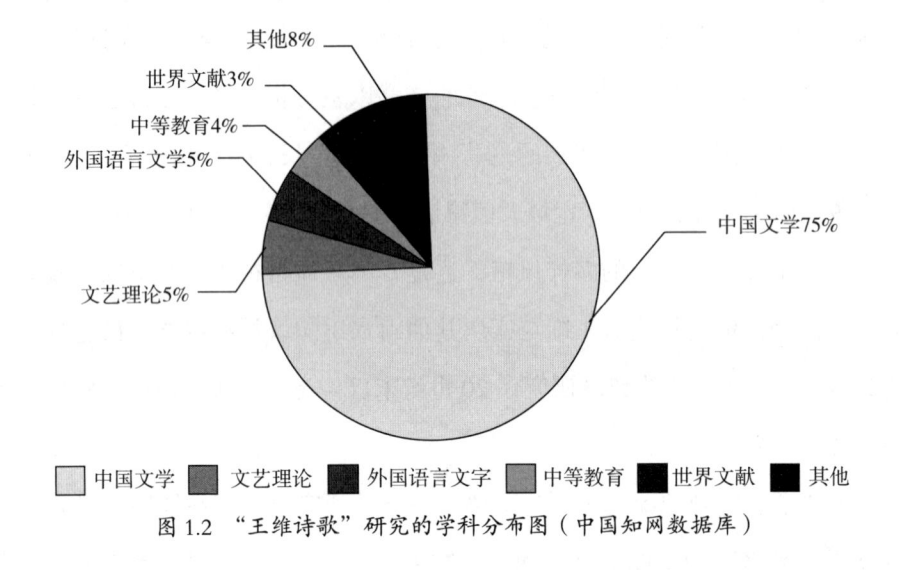

据图 1.1 和图 1.2 可知，王维诗歌研究在 2005 年前后呈现快速增长的趋势，但其相关研究始终以文学、美学、文艺学等领域为主，从语言学视角尤其是专门的语言风格视角展开阐述的更是微乎其微，可见语言风格论域的王维诗歌语言风格研究在已有研究中并未引起重视。理论上，随着现代汉语的发展和现代汉语标准的确立，这一时期的语言风格研究与文学风格、文体风格等论域已经有了明确的界限，应该会有专门从语言风格论域对王维诗歌风格进行阐述的论著。但在具体语篇研究中，这些风格论域由于彼此间复杂的交互性与关联性，又不可避免地会出现交叉渗透的情况。基于此，我们对已有王维诗歌研究作穷尽性的解读和梳理，得出基本观点：王维诗歌语言风格分析整体上沿袭已有的研究维度，关注风格与诗歌内容、艺术表现、形成因素等的关系，主要围绕以下方面来展开。

一是风格的描写。有些学者从王维诗的整体特点出发做全面、综合的描写，如武复兴（1993）概括性地指出王诗的艺术风格是淡远恬静；谭朝炎（2004）从王维主体性角度阐释其诗歌特点；向克书（2010）、王舒婷（2011）等对王维诗歌风格多样性特征进行分析；田明珍（2014）选评王维"雄豪慷慨"的诗歌风格来探讨沈德潜建构的"气象雄浑"的唐诗审美风貌的典范。袁晓薇（2012）明确指出"王维诗歌风格丰富多样，'秀雅''雄浑'兼备"；并未局限于后世十分关注的淳古淡泊、清深闲淡等风格类型。闪丁（2019）以《二十四诗品》的"自然"视域来分析王维诗歌的空灵闲远、清新疏淡风格；姜韧（2018）和焦健（2019）都讨论了王维诗歌风格的多样化表述。师长泰（2016）从具体艺术手法出发，结合王维不同诗歌体式，从不同角度、不同侧面揭示王维诗歌的艺术特征。

有些学者选取王维诗歌某类题材进行风格分析，如赵玉桢（1989）对王维山水田园诗的风格多样性进行分析；高人雄（1994）对王维山水田园诗的空灵澄净风格进行分析；李萍（2002）对王维闺情诗及其独特的艺术风格进行分析；许革晨（2008）指出了王维禅宗美学思想与其空寂清幽诗风的关联；胡琳（2010）、徐涓（2014）等对王维山水诗的空灵风格进行研究和阐释；董华翔（2011）对王维山水田园诗及其空灵静逸的风格特点进行分析；李虹霖（2013）主要探讨王维禅意诗与其空灵风格的关系；杨宏博（2015）从绘画美、音乐美、禅趣美和意境美四个方面对王维诗歌代表山水田园诗的艺术风格进行解读；李安飞（2017）对王维诗歌成就最高的山水诗的艺术风格特征进行描写，并指出时代背景及生平经历是王维山水诗风形成的重要影响因素。

还有些依据各自研究需要，选取王维具有典型性和代表性的诗作来探讨其诗歌风格，如郭丹（2010）对王维《观猎》的诗歌风格进行了分析；单南平、盛友良（2001）、陆思晴（2015）都选取王维山水诗代表《山居秋暝》，对其清幽淡雅的风格做全面、细致的解读。郭秀彦、王鲁一（1981）选取李白《蜀道难》与王维《山居秋暝》对其作品的不同艺术风格进行分析；王红梅（2006）选取王维《山中》与孟浩然《宿建德江》对其山水诗风格的差异做出说明。

二是风格的对比。还可以分为：王维与其他主体作品风格的对比，如王竞时（1988）讨论了王维山水诗风与"二谢"诗风的关系。沈奇成（1983）对王昌龄《芙蓉楼送辛渐》、王维《送元二使安西》和高适《别董大》三首送别诗的不同风格和情调进行对比；而后，戴华（1991）、谢虹光（1991）和张经营（1996）都选取了王维与高适的这两首赠别诗来阐释二人迥异的诗风特点。蔚华萍、邓姗（2005）比较分析了王维、韦应物的山水田园诗及其风格；樊燕琴（2007）比较了王维和白居易作品思想内容与风格；吴军（2009）、周华（2010）分析王维与陶潜山水田园诗风格的差异；黄文娟（2012）对王维和范成大山水田园诗歌及其诗歌风格的异同加以比较；倪新生（1995）、高振发（1996）、李晓婉（1998）等分析了王维与李白诗风尤其是山水诗风格；李美术、曲文静（2012）分析王维、李白、杜甫诗歌的不同风格；袁宏轩（1980）、冀勤（1989）、翟海霞（2005）、刘筠（2007）、杨卫丽（2012）和张晓静（2014）等多位学者均对王、孟山水田园诗风格的相同之处与独特之处做出阐述；梁洁（2014）进一步对王、孟山水田园诗不同风格成因进行探究。另外，马菡谦（2009）还将王维诗与华兹华斯诗进行对比，揭示出文化差异对诗歌艺术风格的影响。这种从主体视角来分析不同主体及其作品风格关系的方法，对于主体诗风的把握有着积极的促进意义。

王维前后期诗歌风格的对比，如王刘纯（1994）对王维艺术风格的转变及其意义做出细致的说明；李艳亭（2006）对王维诗歌风格的转变及其后期诗风的转变原因进行分析；陈磊（2007）对王维前后期的诗歌风格与其人生志趣、追求之挚关系展开细致的阐述；唐季冲（2017）指出王维诗歌前后期风格呈现明显差异：前期豪情激昂，后期转向清新闲逸。从历时层面对王维诗歌风格进行分析，贯彻了关系与互动意识，这些论述也为本书研究奠定了一定的基础。

同一题材或不同题材的诗歌风格对比，如刘子芳（2007）对王维辋川绝句的"清"进行细致的论述；陈戈（2010）对陶渊明和王维田园诗的艺术风格差异性进行对比；戴冬梅、李岚（2011）对王维送别诗的两种风格——悲凉壮阔与明净澄澈做了细致的比较分析。题材是主题的重要体现，对于题材的同质性与异质性关系进行分析，可以促进对王维诗歌主题与其风格的生成这一相互关系的理解。

三是风格成因探析。陶林（1984）分析了王维的禅宗审美观与其山水诗空灵风格的关系；张清华（1988）论述了王维诗风尤其是中年以后诗歌风格与禅宗艺术观的关系；王兰英（1995）谈论王维后期诗歌创作风格及其成因；穆廷云（2002）指出王维后期山水诗风格的形成与前人基础、王维的山水情怀及艺术造诣有关；刘学娟（2004）阐释了佛教禅宗对王维山水诗创作及其风格形成的影响；彭广明（2009）阐释了王维心态对其诗歌风格的影响；许华（2011）通过对王维济州参军任上的经历及其该时期的诗歌创作的细致分析来透视王维诗歌独特风格形成的因素；夏亚玲、胡家祥（2014）对王维诗风的成因进行探析；黄梦婷（2020）分析了地理因素对王维山水田园诗歌风格的影响。但这些分析仍未脱离一般的风格描写和论述，也未跳出文学风格或艺术风格的模糊、形象概述和笼统分析。

四是风格的接受与发展。如吴振华（2008）分析了王维诗歌风格对韩愈诗歌风格的影响及其二者对立风格间的融通与新变；钱志熙（2011）谈及王维诗歌风格对汉魏六朝诗歌风格的影响；金昌庆（2014）说明了朝鲜文人在不同时期对唐诗风格尤其是王维诗歌高古冲淡、温厚雅赡的风格的接受；荣小措（2017）探讨了明代时期诗人在创作中对王维诗风的仿效，总结出王维诗风的接受在继承中又发展。赖辰（2020）讨论了晚唐诗僧齐己对王维诗歌清新自然风格的学习和接受。在这些论述中，风格所占分量不大，更多的是对诗歌内容、意象等方面的说明和描写，风格只是诗歌分析中顺带提出的要素，未能取得一定地位。

当然，还有些关于王维诗歌风格的综合分析，如许革晨（2008）梳理了王维多元化诗风，指出清新自然是其主导诗风，但王诗呈现多元化的风格特点，这与其不同体裁的风格特征有关。潘文杰（2010）细致描写了王维与孟浩然山水田园诗的风格并进一步阐释其诗风风格的成因；冯莉莉（2013）在描写王维和裴迪山水田园诗的艺术风格的基础上，探讨二人诗风的成因，进而引出王维诗风对裴迪诗风的影响。也出现了一些在新论域下展开的风格分析，如张俊杰（2010）在中庸诗歌翻译观的建构下观照王维诗歌英译情况时也涉及了风格问题的讨论；罗庆（2011）从接受理论角度来谈论王维山水诗翻译中的风格重现；杨紫寅（2011）从文学翻译风格的视角出发探讨王维田园诗英译的风格再现，通过中英译本比较指出王维田园诗清幽淡远风格的三大要素，为诗歌风格再现研究做出尝试。

需要特别说明的是：中国王维研究会1991年成立至今已走过30个年头，关于王维研究的国际学术会议论文集《王维研究》也已出版至第8辑。其中第3辑（2001）已将王维诗歌风貌作为主体研究对象进行细致而多维的研究，这是王维诗歌风格研究的一大跨步。吴在庆对王维诗歌风貌与精神志向理想的关系进行分析；李晓婉比较了李白和王维山水诗歌的不同艺术风格；日本的内田诚一对比分析了白居易与王维的佛教信仰差异对其各自诗歌风格的差异；吴相洲对王维的诗歌创作做了全方位、多角度的论述；张浩逊结合王维诗歌中的遣词用字来分析诗歌风格的生成及其审美趣尚等因素对其诗风的影响（详见《王维研究·第3辑》）。它既有对传统命题的拓展，又提出了一些新命题，呈现多元化、立体化的景象。

上述论述绝大多数并非从专门的语言风格论域来研究王维诗歌语言风格，但也不可避免地涉及了从语言学视角来分析的论述，尤其是张浩逊（2001）一文已然属于语言风格的论域。这些零星论述为本书从语言风格论域分析王维诗篇及其风格互文现象、运用互文语篇理论对王维诗歌语言风格进行研究奠定了基础。

第三节 借鉴的理论与研究方法

一、借鉴的理论

语言研究从来就不是单纯收集语料的过程。没有理论，语言研究在事实面前就会束手无策。语言研究不仅要关注语言事实，还要透过语言现象看本质、关注其语言理论层面的分析。没有理论建构的语言研究往往会沦为经验科学。风格互文研究主要由语言风格理论、修辞学理论、互文语篇理论和心理语言学理论等理论来支撑。

（一）语言风格理论

语言风格系统是全民共同语内一个特殊的复杂系统，语言风格现象是语言现象中最复杂的现象，也是一种抽象的难以看得见、把握得清的现象。胡裕树、李熙宗（1990）明确了语言风格是最上层的风格概念，是个人风格、表现风格、时代风格和语体风格等各类语言风格属概念的总称，这定位了不同层级的语言风格的上下位关系，也即种属关系。语言风格的定义最难，因为风格本身是抽象的范畴，又涉及诸多复杂的风格要素。但归根结底，语言风格具有最重要的两个特点："整体性"和"特征性"。语言风格是语言运用中各种特点、变体以及独创性的总和，这些综合特点又表现为由语言材料和表达手法所表征的风格手段、语篇形式的不同特征、功能或气氛格调。语言风格的构成要素包括语言要素和非语言要素，语言要素使得风格成为看得见、摸得着的客观存在，非语言要素侧重于从思想情感、作品题材、主题等要素来分析语言风格，二者齐头并进、辩证统一。

这些要素都具有一定的风格色彩，各类要素与语言风格的关系密切程度不一，但较多色彩一致或相近的要素组合在一起会形成具有明显特征的、气氛格调一致的语言风格。本书尝试对语言风格互文类型做进一步的划分，依据语篇风格呈现的同异关系分为：语言风格的延续与语言风格的偏离。同时，根据语言风格的互文强度，将其划分为极限互文、强互文、弱互文及零互文。从语言风格的互文要素、风格互文类型及其互文强度等视角展开分析，对风格的微观、中观、宏观层面展开不同维度、不同层级的分析，从语篇意义整合、结构功能等方面来解释语篇风格的生成与变化，及风格间的互动关联和交叉渗透影响。

（二）互文语篇理论

在过去的语言学研究中，"文本"被视为一个封闭的静态系统。20世纪50年代以来，超越词句、以语篇为基本单位的研究逐渐形成，语言研究的"篇本位"思想不断形成，强调语言研究势必要跳出词语和句子的范围，才能看清其本质。20世纪60年代，由静转动、从微观到宏观，从封闭统一体到开放系统观逐渐形成，不同的语言观和各学科的迅猛突破，为建构当代语篇修辞学理论之一的互文语篇理论提供了重要的参考与依据，随着对语言主体及其认知机制的认识，互文性理论应运而生。语篇理论与互文理论为语言学研究提供了新的视角与方法，互文语篇理论以其对话性和互文性的重要影响力在语言学研究中占据了一席之地。它着重研究语篇的意义系统，也不忽视语篇的表现形式；既从语篇的外在语言形式分析语篇文本，也从语篇的生成、结构及其背后的认知机制等方面对语篇文本进行全方位的思考与探索。它的核心功能是交际，是语篇结构形式与语义内容紧密结合，相互制约、相互促进的多元、动态的统一系统。语言形式只是互文语篇研究的一种手段，一种外显的载体，并非研究的本身。

互文语篇理论众多，以韩礼德为代表的系统功能语言学把语篇看作语义单位，将语篇作为交际的最小单位，它是语篇语言单位的体现。语篇指的不是语言本身，语篇的结构形式、语义内容及其交际功能如何在统一体中呈现，才是互文语篇理论研究的重要对象。语篇衔接连贯、语篇信息结构分析、话题链分析、语域分析等不同视角的语篇理论，以及主体间性、文本间性等分析都是互文语篇理论的重点对象。文本、语篇、主体、体裁等语篇必备的基本要素间往往相互连接，构成文本与文本之间、语篇与语篇之间、主体与主体之间、语篇与主体之间等不可计数的复杂联系，呈现一种螺旋式上升的动态、多元发展的路径。可以发现："联系"与"转换"始终是互文实现的两个最基本的要素，也是互文的两种方法、路径。本书充分考虑王维诗歌语篇语言风格微观、中观、宏观层面的互涉现象，采用语篇意义生成分析、语篇结构功能分析、语篇衔接连贯分析、语域分析等理论，对语言风格分析做出新的尝试，探索语言风格互文的基本类型，从语言主体、意义流动等视角对语篇结构、形式与意义、风格等要素间的相互关系进行分析。

语言风格是语篇整体风貌的综合呈现，语言风格依附于语言形式结构的载体，通过语篇结构要素及其相互关系来体现；互文语篇理论重视关系、对话，也十分注重时空观与层级观。以语篇研究的视角视之，互文语篇理论构筑了语篇内外、语篇形式与意义等多元、复杂的文本网络空间，以全新的理论向度构筑了风格间宏观、动态、发展的网络世界，为梳理该空间中文本风格间的互涉关联、探讨最核心的语篇结构与互文语义的流动及风格意义的产生/消融成为可能。通过系统、层级、关系的分析，将风格互文作为一个完整系统，包括风格互文本体和互体两个要素，对二者在语篇系统不同层级的语篇意义生成与流动、风格意义的生成与变化进行分析，探索该空间中存在的复杂、多元互涉关系是本书风格互文研究的基本思路，也是主要的研究路径。

（三）修辞学理论

修辞手段作为增强表达效果的语言组合手段，是语言风格表达手段得以生成的物质基础。任何修辞手段的运用、修辞艺术的创作都是为更好的语言效果服务，都遵循着整体语言风格统一的原则。语言修辞手段的选择、组合和运用都会影响语言形式和语言表象的变化，进而影响语言风格的生成和变化。任何与整体言语气氛相悖的手段运用都是修辞运用的禁忌。语言风格也从根本上影响、制约着不同修辞手段的选择与运用，倘若语言风格与修辞手段不相吻合，可能就没办法实现良好的交际效果，甚至可能创造出拙劣的作品，最终影响或阻碍到言语交际。

各种风格的语篇作品在大量且长期的言语实践中，会呈现出某些相对稳定且集中的修辞技巧与修辞规律；同时，这些技巧和规律又指导着言语作品的创作，在不断的实践验证、总结中逐渐得以稳定，形成某种风格特征。风格互文研究不能不从修辞的基本手段如调音、遣词、择句、布局、话语组织等方面进行分析，同时，修辞与风格又是不同的言语现象，它们处于语言系统的不同层级。宋振华（1987）曾用图示表现风格、语体及修辞的相互关系，如图1.3所示。由图可见，修辞处于语言运用的第一层面，风格居于语言现象的最高层面，语言风格根植于语体的土壤，三者是不可切分的统一整体。修辞与风格的构成因素与系统属性不同，所处的地位层面不同，研究对象、研究任务与研究的着眼点也不同。语言风格是修辞效果的集中表现，但它比修辞覆盖的范围更大、涉及的要素也更多；语言风格研究又必须依赖语篇中的语言修辞手段、具体语言材料呈现。因而风格互文在语篇系统中的分析也应从语篇的语言/非语言诸要素及其所呈现的风格要素入手，离不开对语篇中修辞手段及这些风格手段的相互关系的分析。带着语篇意识、关系意识来分析风格与语篇、风格与风格间的相互关系，才能在语篇及其风格的对比中找出同质性与差异性,从使用领域、表达方式、顺序位置等角度进一步审视风格单位及其内外环境因素等之间的互涉关系与深层机制。

图 1.3 风格、语体及修辞的相互关系

(四)认知语言学理论

20 世纪 60、70 年代开始,经典认知语言学创建了诸多理论模型来阐释语言的语义和语法问题,提出了包括意象图式、认知模型等在内的一系列心理构念来阐释语义、语言知识的心理表征等语言问题。从语言与人类认知、心理逻辑关系的角度来剖析语言现象,如拉克夫和约翰逊(Lakoff & Johnson, 1980, 1999)的概念隐喻理论、福科尼耶和特纳(Fauconnier, 1985; Fauconnier & Turner, 1996)的心理空间和概念整合理论、兰盖克(Langacker, 1991)的认知语法、塔米(Talmy, 2000a, 2000b)的认知语义学等。它重点研究使用中的语言,不仅关注心理学关注的认知心理机制、语言学关注的语言结构,更关注语言使用过程中心理机制的运作、规律及包括哲学在内的一切同语言相关的思维现象,探索语言现象背后更深层次的内容。

认知语言学强调的"意义中心论"关注语言交际的体验互动和认知加工,既关注语言生成也关注语言理解。语言风格本质上是交际主体依据自身经验、文学积淀或审美趣味等的不同而对不同语言现象所反映的语言综合特征所形成的一种心理感受,具有较强的主观性和体验性。它是经由交际主体参与而形成的较为抽象的、对感知性要求较高的语言范畴概念,尽管不能直接可见、具体可触,但体现在语篇的字里行间,是可以被感知和识解的。从语言风格的感知、识别到其生成机制、变化因素,再到风格互文性的相关分析都与人们的认知体验、心理感受紧密相关,知识经验的积累、语言能力的训练、自身态度与个性倾向等都是风格互文的重要因素。可以说,没有感知就没有风格,没有感知的识解就没有风格的产生。因而语篇风格分析更要关注风格意义的主观性与体验性,意义的流动、概念的整合、意象图式、原型范畴等都是风格互文识别与分析的重要理据。

综上,本书将以语篇的意义流动及风格意义变化为主线,从微观、中观、宏观三个维度,以系统、层级、关系的理念来观照诗歌语篇的风格互文条件及其互文机制、深层动因;从文本出发,将互文性理论的文本观引入语篇的意义和风格论域,重审视风格互文的复杂要素、互文形态、互文类型及互文路径等问题。

三、研究方法

林兴仁(1994)曾专文讨论语言风格学研究的基本方法,即风格实验法。语言研究者们也从不同角度、不同标准论述过语言风格的研究方法,但多是语言科学的一般方法论,对语言风格的多元复杂属性、发展变化特征针对性不足。语言风格受多种要素、变量的影响,语言风格学的特殊对象、任务及复杂属性等,决定了其研究必须采取宏观的哲学范畴研究方法和具体方法相结合的方法。

(一)系统、层级、关系分析

语言风格是非常复杂的概念,它关涉到林林总总的因素,既要牢牢扣住语言形式的具体表现特点,也要紧紧贯穿语言生成的心理认知机制及语言表达所产生的风格感受与表达效果。它是一个形式与内容灵活适应的层级性系统，更是一个在实际语言运用中不断发展、变化的动态系统。因而要将风格互文系统视为一个完整的统一结构体，从风格互文的本体和互体出发，对系统中不同层级的风格互文现象进行分析，厘清本体与互体风格间的复杂错综、渗透转化关系。

语言风格总是在反复的实践中通过不同意图选取最合适的表达手段而产生的效果，不同的语言风格间也总是相互交叉、渗透，甚至相互转换，并在不同的语境下得以验证、完善，并逐渐稳定下来。当下一次偶然出现时，可能又会产生新一轮的应用、概括、验证、归纳，以此反复循环。这一过程在系统的不同层级产生互涉关系，语言风格指涉对象的多元性、文本形式的多元性、文本对话多主体性、主体多元性、风格实现途径的多元性等相互间都会产生不同程度的关联；语言风格又是由多元风格要素、风格手段的表征所呈现，在具体分析时也应借鉴多源性的理论，如语言风格理论、认知语言学理论、修辞学理论等。此外，风格互文研究还有多维互涉空间和多重逻辑推理、多样体认感知等属性，这要求我们在分析时必然需要采用系统、层级、关系的分析法进行整体性的多维考察。

（二）微观-宏观结合分析

语言风格是一个抽象的范畴概念，需要从范畴的角度即运用公理化的方法抓其共性、运用理论范畴来对语言风格单位及其制约因素等关系网进行分析。但语言风格又是具体可感的并且具有现实的具体内容，它体现在语篇/文本的音韵节奏、遣词造句、篇章结构、修辞手段等方方面面，同作者的生活经历、心理特征、艺术修养、价值观念等息息相关。语言风格互文分析既要立足于具体的语言表现形式、从微观层面对语言的物质材料进行细致深入的描写。同时也要将语言风格互文系统视为一个完整系统来看待，它不仅是语言风格类型的平面排列、语言风格不同层级的大小相包，而是一个极为复杂的不同风格类型立体交叉、不同风格要素交叉渗透的宏观体系。语言风格互文研究也要站在更高的理论范畴和宏观层面对风格互文空间中的不同要素、不同单位及其风格表征进行分析，注意透过语言风格所形成的网络系统解析出局部的有效的要素，通过不同侧面各个要素的地位和作用梳理整个风格互文系统的组合脉络与结构框架，甚至是预期建构。

（三）统计归纳分析

语言风格及其类型是从大量具体、各别的语言表现中概括出来，风格互文现象的认识也不能不从一般的语言事实出发。风格互文研究既要深入分析具体言语活动中的风格表现，在大量语言风格互文现象的事实基础上，通过对反复出现、具有一定规律的语言事实的统计分析，归纳出概括性的认识，并在不断的实践中借助语言事实加以验证、完善先前认识；也要借助概括性的认识回归"各别"，以该语篇联系彼语篇，丰富一般性认识。风格概念也可以理解为一种权宜的范型，某一风格特征是某一作品以某种样例呈现出来的特征，构成风格的并非某一艺术家或某一个性的特征，也不是某一地点、某一时代的特点，而是作品的集合特征。所谓的规范、标准和普遍性都只能是一种权宜的指称。语言风格研究是一种范畴化研究，风格互文的下位类型及其相应的互文途径、表现形式等的分析，可以使本研究建立在可靠的、有一定科学依据的基础之上，呈螺旋式动态上升状态。

（四）比较分析

任何一种风格类型都是相对而言的，可以说，比较是风格研究最重要的处理方法，没有比较就没有风格。语言风格本身就存在着隐含标准或规范，无论是何种情况下，只要谈及风格，都能挖掘出其背后相应的比较对象及评判标准。具体来看，风格首先是一种偏离，是与某一潜在标准所产生的偏差，是经由这种偏差形成的心理感受。其次，风格研究大多数情况下需要将不同的言语成品进行对比分析，比较其具体语言形式的不同，才能发现并概括出两者的风格差异。本书通过比较不同主题、体裁、主体的诗歌语篇，探索王维诗歌语篇风格的异同关系，进而对其风格互文的基本类型、互文表征、互文动因等相关问题做出分析。

另外，本书也适当地引入一些现代实验科学方法，如计算机分词处理（LTP）、计算机深度语义处理（Python）、文本相似度计算、关键词检索等。

本书以互文语篇理论和语言风格理论为基本分析理论，在对语料进行大量梳理和分析的基础上，建立起语篇风格互文系统，从语篇关系的角度，区分篇内和篇际的风格互涉关联；从语篇意义的角度，探索语篇过程中的语义流动与风格互涉的关系；将语篇形式结构与语篇意义流动相结合，通过多元主体的分析、诗歌体裁的风格生成与识别来解释风格互文过程中的普遍性规律和一般性表征。

第四节　研究的理论意义与实践价值

一、理论意义

第一，本书创新性地提出"风格互文"概念及其相关概念，是语言风格研究的新视角。将互文语篇理论融入语言风格研究，跳出传统语言风格单纯的描写、对比分析，以系统、动态、多元的方法来探究语言风格，对语篇风格互文现象及其动因、机制、衍化等问题进行全面、多维的动态分析；将语言风格研究的微观、宏观层面相结合，密切关注彼此间的相互联系和交叉渗透；关注语篇过程中的意义流动与风格间的相互关系，为语言风格研究提供了新的视角与研究方法。

第二，本研究是对互文语篇理论的继承与发展。既注重语篇的本体研究，从语篇的构成要素、风格单位等微观层面展开语篇诸要素的风格研究；也注重语篇整体、包括语篇集合等宏观层面的风格关系分析，是立足语篇内部结构、意义生成及外部实现条件等已有基础做出的另一维度尝试，是对语篇研究向度的拓展。

第三，本研究是对文学理论中风格研究的验证和补充。文学理论的风格研究多与文章学、写作学或文学交叉，文学风格研究与语言风格的研究相辅相成，但文学风格分析往往较为笼统、抽象，语言风格研究中科学、量化分析能够以一定的客观依据对文学风格的相关论述做出验证，对其具体、深入的分析做出补充。

第四，本研究是跨学科理论、研究方法结合的一次尝试。结合语篇语言学、认知语言学、修辞学等对王维诗歌语篇风格互文现象进行分析，剖析风格互文的基本概念、互文表征、互文类型、生成机制等相关问题，从语义流动与风格意义的互涉变化来探讨风格互文，是多学科、多领域理论在语言实践的一次尝试。

第五，对人工智能情感性和体验性的探索有一定的指导意义。目前，人工智能已能依据定义好的情态词库及典型性例句做出情感判断与情感计算，但情感逻辑与情感体验仍无太大进展，关注语义流动的风格互文分析可提供一定的参考。

二、实践价值

凡属语言，皆有风格。吕叔湘（1981）指出语文教学的进一步发展就是修辞学和风格学，也就是文学语言及其综合特点的研究。风格与语言理论、语文实践紧密相关，语言风格的研究可以识别语言运用的成败优劣、提高使用语言的效率和能力。王维诗歌风格互文分析对王维诗歌语篇关系的梳理、语言风格的判定具有直接的指导意义，可以帮助读者对王维诗歌进行解读，从更深层次理解诗歌内容与意义，在语篇意识、关系意识的指引下对文本进行解构，同时也关注到诗歌创作背后的主体性，进而对王维其人、其诗、其思有更深刻的理解与认识。

风格互文研究可以提升语言修养。刘勰在《文心雕龙》提出"六观"说："一观位体，二观置辞，三观通变，四观奇正，五观事义，六观宫商"，涉及语篇的体裁结构、语言的遣词造句、声律、修辞等诸多要素，与语言风格的构成要素吻合。对语言风格互文现象进行研究，可以促进对诗篇中的基本风格构素及其互文要素的认识，从不同侧面、不同层次提高对文学作品的辨识力和欣赏能力；可以加强对语言的运用和创造，在提高语言修养的同时，获得审美愉悦和精神满足。

风格互文研究对语文教学具有一定的启发。语言风格的把握要求将语篇的思想内容与情感态度、功能意义相结合，甚至要求把握诗人多面特征综合而成的整体风貌。语文教学中的阅读鉴赏与写作创造都绕不开语言风格，掌握了语言风格诸要素及其深层机制，可以引导培养阅读、审美和鉴赏能力，养成良好的风格意识，并将其体现于文本创作中。对不同类型的语言风格了然于胸，知道什么体裁的语篇采用什么样的风格，什么样的主题多用何种表达手段，了解语言风格的通用模式和不同语境条件，可以有效提高阅读鉴赏与创作能力。

风格互文研究对语言翻译、文学翻译具有一定的借鉴意义。在文化交流与语言发展日益国际化的今天，翻译已成为学术研究不可或缺的重要部分。语言风格的研究可以帮助研究者在文化传播中保留原有风貌，使文学作品呈现出独特的姿态、走出国门，与国际接轨。翻译工作者依据题旨情境有针对性地选择准确的表达方式和语言风格,开展语言翻译工作,能够促进交际双方高效、愉悦地交流。

第五节　语料的选取

　　学界对王维现存诗歌数量及其具体篇目的探讨,一直没有形成统一的观点。据资料查证,其诗篇数量从三百多至四百多不定,最少的是陈铁民《王维集校注》376首,最多的是赵殿成《王右丞集笺注》421首(包括具有争议的外编47首则为469首)。目前学界流行的王维诗歌参考版本主要有:清赵殿成的《王右丞集笺注》、陈铁民校注的《王维集校注》、明顾起经的《类笺王右丞诗集》、宋蜀刻本《王摩诘文集》及《全唐诗》版本。其中,以赵殿成《王右丞集笺注》所收录的诗篇最为全面、数量最多;以陈铁民《王维集校注》版本更具权威性、引用最多;以顾起经《类笺王右丞诗集》为现存最早的王维诗集注本,但存在争议。基于这些版本所编选诗篇在数量、具体篇目上均存在差异,本书以最全面的《王右丞集笺注》(四库唐人文集丛刊,上海古籍出版社,1984)为底本,与《王维集校注》(中华书局,1997)、《全唐诗·增订本》(中华书局,1999)、《类笺王右丞诗集》(世界书局,1988)、宋蜀刻本《王摩诘文集》(上海古籍出版社,1994)等版本进行穷尽式比对,对其同异情况进行了标记,具体参见附录1。

　　据资料的比对和分析,不同版本均有收录的篇目一致(可能存在异体字等细微差异,但不影响语篇统计)的王维诗歌为367首。为了更准确、全面、客观地对王维诗篇风格进行分析,本书又参考了诸多其他收录王维诗作的版本,如清代赵松谷注的《王摩诘全集笺注》(世界书局,1936)、陈尚君辑校的《全唐诗补编》(中华书局出版社,1992)、杨文生编著的《王维诗集笺注》(2003)、国家图书馆出版的国学基本典籍丛刊宋蜀刻本《王摩诘文集》(2017)、日本静嘉堂文库的宋刻藏本《王右丞文集》(2018)等。另外还借鉴了《唐诗品汇》《文苑英华》《唐诗类苑》《唐文粹》等经典著书的注释与索引,参阅学界已有的一些较具影响力和权威性的考辨、佐证资料,如张清华《王维年谱》(1988)和《王摩诘传》(1991)、陈铁民《王维新论》(1990)、日本入谷仙介《王维研究》(2014)、中华书局《王维资料汇编》(2014)等。最终确定还应收录《休假还旧业便使》《别弟妹·二首》《东溪玩月》《过太乙观贾生房》《送孟六归襄阳》《相思》《书事》《山中》《留别邱为》《游悟真寺》《留别钱起》《失题》(又名《伊州歌》)《疑梦》15个诗篇,共计382个诗篇(详见附录2)。

  本书试图对王维诗篇做穷尽性的梳理和统计,尽可能避免遗漏或误收。不同主体的风格互文分析所运用的语料会在具体论述与附录中加以说明。通过诗篇的横向分析与纵向梳理,从语篇不同层面、风格诸要素、语篇结构与意义功能的复杂交互关系等角度对风格互文要素、互文系统、互文路径、互文形态、互文表征和深层机制等问题进行分析,把握风格互文相对稳定又不断发展的实质。

第二章 理论基础与概念范畴

维诺格拉陀夫（1960）明确指出"不变化的语言风格是不存在的"，这揭示了语言风格发展的本质规律，语言风格现象普遍存在，不同语言风格要素始终处于不断完善和丰富的过程中，是不断发展且相互影响、相互排斥的客观存在。语言风格不仅是语言风格不同类型的平面排列，更是不同语言风格要素、不同风格手段、不同风格类型的相互交叉、融合与渗透，是立体交织、渗透融合的系统，是非常复杂的概念。它具有多义性与模糊性等特点，不仅包含双重内涵和外延，也是语言风格不同层级的包孕存在，自其确立以来始终以纷繁复杂的面貌出现。"由语言材料、表现方法组成的语言表达手段的种种特点，既是风格形成的物质基础，也是我们把握、说明语言风格的依据。"[1]

第一节 "语言风格""互文""语篇"的概念阐释

本书研究对象为"王维诗歌语篇的风格互文现象"，它包含三个本研究无法绕开的重要概念"语言风格""互文"和"语篇"。因而需对三个概念做出解读。

---

[1] 祝克懿：《掇沉珠集·李熙宗卷》，上海：复旦大学出版社，2010年，第315页。

一、语言风格

语言风格反映的是语音、词汇、语法等单位在具体的语言使用中，由语言内外诸要素综合形成的不同风格语义及其表征形态等的演变规律以及风格结构类型等综合面貌。同时，它又长期与文体学、文学批评等相混杂，一般论著都回避或者只给它下一个笼统的定义，或者只是就其中某一类风格做出界说（刘焕辉，1997）。语言风格本身含义的模糊性与要素的复杂性决定了其意义的不确定性，学者们说辞不一、各有侧重。综观已有论述，主要有以下几种。

"形态说"。该观点认为风格是语言所表达出来的一系列特点的综合表现，既注重外在形态的言语因素也关注语言外在的表现形式，包括表现手段、语言特征变化等。布达哥夫（1960）、赫希（Hirsch，1976）、威克纳格（1982）、黎运汉（1990）、黑格尔（2011）等都强调语言风格是一种表现形态及其变化。这就意味着风格还有内在特质，内在特质与外在形式融合才构成了形态。郑远汉（1990）、刘焕辉（1994）、王希杰（1996）、王德春（2001）等也持该观点。

"功能说"。该观点延续布拉格学派的功能方法来分析风格，认为风格是语言及其功能的变体，侧重强调语言风格的功能分析。毕奥特罗夫斯基（1960）、赫希（1976）、穆拉特（1990）等认为：言语风格建立在语言功能的变形和形式的相互影响之上，功能原则是划分风格的基本原则。马里奥·阿奎利纳（2014）明确指出风格是一种动态的、宏观的语言外在功能。国内学者王德春（1983）、郑远汉（1994）等也持该观点，认为语言风格是语言及其功能的"变数"或"变形"，是交际运用中的语言特点，包括静态语言也包括动态语言、备用语言。

"格调说"。该观点认为风格是在特定交际环境的制约下形成的整体言语气氛和格调，强调语言外部因素对语言具体运用的制约。以高名凯（1960）

和胡裕树（1981）为代表，程祥徽、黎运汉、袁晖、林兴仁、张德明等也持该观点（详见《语言风格论集》，1994）。丁金国（1992）特别强调语言风格"外显形态"是指"由语义结构所宣泄出来的为具备接近主客观条件的交际参与者所共识的气氛或格调"，这突破了风格成因停留于表达形式的局限，开始关注表达主体的感受、接受主体的理解意义和话语客体风格意义的统一，拓展了风格研究的新领域。

"综合说"。该观点在国内影响较大，是学术界比较认可、熟悉的一种说法。它认为语言风格是外在形式与思想内容的统一，是在主体和语境的指引下通过具体语言形式或者变化所表现出来的各种特点的综合反映。语言风格固然具有物质属性，但不能仅仅限于运用中所表现出来的特点，也应该关注其体系性和可感性。别林斯基（1980）、张静（1980）、张德明（1984）、黎运汉（2001）、张弓（2014）等人均认为风格研究应考虑语言风格的形式与内容及其背后的诸多因素。

"偏离说"。偏离和零度是一组相对概念。罗兰·巴特（2008）最早提出"零度"概念，它是一个文学批评术语。而后，热奈特提出"潜在的零度"、科恩提出"相对零度"来分析各种风格的"相对偏离"在同一尺度上的量化情况。列日学派 μ 小组和汉语学界王易（1930），陈望道（2008）较早地使用"零度"概念，将其与正负偏离结合起来，认为零度即标准、规范，偏离即变异、突破常规，并将其视为一种标准和参照来研究语言现象、包括语言风格现象。正如布拉格学派强调：风格是常规的变异，英国语言学家利奇（Leech，2001）、苏联的叶菲莫夫（1952）等也把风格看成是某种语言规范的变异。国内学者叶蜚声（1994）、徐通锵（1997）和程祥徽（2000）等也将语言风格看作是一个完整的体系，是人们在语言实践运用中为实现一定的表达效果而有意违反常规的一种变异或偏离。这种偏离存在参量的问题。可以说，风格本身就是一种潜在的差异、常规的变异，并非所有文本、主体本身都具有风格。这也是本书研究的立论基础。

还有一些其他观点，如方光焘（1963）认为风格是狭义的，它是一定的世界观在语言表达的综合体系。该论点在苏联学者中很流行。宗世海（2001）提出美学风貌说，认为言语风格是由具有不同审美功能的语言要素和语言表达手段所传达出的言语作品的整体美学风貌，受言语表达者个人审美趣味的制导。结构主义语言流派还提出"风格是结构模式的复现和聚合""风格就是差异"等观点。这些观点从不同视角夯实了对语言风格的认识。

语言风格与语体风格、表现风格、文学风格、文体风格等关系密切，它们在理论上有一定的相通、交叉之处，但其学科归属和表达特点上存在根本的不同。语言风格可分为文学风格与非文学风格，也可从其他角度分为语体风格、流派风格、时代风格等类型。如果说不同风格间存在关系的话，那么语体风格就是其中居于领先地位的风格类型，其他风格必须附和或迁就语体风格；而表现风格就是从多角度多层次概括和指称不同风格类型、处于最高层位置的共性风格。语言风格是文学风格最鲜明的标志，但不是唯一的标志。语言风格是风格的最上层概念，语体风格、表现风格、文体风格和文学风格都是其不同角度不同层面的具体形式。

本书的"语言风格"是"交际参与者在客观因素制导下，运用语言表达手段的诸特点综合呈现出来的气氛和格调"。[①] 它是语言运用的结果，既包括使用状态中的言语，也包括备用状态下的语言；它是表达主体与接受主体共同创造的结果，是制导因素和物质因素相互作用的产物，是语言美学形态的升华（黎运汉，2002）。这些观点涉及了语言风格的内涵和外延，共同构成了风格的整体概念意义，也揭示出其本质特征与成因。本书的风格互文研究始终贯彻着参照与变异，是本体风格与互体风格相互参照、共同组合而成的风格互文整体。以系统、层级、关系观来考察动态变化着的语言风格互文关系，

---

① 黎运汉、盛永生：《汉语修辞学（修订本）》，广州：高等教育出版社，2010年，第513页。

关注不同语言/非语言单位之间的风格关联，进而分析风格要素、风格手段的互涉关系。本书所选语料为王维诗歌，研究的是王维诗歌语篇不同层面的风格互涉，是诗歌体裁在特定题旨情境下经由交际主体所表现出来风格间的相互指涉关系。

二、互文

自法国克里斯蒂娃于20世纪60年代首次在论文中使用"intertextualité"来表示两个或两个以上文本发生的改写、戏仿、拼贴等相关关系后，出现了一批探讨互文性理论的学者，如德里达、保罗、巴特、热奈特、哈蒂姆等，他们分别从结构、功能等不同视角做出各自的阐释，丰富了对互文性的理解。可以说，"互文性"概念应运而生，并且势头迅猛。英语将其译为"intertexuality"，俄语学界译为"интертекстуальность""межтекстовость""интертекст""интертекстовност"等，汉语学界则是"互文""互文性""互文本性""文本间性"等。但对于该术语的具体界定，仍莫衷一是，未能形成一个统一的看法。其实，从"intertexuality"一词的构词法来看，前缀"inter–"是"~之间"，后缀"–lity"是抽象名词的状态或性质，而"textual"是"文本的、篇章的"；从词源角度来看，"intertexuality"源于拉丁语"intertexto"，意为线与线的交织、错综。这两种阐释都在强调和突出某种相互指涉、映射关系，运用到文本或语篇分析中，即强调文本或语篇间的相互关系。

祝克懿（2010）对"互文"的概念意义进行了细致的解读，指出"'互文'是'互文性'的简称，理论上二者同指'互文性理论'。"[1]并从该术语的使用与功能视角出发进一步梳理了"互文"的其他三种能指。在此基础上，本书结合西方学者、俄罗斯学者及国内众多学者的论述，整合、归纳出以下

---

[1] 祝克懿：《互文：语篇研究的新论域》，《当代修辞学》，2010年，第5期，第2页。

几种所指。

1. 指文本间相互指涉的动态、建构过程，是一种言语行为；

2. 指文本间的联系，是一种互动、对话关系；

3. 指一个文本将其他文本纳入自身的现象，是一种具体的语言现象；

4. 指文本互涉的性质状态，即认为互文是文本的一种本质属性，是互文这一言语行为所表现出来的功能特征；

5. 指一种新文本的建构方式，是文本通过否定、认同、内化他文本来建构自身特性的方式；

6. 指一种语言单位或信息表征单位，可等同于具有实体特征的"互文本"，即"互文"这一言语行为的成品，指文本或语篇的互涉、映射所产生的结构体。

这些论述从各自的视角和意图出发，对"互文""互文性"概念进行了多元解读。进一步梳理，可以归纳出三种研究角度：结构互文、解构互文和功能互文。结构互文强调前文本对当下文本的置换产生了意义，解构主义将互文性视为文本各个层面不同符码的对话，功能互文认为文本的转换与互涉取决于创作主体的意图。但无论何种视角、何种界定，都可以看出：它们都强调一种相互关系，它也是这些界定成立的基础和核心。因为互动与对话既是文本间相互关系的发生过程也是其产生的结果，既是文本关系的具体体现也是该关系的建构方式。语篇互文性是语篇生成过程中各种语言材料相互交叉、一个文本与其他文本相互影响、相互关联产生的复杂同质性或异质性特征。需要注意的是：在审视文本间的互动、对话关系时，不同文本的存在是互文产生的前提，并且发生关系的文本都必须共同放置到一个更广阔的空间——互文网络空间中，这是语篇互文性实现的前提。

本书的"互文"在现象描写与特征阐释时，所指的是一种相互关系，指不同风格间发生的相互指涉关系。这种互涉关系既有形式化特征的体现，更强调文本、语篇的语义特征及在风格意义的影响下形成的风格间的相互关系。在讨论风格互文的发生与识别时，"互文"就指向言语行为，是风格间的一种动态建构、对话过程。这一过程既涉及文本/语篇内、文本/语篇外风格要素，也将创作主体和接受主体视角的风格特征纳入考察范围，但整体更关注接受主体视角的互文分析。

如果说"互文"是"互文性"的简称的话，那么理论上"互文"应与"互文性"相通，二者都可指"互文性理论"。如果从词源和构词法进行理解，"互文性"应该更能凸显出文本互涉的状态和性质，更能准确地表达文本、语篇间的相互关系这一功能特征；"互文"所覆盖的内涵和外延更为丰富，似乎更符合理论体系的表达。但国内外学者们在具体使用中似乎都更倾向于使用"互文性"这一术语，并将其作为理论体系的概念术语等同于"互文性理论"，因而"互文性"的使用更普遍、流传更广。

"互文本"是互文关系存在的物质基础，任何关系的建立都需要一定的载体，而互文本就是文本互涉关系的载体。"从文本内部看，互文本体现为当下文本成分与源文本成分的互涉关系；从文本外部看，互文本体现为处于不同空间层次上、不同来源的源文本按不同的方式参加到当下文本中来所形成的空间结构关系。当这种关系实现因为交际动因的制约从可能变为现实时，互文本实体化为互动共生、共建的当下文本和互涉的源文本。"[①] 如果说，当下文本与源文本是自足、静态状态下的文本客体，那么互文本就是断裂的、动态过程中的文本统一体；当下文本与源文本反映的是客观现实世界中的对立统一存在，而互文本反映的是文本可能世界里的建构性存在，只有在特定环境和映射关系的制约下，文本互涉关系在文本实体中真正发生，互文本才可能成为现实客体。

---

① 祝克懿：《互文：语篇研究的新论域》，《当代修辞学》，2010年，第5期，第3页。

三、语篇

语言风格互文研究不能不立足于其载体——语篇，从语篇的语言/非语言要素及语篇的互文过程出发。什么是"语篇"？国内外研究者所持看法不太一致。在术语称谓上，英语中与之相对应的有 text、discourse、textlinguistik、discourse analysis 等形式；汉语中与之相应的有文本、语篇、篇章、话语等叫法。但中西方学者在文献的具体使用中对二者并没有做出严格的区分。胡壮麟（1994）指出"语篇指任何不完全受句子语法约束的在一定语境下表示完整语义的自然语言。"[①] 他倾向于将"语篇"作为"话语"和"篇章"的统称。二者在使用中具有一定的地域色彩，美国偏爱使用"话语"，与之相应的为"话语分析"（discourse analysis）；欧洲学者多用"篇章"，与之配套的为"篇章语言学"（text linguistics）。在文体学文献中，福勒（Fowler，1977）把篇章看作大于句子的单位，将其当作与句子一样的句法成分进行分析；而话语则强调其深层的语义，侧重其意义层面的分析。

韩礼德和哈桑（Halliday & Hasan，1976）明确指出：text（语篇）可以指任何一个 passage，口头的或者书面的；不管它的长度，只要它形成的是一个统一整体。据此，语篇即表达完整意义的统一整体，它不依靠长度来定义，也不是根据句子结构的完整性来判断，它是依靠意义的整体性来加以判断。在具体语篇分析中，语篇又往往与文本、语境等概念结合起来使用，因而这里先对这些概念做一个简要辨析。

语篇与文本。从语篇语言学的源起及发展来看，二者在英语中分别表示为 discourse 和 text。姜望琪（2011）在翻译韩礼德《篇章、语篇、信息——系统功能语言学视角》时，将 text 和 discourse 分别译为"篇章"和"语篇"。屈承熹（2006）认为 discourse 是"篇章"；潘文国在翻译其《汉语篇章语

[①] 胡壮麟：《语篇的衔接与连贯》，上海：上海外语教育出版社，1994年，第1页。

法》(A Discourse Grammar of Mandarin Chinese)时,也延续了该观点。利奇(2001)用 discourse 指书面语言和口头语言。库特哈德(Coulthard,1975)等人认为 text 仅指书面语言,不包括口头语言;而 discourse 是口头语言。但韩礼德(1985)、奎克(Quirk,1985)等认为 text 既指口头语言也指书面语言。整体上来看,英美学者倾向于使用 discourse,欧洲学者用 text,中国学者由于目的用途不同、称法不一。

根据近年来比较普遍、认可度较高的翻译,与 discourse 对应的汉语术语是"语篇",与 text 对应的汉语术语是"文本"。结合二者最初语义上的差异,对二者略作区分:text 是偏向静态的书面语,discourse 是偏向于动态的口头语。另外,汉语中的语篇有广义和狭义之分,广义的语篇包括了动态语言和静态语言、口头语言和书面语言。据此,广义语篇应该是包括了文本的概念;语篇应该是比文本更高一级的单位,小到一个词、句子,大到一本著作、一系列丛书,它是依据交际意图是否完成、交际行为是否实现以及语义表达是否完整等作为判断依据。对于该说法,储丹丹(2016)、黄兵(2019)等人也持相同观点。

语篇与语境。语篇语言学的产生与发展始终与"语境"紧密关联。篇章语言学以语用的观念或研究为基础,倡导结合特定语境研究语言现象;这点从马里诺夫斯基、弗斯等的论述到韩礼德、德莱斯勒、戴伊克等的说法中都能得到验证。汉语的语境研究,早期多作为修辞学研究的一个局部问题,如20世纪30年代陈望道(1932)从修辞学的角度发表了对语境问题的看法,60年代张弓(1963)在探讨修辞原则和要件时涉及语境问题,而后张志公(1982)、何兆熊(1987)、韩礼德(1994)等学者也对语境予以关注。语境和语篇都是风格互文分析的重要影响因素,从方法论角度看,具有较强的人为色彩。语境与语篇的关系本就十分密切,是一而二、二而一的关系:语篇内容的解读需要借助于语境;离开了语境,语篇就无法完成。从理论角度看,站在语境的角度观察、理解语篇，要考虑好语篇的情景性、可取性及意图性等方面的问题。同时，语境在不同语篇情境下有不同功能，语篇的组成要素在意义上相互关联、制约，因而语篇研究也要考虑语境对语篇的生成与解读所产生的影响。此外，语境对于语篇体裁的选择、结构的设置、内容的表述等都可能产生影响。

语篇是满足七个语篇性标准的交际事件，它的主要特点是"语言的"。语篇与文本、语境都是语言学的重要术语，语言风格互文分析尤其要管着这些概念间的相互关联与区别，对彼此的交错关系、相互作用有一个明确的把握。语篇是交际活动的产物，是由具体的有机组成部分文本构成，始终受到语境的影响，同时语境也反过来制约文本/语篇的组织与生成、变化。语言风格是语篇整体风貌的综合呈现，其实质是一种整体的主观认知，互文是文本/语篇间的互涉关联；语言风格互文伴随语篇互文而存在，其生成与变化随着语篇及其要素的变化而变化。在风格互文分析中，要依据特定语境与表达意图、以整体观和动态观对互文过程中涉及的相关要素及其与语篇/文本、语言风格等的错综关系进行梳理。

第二节 "风格互文"的概念阐释

一、"风格互文"的界定

"风格互文"即"语言风格"的"互文"，本章第一节已对"互文"的不同所指做出细致的阐述，本书取其"关系"这一所指，因而风格互文指的就是不同风格的相互关系。罗伯特·哈坦在讨论音乐风格时提出了"风格互文性"与"策略互文性"这组概念，并指出："'风格互文性'指某种风格被策略地利用，而不考虑其风格里的其他个别作品；'策略互文性'指的是有意借用一部或一些具体的早期作品。"①换言之，风格互文性强调风格的借用，策略互文性强调作品的借用。可见，前者侧重超乎文本之外的超经验的互文关系，后者侧重文本层面的客观形式的互文关系。依据互文性理论的系统、关系意识，这一观念应该同样适用于语言学论域的风格互文研究，这为本书"风格互文"概念的提出提供了依据，也启发了本书尝试从广义文本性的视角来审视语篇风格间的互文关系。

本书认为："风格互文"是通过互涉方式形成的语篇或文本语言风格间的相互关系，它是以风格为表征的。具体而言，风格互文是在交际主体和交际语境的共同制导下，通过音韵、词语、辞格、意象、主题等互文单位的相互指涉而形成的风格间的互涉关联。语言风格互文现象普遍存在，它贯穿在系统的各个层面、在系统中不同层级发生互涉关系，借助于互文单位的风格要素、风格手段来实现，具有相对性、整体性和主观性等特点。风格互文有赖于语篇载体而存在，它可以发生在语篇系统内部风格诸要素如音韵、词汇等之间；也可以发生在语篇整体／集合所呈现的风格之间；此外，上下位风格、不同风格之间也可能发生互涉关系。

二、风格互文的相关概念

在具体分析风格互文现象前，先对相关概念"风格要素""风格手段""互文要素""互文单位""互文手段"等概念及风格互文的内涵和外延做出分析。

---

① 凯文·霍尔姆－哈得孙：《告诉穆索尔斯基：作为开放作品的 ELP 乐队的〈图画展览会〉》，杨晓瑞译。埃尔基·佩基莱、戴维·诺伊迈耶、理查德·利特菲尔德：《音乐·媒介·符号音乐符号学文集》，陆正兰译，成都：四川教育出版社，2013 年，第 207–208 页。

(一)"风格要素"与"风格手段"

语言风格是由具有相互关系的各种要素（包括语言要素如语音、词语、句式等和非语言要素如辞式、章法、公式图表等）共同构成，它们是在彼此对话、互涉中呈现出来的相对稳定的整体特征。"风格要素"指在孤立状态下也能显示风格类属的语言成分或语言材料，具有封闭性的特点。一般认为，风格要素包括物质材料要素与制导要素，物质材料要素一般指具体的语言形式要素，具体表现为语音、语词、语句、语篇结构等形式；制导要素是对语言风格的形成与变化起限制、指导作用的题旨、情景和主体等要素，一般表现为写作意图、题材内容、主题思想等。程祥徽（1985）将风格要素的含义归纳为平行的同义成分（逻辑意义相同，风格色彩不同）和非平行的语言成分（具有封闭性的风格色彩）。例如，语言中语音、词汇和语法都有同义的成分，如"母亲"和"妈妈"，"哎呀"和"呜呼"等，它们在逻辑意义上没有区别，但风格色彩却有很大差异。有些语言材料往往相对固定地出现在某种特定交际场合或环境中，如"以此为戒""特此函告""专此函达"等表达较多出现在公文交际场合，可以从大量的言语作品中概括总结出某些语言表达在某类交际场合出现，进而表现或突显出带有某种风格功能的特点。朱自清散文具有清新隽永、平易淡雅的风格特点就与其多用活的口语、注意语言的锤炼和修饰渲染，善于恰到好处地使用清新明快的色彩词和婉转悠远的叠音词有关。

但风格要素有限，大量的语言材料在孤立状态下并不具备固定的风格色彩，只有在特定题旨情境的语言运用中才表现出某种风格特点，因而构成言语风格的还有赖于"风格手段"。如果说风格要素具有孤立或封闭的特性，那么风格手段就是由这些中立性的语言材料构成，着重于语言材料在特定交际场合或言语环境的组合或结构。高名凯（1960）曾指出"具有风格色彩的词汇成分，语法成分（包括词法和句法）或语音成分都是语言的风格要素，超出这范围的风格手段就是非语言的风格手段。"[①] 例如，幽默大师老舍就擅长使用中立性的语言材料通过精妙的组合和搭配形成独特的语言风格，通过同义成分的比较与选择的方法，如用几个中立性语言成分组合成"害怕扭一耳"来音译 Happy New Year，在特定语境下增添了幽默、轻松的格调。这种资料语言材料的独特组合与搭配在交际主体的巧妙选择和运用下总能呈现出鲜活的生命，这便是风格手段在具体语篇中的运用。因而，对于语言风格的分析和理解不能仅仅依靠孤立的语言要素，还应将词的意义变化、用词的方法和语法的结构等语言材料的组合与结构纳入考察范围，风格要素与风格手段在特定语境下的有机统合是风格研究的必由之路。

语言风格是寄形于风格要素和风格手段的言语整体气氛或格调。风格要素和风格手段是语言风格得以表现的标志，也是风格互文形式化特征的具体体现。从语篇的风格要素和风格手段来捕捉和分析语言风格互文，应立足于语篇实体，对互文语篇的结构、层级、语义等互涉关系进行梳理，依据互文过程中风格意义的变化来审视互文要素及互文单位呈现的风格表征及其在不同层级的互涉关系。

（二）"互文要素"与"互文单位"

风格要素、风格手段以特定的组合呈现出特定的风格，这些语言与非语言单位的组合影响着风格意义的生成与变化，进而对语言风格产生影响。风格伴随语篇而存在，既然是"互"，风格的互涉关联以具有互文关系的语篇或文本为载体，总是涉及两个及以上具有相互映射关系的结构统一体，是由这两个实体所表征出来的风格间所产生的相互关系。据此，可将对风格互文产生影响的这两个具有互涉关系的符号实体分别称之为"风格互文的本体"

---

① 费尔迪南·索绪尔：《普通语言学教程》，高名凯译，北京：商务印书馆，1999年，第182页。

和"风格互文的互体",简称"本体"和"互体"。本体与互体是互为前提的存在,它们都由具有互动关系的语言与非语言单位组成,这些具有互涉关系的语言/非语言单位可称之为风格互文的"互文要素",如音韵、词语、句子等。在具体语篇系统中,这些语言/非语言单位通过特定的互动路径形成"互文单位",从而使风格之间的相互指涉转化为现实性。

其实,俄罗斯学者西多连科(Сидоренко,2001)在研究普希金名言时就已提出"互文单位"(Интертекстема)这一概念,用来表示互文性的外显单位,目前在互文性研究界已逐步得到认可(黄秋凤,2013)。如果互文性是语篇文本中以一定可辨语言形式存在的单位映射出与其他文本或文本自身关系的互涉关系,那么互文单位便是在互文本中这些具有指涉关系的、以各种形式存在的表达形式。换言之,互文单位即互文性的外在表现形式。对于风格互文性而言,就是实现风格互文关系的具体表征形式。它可以是语言单位,也可以是非语言单位:可以是原生级别的单位,如语音、语素、词、词组、字母、句子等;也可以是派生级别的单位,即原生级别单位通过组合、延伸或关联等构成的段落、章法、话语、体裁等。它既指向文本本身,也指向文本的创作主体、接受主体和语篇世界,具有互文性、变异性、异质性、隐蔽性、独特性等特点。

互文要素与互文单位都由具体的语言/非语言单位充当,但二者各有侧重:互文要素指具有互涉关系的语言/非语言单位,它可以是文本或语篇可能世界中的单位,可以是潜在的、拟构性的;而互文单位是在语篇系统中切实实现这种互涉关系的语言/非语言单位,它客观存在的,是风格互文在文本/语篇客观世界的具体表征。互文单位可以是语言单位和非语言单位综合而成的统一体,如语体、多模态符号等;也可以是独立的某一语言单位或非语言单位,如语音、词语或标点、图表等。互文要素与互文单位都可组合构成风格互文之"文",风格互文的文是一个集合名词,它是一个抽象的概念,由具有风格互涉关系的本体与互体共同组成，它是风格互文分析的基础。对于风格互文之文的分析需要将其置于互文网络空间这一统一整体中，以系统、层级、关系观来展开。

风格互文要素可以从不同视角、维度加以考察：从语言角度看，唱和诗中常用相同的韵、相同的平仄安排和句子节奏，这些易于产生音韵风格的相互指涉，是常见的音韵风格互文要素；叠音词、古典词、同义词、反义词、情感词或色彩词的重复使用或在同一语篇（集合）的高频使用都会影响到风格互文的生成与变化，这是词汇风格常见的互文要素；主谓句与非主谓句、不同句类句式都有其独特的风格功能，这些语法的重复、组合或变异等都是常见的语法风格互文要素，王维诗歌语篇（集合）中倒装句、省略句、变式句等的高频使用或巧妙组合时期呈现多元、灵活的诗风便是其语法上的风格互文要素。有些则将音韵、词语或语法风格互文要素相结合、呈现独特的风格特征，如王维诗歌语篇重视节奏和音韵的安排、多用清新素雅的色彩词、委婉的情感表达、倒装和省略的变异句式，使诗歌语篇呈现浑然淡雅致、幽玄空灵的风格特点。

从非语言角度来看，常见的风格互文要素有语篇结构框架、语义逻辑链、文体体裁、排版形式等。费尔克劳夫（Fairclough，1992）提出"互文链"来指称一系列语篇类型，并细致阐释了这一系列类型中不同成员间的复杂转换关系，明确了不同语篇类型间相互转换的事实。这些语篇类型由于自身结构框架、语义逻辑链等的同质性和异质性往往会呈现出风格上的相似或对立关系，在不同语篇类型的相互转换中，理论上，具有相同或相似结构框架、语义逻辑链的语篇类型首先实现彼此间的转换。例如，诗歌语篇与辞赋语篇因为其结构框架的相似性在转换中可能最先发生互涉，王维诗歌《桃源行》与陶渊明散文《桃花源记》最先产生互涉关联则是因为其语义逻辑链的一致性。另外，版式也会影响风格互涉的产生与变化，例如，报告与实验记录往往有相对固定的版式和大量的表格、数据等给人一种谨严、庄重感，在风格的感知中人们也倾向于认为二者具有相近的风格特征。

从辞格角度来看，陈望道《修辞学发凡》（2008）依据构造，间或作用，将拟定38种辞格分别归纳材料上的辞格、意境上的辞格、词语上的辞格、章句上的辞格。这些辞格都是形式要素与感性因素的结合体，在其认知过程中也带有某种体验性和具体性的感受。例如，省略和倒装等章句上的辞格的高频使用是区别诗歌风格与其他体裁风格的重要方式，移就、通感、示现则是王维诗歌风格与白居易诗歌风格相区别的重要方式。从多模态角度来看，有图文、音像、影像等互文要素。在同个互文空间中，由于表达意图与理想效果的不同，图片文本与文字文本的风格特征可能相一致、也可能完全不同；在一段电影中，很可能是图景是艳丽活泼的，但其背景音乐很可能十分伤感，其字幕也很可能是一些悲伤的表述。

这些风格要素在进入具体语篇系统后，成为风格互文关系实现的具体单位，这些互文单位是风格互文得以识别的关键，也风格互文现象分析的基础。因而，本书风格互文研究是立足于互文单位而展开，是"互文单位"通过风格要素和风格手段所呈现的风格表征的具体分析，在论述中多用"互文单位"这一概念。

（三）风格互文手段

"互文手段"又叫互文手法，是互文单位进入当下文本的方式。热拉尔·热奈特在《隐迹稿本》（2000）中将互文关系分为共存关系和派生关系，提出多种互文手段，如引用、参考、抄袭等。布卢姆（Bloom，1976）在尼采"权力意志"和弗洛伊德精神分析学说的影响下从心理视角透视诗歌的生成及影响，将视点放置于后起作者与其前驱的对抗关系中去观照，指出"诗歌不过是一些词，这些词指涉其他一些词，这其他的词又指涉另外一些词，如此类推，直至文学语言那个无比稠密的世界。任何一首诗都是与其他诗歌互文的……诗歌不是创作，而是再创作。就算强势诗是一个新的开始，亦只是再次开始。"① 他超越了克里斯蒂娃、巴特等将互文关系视为匿名引用、静态吸收的观点，认为诗歌文本不仅是一个书面符号的集合体，更是一个前驱诗歌与后起者不断进行对峙、敌视和斗争的充满喧嚣的心理战场。这一过程不可避免地伴随不同的修正方式，也即互文手段。风格互文与语篇互文相伴相生，这些互文手段同样适用于风格互文分析。

1. 引用

引用指的是"一段话语在另一段话语中的重复"本体与互体具有重复与被重复的关系，也即再造的一段表述是从原文（本体）抽出引入受文（互体）中，然后以各种方式在新文本中产生新的价值。引用是有标记的显性互文形式，可以借助显性互文单位加以识别，一般可分为直接引用和间接引用两种类型：直接引用指通过复制—粘贴、剪切—拼贴等形式重复的引用，重复即把前后不同文本都视为独立的存在体（本书称为本体和互体），通过风格互文单位的复现来识别二者的风格互文关系。间接引用包括了缩写、化用等形式。诗歌创作经由某些词语指涉其他词语，这些词并非首创，广义上都是引用式的存在，是引用的集合体与心理博弈的成品。诗歌主体需要依据引用的词语进行相应的指涉关联来构建诗歌的语言世界，并通过构拟的语篇世界来探讨蕴涵的心理世界、社会世界。如王维《济上四贤咏·成文学》"中年不得意，谢病客游梁"引用了《史记》司马相如因病免、客游梁的典故。这种引用以明显的互文单位"谢病""客游梁"为标记；形式上与源语篇"因病免，客游梁"结构相近、情感语义相通，形成风格的互文。

---

① BLOOM H,《Poetry and Repression: Revisionism from Blake to Stevens》, New Haven: Yale University Press, 1976, p 3.

2. 植入

植入与引用相比，是非外显的互文形式，包括镶嵌、改写、转换等形式；是以非显性的形式进入到另一文本中的情况，多是将本体的片段、主题、内容、韵律或是结构等加以处理和改造后引入到互体中，在整体风格互文空间中产生新的作用或意义。诗歌语篇往往带有创作主体有意或无意的思想植入，它是在语篇活动过程中被体验、创造出来的，往往会涉及一些限制性的经验，因而这些植入表现在语言的层面上，一般不会有显性的话语标记，需要接受主体结合已有的知识积淀和文本解读来辨识。如王维《偶然作·其六》颈联"不能舍余习，偶被世人知"以禅理入诗，尾联"名字本皆是，此心还不知"以禅趣入诗，以禅植入；二者巧妙地与颔联"宿世谬词客，前身应画师"中的禅语"宿世""前身"相契，不断强化该诗闲适超然的隐逸主题和平和安静的情感基调。语言简单朴素、人生态度坦然、语调平和宁静，经由禅趣禅理的植入、渲染，呈现超脱闲逸的风格互文。

3. 接续

接续即互体对本体具有续写、扩充或评论等某种延续性意义的方式。这种延续可以是内容的一致，也可以是体裁的统一、意象的一致，或是题材、主题等的延续和拓展。在诗歌文本尤其是组诗或诗篇集合中，由于意义的统一性要求，诗篇的情感色彩、风格基调也往往保持一致，因而往往显现出较为稳定而有规律的连接，可经由创作主体的意象、韵律、主题等要素辨识出风格互文关系的存在。续写可以是一首诗前后由两人或多人合作而成，如明太祖朱元璋对宋太祖赵匡胤生前留下的两句诗"未离海底千山暗，才到中天万国明"进行续写，补充"朗朗浩浩照长夜，掩尽微微无数星；滔滔宏愿因之起，挺躯来济苍生灵；恒持此志成永志，百战问鼎开太平"六句，并赋题《咏月诗》，形成一首完整的律诗。这就是续写的互文体现，它要求前后诗句风格保持一致。当然，续写也可以是后一首诗作延续已有诗歌内容或情感基调,以唱和诗较为典型。如王维与裴迪《辋川集》一唱一答,语篇标题一致,意象、主题与基调相近,其诗篇风格也具有互涉关联。

链接的运用较广,诗歌常以同一主题将某些诗篇串联起来形成一种链式或网状的组诗。如王维《少年行》以少年的行径为主题,分别描写饮酒聚会、出征边塞、征战沙场、归来受赏不同事件,构成链式互文。扩展即对某一文本的某一重要互文单位进行延展、扩写,使之更加具体、意义更加鲜明,但风格得以延续。如王维《西施咏》是对"西施浣纱"典故的延展和扩写,以"西施"为互文单位进入到互体中,在新语篇中衍生出新的生命力和繁殖力。如果说扩展是对原内容、主题进行补充;那么仿拟就是对源语篇内容的模仿和拟造,如王维《桃源行》就是对陶潜《桃花源记》的仿拟,拟的是内容而非体裁。评论最典型地体现在唱和诗或应制诗等带有评判性或表情性的诗作中,互体可以运用注解、补充、驳斥等形式对本体内容或某些话语进行呼应,构建起互文关系。唱和诗人元白的多组作品都反映这样的互文韵味,如元稹首次被贬江陵途中愤然不平作诗十七岁首,白居易择和其中十首,都为其不平际遇呐喊。元稹作《箭镞》"仍令后来箭,尽可头团团。……会射蛟螭尽,舟行无恶澜。"白居易就对其欲射尽小人的观点进行评论,并劝慰道"胡为射小盗?此用无乃轻。徒沾一点血,虚污箭头腥。"

4. 耦合

耦合原是物理学概念,后随着学科交叉的日益深化,被应用到语言学和修辞学中分析和解释各个层级的语言和修辞现象(参见祝克懿,2006;王志军,2018)。"思维和判断等认知过程本身与身体的感觉—运动系统构成了耦合关系,物理的冷暖等体验与抽象概念加工具有相同的脑区而也出现了具体与抽象的耦合[①]"。它是两种元素相互依赖对方的一个量度,它们之间不是简单的

[①] 刘大为:《作为语体变量的前景现场与现场描述语篇中的视点引导结构》,《当代修辞学》,2017年,第6期,第18页。

单向线性因果关系，而是互文因果和相互决定和塑造的关系。文本只有在与其他文本（语境）的相互关联中才有生命，任何诗歌文本都与过去、现在或将来的某一或某些文本存在这样或那样的改造、吸收等指涉、互补关系。不同规约成分以复杂错综、难以区别的方式混杂交融在同一语篇中，但又混含着语篇创作主体的交际目的、创作意图等，这种复杂的、难以辨清的策略可称为耦合式互文手段。如：

过秦皇墓

古墓成苍岭，幽宫象紫台。星辰七曜隔，河汉九泉开。
有海人宁渡，无春雁不回。更闻松韵切，疑是大夫哀。

首联两句对幽暗地宫进行描写，"紫台"源自《文选》，指紫宫也即王宫。颔联"星辰""七曜""河汉""九泉"等意象都是对紫宫的接续和补充，展现出秦皇宫殿穷奢极糜的昔日景象。颈联对秦始皇其人、其事、其生给出"人宁渡""雁不回"的隐晦批判。尾联源自《史记·秦始皇本纪》，是在理解源语篇的基础上对其进行化用；同时进一步延展了秦始皇封树为五大夫的典故，运用拟人手法暗示其评判态度。整首诗既有对他文本的引用，也有典故的接续、他文本互文单位的转换。这种耦合式手段是诗歌语篇的普遍表现形式，表达的模糊性与意义的不确定性为文本关联提供了更广阔的延展空间。任何风格互文分析都既要对当下语篇的文本结构和语篇意义、风格特点，也要对其与他语篇及其意义、结构等构成的整体风格特点进行梳理，才能识别出当下语篇与他语篇风格间的互涉关联。

三、风格互文的生成路径

吕叔湘（2002）指出"语言研究应该提到'风格'问题，就是语言使用随着不同场合而变化。这种变化从极其严肃到十分随便，是一种渐变。"任何语言风格的生成与变化都是语篇及其意义的生成与变化所引起的，换言之，即语言风格产生于语篇意义间的互文关系，语篇意义的相互关系又产生与语篇间、文本间的相互关系。如果说语篇互文或文本互文是一种转码或重新编码的过程，那么风格互文就是这一转码或重新编码过程中引起的风格特征的互涉过程。在这一转换过程中不可避免地需要使用一些发生关系的互文路径。但是这种互文路径的分析并不是要穷尽所有的互文关系，对所有的互文现象做出穷尽性阐释，而是在特定语篇风格或风格类型的互涉关系中找出一些具体可循的、切实连结方式或路径，理出一种理论范式，依据不同的语境条件、形式结构、意义类型等对风格互文的生成与变化过程做出分析，对风格互文下位类型的语言要素与非语言要素加以考察。

祝克懿（2010，2014）明确指出语篇互文空间的建构和解构具有不同的范式，对应到风格互文空间中，风格互文的建构与解构也具有一定的范式。这些不同范式在特定交际意图、语境条件、语篇形式结构和意义功能的影响下呈现出多层次、多元化的特点。这种风格互文过程贯穿在语篇互文的各个层面，既有形式化的体现，也有意义与功能上相互影响整合而成的互文表征。当然，风格互文的生成与变化最重要的还是语篇互文语义的流动与变化，这种语义的互动是风格意义生成与变化的核心要素，因而互文语义的提取是风格互涉关系的关键。

需要强调，风格互文的生成路径伴随着语篇互文而存在，风格互文的分析需以文本为基本分析单位，但不仅关注其语言形式标记，也强调其意义功能尤其是风格意义。诗歌语篇缺乏形式标记和明确的意图，更要关注其整体性意义的实现与表现，从其具体的语篇表现进行挖掘，分析语篇、文本间的互文关系才能理清诗歌语篇风格意义的整合过程。而语篇的互文关系以语言/非语言单位为载体，最先反映在语言形式的变化上，经由形式的变化引起语言表象的变化，进而影响语言意义的变化，最终导致语言风格的变化。将该观念移用到风格互文中，风格互文最直接地受到语篇意义互动的影响，语篇意义的互动又是语篇形式互涉的结果。该关系大致可简单表示为：语篇形式的互涉→语篇意义的互涉→语篇风格的互涉。

语篇或文本互文必然涉及两个及以上语篇或文本，通过语篇或文本间的组合、并置、共现或转换等方式产生互涉关联。同样的，风格互文也必然涉及两种或多种风格，它们伴随着语篇或文本而存在、经由互文单位的标识被提取。如果将风格互文所呈现的整体风格特征视为一个有机系统的话，那么该系统中的本体和互体就是构成风格互文系统的核心要素，在主体和语境的制约下因为一定的交际意图在系统中的一定层级发生互涉关系，不断地进行对话、协商。这一互涉过程最直接地受到语篇意义互动的影响，理清语篇语义的互动是语篇风格互文分析的重中之重。这里以诗歌语篇为例，从诗歌语篇的意义与语言风格的生成关系为依据，建构风格互文分析的基本框架来考察其风格互文生成的具体路径。

诗歌语篇中的文本由词或句等语言符号所建构，"只要语言符号完整地表征了由一个客观事件和相关评价信息构成的意义集合，即视为文本"（殷祯岑，2016）。据此，诗歌语篇中的文本可分为意象文本、典故文本、事件文本、评价性文本、意义框架文本等，这些语言符号反映在具体语篇中实现为语言形式，可能是一个词、句子，也可能是多个词或多个句子的组合。在不同诗歌语篇中这些语言形式可能产生某种互涉关联，例如，王维"桃源勿遽返，再访恐君迷"的"桃源"在语言符号上表现为一个词，它有一定的所指对象，并随着运用场合与文化的规约带上了一定的评价潜势，如隐逸思想、对闲适自在的生活的憧憬等，构成一个意象文本。在语篇交际过程中，这个单位会激发人脑中关于该意义的相关信息，例如，陶渊明的《桃花源记》、刘长卿的"重见太平身已老，桃源久住不能归"等，它们都隐含一种对于美好、闲适生活的向往与欣然，这种意义是自动浮现的，在语境和主体的制约下不断地被放大、强化、不断增长，最终成为整个语篇意义的核心，其他意义因而构成对它的响应，这些意义与情感相关联，呈现出一种，闲适恬淡、清远旷达的风格特征。这些文本的风格基调由于意义核心的相同、相关意义的增加或弱化而产生关联，因为风格意义的交融产生了风格的互涉。

诗歌语篇整体性的实现以整体性意义的生成为前提，诗歌语篇又由多种意义构成，因而其整体性意义的实现就必然存在不同意义的竞争关系，只有生命力最强、能量最大的意义才能占据语篇的中心，引导、制约其他相关意义，最终呈现称呼相对稳定的、统一的整体风貌，也即风格特征。在不同诗歌语篇中，这种意义的提取和风格的感知，也遵循着这样的范式。将其放到具体诗歌语篇中来看，整体诗篇的风格互文是由不同互文单位所呈现的风格互文整体所呈现的风貌特征，它体现在语篇、文本的各个层面，不同层级的风格互涉的复现或聚合对整体诗歌语篇风格的互涉关系产生强化、突显的作用。例如：

过香积寺　　　　　　登辨觉寺

不知香积寺，数里入云峰。　　竹径从初地，莲峰出化城。
古木无人径，深山何处钟。　　窗中三楚尽，林上九江平。
泉声咽危石，日色冷青松。　　软草承跌坐，长松响梵声。
薄暮空潭曲，安禅制毒龙。　　空居法云外，观世得无生。

将语篇《过香积寺》的风格视为风格互文的本体，那么语篇《登辨觉寺》的风格便是风格互文的互体；二者都既可以体现为整个诗歌语篇的整体风格，也可以体现为不同风格互文要素所呈现的风格特征。先看音韵风格，本体"ong"韵与互体"eng"韵都是开口度较大、响亮悠长的音，给人空旷、悠远之感；本体诗句节奏 2/2/1、2/1/2 的组合和互体诗句节奏 2/1/2、2/2/1 的组合相一致，同中有异、异中有同，音乐性强，给人清新明快之感。从意象风格看，本体与互体"寺""径""云""峰"等意象的清幽高远形成延续式风格互涉关系，本体"泉""潭"与互体"江"、本体"古木""深山"与互体的"莲峰""长松"等意象的旷达宁静、幽玄淡远进一步强化了两个诗歌语篇的整体风格互涉。从语篇内容看，二者描写寺庙，前三联都是绘实景、写实声，将远景与近景融合，尾联抒情表意，所传递的信息和语言意义、情感态度相近，本体与互体都富有浓郁的禅意，幽玄空灵、悠远隽永。其他还有体裁结构、词语等下位风格互文类型，不再细述。这些下位风格互文类型在整个诗歌语篇中以和谐统一的整体风貌呈现，使得二诗整体风格互涉关系不断加强、加深，最终形成鲜明的延续式的风格互文。当然，该互文过程中的风格认知和识别受主体意念和诗歌语境的影响较大，呈现的是一种相对的、整体性互涉关系。

总而言之，风格互文的本体与互体因为一定的交际意图在系统中的一定层级发生互涉关系，使风格意义产生交融或分离，最终形成风格互文。这种理论范式可以根据不同的语境条件、形式结构、意义类型分成不同的下位类型，如音韵风格互文、词汇风格互文、语法风格互文、体裁风格互文等。这些下位风格互文类型中的语言要素和非语言要素形成的风格互涉应该都要贯彻这种范式理念、理论模型，在特定语境和主体因素的制约下对上位风格互文类型起强化、突显作用。

四、风格互文的关系类型

随着互文概念的发展，目前学界已形成一些较具代表性的互文关系类型，如国外克里斯蒂娃（2016）的垂直互文和水平互文、哈蒂姆和梅森（Hatim & Mason，2001）的主动互文和被动互文、费尔克劳夫（1992）的显性和构成互文、珍妮（Jenny，1982）的强势互文和弱势互文，国内辛斌（2008）的具体互文和体裁互文、杨汝福（2012）的共向、共现、共构互文等。这些都是语篇的互文关系类型分析，从不同视角和方法梳理了语篇间的派生、互涉关系。本书立足于语篇，从互文语篇的语义流动和语篇风格意义的交融／分离的角度将风格互文关系分为延续和偏离两种类型。

（一）风格的延续

风格的延续指的是互体语言风格延续了本体的风格特征，也即本体与互体的风格特点相一致。语言风格是内在动因与外在因素共同影响而形成的整体话语特色，是通过作品全部语言材料显示出的别具一格的基调。古今中外的优秀作家，无一例外地都具有自己的独特风格。如果将某一创作主体的所有作品视为一个大的风格系统，那么该系统必然存在一个主导风格，像李白的清新飘逸，杜甫的沉郁顿挫；果戈理的辛辣幽默，契诃夫的隽永深刻等。该主导风格可视为风格互文系统的本体，其风格特征表现在语言／非语言互文单位中。但由于境遇、情志等的影响，任一主体的语言风格都必然存在相似或偏离的情况，如李清照本体风格为哀婉缠绵、清新自然，但也有一些含蓄沉郁、铿锵豪气的诗篇。如果以本体风格为参照来观看其作品风格，那么她大部分的作品风格应该是委婉含蓄的，这是风格延续性的体现。这种延续总能够在不同语篇的字里行间找到相同踪迹，呈现出一种相对稳定的、相似的整体风格表征，这为本书风格互文分析提供了可能。

刘斐（2012）通过系统研究互文中互文项的互动关系对互文进行多种具体的区分，总结出"相似即互文"和"互补即互文"两大传统认知机制的原则；相似即互文就包括"相同即互文"和"相类即互文"。以此来看，风格的延续当属此类，指作家前后时期或同一时期不同作品语言风格的一致性和相似性。当作家的某种风格形成后，会在一定范畴、一定时间内保持稳定，这种相对稳定性是不会轻易改变的，一切的变都离不开相对稳定的不变。换言之，同一风格类型可以体现在不同文本作品中得以呈现，同一文本中也可能呈现不同风格特点；这种变是立足于不变的基础之上，而不变则是变的牵引，二者相互影响、相互促进。另外，风格需要借助语言形式来体现，通过语言表现的特点而呈现，这些特点不仅仅是个别分散的言辞，而是全部语言材料所显示出来的语言格调。在风格互文分析中，也必然以语篇为载体，作家作品首先应成其为某一语篇文本，而后才有其互文性的形成与实现。这些互涉关系既涉及风格的形态类别，也影响风格的文辞表现。

在原型批评方法的影响下，学者认为一个作家的不同文本间所存在的内在联系往往表现为更加具体的两种方法：叠合法和互文法。叠合法即从作家的全部作品入手，找出它们在内容和形式等方面都十分相像的特点，在此基础上建立一些集中了这些相似之处的轮廓（贝尔曼，2004）。互文法即把互文当作是对文学的记忆，将文学创作和释义紧密关联，强调在阐释某一文本时要与该作家的其他文本相联系。重叠法强调多语篇的相似性，可以阐释文本的相似或相同之处；互文法强调多文本间的交互性，可以对不同文本的关系进行解释。二者的结合为风格互文分析提供了很有阐释力又很有趣的方法，可以使风格分析得以从不同方面、不同维度进行审视，突破语篇的局限和风格形式的制约。从诗歌语篇的整体结构和形式铺展到风格符号及其意义的互涉变化，不失为一种有力、有效的研究方法。

（二）风格的偏离

语言风格的偏离，即互体风格特征偏离了本体的风格特征，转向与之不太相同甚至是明显不同的语言风格表征。从历时层面看，创作主体作品整体风格在前后期会发生转变，其变化幅度控制在本体风格的一定范围内，不至于突变只与之完全对立的风格类型。如李清照前期诗歌婉转缠绵，后期诗歌哀怨沉郁。从共时层面看，可以是某一时期某些作品风格偏离了主导语言风格，也可以是本体风格与互体风格发生了变异。如果以白居易贬谪前的诗歌风格特征为本体进行互文参照，那么其后期的诗歌风格就是对其前期风格的一种偏离。

布封（1958）指出"一个大作家绝不能只有一颗印章，在不同作品上都盖着同一的印章。"[①] 大多数优秀而成熟的作家，其作品都具有统一性和多样性的特点，其语言运用往往会呈现出一种稳定的风格特征，但这种运用又不可能千篇一律、毫无新意，因而它是同中显异、略趋不同的。这也是创作主体风格独创性的表现，也是风格互文的本质体现。同一民族、时代、地域或语体在不同主体的语言运用中都会存在差异，同一个人在不同时代、环境、目的影响下也可能会形成不同的语言运用，这就是语言风格的差异性与多样性，也是风格互文立论和分析的基础。

风格的背离可以理解为是更大程度的偏离，即本体和互体的风格类型发生了明显变化，本体的风格特征与互体的风格特征形成鲜明的对比，如从婉约到豪放、从朴实到绮丽等。这种背离也可称为风格的对立，与姚鼐的阴阳风格两分法和陈望道的语文体式八角图有一定的相通之处。风格的背离其实与望老八角图中四组对立关系的每两个端点相对应，同一虚线所连接的每组端点所代表的风格都可视为彼此的背离形式。如白居易作品的主导语言风格为朴实平易，但某些讽刺诗或感伤诗却含蓄蕴藉，这就是风格的背离。这种偏离需要通过比照和选择才能被识别，受到主体和内外语境的制约。当然，这种划分和界定是一种理性状态下的情况，在真实交际中它多是相交织的情况；同时，这也只是针对一个风格互文系统的情况，在实际交际中也可能存在两个或多个系统交互的情况，这就要求从更为广阔的意义层面或是更为系统的形态层面来展开分析，这里暂不细述。

---

① 布封：《写作艺术》，《布封文钞》，任典译，北京：人民文学出版社，1958年，第47页。

这种背离体现在语言形式层面上，可以是选用与本体语篇相对立的语言单位，也可以是选择与本体语篇相对立的体裁布局等；在思想内容上，可以是主题内容的完全对立，也可以是文化内涵、交际意图的完全相反。但它们彼此间也是相互关联的，不能独立地割裂开来。内容制约形式，形式影响风格，具体的风格互文分析应以一种动态、互补的观点为指引。结合主体因素、社会背景、价值观念，从话语痕迹和互文单位中挖掘出其背后的隐喻信息和风格意义。以语篇语义及其风格为互文关系的桥梁，对互文系统中的语言风格互涉关系进行分析。这是一种互动、制衡的关系，是文本间的对话关系，这种关系的内涵和实质是差异和他性，不同于同一性和相似性。诗歌语篇的风格互文更应注重主题内容的包容与思想情感的延展，在千变万化的语境中始终与他文本风格保持一种相对稳定而独特的中立关系，从风格的表达媒介出发理清审美意图与风格意义的相互关系。

风格的延续和风格的偏离是一种互动制衡、动态转换的关系。可能在这个互文系统中，本体风格与互体风格是背离式互文关系，但在其他系统中就是延续式互文关系；也可能本体风格是主导风格，与互体风格是背离式互文，但与当下语篇风格构成延续式互文关系。罗兰·巴特（2008）指出"语言结构，按其结构本身，包含着一种不可避免的异化关系。……全部语言结构是一种被普遍化了的支配力量。"[1] 语言尤其语言结构是意识形态的物质外壳，它贯穿于言语表达，在文本中得以重新分布，风格互文系统的延续与偏离也是同中有异的：从历时、动态角度看，是本体互体风格所呈现的风格同异关系；从共时、静态角度看，是某类或某些风格的互涉关系，这些风格意义的消融与分离在互文语篇中往往有迹可循、有据可依。因而风格互文分析应置于统一的宏观风格特征系统中，对不同风格特征及其表征进行划分；也要依据风格要素、风格手段等的互涉变化与组合变异对整个系统所呈现的风格互文表征做出分析。

---

[1] 罗兰·巴特：《写作的零度》，李幼蒸译，北京：中国人民大学出版社，2008年，第23页。

第三节 语篇视角的风格互文

互文语篇理论立足于具体的语篇分析，除了打破时空界限、建立立体多维的文本空间外，尤其关注语篇文本所包蕴的多元关系、语篇系统所包含的多重层级。语篇是风格研究的载体，从语篇系统、层级、关系出发是风格互文研究重要的研究路径。语篇视角的"风格互文"指的是语言语篇系统中由互文单位的风格要素、风格手段实现的风格互文表征。本书将风格互文视为一种理论范式，其理论步骤为：①在语篇系统中，语言/非语言单位通过互动路径形成"互文单位"；②"互文单位"通过风格要素和风格手段所呈现的风格表征实现为"风格互文"。风格互文是本体与互体因为风格意义的交融或分离而形成的或延续或偏离的风格整体风貌。如王裴的唱和诗《文杏馆》运用相同韵脚"宇""雨"和"屡""顾"构成音韵本体"ü"与音韵互体"u"清越悠扬的风格互文系统整体；王维前期送别诗高远旷达的风格本体与后期凄婉含蓄的风格互体形成风格偏离的风格互文系统整体。

一、风格互文现象举隅

风格互文现象普遍存在，语篇系统各层级、各要素间都可能存在一定的互涉关联。它可以是共时的、也可以是历时的，可以发生在语篇系统同一层级、也可以发生在系统的不同层级；可以处于动态时空、也可以是静态时空。每种风格互文表征都是一种或多种风格的体现和整合，风格互文的生成与变化都是由于风格互文要素及其风格意义的交融与分离而引起。互文风格可以经由实现互涉关系的互文单位加以识别，具有相对稳定性和整体性特点。风格互文至少体现在两个层面：①主观层面，它是一种心理感受的偏差，隐含着某种风格特征的标准与偏离的界定；②客观层面，它体现在对语言材料的选择及其风格意义的变异和偏离。风格互文现象伴随语篇互文而存在，这里试举几种常见的风格互文现象。

（一）音韵风格互文

马拉美（1945）指出"只要有节奏存在，诗即普遍存在于语言之中……凡是关注风格的时候，就会注意格律。"[1]音韵的选择可以显示作家的喜好，进而影响着作品风格基调的形成与变化。音韵风格互文最明显地体现在唱和诗中，尽管音韵互文并非唱和诗的必要条件，但多数古典诗歌的唱和在内容互涉的基础上、仍遵守音韵的互涉，尤其中唐后对和诗的音韵要求更高，出现"依韵""用韵"和"步韵"等不同形式，有些甚至要求按照唱诗的原韵原字及其用韵的先后次序来写和诗。王维身处盛唐，当时的唱和声韵还未严格到"步韵"的程度，但其唱和、同咏之作仍遵守同韵或近韵要求。如《答裴迪》"森森寒流广，苍苍秋雨晦。君问终南山，心知白云外。"与裴迪《辋口遇雨忆终南山因献绝句》"积雨晦空曲，平沙灭浮彩。辋水去悠悠，南山复何在？"构成鲜明的音韵互涉关系，"彩""在"与"晦""外"音韵悠扬，给人空旷绵延之感，促成了风格的互涉。王维交友广泛，与之同咏、唱和的诗篇亦非少数。王维与裴迪、祖咏、崔兴宗、王昌龄等的唱和诗或用同韵、或押近韵，随着用韵的变化与组合呈现鲜明的音韵风格互文特征。

节奏的安排和双声叠韵的组合也是音韵风格互文的重要因素。汉语语音节包括声母、介音、主要元音、韵尾和声调，音节的交错组合产生了节奏感和韵律美，如"散入珠帘湿罗幕"主要运用开口度最大的"散""帘""罗""幕"和开口度较小的"入""珠""湿"相搭配，一张一合、

---

[1] 马拉美：《马拉美全集》，巴黎：伽里玛尔出版社，七星文库版，1945年，第867页。

跌宕交错。《诗经》通过双声叠韵形成的圆展交错和喉音唇音的对比，产生韵律感和音乐美，进而呈现典雅优美的风格特点。苏东坡《赤壁赋》在描写箫声的时候也安排了一系列叠韵词形成一连串的音响效果，将哀怨之情溢于其表，整个语段沉郁、幽怨的风格基调不断得以凸显和强化。

（二）词语风格互文

词汇在诸多语言要素中最为灵活、最为人们所熟悉，词语的结构、类型、功能意义及使用频率一定程度上反映出主体的偏好及其风格。对风格建构起重要作用的词语很多，但各种词语在具体风格形成中的实际作用不完全等同，构成词语风格互文的一般是那些在汉语词汇中占据主体地位、具有语体构成作用的词语和那些词义相近而语体、感情色彩相异的词语，古典词、拟声词、色彩词、情感词等具有特殊功能和风格色彩的词语往往易于察觉，是词语风格互文的重要表征。

王维的骚体诗多沿用楚骚语辞或仿拟其语辞，如"飒飒秋雨中，浅浅石溜泻""袅袅秋风动，凄凄烟雨繁"中叠字的运用和楚辞的引用，不仅沿用其辞，也多袭其意、其韵，形成命意深切、寄托深远的风格，构成骚体诗古典优美的风格互涉关系。王维五七言诗多用《诗经》语典，如《偶然作》"田舍有老翁，垂白衡门里"中"衡门"源自《诗经·陈风·衡门》"衡门之下，可以栖迟"。还有一些直接化用的诗句，如《田家》"卒岁且无衣"一句便是在《诗经·豳风·七月》"无衣无褐，何以卒岁"的基础上整合而成。典故的引用或化用，不仅保留原典之意，增添诗歌的内涵；也延续了自然韵远的风格基调，形成延续式的风格互文。

（三）语法风格互文

诗歌语言和自然语言的最大不同在于其使用的灵活性上，它的节奏单位与语言学的语法分析单位往往不是一回事。如四言诗《诗经》有很多表面看似四个字组成一个单位,但它并不是"句子"的单位,如"关关雎鸠,在河之洲。窈窕淑女,君子好逑"看似四个句子,实则两个句子,每句八字。每句前四字是主语,后四字是谓语,前后两句结合起来才构成一个完整意义的句子,使得句子意义深远、富有韵味。王维诗歌中连贯句式的运用也十分丰富,如"君家云母障,持向野亭开""山中多法侣,禅诵自为群"等,与《诗经》连贯句的使用有异曲同工之妙,其诗歌语篇亦带有隽永雅致的风格特点。二者构成语法上的风格互涉关系。紧缩句、倒装句、省略句、疑问句等句法形式都是王维诗歌语篇的常见句法,它们在其诗歌语篇中反复出现,以艺术化的处理和陌生化的蕴意赋予形成句法的互文,进而影响风格意义的交融或偏离,最终形成风格的延续或偏离。

另外,王维诗歌还有名词性句法为核心的特点,其诗歌语篇多以名词为中心,并且这些名词具有一种渐性变化的特点,如《汉江临泛》"楚塞三湘接,荆门九派通。江流天地外,山色有无中。郡邑浮前浦,波澜动远空。襄阳好风日,留醉与山翁。"就是从大处着墨,先写登高远眺天地外的阔大景象,而后巧妙借用动静的错觉由大及小、由远及近,不断将目光所及缩至襄阳城郭、再到山翁一人。通过名词的变化及其特征、象征意义的变化,不断加强主观的推论力量,降低意象效果,营造出情景交融、物我合一的浑然诗境,形成幽玄淡远的风格特点。王维在其诗歌创作及其诗歌的发展进程中,往往对这些句法加以艺术化的处理,或是空间的联系,或是时间的渐进,或是意象的叠合等,如《出塞作》《过福禅师兰若》等,使诗歌充分保持连续、流畅的节奏,浑然淡雅,构成延续式风格互文。

(四)意象风格互文

意象是诗歌独特的叙事方式,意象在历史的积淀和长期的实践运用中逐渐带上较为稳固的意蕴及其风格特征，形成相通性质的一些基本属性。这些意象在人们的意识中显示出相续、相融或相对的特点，这是意识活动自身本质特征的体现，因为意识始终包含着记忆、包含着情感，并且在语篇过程中绵延、变易、发展，成为一种无限的整体体验流，通过具有意象性的中国文字来体现，既可以摹绘客观物象图景，也能突显其形声特点、传递主体情感。同类或相同意象的集中运用推动着主体的情感活动发展，以隐喻和映射的方式揭示出主体的情感活动及其诗歌表达的意蕴，呈现出相同、相近的风格特征，反之，则构成偏离式风格互文。

王维《登辨觉寺》与《过香积寺》选取完全相同的意象"峰""云""松""寺"，又集中运用同类意象，如"泉""江""潭"等与水相关的意象、"林""木""松""峰"等与山相关的意象等，这些意象带有自然清幽的共同特征，又以"空""深""远""冷"等带有特殊功能与风格色彩的词语塑造相似的诗境，因而两个语篇形成互涉关系，都呈现出清幽恬静的风格特点。这一互文关系最明显地体现在意象的相同与相类，也体现在语词和结构的相同、语境的相似、主体情感的共鸣等方面。

风格互文有迹可循、有理可依，既可以表现为上述提到的音韵互文、词语互文、语法互文和意象互文等形式，也可以表现为辞格风格互文、体裁风格互文、多模态风格互文等不同形式。它们在诗歌语篇中的风格表征程度不一，不再细述。

二、风格互文的识别

批评家福勒说"互文性就像将原有文字刮去后再度使用的羊皮纸，在新墨痕的字里行间还能瞥见前文本的未擦净的痕迹。"（转引自蒋骁华，1998）互文性是标志不同文本间存在互相接受与影响、互相开放与整合关系的语义系统，这些痕迹与本书的互文单位相通，它总是以各种各样的方式出现在不同文本中，使其互相参照、互为阐释。诗歌语篇言简意赅、精炼丰富，其强互文性特征愈加突显，体现在词语、片段、主题和意象等语义单位中。这些互文单位所呈现的风格表征在互文本中保有同质性的同时也带有一定的异质性，为风格互文的识别和互文联系的建立提供了可能和依据，无论是体现在显性层面上还是隐性层面。

（一）同质性

互文的生成是各变量相互影响、推动的结果，互文理论视域下的文本是因文本的对话关系不同而呈现的不同表达形式。在动态变化、多元交错的系统中抓取互文痕迹、追踪同质性成分显得尤为关键。同质性它涉及文本与文本、文本与更广阔的社会语境的关系，既要注意联结文本同质化的层面与方式，也要在一定程度上依靠已经成型的话语要素或言语秩序，从垂直和水平两个层面展开分析。

风格互文系风格的同质化往往体现在这样或那样的互动关系中。在语言要素层面上，可以是语音的搭配、词汇的选择、句式的选取、辞格的安排等的互涉所生成的风格关系；这些具体形式作为客观、具体、外显的风格要素，其同质性的呈现往往是一种明确的互文形式，进而体现出风格上的同质性。如王维诗歌善于运用青白等素雅的色彩词、范畴宽广的表达空间的词语、非肯定句式等，使其诗歌语篇呈现清远素雅的风格特点。在非语言层面上，可以是标点的运用、主题的选取、篇章的设置、文体的安排等所形成的风格互涉关系。如王维诗歌常用两段式结构突显主题、强化诗篇风格。具有相同或相似语言风格的语篇在语音、词汇、句式等的选择上必然存在相近特征，在语言表达形式上也或隐或显地存在共同之处。风格互文分析的同质性背后是逻辑的规约与限制，也是内容生产机制的依附结果，同时与特定背景下的话语意义相连；要充分解析互文的文本意义与功能，就要融合显性层面与潜在层面的优势，双重互动，利用其生产性进行重构，生成新的文本语义，理清不同文本之间实现不同程度、形态的互涉，充分考虑文本语言、文本环境、系统结构、语义信息等因素。

哈蒂姆和梅森（1990）指出，一系列的互文指涉必须被相互贯穿，从后来所见文本中的符号指向前在的符号直至激起整个知识体系，从而找出关联的线索。风格互文关系的实现以既定风格互文的本体为参照，先要理清、辨认本体风格特征的基本表征及其如何与风格互文的互体风格特征产生关系，才能发现其异质性，领悟不同语篇的风貌变化。这些风格表征成分在显性互文中可以直接出现，在隐性互文中可以通过相关暗示来表达。尽管文本直接产生映照，但它们始终是在同质化空间内进行交流。风格互文存活的关键，不仅在于其带有风格标识，还在于大量前文本与后文本的互涉关联，这些文本所呈现的风格特征因为一定的交际意图在系统中的一定层级发生互涉关系，使风格意义产生交融或分离，最终形成"风格互文"。这种互涉关系在重复中有所变异，在变异中又重复。

（二）异质性

互文性的价值不在于"同"，在于"异"；同质性是风格互文成立的前提和基础，异质性是风格互文实现的核心和关键。如果说风格互文的同质性是本体风格特征在互体风格特征留下的痕迹与体现，那么异质性应该是这些风格特征在语篇互文意指过程中的推动力与牵引力，是区分整个互文系统中的风格特征、识别系统内风格要素及风格类型的互文关系的重要因素。换言之，互文性的意义和价值在于不同风格及其要素的异质性、同质性对话。只有互文单位所呈现的风格表征在当下语篇中产生了异质性，生成了新的意义和对话关系，互文性才具有一定的研究价值；只有当不同时空的文本风格与外部世界环境、社会背景相联系，融于一体、形成一个新的统一整体后才构成互文系统，这样才真正存在异质性。

风格的异质性主要体现在语言风格尽管相对稳定但始终不断发展。语言符号系统是一个相对封闭的系统，其语言风格的变化都是因为其系统内要素的互动变化而形成，体现在语言要素和非语言要素等各个方面。这种风格的互涉变化首先是这些风格要素差异间的任意组合，才有风格意义的生成与变化，进而实现风格的生成与变化，但语言风格中所面对的不仅仅是语言的问题，更有超语言的社会因素。文本存在于文本间性中，社会历史、文化背景本身也是文本，而且是一个动态变化发展着的文本，它的活性对文本生存空间有极大的促进与推动，对于语言风格的认知与识解更发挥着重要作用。语言风格与语篇伴随语篇的存在而存在，前文本与当下文本、当下文本与承文本形成一种纵向维度上的互涉关系；语篇文本与社会文本、文化文本形成一种横向维度上的相互关系，风格互文本体与互体也在水平、垂直两个层面体现出异质性的风格特征。风格互文本体与风格互文互体共同建构出一个复杂的立体空间系统。当本体风格被纳入互体时，时空界限被打破，历史与社会置于同个空间，横向关系与纵向关系相交叠，语篇互文语义的流动及其风格意义的偏离或分离保证了风格异质性交互的实现。

风格的异质性也体现在互文过程中由交际主体个性。风格互文过程一方面受到无意识的本能冲动的驱使，另一方面受到外在环境的约束与限制，这两个方面必须维持平衡才能保证风格互文表征的实现。本能的冲动在相互拒斥的过程中必然带有不可避免也不可终止的异质性，这种主体风格的异质性元素是互文过程进行的基础，不可终止，但也不可绝对夸大。在该博弈中，异质性的本能冲动受到外在约束的影响，持续不断地否定、重构再生产，直至实现理想的风格表征。无论如何，风格的异质性与差异性都必然存在，存在差异、才能推动发展。利奇（1981，2001）指出文学语篇信息传递过程中涉及作者—读者、隐性作者（implied author）—隐性读者（implied reader）两对概念，据此，诗歌语篇至少具有双层的信息传递模式：①作者和读者这一表层的现实关系；②作者心目中的作者和读者心目中的读者这一深层次的关系。在语篇过程中，这两种模式总是交替出现。诗歌语篇的认知过程必然包括风格信息及其意义的提取和识解，而两对主体自身所具有的风格特性就是影响风格意义的制导因素。在风格互文过程中，两组主体及彼此的互动对话也随着特定交际意图和语境的影响呈现出异质性的风格特征。

一切文本皆为互文本，文本的对话性保证了同质性与异质性的存在与显现，互文本所呈现的风格同异特征也构成了风格互文系统的基本要素。风格特征的同质性是风格互文的基础，风格特征的异质性是风格互文的动力。风格互文的识别先要确定某种风格及其具体的风格特征为本体，理清本体与互体间的风格的同质性表征，而后在此基础上对本体与互体的风格异质性特征进行分析。

（三）王维诗歌语篇风格互文的具体识别方式

风格互文建构的实质是风格互文本体与风格互文互体的关联互涉生成新的整体风格。该过程首先在风格要素、风格手段产生互涉关联，产生新的意义和效果。使风格意义产生交融或分离，最终形成风格互文。纵观诗歌史的模仿与因袭关系，可以说互文性是中国古典诗歌最普遍、最突出的文本特征之一（蒋寅，2012）。风格互文的识别借助于互文单位，王维诗歌中常见的风格互文识别方式如下。

语句识别。没有物质因素就无语言风格，风格互文分析要落实到具体语篇的调音、遣词、造句、设格及谋篇等各个方面。语词的互文是最普遍的现象，用典、用事、套语等是语词互文的常见形式。王维诗中用典随处可见，且融汇的范围极广。《哭祖六自虚》全诗 64 句，几乎句句涉典，不仅不觉堆砌繁琐，反而使其悲越浓、其痛越痛；《桃源行》句句取《桃花源记》意，语词亦多引自源语篇，二者均呈现出相似的风格特点。还有不少从"诗骚"中化用而来的诗句，如《和仆射晋公扈从温汤》"长吟吉甫颂，朝夕仰清风"与《诗经·大雅·烝民》中"吉甫作诵，穆如清风"形成互涉关系；《椒园》全诗句句不离《楚辞》词句典故，在同语篇中集中、大量运用楚骚语辞，形成与之趋同的富丽典雅的风格特点。

结构识别。诗歌缺乏显性形式标记和明确意图，风格互文多体现在语义流动形成的结构语义中。结构互文是诗歌显著的风格特征，平仄押韵、词性相对、节奏安排等是同质性的体现；异质性是诗篇个性风格形成的基础，对其同质性的偏离如不押韵、不对应、语序变化等都是风格得以形成的重要因素，以个体性为特征。这体现在具体的诗歌语篇中，如李颀《送魏万之京》与李攀龙《送皇甫别驾往开州》二诗歌标题结构相同，都运用述宾结构揭示出诗歌主旨。首联都从昨日开始写起，描述离别之景；颔联都将离愁与宦迹漂泊相关联，来抒发离别之悲；颈联都是对将历之境的想象，通过"寒近""秋风"与"微霜""夏云"等的照应，暗含时光易逝之意；尾联都寄予了亲切而深长的嘱咐。二诗都将叙事、写景、抒情相结合，都运用了下平声五歌韵，韵脚重了四字，情感基调都由离别的低沉转向奋勉的高亢。相似的结构、韵脚，相类的意象、相似的声情，呈现鲜明的互文性特征。

意象识别。意象是诗歌的灵魂，意象的复现及其意义的浮现、风格意义的表征，是语篇风格实现的重要因素。在同个语篇或语篇集合中，集中使用相同、相近意象或同范畴意象，能够强化它们的相似特征，建构起具有鲜明特征的诗境，通过复现与意义的浮现影响语篇风格的相互关系。这种意象的双重编码与意义浮现在语篇风格的生成与转变中，需以整体性和系统性原则进行关照才能得以实现。如王维的《登辨觉寺》和《过香积寺》选取完全相同的意象"峰""云""松""寺"，又集中运用同类意象，如"泉""江""潭"等与水相关的意象、"林""木""松""峰"等与山相关的意象等，这些意象带有自然清幽的共同特征，又以"空""深""远""冷"等带有特殊功能与风格色彩的词语塑造相似的诗境，因而两个语篇形成互涉关系，都呈现出清幽恬静的风格特点。这一互文关系最明显地体现在意象的相同与相类，也体现在语词和结构的相同、语境的相似、主体情感的共鸣等方面。

主题识别。主题互文明显地体现在组诗之间：彼此独立的诗篇在共同主题的牵引下构成语篇集合；在主体意向认知活动的作用下，独立的单语篇之间以或并列或推进等语义关系存在，语篇风格具有相同、相近或相异的特点。例如，王维《辋川集》以"辋川"为总主题，20首诗分别描绘了辋川的一处地方，这些独立诗篇以并列关系存在，有着相似的意象、意境，诗歌风格较为相近。这同样适用于不同主体的诗篇，如裴迪与王维同咏的辋川作品也呈现较明显的互文关系，从描写的对象到诗境的塑造、情感的表达都具有同质性特征，其语篇（集合）的风格之间也构成互文关系。主题与风格始终伴随着主体与语境因素而调整、改变。

风格互文伴与语篇互文相伴相生。尽管风格始终处于动态变化之中，但风格的排拒性使其具有相对稳定性和独立性，这是风格互文立论的基础，也为风格互文分析及其度量提供了可能。语句互文、结构互文、意象互文、主题互文等是诗歌语篇风格互文识别的重要方式，它们使风格互文分析变得切实、具体、可行。

三、风格互文程度的度量

西方批评话语分析学派代表人物费尔克劳夫（1992）将语篇互文性定义为语篇表层互文性与语篇深层互文性，表层互文性是一种显性互文，他语篇与当下语篇的互文关系可被语篇的外部特征如语言形式所标识；深层互文性是一种隐性互文，是隐含或隐藏于类型规范的特征如语义、体裁、结构等不外显的互文关系。据此，风格互文更多体现为深层互文性，它与表层形式相比，有高度概括性、复杂层次性、视角多样性、隐蔽标记性等特点。要对语篇风格互文性进行量化研究，必须先廓清概念，建立起风格的形式化定义，将风格互文的关系情况视为一定的话语形式，采用话语形式的研究模式，通过语篇在信息处理过程中的运动来推导风格互文性的变化规律，进而实现风格互文性的度量。

（一）风格互文的度量方法

显性互文的量化已取得了一定成果，在词汇、句法、语篇等层面都有所体现，表现为显性的相似和内涵的共通，以语篇不同层次的相似度作为重要的判断依据。但风格互文表征有时并不体现在字面上，其度量存在一定的困难。但风格也有一定的稳定性和独立性，风格互文本体的风格特征会在一定程度上得以保留以稳定形式体现在语篇实体中，它在一定历史范畴内是稳定不变、可被把握的。如王维诗风具有多变的特点，但在一定范畴内通常有相对稳定的一种风格，这种相对稳定、具有区别性特征的风格就可算本体风格特征；王维的诸多诗作也必然存在某种主导风格，这也可看作是风格本体。只是二者的关注重点、批判视角有别。

语言风格本就由多种基本风格组成，语篇风格更是这些基本风格的交叉整合结果，考虑到风格互文分析可能存在主体、语境、语义等因素与具体风格表征存在重叠或交叉的影响，这里类比显性互文性的定量研究方法，采用向量空间模型、引入"相似度"概念来加以分析。相似度原是知识表示与信息检索中的重要内容，指不同信息间相同或相似的程度；这里用来指不同语篇（包括语篇要素或集合）风格的相似程度，是判断语篇风格互文性程度的重要依据。将基本风格定义为向量空间的基向量，构成多维空间的各个维，用基向量组成的风格向量表示语篇风格；将风格互文性的度量置于多维的向量空间中展开，以本体风格特征为参照，对比互体风格特征，观察彼此的相似情况及其表现，通过向量间距离（也即相似度）的计算来判断风格互文程度的强弱。目前学界常见的文本相似度计算方法有曼哈顿距离、欧几里得距离、马氏距离、余弦相似度等，它们各有所长也存在一定不足。20世纪60年代末萨尔顿（Salton）等提出向量空间模型计算文本相似度，其基本思想是：假设词与词之间的独立、不相关的存在，以向量来表示文本，简化了文本间关键词之间的复杂关系，这一思想使模型具备可计算性。

以本书研究对象为例，王维每一个独立的诗歌语篇都可以看作是由相互独立的特征集（T1,T2,T3,……，Tn）构成，对于其中的每一个特征 Ti 可以根据它在语篇中的重要程度赋予一定的权值 Wi，该特征集就可以看成是一个 N 维坐标系，那么（W1,W2,W3,……Wn）则为对应的坐标值。因此，王维的每一个诗歌语篇都可以视为这个 N 维空间里的一个个具体坐标点，其所有的诗歌作品就作为一个全集组成一个立体空间。在该空间中，通过文本聚类的方法来对语篇风格互文关系进行分析。文本聚类要求将文本集合分组成多个类，使同一类中的文本具有较高的相似性，在文档空间中表现为文本间的距离尽可能小；在不同类中的文本具有较大的差异性，在文本空间中表现为文本距离尽可能大。通过文本间距离的远近清楚地辨识不同文本的差异。本书考虑最简单的情况，假设基本风格具有等同影响并且相互垂直无交叉，采用欧式距离来计算不同文本间的距离，进而依据其距离源点（参照点）的远近来度量风格的相似度：

$$d_{ij} = \sqrt{\sum_{k=1}^{n}\left(x_{ik} - x_{jk}\right)^2} \quad (i,j = 1,2,\cdots,\ n)$$

这里 x_{ik}、x_{jk} 表示第 i 和第 j 个文本分别在第 k 维空间中的值。该公式计算的是在 n 维空间中任意两个文本 a（$x_{i1}, x_{i2}, \cdots, x_{in}$）T，$b$（$x_{j1}, x_{j2}, \cdots, x_{jn}$）T 之间的距离。应用于诗歌语篇中，一般是基于词频来划分语篇，做类聚程度的计算；该方法同样适用于主题、意象等其他特征项的相似度计算。诗歌语篇在该空间中的距离越远，说明彼此风格差异越大，风格互文性程度越弱；反之，诗歌语篇在该空间中的距离越近，彼此间的风格差异就越小，其风格互文性程度就越高。总之，在同一文本空间中，文本距离的大小反映了文本相似程度的高低，也即风格互文程度的高低，文本距离与互文程度之间呈现一种相关关系或正函数关系。

（二）风格互文强度的划分

不同文本的指涉、映射中必然存在互文程度的高低、互文时间的先后、互文状态的变化等不同，难以进行精确的定性和定量分析。国外学者提出衡量互文性程度的标准，普菲斯特（Pfister，2001）区分为质的标准和量的标准，丹尼尔·钱德勒（Daniel Chandler，2002）提出另一套评价指标：反身性、可选性、外显性、理解的重要性、采用的规模和结构的无限性。这为互文性程度的衡量提供了参考，但操作起来仍存在困难。因为互文性始终是一个动态变化的过程，其中各项互文变量都难以实行。

互文性是普遍而又复杂的现象，风格互文性的度量也要置于互文网络空间中才能实现。这里将语篇风格互文性程度称为"互文强度"。这一概念万亚平、阳小华等（2015）已提及，但缺乏系统、深入的说明。具体来看，风格互文性的实现必须依赖于具体的语篇文本，并且是在两个及两个以上的语篇中产生相关的指涉、映射才能产生，因而风格互文强度与语篇的相似性程度息息相关。风格互文分析不可避免地要对语篇互文性程度进行判断，并且这种评判始终按照某些特定的标准、无形地运作着。通过对风格的理解和观察，本书将当下语篇的语言风格归入已有的某个范畴中去，通过对该范畴中风格形式及其相对于其他形式的相似性比率进行计算和比较的方法来判断其互文程度。在不同风格要素中所显示的标志特征与风格原型的标志特征重叠得越多也即更接近原型风格，则二者间的共享特征越多、相似性越高，风格互文程度越强。依据不同文本的指涉、映射程度，可将风格互文性程度的两个极端状态初步拟定如下：

```
              A        互文性程度       B
              ←—————————△—————————→
            零互文性                完全互文性
```

变量 X 指互文性程度，它在两个极端之间变动不定：一个是两个文本完全不同，称为零互文性，表示为 A；一个是两个文本完全相同，称为完全互文性，表示为 B。完全互文性在文学艺术实践中往往表现为抄袭，即两个文本或其中一部分完全一样。王钦峰（2001）曾提出"极限互文性"的概念来论述后现代主义小说，虚构、发明了抄袭、假造等极限互文性手法，并指出这很可能只是创作者故意为之的、极个别的创作策略。文本也不可能是纯独创性的，完全没有丝毫的互文性。因而现实文本是融独创性和互文性于一炉的产物，处于这两个极端点的也都非常态，文本互文性关系普遍处于 A 和 B 两点之间的状态，所谓的零互文性与极限互文性都是相对而言的。这里借用极限互文性的概念做进一步分析。

互文强度与文本聚类程度相关，但不同文本的语料规模不同，为使最终得到的数据更具可比性和统一性，使结果更合理，需要先对数据进行归一化的处理，使数据处于一个指定的范围内。据此，这里依据互文强度范围将其程度细化，进一步分为零互文性、弱互文性、强互文性和极限互文性。可用数轴图表示为：

```
            A            互文强度          B
            ←——————————△——————————→
        零互文性   弱互文性      强互文性  极限互文性
```

互文强度 X 在两个极端 AB 间游移：A 是零互文性，表示语篇完全不同；B 是极限互文性，表示语篇完全相同；用具体数值 0 和 1 来表示这两个极点的风格互文强度：0表示语篇风格完全不同，1表示语篇风格完全相同。处于二者中间的小三角位置可视为互文强度的中间值，数值为0.5，表示语篇风格的互文情况不明显。任何文本都不可能是完全照抄的、也不可能是纯独创，零互文性与极限互文性都只是理想的互文状态。在实际运用中，更多的还是弱互文性与强互文性。

运用到具体语篇风格中，公文、报告、消息等语篇具有较稳固的结构章法、语言形式，有较明显的互文性标记，其互文强度更倾向于往B方向游移。诗歌、随笔、杂文等语篇中明确互文性标记较少，偏重于语义的流动而形成的隐性互文，其互文强度更可能往A方向游移。在延续式风格互文中，文本间往往存在或显或隐的多种互文标识，互文程度较强，多呈现强互文性特点；而偏离式风格互文中，文本间存在较大的差异性，多种变异性因素使得在当下语篇中很难找到原记忆语篇的痕迹，互文程度较弱，多呈现弱互文性。这种计算可为风格互文强度的量化提供客观依据，也是对风格的计量做出的新尝试；可以为不同语体的风格互文性分析提供借鉴，也为具体语篇的风格互文强度计算提供一定的客观依据。

四、风格互文的变量分析

从风格自身的本质属性及其发展特征看，风格始终处于不断发展变化中，但各风格又彼此独立、相对稳定，这些特征相互影响、交叉渗透，使得不同风格总是以一种既相互融合又互相矛盾的方式呈现，彼此间难以理出一条明晰的界限。这种互涉首先发生在相近类型的风格间，如豪迈与雄浑，含蓄与婉约等，彼此间的风格要素既有相同的特征但又保有各自的核心特征，自成一格。这种纵向发展与横向变异间存在着复杂交错的互文关系，在风格的渗透、演变中规约着各风格的方向和路径。在这一过程中对风格产生影响的因素，可称之为互文变量。

（一）主体

语言是人类交际的产物，创作过程一经完成，语言风格就客观存在于主体建构的言语成品中。语言风格自身无高下优劣之别，一个作品有什么风格、这一语言风格有什么样的本质，都要靠主体的参与和自我评判来建构、显现；没有该主体的参与，语言风格仅仅是一种潜藏在言语成品中的现象。换言之，创作主体所追求的理想风格只有通过接受主体的再创造才能实现，作品客体只有与主体欣赏相结合才能完成其真正的意义传达与风格解读。因而，风格互文的建构与呈现借助于创作主体拟构的言语成品实体，经由主体意识、创作意图的指引和语境的制约在风格互文形态、互文语义的变化及其风格意义的具体表征中得以实现。

主体之所以能够影响语言风格、风格互涉关系，与风格客观存在的外显形态不可分割。这些表层形态在社会的规约下往往带有一定的文化和情感内涵，使主体透过表层去感受、理解和把握特定话语中的语言风格特点及互文关系成为可能。一般来说，人们在识解和把握风格的过程中所产生的情感、认知和需求都是影响风格互文的重要动因。创作主体在语篇建构中可能有意无意地带入自身风格特点，通过偏好的词句、音韵或意象、主题等将其外化、具体化，这些互文单位的突显引导着接受主体对创作主体的语篇及其风格进行解构、重构。也即：风格的互文既可能是创作主体刻意安排的结果，也可能是无意间形成的；但风格的互文始终需要经由接受主体的参与才能完成。接受主体又是可以变换的，创作主体在阅读过程中可转换为接受主体，对不同语篇风格及互文要素进行识解和重构。这一过程中始终离不开双方的表达需求、表现方式及潜在意图等因素，只有在特定语境下适切地选择才能最大限度地显示出语篇的意义与价值。

"主体关注"是巴赫金（1998）对话理论的重要内涵。他认为主体意识的矛盾及主体间的差异性在形式上表现为具有"双声现象"的对话性。风格互文过程中至少涉及创作主体、接受主体、作品客体以及潜在的创作主体与接受主体等多声多向的主体。它们是语篇生成、织就的重要条件，是语言材料及其风格意义得以激活的首要因素，只不过是隐于语篇之中，自我淡化、消融了。风格互文的主体参与是能动、多元变化着的，它离不开语篇载体的支撑和表现，更离不开主体对语篇意义的解读与重构。不同主体对同一语篇及其要素的风格分析可能相一致，也可能完全不同，主体意念在文中拐弯、偏移、重构，经由记忆的提取与经验的刺激，通过神经节点的连接将信息、情感、风格意义进行传递。

诗歌语篇是蕴涵着声音、交织着意义、带有微妙语势的统一体，具有揉合交叠的特殊性，主体更是其风格互文分析的重要变量。主体是独特的，它参与的是由权力意志和已然存在共同创造的同一的虚构。每个主体在虚构的语篇世界中扮演着各自的复数、各自的存在，既是历史的主体也是新生的主体。如果这些主体在语篇过程中不得其位、不合时宜，都会影响语篇的解读、风格的生成与互涉。在诗歌语篇中可以发现其他诗歌的痕迹，可以是人、景、物或是综合体，常套的延伸、源起的颠倒，前文本与当下文本的互涉。对于主体而言，这一过程至少存在一个参照，它是规约的准则，是诗歌中往复而现的记忆，是不同文相互依存、指涉的依据。不存在离开主体孤立生存的文，主体创造了意义，意义产生了风格。

（二）语境

任何一次交际都要在相应的语境之中进行，不存在脱离语境而存在的交际。语境与言语行为共生，是客观现实的、以整体状态呈现的、动态变化着的交际环境。风格互文语境是主观世界和客观世界因素共同参与组构的互动通道，既有自身必不可少的组构要素与物质基础，也受主体参与构建的互文性话语影响。语境是语言生成和整合过程中形成的交际空间，风格互文的语境亦是在风格的生成、互涉中经由多因素整合而成。风格互文表面上是语篇间的语码互涉，实则涉及不同主体、语篇与语境的对话甚至是博弈。这种互文语境与人们的互动经验不可分割，具有动态性、抽象性、体验性和想象性等特点。风格互文始终是本体风格与互体风格相互联系的统一整体，本体与互体文本在任何语境下都存在某种互涉关系。这种互涉强调影响方式的有效性，风格互文的语言形式与意义生成、建构也是在彼此的互涉照应中完成，进而对互体风格产生正向或反向作用，这正是互文性力量的重要体现。风格互文产生的关键是记忆的互文性比照。基于记忆、联想的互文关系在多元、交汇、复杂的网状结构中呈现，由不同记忆框架、经验认知交织整合而成，该过程本身就超越了文本结构而进入更广阔的文化语境空间。

　　语境作为一个动态的概念，是多重因素综合作用的调节系统，是语篇产生的根源，其动态特征奠定了风格互文性的基础。风格互文可以看作是一种泛文化语境下的跨文本研究，它存在于当下文本与其他文本的复杂关联中，将文本与非文本、语言形式与非语言形式都纳入研究范畴，促成不同语篇（集合或世界）风格的互动与映照，形成多元、宏观、动态的结构体。不同语境产生的互文联想、互文记忆必须既依赖于产生自己的特定空间，又要超越这一特定语言环境。这不仅要注意语篇文本与语篇文本在形式和意义间的互文，也要关注语境因素在语篇建构中的影响。不同层级的语境由于功能意图、互动预设、空间范畴等的特殊性而具有不同的功能，如预测、匹配、定位、制约、解释、生成、填补等。这些功能的实现与语境本身的显隐程度、关联程度以及主体的语用能力息息相关，同时这些功能又往往相互交融、渗透，对风格互文的形成、转变产生重要的制导作用。

　　语境是语言的环境，但也可能是语言的边境；只有确定特定语言的边境，语篇的意义才能确立其自身的普遍意义。在语篇系统中，单纯追求普遍、独立的语篇意义是不可能成立的。风格互文分析也需要确定本体与互体文本的边界、本体风格与互体风格的边界。如果说语言是一种符号系统，将语境看作是有"边界"和"核心"的存在，那么语境就是该系统中处于边缘地带或核心位置的存在。在风格互文系统中，可以认为：本体的语言内涵及其风格特征与互体的语言内涵和语言风格吻合度越高，它就跃居于语境的中心，互文强度越高，越不易越境或偏离；反之，则处于语境的边缘，互文强度越低。越容易出界或发生游离。王维《西施咏》"艳色天下重，西施宁久微"与李白《咏苎萝山》"秀色掩今古，荷花羞玉颜"都写西施之美貌，王诗"朝仍越溪女，暮作吴宫妃"与李诗"西施越溪女，出自苎萝山""勾践征绝艳，扬蛾入吴关"都是写西施原为浣溪女、后为吴宫妃。二人都是盛唐时期的杰出诗人，生活环境、社会背景及思想意识有一定的相通之处，因而二诗创作的文化语境相似，其诗歌语境、风格基调理应相近。但二人的立意与情感完全不同，王诗"贱日岂殊众""贵来方悟稀"对比西施入宫前后的不同景象，带有一定的讽刺意味；李诗"一破夫差国""千秋竟不还"凸显西施在完成历史使命后、悄然隐退的功绩与献身精神。主体的思考方式迥异、情感差异较大，语篇呈现的风格互文强度也较低，这是语境因素造成的风格互文变化。

（三）语言载体

风格互文具有较强的主观性，语篇风格的构建和解构中有着充分的自由空间，但风格仍凝聚于创作主体所构建的言语成品这一客观载体中，语言形式所负载的意蕴始终居于首位。因而风格互文分析必须以语篇载体及其生成过程为依据，全面地求索如语音、词语、句子及其他符号等具体风格形态及语义文化，依照主体使用的具体规范来阐释。一切风格研究都要立足于语言的具体形式而展开，除了语音、词汇、句子等要素外，附着在语言材料上的叙述也是显示风格的重要物质材料。丁金国（1992）指出理论上，任何语篇都存在叙述（指的是贯穿于话语始终中的由语义成分所组构起来的波动性情绪），只不过其表现形态、表现角度因文体而异。这种叙述不仅影响着语义信息的传递，而且制约着风格意义的变异；可以说，形式的负载及其背后的涵意是风格互文生成与转变的重要因素。

语言风格是语言运用最高层面的言语现象，其风格手段、风格特点甚至风格类型都是在文化因素的制约下形成，并附着在一定的语言载体上。黎运汉（2014）指出"语言文化是语言生成的物质基础和展示的物质标志。没有物质因素，就无所谓语言风格，任何语言风格都是通过物质标志来展示的。"[①] 这些文化因素体现在语音、词汇、语法等具体表意符号中，若失去这些形式的承载，理解就无从谈起；若语言形式不能与文化蕴意相匹配，语言理解与风格识解也无从实现。每种风格类型首先都应该是一次完整的话语或一个完整的语篇乃至整部作品、系列作品呈现出来的综合特点，才具备互文分析的可能性。风格整体性建立于语篇完整性的基础之上，要从语篇的调音、遣词、造句、设格及谋篇等方面进行综合考量才能认识其互文手段与互涉机制。在风格互文分析中，也要注意主次，在理解和分析风格语言形式要素时，必须先确定其本体风格，然后以本体风格为参照，对互体语言风格的互文情况做出辨析。如：辛弃疾诗歌主导风格是奔放豪迈，若视之为本体风格，那么清新质朴的《清平乐》和含蓄蕴藉的《丑儿奴》等作品便可视为与其主导风格互涉的互体风格，它们构成一种偏离式的风格互文关系。

语言风格互文现象普遍存在，将风格互文视为一种理论范式，可根据不同的语境条件、形式结构、意义类型分成不同的下位类型。这一过程必然受到主体、语境和语言载体等因素及其特有功能、意蕴的影响，这些互文变量绝不是割裂、独立的存在，它们始终相互交织、相互影响，风格的交互性不仅表现在语言材料的交错运用上，还体现在它们整合组构形成的风格意义、

[①] 黎运汉：《语言风格结构的文化理据》，《毕节学院学报》，2014年，第5期，第8页。

情感认知等的交互体验中。风格互文变量的相互牵涉、关联与适应才使风格互文的形成和划分具有意义。这要求我们不仅要看到语言风格的无限活力和变化，也要充分地意识到其开放性和整体性，以整体、综合的系统观来看待风格互文现象，深入到具体语篇的内外部要素，才能在理论和实践上找到本质性的发现、得出实质性的结论。

本章小结

语言风格、互文、语篇是风格互文分析的重要概念。本书的语言风格是"交际参与者在客观因素制导下，运用语言表达手段的诸特点综合呈现出来的气氛和格调。"[①] 在描写风格互文多现象时，互文指的是一种相互关系；在讨论风格互文的发生及其在语篇系统中的建构时，互文则指一种言语行为，是风格间的一种动态建构、对话行为。任何语言风格都必须借助语言载体来呈现，风格互文与语篇互文相伴相生，因而也不可脱离语境而孤立存在。本书语篇既指语言的交际过程，也指交际活动的产物，二者的主要特点都是"语言的"。语篇、文本、语境都是语篇分析、风格互文分析的必然要素，切不可割裂开来。

语言风格是语篇整体风貌的综合呈现。本书认为："风格互文"是在交际主体和交际语境的共同制导下，通过音韵、词语、辞格、意象、主题等互文单位的相互指涉而形成的风格间的互涉关联。它以风格为表征，以互文单位的识别和互文语义的提取为依据，具有相对性、整体性和主观性等特点。风格互文现象普遍存在，与语篇互文相伴相生。在诗歌语篇系统中，"风格互文"指语篇系统中由互文单位的风格要素、风格手段实现的风格相互关系的

[①] 黎运汉、盛永生：《汉语修辞学（修订本）》，广州：高等教育出版社，2010年，第513页。

表征，是本体与互体因为风格意义的交融或分离而形成的或延续或偏离的风格的整体特征。语句互文、意象互文、主题互文等都是诗歌语篇风格互文识别的重要依据，也是诗歌语篇风格互文关系的具体表征形式。语言/非语言单位的互涉变化是其风格互文形成转变的重要动因，而语言意义的流动与变化是其风格互文生成变化的关键和核心。

本书将风格互文视为一种理论范式，其理论步骤为：①在语篇系统中，语言/非语言单位通过互动路径形成"互文单位"；②"互文单位"通过风格要素和风格手段所呈现的风格表征实现为"风格互文"。风格互文现象有赖于语篇载体而存在，可以发生在语篇系统内部的风格要素如音韵、词汇等之间，也可以发生在语篇整体、语篇集合所呈现的语言风格之间，即语篇维度和篇际维度。另外，在风格系统中，上下位风格类型、不同风格类型之间也可能发生相互指涉。

第三章　风格互文的形式化表现——语句互文

文学的本质是互文性，原文本的意义及其风格存在于该文本与他文本的相互关系中。哈罗德·布卢姆（Harold Bloom，1976）认为"诗歌不过从一些词，这些词指涉其他一些词，这其他的词又指涉另外一些词，如此类推，直至文学语言那个无比稠密的世界。任何一首诗都是与其他诗歌互文的……"[1] 据此，诗歌语篇本就是一种互文建构，是由多种声音、多种意义充斥而成的完整而相对独立的立体空间。"诗歌内部一部分同另一部分的关系，或是该诗同先前的和以后的文本的关系，就是对于寄生物与寄主关系的一种表述。……要确定哪种成分是寄生物，哪种成分是寄主，哪种成分支配或包含另一种成分，是不可能的。"[2] 诗歌语篇的风格也是不同风格整合而成的结果，其风格单位可以指涉大量的他"文本"和"他者"，风格的互涉变化受制于语篇内外要素及其相互作用，这些要素与语篇的关系始终处于无穷的变换中，其风格互涉也非静止、单一的状态。

诗歌文本存在的多声音、多意义是风格多声、多向互涉的前提，而这些多声意义又以语言材料载体为直接表现。罗兰·巴特（2000）从阅读主体的视角指出文本的切分是任意的，这些切分的成分可称为"语汇"。该观点明确了词语、句子等语言形式要素在互文分析中的作用，也凸显了其背后蕴涵的

---

[1] BLOOM H：《Harold. The Anxiety of Influence：A Theory of Poetry》，Oxford：Oxford University Press，1976，p 3.

[2] 王逢振：《最新西方文论选》，桂林：漓江出版社，1991年，第184页。

符号意义、认知经验等要素,为风格互文在语篇形式和意义两个方面的讨论奠定了物质基础。

第一节　语言形式与语言风格

罗兰·巴特指出"语言是具有阐释其他表意体系并且自我阐释能力的唯一符号体系。"[①] 在语言学的新视域中,世界是意义的构造物,意义由语言编织而成,人们对于文学作品、语篇文本的认识也要从语言材料及其所呈现的风貌中获得。巴特的结构化将文本视为可切分的对象,通过不同意义单位解读文本,催生了不同编码,也为从不同编码区去捕捉意义在文本中的生成与散播创造了条件。诗歌语言的内蕴性和模糊性是诗歌美感和艺术魅力的重要因素。词语、句子等基本语言形式作为最重要的载体,对于领会诗歌语篇的思想内容、感受诗篇蕴意、把握整体基调有着重要作用,进而影响诗篇风格的形成与变化。

一、语句的相关概念

语言意义的生成离不开其载体,本书的语句是"语"和"句"的合称,也即词语和句子的组合。诗歌语篇由于写作的特殊性、感情的复杂性和意义的含混性等特征,引导创作主体和接受主体要建立起彼此的主体间性,也要建立起语词和主体间性的关联。对于诗人来说,语言是外部世界的一种结构。当诗人处于语言的外部时,他可以透过词语看到世界某一样貌的形象,这是脱离于语言之外的观看,是先与语言所指涉的物产生关联,而后才转向物的语言表达方式,他可以通过触摸、试探和理解这些语词来实现对这些物、这

[①] 罗兰·巴特:《风格研究 文本理论》,史忠义译,开封:河南大学出版社,2009年,第305页。

些符号形式背后的属性及其意蕴。当诗人处于语篇语言系统内部时，创作主体受到语言符号的实体包围，这些符号实体是主体感官的延长，可以通过词语的触角来感知、获悉语言意义及其风格特征。尽管主体操纵着语言，但他几乎意识不到这一符号实体的存在。语言对于诗人来说像是镜子，是被赋予了意义的存在；创作主体对于语词的使用是对不同的词及其含义进行选择，是在词和所指对象之间建立其一种双重的相互关系，这些词结合起来成为诗歌的真正单位——句子。但词句仅仅是表象，真正发挥功用的还是意义，有了意义，诗意的表达及诗境才成为可能，风格才可能存在。

（一）词语

不同的词语尤其是实词，能够在特定语境下激活各自的认知图景，进而生成不同的体认感知和风格特征。卢英顺（2005）指出认知图景是人们对现实世界常规的或比较恒定的认知模式。静态认知是对客体各个方面的认识，动态认知是对可感知的行为、动作及伴随这一过程的各种概括特征的认识；二者都是大多数人的日常认知经验为基础、可供许多人共享的、易于为人们所理解和接受的认知模式。语言的目的是沟通，同时也将认知的结果固定下来，在某种意志的指引下组合成篇，认知图景在这一过程中对语篇的句法、语义等产生重要的影响。因为一个语篇或句子的语义是由相关词语所表示的概念所激活，词语对句子的形成具有关键性的作用，也在语篇的意义理解、风格认知过程中发挥作用。

在语篇交际中，只有意义才能赋予词以语言的一致性；没有了意义，词就仅仅是声音或笔画，四处飘散。它是每个词的属性，像人的脸部表情，它浇铸在词里，被其音响或外观所吸收，变厚、变质。萨特（2018）将一切文字表达分为诗歌和散文两个领域，在对二者进行区分的基础上指出诗将词"视作物，而不是符号"；诗的语言是非功利性的、不具备清晰的透明性和对应性。它不像散文中的词语可以直接揭示或联系现实世界的运动变化,需要渗入主体的意志和思想,具有较强的主观性和模糊性。诗歌是符号的艺术,但却是超越语词的符号,看似是在造一个句子,实则在创造一个客体,甚至是一个世界。这些创造的世界在主观意志和认知图景的影响下形成独特的基调,进而展现出不同的风格特点。

在诗歌语篇中,认知图景所激活的只是词语的语义要素,语义要素与语义成分有关,但并非完全等同,语义要素还会受到主体和语境的制约而形成不同程度的凸显。这种基于交际主体自身的知识、经验、目的和趣味等特定视角出发而形成的认识就直接关系到语篇意义的理解、语义程度的体现,以及诗篇风格基调的形成。在具体诗篇中,词语在语篇所处的空间位置及其表征的不同形式,反映了它们在语篇中的不同地位,对语篇意义的理解和语篇过程的运作都有相当大的制约作用。因为汉语中"很多词语的用法都是从空间用法开始通过隐喻或语法化逐渐向其他领域延伸的"[1],这一空间用法对不同意义会形成不同程度的凸显,与交际主体的自我心理空间邻近性有关。这种以自我意识为中心的、非三维性的空间认知同样适用于其他语言系统,包括风格系统。词语在这一过程中所揭示的种种意义是以什么样的形式表现出来,如何组合成整个形式系统、呈现出不同的风格特征的,都是认知概念化作用的结果。因而,在风格互文的研究中既要考察词语的形式,更要关注意义及其整体认知。

(二)句子

作为语言交际中重要的表意单位和语篇的重要组成成分,句子始终是整个语篇理解和语篇风格关注的核心和热点。一个句子往往由多个词语组成,

---

[1] 卢英顺:《语言理解中的邻近性原则》,《安徽师范大学学报(人文社会科学版)》,2004年,第4期,第478页。

不同的词语有其不同的认知图景，因而一个句子可能激活的认知图景不止一个，可能形成不同图景同现的情况。这些词语所组成的句子也有其不同的层级结构和组合形式，这些差异经由空间、时体和认识定位等才共同完成表达现实世界的事件，才形成一个完整的语篇。对语言认知、语言意义及语篇理解的不同都影响到语言风格认知的效果，因而风格互文研究必然离不开句子分析。一个句子如何形成，以何种方式、经由怎样的加工、以何种逻辑关联整合而成，具有什么样的语言认知绩效，都是语篇风格互文分析中尚待澄清的重要问题。

毫无疑问，句子作为语言的一部分，经由人们的认知加工产生、反映认知加工的内容及其过程。句子中的各组成部分都是在特定语境下按照一定顺序排列组合而成，不同的组合方式反映了不同的认知加工方式，进而直接影响到意义的不同。可以说，句子是一个关系序列的呈现，既可以按照时空线索进行线性排列，也可以依据认知结构和原则的不同统合而成，这一形式以诗句最为明显。因而，从认知关系维度的角度对语篇及其风格进行分析，可以更清晰地把握互文空间中句子形式和意义的动态互涉变化，进而呈现出风格的变化与互涉关联。

国内外学者对句子结构的分析较多，形成了不同系统不同层级的句法分析；认为"句子意义包括客观的命题意义和主观的情态意义。前者来自对客观世界的体验，后者是说话人对命题或事件内容的主观看法或态度"。[1]诗歌语篇中的句子不太遵循句法结构上的规约表达，更鲜明的是句子意义的多样性与模糊性，这种认知的差异对诗篇的理解及其诗意的感知也造成影响，因而激活其相应的类型概念和认知图景，生成不同的情感体验和风格特征。风格互文首先需要以多元交互的宏观空间存在为前提，这一空间的建构必然需要句子的参与和作用，句子的表达随着认知的深入和表达的需要不断加工、

---

[1] 张立飞:《句子层级结构的认知阐释》,《外语学刊》,2012年,第1期,第64页。

深化，最终形成有关的风格认知，尤其是处于动态变化、主观渗入较强的诗篇中。

（三）语义

人是意义的存在，词语、句子作为语言中的重要载体，在交际活动中都有相应的结构、意义和语用功能，彼此间相互联系、共同作用，在"互文"的作用下语句的意义才得以实现。进而构建出一个完整的语义网络与人们的认知图景协商、适应，在网络空间中经由概念、意义的投射、整合和加工激活或浮现出特有的情感基调和风格特征。风格互文分析不仅要关注语篇的生产过程，更要关注语篇意义和风格的生成，这些都是观察、感知、归纳和概括的认知过程，始终伴随着意义的相互作用、整体的和谐和基调的统一。文本作为语言的编织物，文学文本的意义建构和自律依据均源自语言，语言成为解读文本世界的本体，并且是一个自足的自组织系统。巴特（2000）用意义生成来指涉文本是一种生产过程，主体在语篇过程中发挥了与文本语言同样的作用。风格互文分析及其过程的理解亦是如此，应建立于意义的基础之上，建立在这些意义及其功能所建构的互文性场所中。

语义场作为现代语义学中的重要概念，其主要观点包括：在同一个概念场中覆盖着一个词汇场，场中的各个成员间相互联系、制约；语义场中每个成员的变化都会引起其他成员的变化；在语义场范围内，每个词的意义取决于这个场里与之相邻诸词的意义。总之，语义场内部各成员的语义间具有联系性、层次性、多样性等特征，是词义系统性的表现。将该观点运用到整个互文空间中来看，语篇所构成的互文空间也存在这样或那样的关联，这种意义关联可以发生在词、句子或语篇之间，其中一者的变化也可能影响到其他要素意义的变化，进而影响到整体风格的生成和变化。这种互文语义场并非孤立存在的实在场域，而是与人们的实践活动、认知体验息息相关，每一语义要素均牵涉到不同类型、不同程度的语篇活动,渗透在语篇过程的运作机理和深层结构当中。人是意义的存在,从本质上而言,互文空间中的语义场也是人的语义场,是构建能动的、积极的主体性的语义场,因而语义场是风格互文过程中主体建构的核心环节。

二、语句与互文性

诗歌语言是一种特殊的言语行为和语义逻辑,具有分裂性的语言功能,使意义分裂或是增衍,导向语言的多义性和多元性。因而,诗歌语句不能依据标准语法规范来分析其异质性,更要挖掘其主体意识形成之前被压抑的内驱力的异质因素。语篇中的语言是活生生的具体的真实语言,是在规则系统和特定语境制约下形成的结构体,但它不仅是一个简单的符号结构体系,是被主体和意义所围绕的统一整体,并且总是处于变换、运动着的对话之中。这种多元性意义的生成体现为语言中内驱力的多元性,在具体语言形式上就展现为词语、句子等的异质性。早在《诗歌语言革命》中,克里斯蒂娃就主张内驱力的异质性与诗性语言意义的多元性之间有某种因果关系。这种内在冲动诗歌语言冲破语言常规、单义的框架,展现出多元的声音和多义的特征,为风格互文性分析提供了启发。

克里斯蒂娃(1986)强调指出:互文性是别的文本的语句在当前文本中被结构化的过程。该观点揭示了语句与互文语篇的关联,语句作为语篇的物质形式,也是互文性关系的重要载体。语言具有浮现的特性,是各因素交互作用的结果,语言意义是在交谈双方互动的过程中产生和变化的,是协商、作用的结果。这种多元、动态、交互的属性与互文性特征相契合,因而在具体语篇中,不能孤立地看待语句,对其作片面的判断;要关注具体的文本间的相互作用及其作用的结果所呈现的相互关系,突出地强调单个文本的意义存在于它与别的文本的关系之中。在这种情况下,诗歌语篇中的具体词语、句子都在语篇对话过程中被运作、改造，在特定的场所和文本空间中彼此交汇、互相消解的结果，是处于无限开放的空间中所呈现出来的现象实体。任何一个文本都是多种语词空间的交汇，是无数词语、句子相互作用生成的集合体；语句在语篇文本中都不是一个固定的点，而是变化着的、无限敞开的存在体，每一个语句都镶嵌在文本内部的意义交汇网络中或不同文本间的网络空间中，与其他语篇文本的语句相互参照、作用。

三、语句与语言风格

认知语言学认为词句等形式是语言交际的媒介，语言单位的意义是反映现实世界的概念结构。不同交际主体在处理交际过程中的信息时所表现出的稳定倾向及审美趣味是其认知风格形成的重要因素，不同的风格类型其实都只是整体性的语言所反映出的、相对稳定的一种综合特点。一个语义结构由什么样的认知图景决定，是由相关词语或句子所表示的概念所激活的，语句对于语篇的形成具有关键性的作用，也在语篇的意义理解和风格辨识中发挥着重要作用。换言之，风格与形式和意义之间存在着实现与被实现的相互关系，任何文本的东西无不实现于风格，风格的主导原则都可以通过形式及其意义的解读在文本中得到捕捉。

在具体语篇过程中，语句作为一种任意的语义单位，那些交际主体在文本生产和文本解读中所划分的意义单位，它们像星星一样把语篇打散、但又未脱离语篇整体语境的制约。韩礼德（1978）在语境的基础上从社会学角度阐释语义的生成，提出了语域概念，它是重要的语言变量，是依据语境来预测语篇的意义与组织方式。这种文本语篇的解读与语域理论对语篇的解读有相通之处，语篇中这些单位的不同编码的相互指涉和作用，是语域和语类综合作用的结果。任何一个语篇都有自己的语域与语类归属，这为话语交际和语篇过程提供了基础和前提，也是风格互文得以实现的必然条件；它们所呈现出来的文本差异也即文本的多元性和意义、风格的多样性，进而使语篇、风格体验和风格互涉关联成为可能。语句作为语篇风格的重要手段和组成要素，是风格互文性辨识与分析的重要线索。

风格的认知倾向于整体的信息加工及识解，是诸多句子在同一空间中的总体理解，倾向于以构式信息为依据，经由词与词的交互作用、句与句的关联互涉显示出事件、意义表达的同质与异质性特征，进而体现出主体主观意愿程度和风格的强弱显著度。在这一认知过程中，句子具有语义启动的功能，可以通过词语或句子等概念刺激相应的记忆效果，产生联想和语义，对这些意义的识解会因为视角的不同、凸显的不同、详细度的不同等参数的变化而发生改变，对整体语篇意义的建构、选择、识解和诠释，进而影响到不同风格的生成及相互间的关联。因而，语法结构、语言形式或语义意义、风格面貌都随着语言的使用而不断地拓展、衍生或变化。它们都应该是大脑浮现机制运作的结果而不是原因。在诗歌语篇中，语句的变异和艺术化表达越丰富，说明其意义的开放性越强、语句所浮现的多义性和风格多元性就越明显，语篇风格的互文性也就越显著。这一思想为本书诗歌语篇的整体建构、风格的整体感知及风格互文的识解提供了依据。

第二节　王维诗歌语篇中的词语互文及其风格互文

诗歌语言以其特殊性在语言符号系统中展现出独特的魅力，语音、语词、句子等语言形式因为意义的关联存在于同个话语空间中，并展开对话，使得语篇建构得以实现。正如克罗齐所言：言语唯一的具体形式和唯一真实是活的话语，是句子、时代、页面文字、诗段、诗，而非化学符号般（perse）孤立的语词，亦非孤立语词的机械汇集。风格的形成与稳态化是从无数的经验途径中剥离出来的，是一种带有普遍性、具体性和特殊性的整体性文本特点，其文本结构之描述和意义关系之解读都是其重要对象。

一、用典及其语篇风格互文

诗歌的用典，即在诗文中引用有来历出处的语言或古代故事，既包括古籍中的语言，也包括谚语、俗语等；既有历史故事、神话传说，也有奇人异事、佛教故事等；既有明用也有暗用，形式多样、技艺精湛。王维诗歌中的用典十分普遍，而且十分巧妙，往往自然地化入诗歌，难以看出典故的痕迹，给人以"使事不觉""天然凑合"之感。用典是诗人思想倾向的重要表现方式，也是语词互文的重要手段，从中可以窥见诗人的情感态度及其独特的风格个性。

（一）用典与语词互文

用典即引用或化用典故。《全唐诗典故辞典》明确指出："凡属作品中引用或化用史实、故事、戏曲、神话、传说、典章名物，以及前代作品中有影响的诗、词、文佳句，均收作典目。"[①] 本书"用典"也以此为判断标准。"引用"即在说话或写作中借用或化用别人的语词来表达自己的思想情感，一般有明引和暗引两种形式。鉴于本书的研究背景和第二章的理论介绍，当我们提到"引用"时，会很容易联想到与之相关的互文手法。

自热奈特《隐藉稿本》（2000）开始，人们就习惯将"引用"与"抄袭""模仿""参考"等作为互文手法加以区分。这些互文手法都涉及两个或多个文本，它们共存于某个语篇空间中，将已有文本的语词或内容吸收到当前文本中，是寻找不同文本互文痕迹的重要依据。明引由于具有鲜明的特殊标志，往往可以立即被识别，当下文本与前文本中的语词没有太多的异质性

---

① 范之麟、吴庚舜：《全唐诗典故辞典》，武汉：湖北辞书出版社，1989年，第1页。

成分；暗引中的互文痕迹不像明引那么鲜明，但仍可以从字句之间找到同质性的印记。因而，引用作为一种典型的互文手法，用典也应视为是一种重要的互文手段。具体到诗歌语篇，用典多以词或短语等形式呈现，短小精悍、言简义丰，因而可将其纳入语词的互文中进行讨论。总之，用典是诗歌语篇过程中不可忽视的重要语言现象，也是语词互涉关系形成的重要体现，是诗歌语篇互文关系分析的形式依据和表征手段。

（二）王维诗歌语篇中典故的运用

据统计，以陈铁民《王维集校注》为底本的王维376首诗歌中，"最多只有90首没有用典（有极少数诗歌用极平白或今天通用的语典未统计为用典诗）"。① 这样算来，王诗中仅有24%左右的诗篇没有运用典故。本书进一步统计，发现其用典明显的有六百余处，并且在一个诗歌语篇中仅用一个典故的情况也很少，甚至有些皆用典故连缀成篇。如王维18岁创作的《哭祖六自虚》不厌用典，全诗共64句，几乎每一句都涉典，涉及《史记》《易经》《左传》《论语》《尚书》等诸多典故，不仅不觉堆砌繁琐，反而使其悲越浓郁、越深沉，令人动容。王诗中所融汇的典故范围十分广泛，"上薄《骚》《雅》，下括汉魏，博综群籍，渔猎百氏，于史、子、《苍》《雅》、纬侯、铃决、内学、外家之说，苞总并统，无所不窥，尤长于佛理。故其采藻奇逸，措思冲旷，驰迈前桀，雄视名俊。"② 这些诗篇通过与历史人物、史书典籍的对话，将典故恰切地融入当下诗歌语篇，实现不同时空、维度的语篇对话。

为了操作的便利和更直观的展示，这里以较为通行的四库全书中经、史、子、集的编排法对王维诗歌中的用典情况进行穷尽式统计，结果如表3.1所示。

---

① 方胜:《王维诗歌用典析谈》,《乐山师范学院学报》, 2007年, 第10期, 第18页。
② 顾起经:《题王右丞诗笺小引》,《王右丞集笺注》, 上海: 上海古籍出版社, 1961年, 第518页。

表 3.1　王维诗歌用典情况统计表

出处	频次	主要典籍
经部	94	《诗经》《论语》《左传》《周易》《尚书》《周礼》……
史部	298	《史记》《汉书》《后汉书》《三国志》《宋书》《战国策》……
子部	143	《庄子》《老子》《世说新语》《华严经》《妙法莲华经》……
集部	101	《楚辞》《文心雕龙》《陶渊明集》《诗品》《文选》……

杨义明确指出"典故作为携带着文化涵量和生命体验的遗传信息单位，被诗人常常用来沟通历史精神与现实生活……典故的选择，实际上是携带着现实的感触，寻找历史的相似性。"[①] 王诗中最典型的一类用典是对隐士典故的借用或化用。据统计，王维 1/4 以上的作品都涉及隐匿思想或隐士生活，以此来抒发对闲适生活的向往和内心的隐逸之志。这一偏爱在他年轻时就已显露，如《哭祖六自虚》的"南山俱隐逸，东洛类神仙"、《桃源行》全篇，都是对悠然自由宁静美好的隐逸生活的憧憬。随着仕途的跌宕，王维后期大量的山水田园诗中也可寻见该思想，如《辋川闲居赠裴秀才迪》"复值接舆醉，狂歌五柳前"借用《论语》中楚狂接舆和《五柳先生传》的五柳形象来表达对现实的不满和对隐逸的向往。他集中运用隐逸、归隐类典故，将历代史书传说涉及的相关典故如"式微""五柳""桃源""东山""长沮""王孙""愚公谷"等汇集笔下，使后人难以超越，成为其创作的一大成就。这些典故的运用不仅借用原文、原辞原意，同时也将其情感基调融入当下文本中，使文本带有同质性风格特征。

佛道、庄禅类典故的运用也是王维诗歌用典的一大特色。王维诗歌总流露出追求"涅槃"最高佛界的痕迹，这种超越生死、消除妄念的境界与老庄清虚自然、绝圣弃智的思想相通，体现为对老庄典故和佛教典故的运用。《山中示弟》首句"山林吾丧我，冠带尔成人"直接引入《庄子·齐物论》"子綦

---

① 杨义：《李杜诗学》，北京：北京出版社，2001 年，第 456 页。

曰：'……今者吾丧我，汝知之乎？'"的"吾丧我"，通过有执、有对、外在的"我"与无执、无待、内在的"吾"的关系辨析，揭示忘我的逍遥之境。末句"安知广成子，不是老夫身"又援引《庄子·在宥》中仙人广成子的典故，通过"老夫"与"广成子"的对比、变化，加之"我"与"吾"的关系分析，指出二者之间无本质区别，甚至可能相互转移。而"缘合妄相有，性空无所亲"又引入了《大般涅槃经》中"是受皆多缘合生""观一切法，本性皆空"的语典，揭示世间万物因缘相合、生灭相转。整首诗将佛道思想与庄禅要义完美相融，足见其对人生至境的追求。

  王维诗篇亦多对明君功臣、名将贤士、豪客游侠等人物及其事迹的引用。作为一名深受儒学影响的唐代诗人，王维有着本能的政治热情与豪情壮志，始终心系国事民情。其早期诗作多吟咏边塞将士的豪情壮志，多用史书典故特别是《左传》《史记》《汉书》等书中为人熟知的李广、苏武、卫青等功臣名将为国杀敌、忠勇爱国的故事，如《李陵咏》"汉家李将军，三代将门子"、《燕支行》"卫霍才堪一骑将，朝廷不数贰师功"等。在后期的一些边塞、游侠诗中也能寻见这些历史人物的痕迹，如《老将行》"卫青不败由天幸，李广无功缘数奇"，《陇头吟》"苏武才为典属国，节旄落尽海西头"等，大多是先对功臣老将的行为予以肯定和赞赏，同时又借其不平遭遇来暗示对统治阶级赏罚失据的不满。这以李广典最为突出，似乎是在盛唐的社会热潮上泼洒冷静的水，意欲警醒世人。这也是王维钟情明君贤士之典故的重要因素，《送元中丞转运江淮》"薄税归天府，轻徭赖使臣。欢沾赐帛老，恩及卷绔人"运用《汉书·文帝纪》中汉文帝诏赐帛的事迹表达对优待老人、恩及异类的赞赏；《送平淡然判官》"须令外国使，知饮月支头"和《送刘司直赴安西》"当令外国惧，不敢觅和亲"都是引用《史记·刘敬传》中汉武帝强国兴邦、令外国畏惧不敢攀亲的事迹来彰显帝国风范。

  综上，王维善于将各类典故引入或化入诗歌，化用语典最多的是《诗经》

和《楚辞》；最具特色的是对佛教用语的化用，该类用典超过30余处；引用得最多的是隐逸类典故和名士风流典故，其中直接诉说归隐之志的诗篇就超过一百首，且一个诗篇往往不是只用一典。广博的用典源流和精湛的用典技巧，使得王维诗歌在人才辈出的盛唐时期以独特的风格和高超的造诣独树一帜。对用典现象的梳理和分析，可以更好地理解语篇内容和情感态度，把握诗篇建构和风格生成。

（三）用典对王维诗歌语篇风格互文的影响

胡应麟指出"诗自模景述情外，则有用事而已。用事非诗正体，然景物有限，格调易穷，一律千篇，祇供厌吐。欲观人笔力材诣，全在阿堵中。且古体小言，姑置可也。大篇长律，非此何以成章！"[①]该论述明确了用典对诗歌"格调"也即风格的影响。用典是将前文本中内容与形式统一的互文单位安置到当下文本的最佳位置中，是不同风格单位实现互涉关联的重要手段。用典可以很好地解决诗歌语言的凝练性和丰富的表意表情间的矛盾关系，又使得诗歌境界在时空层面得以延伸，还能增添诗歌的蕴涵、展现主体的情感倾向与个性风格。

王诗用典尤重《诗经》《楚辞》和诸子散文、汉魏六朝诗文等经典中的典故，其所用典故不仅源流十分广博，而且类型多样、用法多变，更难能可贵的是多元的组合、与语篇的完美融合。《诗经》和《楚辞》分别是我国现实主义诗歌和浪漫主义诗歌的源头，王维将二者烂熟于心，对其诗歌语篇风格的形成多有助益。王维的五七言诗多用《诗经》的语典，如《偶然作》"田舍有老翁，垂白衡门里"的互文单位"衡门"源自《诗经·陈风·衡门》的"衡门之下，可以栖迟"。"早岁同袍者，高车何处归""斗回迎寿酒，山近起炉烟"等诗句亦源自《诗经》。还有一些直接化用的诗句，如《和仆射晋公

---

① 胡应麟：《诗薮》，上海：上海古籍出版社，1979年，第64页。

扈从温汤》的"长吟吉甫颂,朝夕仰清风"取《诗经·大雅·烝民》的"吉甫作诵,穆如清风"之意重构而成;《田家》"卒岁且无衣"是在《诗经·豳风·七月》"无衣无褐,何以卒岁"的基础上整合而成。典故的引用或化用,不仅保留原典之意,也延续了原有风格基调。

王维偏爱楚骚胜于《诗经》,他共有九首骚体诗,而且多佳作,这些骚体诗的创作不仅沿用其辞,也多袭用其意、其韵,唐代宗甚至评价其诗歌胜过风骚之作。《登楼歌》《赠徐中书望终南山歌》《鱼山神女祠歌》都是典型诗篇。叠字的运用和楚辞的引用也是王维对《楚辞》诗句语辞的纯熟运用,如"飒飒秋雨中,浅浅石溜泻""袅袅秋风动,凄凄烟雨繁"。楚骚意蕴深厚、文质并重,且清丽典雅,精美的语辞与真挚的情思和谐统一、完美契合,形成淡雅清丽的主导诗风。

王维对诗骚、前人诗赋、诸子散文、民歌民谣等语典的化用总能以多变的形式和精妙的组合呈现,也善于集中使用同类典故,如大量征引隐逸类典故、佛经语典,使诗歌富有禅意,在空寂之中又意味深长,形成空灵幽玄的风格特点。此外,王诗中也有将两典合一的情况,如《郑霍二山人》"翩翩繁华子,多出金张门"和《寓言二首·其一》中"朱绂谁家子?无乃金张孙"的"金张"分别指勋臣世家金日䃅、张汤的典故,将二典合一,使得诗歌风格清晰、诗意朦胧、意蕴深远。王维还善于巧妙地运用多典的对比来表情达意,用同义反复来强调内容、突显特征、渲染气氛,用反义对比来强化诗篇主题、增强诗歌的情感态度。总而言之,王维诗篇中的典故运用得恰得肯綮,集各家之长于一身,将多方面典故发挥出最大的功用,使其诗篇意蕴丰厚、浑然淡远,呈现出丰富多元的风格特点。

二、色彩词的运用及其语篇风格互文

色彩是传递信息、表达情感的重要载体，是情感和思维外化的重要呈现方式。在文学作品中，赋予色彩人的情感触动和认知体验，不仅具有描写事物、塑造环境等功能，也具有升华主题、烘托气氛、塑造风格等功能，语篇作品中的色彩不仅有模拟性、表意性特征，也有特定的象征义和情感义。将色彩词作为语篇意义单位进行分析，有助于把握语篇主题、情感意义及其与各风格要素的相互关系。

（一）色彩语义与情感体验

色彩是最具直接表现力、最强烈的视觉语言，它不仅是客观事物的呈现形式，"也是主体情志心态的外化标志，传达着心灵的律动和感受"。[①] 色彩是基于主观性的一种对外界事物的视觉反应，能够引起各种视觉心理的联想，进而产生不同的空间体验和情绪交互，形成不同的风格感受。可以说，色彩直接影响到心灵，有意识的色彩接触能够引起心灵的震动、情感意义的碰撞。文学作品中的色彩远非对自然界色彩的还原与堆砌，而是主观能动性与认知经验、情感相结合的一种艺术加工，极具个性和创造性。其实色彩本身是物质性的，不存在任何的情感，但却给人以冷暖、软硬、轻重、大小等感受和华丽、质朴、热烈、沉稳、活泼、庄重等体验。不同人对色彩的感受与理解各不相同，色彩在不同交际环境中所传达的语言信息、给人的体验感受也不尽相同。

色彩语义与个体经验联想、情感体验的关系最为具体、直接。不同主体由于文化背景、社会经历等的差异形成不同的经验体验与联想，这些经验体验始终与其个人的认知记忆交互，具有较强的主观性，但随着时间的推移和

[①] 袁晖、李熙宗：《汉语语体概论》，北京：商务印书馆，2005年，第313页。

经验的积累，在长年累月的信息接收之后得以交融和稳固，在大脑皮层所引发的记忆回放和联想中实现进一步的加工，进而表现出特定的情感基调，带有一定的风格特征。反之，这种经验其实也带着联系和记忆的特征，带有主体、时代等的烙印，同时也用自身的情感加工着记忆的客观性，进而浮现出属于主体自身的情感和风格。可以说，经验联想建立在心理联想的基础之上，是对心理联想无限刺激—反应的叠加之后才形成的较为稳固的独特的认知模式。心理联想所具备的情感特征会在第一时间内引发人们的潜意识去寻找共鸣，有的直接与具体存在的客观事物相呼应，有些则是从抽象的概念出发与人的感觉或情绪相关联，如黑色可以直接联想到黑夜，也可以直接联系到恐怖、悲惨的事件等。这种色彩与心理的感知必须在社会的实践也即生活经验中不断叠加直到产生自主记忆与自然浮现。诗歌语言凝练含蓄，诗篇中那些断裂的、跳脱的色彩整合而成的联想，往往更加简洁、深刻。

色彩的强弱、冷暖、浓淡给人的感觉不同，形成的风格也不尽相同。如纯白色给人圣洁之感，米白色给人温柔之感；冷色调给人安静、严肃之感，暖色调给人活泼、亲切之感。这种感受是主动的、有选择的，并非完全同质的存在，主体在接受了视觉信息与心理感受后会有选择性地整合出一种最为舒适的情感体验。对色彩的选择和描绘不仅是客观描写的需要，更是情感抒发的需要，是主体态度与客体属性的融合。因而色彩语言必然是多层次、多元化的，对于色彩的认知与体验必然带有主体倾向，具有某种独特的美感与韵味，进而形成独特的风格特点。

（二）王维诗歌色彩词的运用

王维"诗中有画"的典型特征不仅与其水墨画技巧的运用、意境的塑造有关，更重要的是他对色彩的巧妙处理。红黄蓝三原色及强烈的补色这些绘画的常用技巧在王维的诗篇中得到了淋漓尽致的展现。基础色彩的搭配与白色的组合勾绘了一幅幅色彩丰富又统一的画作；互补色的对比、冷暖色的扩张与收缩张力产生语篇的空间效果，进而产生或突显或强烈或暗示的语篇表达效果。王维将绘画的技巧炉火纯青地运用到诗歌创作中，使诗画融合，塑造出一个个通透清丽的诗境，蕴涵浓郁的禅意。这种清丽素雅的风格最鲜明地表现在对色彩词的运用上。

清新素雅的色彩搭配与组合是王维诗歌语篇清新淡雅风格的典型体现。据统计，王维382首诗共使用色彩词464次，以基本色调为划分标准可分为白、绿、黄、红、黑五大类，又细分为青、翠、苍、金、银、朱等28小类。具体如表3.2所示。

表3.2 王维诗歌色彩词运用情况统计表

颜色	颜色词	频次	合计	占比
白	白	90	117	25.22%
	素	18		
	银	4		
	粉	4		
	皙	1		
绿	青	74	162	34.91%
	苍	26		
	绿	21		
	翠	20		
	碧	11		
	蓝	7		
	黛	2		
	缥	1		
黄	金	53	91	19.61%
	黄	38		

·108·

续表

颜色	颜色词	频次	合计	占比
红	红	21	80	17.24%
	朱	20		
	丹	16		
	紫	10		
	赤	7		
	彤	3		
	绛	2		
	赭	1		
黑	玄	5	14	3.02%
	乌	4		
	黑	3		
	黛	1		
	皂	1		

需要说明：这里的色彩划分是按王维诗篇中具体表达的色彩来归类。"苍"一般可表示青和灰白，但王诗中共25个"苍"均作青色使用，因而都归入绿色；王诗中4处"粉"（"嫩竹含新粉，红莲落故衣""朱阑将粉堞，江水映悠悠""邀人傅脂粉，不自着罗衣""涧花轻粉色，山月少灯光"）均作白色，因而归入白色；"黛"有青色和青黑色之分，王维诗共3处，其中"连天凝黛色，百里遥青冥"和"千里横黛色，数峰出云间"都是青色意，应归入绿色；"散黛恨犹轻，插钗嫌未正"指的是女子的眉色，当属黑色。

王维诗中多用简洁大气的素雅色调，如青白色等具有较高纯度和明度的色彩。青白色的集中使用、与之同色调色彩的搭配与叠用，既与事物的颜色性状属性完美契合；又通过颜色的协调如降低色彩的纯度形成补色低纯度的效果，使得其诗歌语境清新秀丽、富有雅致的韵味，形成清新淡雅的风格特点。例如：

白水明田外，碧峰出山后。（《新晴晚望》）

清冬见远山，积雪凝苍翠。(《赠从弟司库员外絿》)

青草肃澄陂，白云移翠岭。(《林园即事寄舍弟紞》)

漠漠水田飞白鹭，阴阴夏木啭黄鹂。(《积雨辋川庄作》)

清溪一道穿桃李，演漾绿蒲涵白芷。(《寒食城东即事》)

西岳出浮云，积翠在太清。连天凝黛色，百里遥青冥。(《华岳》)

可见，王维善于利用同色系的搭配来描绘景物，强化其特点；再选取一些其他色彩作为点染，通过清新、明丽的色彩塑造清丽、素雅的画境，体现出清幽淡雅的风格特点，这些诗句都以青白色系为主色调，通过青草、苍山、白云、积雪等的映衬，配之以浅色的雾霭、水波等，彼此融合、互补，俨然是画师的构图和取色。这种以画入诗的力作是六朝以来山水诗创作的一大突破，超越了实录描摹的手法，使山水诗具有传神、浓郁的诗画色彩，更以丰富、独特的色调表现自然的变化与律动，使得语篇诗意盎然、韵味悠长，呈现清新雅致的风格特点。

王诗中还有一类常见的色彩词是通过环境色或事物色来体现的。环境色即自然环境或自然景物自身特有的颜色，如夕阳红、苍苔色等。这类色彩的运用一般有两种情况：①直接运用带有色彩的事物来描绘或渲染诗境的画面，如"渭城朝雨浥轻尘，客舍青青柳色新"中客舍的"青"并非客舍之色，而是新柳的颜色。直接将柳色对环境的影响扩大，移至其旁边的客舍，甚至可能随着移情的作用拓宽至整座城市。通过阴雨笼罩的灰色与显眼的柳色形成鲜明的对比，其他颜色和事物似乎都被淡去、遗忘，通过空间远近的呼应和环境色调的糅合展现了一幅鲜活、生动的雨景图。与之类似的，还有"山路元无雨，空翠湿人衣""坐看苍苔色，欲上人衣来"等，都是将自然环境的色彩与事物的色彩与人物、建筑等融合起来，合为一体。②通过对光源的处理和调整如投影、暗部的设计等来营造诗歌场景。这样的色彩表达不仅增强画面的真实性和感染力,还最大程度地丰富诗歌画面,唤醒人们的认知经验与情感共鸣。如"返景入深林,复照青苔上"尽管没有指明阳光、深林的色彩,却巧妙地运用了光照原理,将光的直射、暗影及反射等集于同个画面,写出静谧优美的深林图景。通过对色彩的光源处理来调节其颜色的强弱、冷暖等差异,通过对环境或事物的影响范围与程度大小的控制来呈现不同诗境。与之相似的还有"明月松间照,清泉石上流""行人返深巷,积雪带馀晖"等,都是将自然光源色调与自然景物色调相统一,形成清幽雅致的诗境。

王诗中也不可避免地运用一些浓郁的色彩,如大红大绿、苍黑火红等。他将这类色彩词统合于同个场景之中,大胆热烈、艳丽夺目,给人以强烈的视觉冲击,与主流的淡雅风格形成鲜明的冲突。这类色彩词更多出现在王维前期的诗歌作品中,不同于其后期的清新淡雅,如《河南严尹弟见宿弊庐访别人赋十韵》中"薄霜澄夜月,残雪带春风。古壁苍苔黑,寒山远烧红"以霜、雪的纯白色组成整个画面的清寒背景色调,恰到好处地将苍苔之黑与远烧之红这两种特别亮丽又厚重的色彩搭配融合、突显出来,成为引人注目的点缀,通过色彩的映衬暗示了主体内心的沉重。与之类似的,还有"鳌身映天黑,鱼眼射波红""白草连山野火烧,暮云空碛时驱马""桃红复含宿雨,柳绿更带朝烟"等诗句。另外,王维在描绘这些艳丽图景时似乎都不自觉移用了画家的设色技巧,利用水、雨、烟等的模糊、淡化作用对这些色彩浓郁的意象进行虚化、弱化处理,巧妙地利用光色滤镜来实现语篇整体风格的统一,使其不至于偏离主导风格太多、产生突兀之感。

(三)色彩的运用及其诗歌语篇风格

"诗中有画,画中有诗"是王维诗歌的显著特征,也是其多元诗风的重要表现。王维诗歌语篇中,无论是小桥流水、花鸟虫鱼,还是奇峰峻岭、长河落日,都以特定的色彩传递出独特的思绪与心态,使其诗篇呈现丰富多样的风格特点。王诗中色彩词的具体运用及其偏好在第三章第二节中已有详细论述，这里仅做一个简单归纳：一是偏爱冷色调，营造静谧清幽的氛围；二是擅长色彩的搭配和组合，依据表达需求的不同形成或清新明丽或空灵恬淡或雄浑壮阔或哀婉深沉的风格特点；三是善于运用对光源和色调的处理，营造具有不同层次、给人不同情感体验的诗境，这些和谐统一、如诗如画的诗境极具禅意，形成幽玄的诗风。

根据巴特（2008）的观点，词汇、形象、叙述方式等文学作品要素都取决于风格，风格是一种生物性的作家的本能冲动，是来自底部深处的、垂直性的行为。文学语言是在风格的名义下形成的一种自足性的语言，水平性的语言结构与垂直性的风格相结合，进而使得文本主体在语言结构中发现历史的熟悉性，在语言风格中发现自身经历的熟悉性。这一叙述补充指明了风格对遣词造句、语篇结构同样会产生影响，这并且是一种自然生发的本能冲动，它无处不在地体现于语篇的蛛丝马迹中。王维作为开启平淡静穆的美学风格诗人，其作品尤其是清新淡远、浑然空灵的山水田园诗最为鲜明地体现了这一风格特点。纵观王维的诗歌作品，其多元风格的生成既有其背后的社会背景，更与其个人性格有着莫大的关联。

王维笔下庄重肃穆、雄浑典雅的应制诗与盛唐气象、诗坛审美息息相关，当然也与其刻画对象、创作环境紧密关联。其应制诗往往多自然物事入诗，以景、以势取胜，《奉和圣制从蓬莱向兴庆阁道中留春雨中春望之作应制》选取了最佳的观望视角，将帝都之景与自然雨景完美融合，突显出帝城的巍峨雄伟、庄严气阔，因为身处其境，面对的是君王与朝臣，必然需要选取具有典型特征的"渭水""秦塞""黄山""汉宫"等这类景物，将纯白、亮黄、翠绿、金黄等艳丽的色彩和谐统一于同个空间，通过远近高低的设置勾勒出气派之景，这其实与潜意识的风格有着直接的联系。随着盛唐时期禅宗的兴盛、社会集体审美心理开始发生变化，在气势恢宏雄壮的鼎盛时期，独树一帜的清峻秀丽、静穆幽玄风格开始出现并逐渐受到青睐，王维笔下给人以情景完美交融的纯粹审美感受的诗歌作品源自于其自身对生活的敏感与喜爱，更与其平和的生活态度、超脱的境界追求有关。王维母亲也是佛教徒，因而自小耳濡目染，对禅宗有较深的认识，对其也颇感兴趣，因而其创作中也可能不自觉地塑造佛境般的诗境、对佛语的运用，无意识地调动与佛境相关的冷色调，选用带有明净颜色的事物如"莲峰""软草""白云"等，勾绘出澄净空灵的画面，给人以静谧肃穆之感。如《过香积寺》全诗笼罩着面对禅寺时的静穆与超然之感，几乎看不到世俗的嘈杂与情感，给人以清新明丽的视觉享受，显示出淡然超脱的人生态度和清幽俊逸的风格特点，极富禅意。

三、情感词的运用及其语篇风格互文

人类的情感十分复杂，不同的情感往往会以不同的方式影响个人行为，产生不同的效果，这一过程与主体认知、经验紧密关联。在语篇中对文本情感进行分析是自然语言处理领域中最活跃的研究之一，从文本出发分析人们的态度、情感对于语篇的建构及其意义表达具有重要的指引作用，这种情感表达在很多时候会影响整个语篇的形成及风格的变化。已有的人工智能情感算法多基于情感词典和机器学习来实现对情感的分析，也有人提出细粒度情感分析模型（万岩、杜振中，2020）、基于意义相似性的情感分类方法（马晓慧、贾君枝、周湘贞，2020）等更为完善、切实的方案，这进一步推动了语篇情感语义特征和风格基调的分析。情感的传达离不开信息的传递，而信息的传递需要一定的载体，情感词就是语篇交际中重要的情感表现形式之一。对情感词进行梳理和分类，提取出情感词的语义特征并对其风格预测做出分析，是语篇动态研究的重要方面。同时，风格也可能反过来制约着情感词的选取与应用，二者应该始终处于相互影响的动态过程中。因此，在自组织的大脑系统中，语义的浮现与形式的表现始终是相互渗透的。

（一）情感词与主体认知

认知科学的兴起主要是 20 世纪 50 年代开始对人工智能的研究需要，其主要研究对象有智能、语言、学习、注意、感知、行为等。本书从大脑的认知机制出发来理解"情感"，进而探讨情感对风格生成与变化的影响。目前对于情感的大脑机制研究主要有两种著名的学说：情绪外同学说和坎农－博德理论（Cannon–Bard）学说（Bear M F，Connors B W，Paradiso M A，2004）。前者是情绪的外周性研究，认为人的经验情感是因为对身体中的生理变化产生反应；后者是对情绪中枢机制的研究，认为情感体验能够独立于情感的表达，与生理反应没有必然联系。后来的研究表明：情感是在特定语境和主体经验的影响下经由大脑皮层和皮下组织共同活动而产生的结果。情感作为复杂的心理与生理综合生成的现象，它是每个个体智能活动中不可或缺的角色；但它又是一个社会概念，经由个人发起、经社会的认可后形成，这中间涉及诸多方面的因素如环境事件、生理唤醒、认知过程等，而主体认知是情感产生的最重要因素。主体认知是自动的、无意识的并且存在差异的，其评价、态度、反应程度也不尽相同，每种情感在组织、动机和体验上都具有独特性，但都离不开社会文化的制约。因而，任何情感的发生与表达都可以在一定条件下通过基本情绪的相关信息或情感载体建构起理解的桥梁，使语义编码与解码形成交互，进而形成风格意义的交融与分解，最终促成风格的互涉变化。

自 20 世纪 80、90 年代开始情感词逐渐受到关注，这 20 年来的相关研究呈明显上升趋势，研究重点也从前期情感词的定义和分类转向情感词的加工和使用。情感词，顾名思义，即用于表达人的特定情感情绪的状态或过程的词。从词性看，一般是名词、形容词或蕴含情感的动词（如喜欢、讨厌、憎恶等）；从语义看，可分为有语义信息的情感实词和无语义信息的情绪叹词（郭丹丹、金雅声、丁燕兵，2015）。它具备与人的情感情绪相应的系列要素，具有描述和表达功能。人脑是自足自主的系统，它对于信息的感知和处理是一种自发的反应过程,"在很多情形里,根本不可能在人的感知世界和外部世界之间划一条界线……内心活动和外界发生的事情之间没有明显的分解,心灵渗透到世界之中。"[1] 情感信号作为信息的物质载体或形态,理解这些信号的特征十分重要,人们的主体情感与其表现形式也是相互渗透的。情感词作为情感表达的重要介质,是人们使用频率最高、最方便的一种。国内外研究也将情感词作为情感认知的重要切入点或刺激材料。对情感词的选取和使用进行分析,有助于了解语篇表达意图和主体的情感态度,对于语篇意义和语篇风格的把握具有重要的作用。

(二)王维诗歌中情感词的运用

主体认知往往会潜意识地在语言表达中留下痕迹,如对情感词的运用和偏好等;而语言表达作为支持或强化主体情感认知的重要方式,从情感词的使用也能窥得主体的情感态度及其情感基调。语言的表达运用与主体的情感态度往往是相互影响的,不存在谁决定谁的主导地位,都是在交际中寻求最理想的一种状态,进而实现最佳的交际效果。当前的情感词分类很多,各有优缺点。由于本书研究的对象是诗歌,其语言凝练而含蓄,富有典雅气息,诗歌语篇一般多抒发思乡怀远、离愁别恨、壮志豪情、隐逸洒脱等情感,这里依据具体诗境及其情感梳理并提取了较为典型的几类情感词:喜(积极愉悦)、平(平和空静)、忧(忧心苦闷)、思(感怀相思)、悲(悲悯孤寂)、恐(害怕恐慌)六类核心情感,试图通过语义场的类聚来实现诗歌情感词的划分与分析。每类情感都以核心情感词为中心聚合了与之相近情感语义的词语,组成一个个相对独立的情感词集,这一过程主要依赖人脑自组织的浮现机制来实现。

---

[1] CLARK:《Being There》,Cambridge, Mass:Massachusetts Institute of Technology Press,1997,p139.

为了尽可能取得客观、科学的结果，我们采用 LTP（Language Technology Platform）工具对现存可考的王维诗歌语篇进行分词处理，在自动分词后为了减少失误，再次进行了人工校对。接着，通过 Python 的深度语义处理即以计算机编码的方式对王诗中的词语进行语义辨析和处理，提取出与核心情感词语义特征相关的情感词。在此基础上，参照知网 2007 年 10 月 22 日发布的"情感分析用词语集（beta 版）"和台湾大学中文情感词典库，对计算机自动处理后的情感词集进行人工筛查，将一些与核心情感词意义程度较远、情感关联强度较弱的情感词筛除。而后，借助关键词检索工具 Word Smith 软件（6.0 版本），对上述核心情感词进行词簇和搭配的统计，对相关情感词的语义特征和分类归属进行判断。在上述操作完成后，得出相应的情感词运用情况，如表 3.3 所示。

表 3.3　王维诗歌情感词运用情况统计表

核心情感词	相关情感词及其频次
喜	好（23次）、贤（23次）、乐（21次）、恩（18次）、幸（17次）、爱（9次）、佳（8次）、愿（8次）、兴（"兴致"义，8次）喜（7次）、良（7次）、欢（7次）、迷（7次）、宠（5次）、羡（4次）、慕（3次）、切（4次）、妙（3次）、得意（3次）、语笑（3次）、痴（3次）、贪（3次）、悦（2次，一"说"）、畅（2次）、眷（2次）、傲（2次）、颂（2次）、酣、骄、雀跃、陶然、笑语、逍遥、惬、欣欣、得志……
平	空（88次）、远（42次）、闲（36次）、静（24次）、独（Adj./Adv.25次）、净（12次）、寂（11次，包含"寂寂"3次）、依依（3次）、悠然（3次）、暇（3次）、雅（2次）、敬（2次）、悠悠、退心、放心、从容……
忧	愁（28次）、苦（19次，含"苦辛"2次）、怜（11次）、惆怅（10次）、怅+V.（6次）、嫌（7次）、叹（7次）、烦（7次）、惜（6次）、厌（5次）、惭（5次）、恨（5次）、愧（4次）、恶（4次）、徘徊（3次）、怨（2次）、悯、羞、怅然、恍惚……
思	思（55次，含"相思"8次）、忆（11次）、念（10次）、疑（9次）、想（6次）、缅（2次）、怀、恋……
悲	悲（28次）、孤（25次）、哭（15次）、泪（11次）、寂寞（8次）、伤（8次）、凄（8次）、哀（5次）、嗟（5次）、惨（3次）、泣（3次）、寥落（3次）、耻（3次）、沮（2次）、寂寥（2次）、肠断、沉吟、落魄……
恐	惊（10次）、畏（8次）、不敢（6次）、恐（4次）、惧、怯、竦……

由表 3.3 可见，王诗中尽管有一些直言"悲""愁""思""恨"等情感鲜明的词语，但典型的喜怒哀乐愁等情感类型中仅"愁"出现的频率稍高，其他直言鲜明情感的词语占比极低，大多情感表达都显得较为含蓄、闲淡，呈现一种哀而不怨、怨而不怒的适度和雅致。总体来看，王诗中不经意流露出的情感自白有较明显的两大倾向：一是淡淡的惆怅，这种惆怅伴随着身心的空静与净化后的真挚情思；二是中和的淡然，这种淡然往往在他对山水田园的描绘和对闲适生活的勾勒中不自觉地表露出来。当然，王诗中也有少数豪情壮志的诗句，如"非但慷慨献奇谋，意气兼将身命酬""麒麟锦带佩吴钩，飒沓青骊跃紫骝。拔剑已断天骄臂，归鞍共饮月支头"等。还有一些抒发沉郁哀婉之情的，如"嗟余未丧，哀此孤生""心悲常欲绝，发乱不能整"等，但这样的情况较少，不作重点讨论。主要探讨其诗中惆怅与淡然这两种主要的情感倾向及其对诗篇风格的影响。

（三）情感词的运用及其诗篇风格

首先是惆怅。王维诗中多用"愁""孤""悲""惆怅""怜"等表达情感的词，更喜欢用悲景、孤境与愁思哀情结合的写法抒发一种欲隐不得隐的失落和想怨不能怨的迷隐忍；既体现了入世的迷惘困顿、也带有避世的清幽孤寂。但受特定环境的制约及其自身"儒—禅"杂糅的心理结构影响，这种情绪只能寄托在自然景物或幻想世界中，暂得片刻寄怀。这类情感多体现在三种主题的诗歌语篇中。

一是应教、应制诗。如《奉和圣制从蓬莱向兴庆阁中留春雨中春望之作应制》的"为乘阳气行时令，不是宸游重物华"看似是对帝王功德的赞美，实则也从"为""不是"二者的表达中委婉指出对帝王功德已满的心理危机和社会朝政动荡的担忧，这种不安与怅然无法直接言明，只能借此暗自表达心声。《奉和圣制登降圣观与宰臣等同望应制》中的"端拱能任贤，弥彰圣君圣"其实也是对君王不辨忠逆奸贤的失望与暗讽,但这种情感看起来并不激烈,需联系其景其境其思来理解。

二是赠答诗。如《酬张少府》"晚年唯好静,万事不关心。自顾无长策,空知返回林"暗露出诗人内心对自我才能的自知,不是因为政治黑暗,也不是因为不愿与李林甫同流合污,而是对自身不堪委用、只能选择归隐的感慨。这种惆怅与他在《早秋山中作》中"无才不敢累明时,思向东溪守故篱。不厌尚平婚嫁早,却嫌陶令去官迟"的自嘲和消极抗争一样,都是对不为世用、不被理解,最终不得不选择归隐的失落与不满,但这种深沉的酸楚只能在委婉的自嘲中流露。

三是抒怀诗。这种含蓄而隐忍的情绪在这类是诗中表露得更为明显。如《秋夜独坐》全篇都在感慨岁月流逝及难就功名的悲哀,这种惆怅无人可说也无人可解,只能"独坐悲双鬓",随着空堂、二更、秋雨、孤灯、山果、草虫等意象的逐一呈现,将诗人心底的孤寂凄凉和苦楚推到了极致,但这种情很快又被压制,只以"欲知除老病,唯有学无生"的叹息平缓了这种情感,典型地呈现了"发乎情,止乎礼义"的儒家中正之风,使其诗歌自带深刻隽永、浑然淡雅的风格特点。

四是送别诗。这类诗在王维诗歌总量中约1/5,这与其广泛交友并重视友情有很大的关系。其笔下的送别诗无论是表达与友人离别之不舍,还是对友人旅程之艰辛的担忧,都渗透着一种淡淡的愁绪。这种惆怅与关怀只能寄托在自然景物身上,如《送韦评事》"遥知汉使萧关外,愁见孤城落日边"就是对友人将要居住的环境的联想,《送杨长史赴果州》"鸟道一千里,猿啼十二时"既写出旅途的艰辛,又通过空间的静境和时间的动境将内心的凄苦和浓厚的别恨形象地描绘出来,但又很快地从哀苦中超脱,以"别后同明月,君应听子规"表明诗人的深情和对友人的鼓励和希望,很好地扬弃了"子规"意象典故的悲凉,哀而不伤。

接着是淡然。王诗所呈现的和谐诗意之境"是双向的交流,是主体仰观俯察,用整个身心去体验感受,是以虚静之心纳受万物之精魂,再将自身人格元气投射于物的相容相受的双向过程。"[①] 因而,王维的平和心态除了与其独特的文化心理建构有关,还与其对自然的敏锐洞察与睿智思考有关。细品其诗,王维善于将主观情识转移到客观外物身上,通过象征、隐喻等手法来传达,因而,其诗歌语篇的空并非一味地泯灭,在其空寂中隐然有着某种执着,其孤寂禅境其实饱含真情,呈现一种空灵澄净之美,留有广阔的想象空间;使含蓄的情感更为深沉、安宁的环境更具韵味,真正实现情景的交融无间、诗画的完美契合。

王诗中情感的平和与淡然主要体现在山水田园诗、禅化诗及部分交往诗中。

王维的山水田园多用"平"类情感词,呈现空远恬静的风格特点,其中尤以"空"的特点最为典型。据表 3.3,王诗"平"类核心情感词中出现频率最高的分别是"空""远""闲""静",依次为 88 次、42 次、36 次、24 次。这些词语并不直接表达情感,而是借由对空远诗境的勾绘来描写闲静恬淡的心境。如《辛夷坞》"涧户寂无人,纷纷开且落"描写辛夷花在山深人寂的地方独自绽放、凋落的景象,热烈绽放之时不需要赞赏与关注,凋落时也无须惋惜和惆怅,自开自落、自满自足,这亘古、寂静的涧户和安宁、空无的心境相契,情景交融、物我两忘,呈现自然清逸、空远旷达的风格特点。此外,"澄波澹将夕,清月皓方闲""寂寥天地暮,心与广川闲"等亦都是自然山水与平和心境完美融合的具体体现,塑造了恬淡宁静、清幽俊逸的诗歌意境,呈现空灵闲适、淡远雅致的风格特点。

王维的禅化诗亦多平和与淡然的情感表达。皮述民认为"王维是将禅意入诗最早也最成功的诗人",[②] 尽管这一提法未必得到普遍的认同,但足见王维

---

① 胡经之:《文艺美学》,北京:北京大学出版社,1994 年,第 95 页。
② 皮述民:《王维谈论》,台北:联经出版社,1999 年,第 247 页。

"诗佛"的地位及其禅化诗歌的影响。王维的禅意诗境往往与幽寂的自然之境相融合，这些可以在山水意境的刻画和佛寺佛境的描写中寻得踪迹。如《过香积寺》《登辨觉寺》都以实景会禅，通过自然景物的幽深与宁静来印证内心的归寂心态。诗中借用佛语，如"薄暮空潭曲，安禅制毒龙"中"毒龙"便是佛语中对世人欲望的指称，蕴涵着相关的佛教故事；"竹径从初地，莲峰出化城"的"初地""化城"是佛语中的修行境界。其禅诗是以外观者的视角来安定自我，将空明脱俗之风转移至自然景物身上，整体呈现出幽深、寂静的特点。较典型的还有"行到水穷处，坐看云起时""北窗桃李下，闲坐但焚香"等诗句。另外，王维笔下还有一类禅化诗是正面揭示王维复杂的心理世界及其参禅悟禅的过程，如《与胡居士皆病寄此诗兼示学人二首》等。由于诗人浓厚的佛禅情怀与性格使然，其诗歌往往流露着某种禅意或禅趣，呈现澄净幽玄、空灵淡远的风格特点。

诗以言情，王维的情感心境往往最直接地体现在其对自然山水的勾绘与对日常生活的刻画中。这些诗篇往往引而不发、哀而不怨，总是带有一份惆怅寂寞的宁静与冲淡，独具特色的色彩搭配与情感表达使其诗篇在适度与雅致间将内心的空明与情感的纯粹抒发得淋漓尽致，呈现出空灵恬静、澄澈淡雅的风格特点。

第三节　王维诗歌语篇中的句子运用与风格互文建构

诗歌讲究精炼、整齐和平仄、押韵，由于其高度概括与高度凝练的特性，任何语篇单位稍有调整就可能引起诗篇整体发生变化。句子看似一个表达完整词概念的单位，但在具体的语篇中，句子的编排与句式组合都不是胡乱拼凑、随意安插的。诗歌的多义性与句法的多解性有着紧密的关联，直接影响到对诗歌的理解。黑格尔曾说"语言的表现形态，一部分被表现者的心理特征所决定，一部分被表达的内容和意图所决定。"[1] 句子的组合与配置不仅仅是内容需要与技巧表现的问题，更是反映形式与内容的相互关系、体现主体情感态度与思想心境的具体方式。在诗歌语篇中，不同的句式句类、句子结构的不同组合都可能形成不同的表达效果，进而呈现出不同的风格特征。探讨诗句的组合、句子结构的安排以及句式选择等及其可能蕴涵的意义信息，有助于我们更好地了解创作主体的思维方式与情感取向，把握语篇内容及其风格特点。

一、句子结构与意义表达

《文心雕龙》有言"夫人之立言，因字而生句，积句而成章，积章而成篇。篇之彪炳，章无疵也；章之明靡，句无玷也；句之清英，字不妄也；振本而末从，知一而万毕矣。"[2] 字句各有其法，而后成其章。句间关系组合成章，无论是句子结构还是篇章结构一直都是诗歌结构研究的重要内容。诗歌句法多变是公认的事实，诗歌语言尽管突破常规、以变异的形式产生诗学功能，但归根结底仍不能脱离语言的基本结构规则。句式的长短简繁、结构的设置与变化、句子的组合与编排，都可能形成不同的意义表达，进而对语篇风格产生影响。换言之，句子的选择与变化都可能对诗歌意象、诗歌多义性等产生影响，诗歌句法在其语篇过程中的重要作用不言而喻。王维诗歌往往是五言或七言一句，对这两类诗歌句式进行穷尽式分析，逐篇逐句地对其句式、句法进行梳理，可以更清晰、准确地把握诗歌语篇的意义流动、情感表达及风格的形成变化。

---

[1] 童庆炳：《文体与文体的创造》，昆明：云南人民出版社，1994年，第83页。
[2] 刘勰：《文心雕龙注（下）》，范文澜注，北京：人民文学出版社，1958年，第570页。

（一）表层结构：节奏

对诗歌句子结构的分析，即是对其诗句内部词语组合规则的分析。王诗多采用唐诗的五七言形式，以五言最为显著，五言中又以五律数量最多、成就最高。王力（1979）对古体诗和近体诗的五言、七言句子结构类型进行了非常细致的梳理，这为复杂多样的诗句研究带来极大启发。但诗歌句子结构十分复杂，太过细致的划分对于诗歌风格的把握也较不利。任何一首既定的诗歌，其风格都是由那些反复出现的特点所赋予的，不论是单个诗句还是整首诗篇都是如此。为了考虑诗歌的有机整体性，我们将节奏纳入句子结构的讨论，因为"节奏实际上是对诗句的句子结构的第一层分析"，[①] 节奏分析的准确是整个诗句第二层、第三层分析的前提，正确分析节奏才能实现整个句子的正确理解。

诗歌节奏是诗句有规律的停顿，包括韵律节奏和意义节奏。韵律节奏由语音自然停顿形成，随着字数的确定而确定，如五言的二三、一四，七言的四三、一六。意义节奏是由构句单位的语法关系形成的停顿，是更深层的停顿。二者有时一致，但又往往不一致。诗歌韵律节奏固定后会对主体心理产生定势，当意义节奏与之矛盾时，就会带来不适。据统计，王维五言诗共304首，约占诗歌总量的79%；七言诗共63首，约占16%。王维五言诗的节奏可简化为以下几种情况：

第一种是二三式。可细分为二二一式和二一二式。先看二二一式：

明月 / 松间照，清泉 / 石上流。（《山居秋暝》）

积翠 / 纱窗暗，飞泉 / 绣户凉。（《从岐王夜宴卫家山池应教》）

接着是二一二式，如：

[①] 蒋绍愚：《唐诗语言研究》，郑州：中州古籍出版社，1990年，第163页。

逶转/回银烛，林开/散玉珂。(《从岐王过杨氏别业应教》)
贫居/依谷口，乔木/带荒村。(《酬虞部苏员外过蓝田……之作》)

第二种是三二式。理论上三二式可再分二二一式和二一二式。先看二一二式：
澄波澹/将夕，清月皓/方闲。(《泛前陂》)
淑女诗/长在，夫人法/尚存。(《故南阳夫人樊氏挽歌·其一》)

接着是二二一式，如：
荆谿/白石出，天寒/红叶稀。(《山中》)
天促/万涂尽，哀伤/百虑新。(《过太乙观贾生房》)

第三种是一四式。一四式可进一步细分为一一三式、一三一式。如：
家/住孟津河，门/对孟津口。(《杂诗》)
乍/向红莲没，复/出清浦扬。(《鸬鹚堰》)

第四种是四一式。可进一步细分为一三一式、三一一式和二二一式。如：
樯带城乌/去，江连暮雨/愁。(《送贺遂员外外甥》)
束带将朝/日，鸣环映牖/辰。(《达奚侍郎夫人寇氏挽歌·》)
城乌睥睨/晓，宫井辘轳声。(《早朝》)

将王维的七言诗简化为以下几种情况：

第一种是四三式：
雨中春色/绿堪染，水上桃花/红欲然。(《辋川别业》)
凉州城外/少行人，百尺峰头/望虏尘。(《凉州赛神》)

金杯缓酌/清歌转，画舸轻移/艳舞回。(《灵运池送从弟》)

第二种是二五式：

名儒/待诏满公车，才子/为郎典石渠。(《苑舍人》)

归鞍/竟带青丝笼，中使/频倾赤玉盘。(《敕赐百官樱桃》)

不为/碧鸡称使者，惟令/白鹤报乡人。(《送王尊师归蜀中拜扫》)

第三种是一六式：

晨/摇玉佩趋金殿，夕/奉天书拜琐闱。(《酬郭给事》)

明/到衡山与洞庭，若/为秋月听猿声。(《送杨少府贬郴州》)

山/压天中半天上，洞/穿江底出江南。(《送方尊师归嵩山》)

还有三四式，仅发现一例：秋槐叶/落空宫里，凝碧池头奏管弦。(《菩提寺……口号诵示裴迪》)。

据此，将王维五言诗和七言诗的句子节奏进行穷尽式分析，统计结果如表3.4所示。

表3.4　王维五言、七言诗中句子节奏情况统计表

句式	二三	一四式	四一式	三二式	合计
五律	990	92	16	12	
五绝	136	24	0	2	
合计	1126	116	16	14	1272
比例	88.52%	9.12%	1.26%	1.10%	
句式	四三式	二五式	一六式	三四式	
七律	69	62	11	0	
七绝	51	36	2	1	
合计	120	98	13	1	232
比例	51.73%	42.24%	5.60%	0.43%	

由表3.4可见，王维诗歌中二三式、四三式在所有诗句中的意义节奏使用频率最高，以二四开头的结构居多，这与汉语中双数音节为一个音步子的韵律规则相吻合，符合诗歌的基本句法规则。正如《唐音癸签》所言"五字句以上二下三位脉，七字句以上四下三为脉，其恒也"。二四等双数节奏的偏好是诗歌典雅、整齐的重要因素，早已是诗歌语篇过程中的潜在共识。而一三开头的节奏在多数的双数音节中起到很好的调和作用，使得整体诗歌的匀称中显示出参差，恰到好处的运用能较好地凸显诗歌的灵动与变化，这也是王维多元风格的重要原因。

（二）深层结构：意义

孙力平提出"既然节奏涉及的是词语意义上的组合，就应严格地以诗句内部的句法层次和句法关系为划分依据"，[①] 诗句主要节奏单位的划分应该发生在主要句法关系的句法单位之间，次要句法关系的分析应该是在第一层分析之下的第二层分析。这一看法与蒋绍愚（1990）的看法相一致，为诗句结构分析提供了依据和标准。据此，本书以节奏为式，对其深层的句法单位进行分析。通过对王维诗歌中的句法单位组合规律和诗人的句法组织偏好进行探讨，了解其背后的意义内涵及蕴涵的思想情感，进而了解其风格的生成及不同风格间的互涉关系。

无论句法结构是简单还是复杂，都可以用主谓、联合、偏正（状中和定中）、中补等基本类型展开分析，邢公畹指出"各种语言中出现的结构尽管它们可以有种种具体的形式表现，但反复呈现出来的总是这五种基本的关系意义。"[②] 这些基本关系为本书诗歌句法分析提供了依据，在具体分析中，可在第一层次结构上区分出简单句和复杂句两种情况，再对诗句进行结构类型的

---

① 孙力平：《杜诗句法艺术阐释》，南昌：江西教育出版社，2001年，第27页。
② 邢公畹：《语言学概论》，北京：语文出版社，1992年，第176页。

分析。

先看简单句。诗歌语篇中的简单句指的是只由一个基本结构单位构成的诗句，如"主谓""述宾""状中"等。这些诗句还可进一步区分为"主/主谓""述/述宾""状/述宾"等结构。先看王维五言诗中的情况，如：

依迟/动车马，惆怅/出松萝。(《别辋川别业》) 状/述宾 二一二式
日饮/金屑泉，少当/千余岁。(《金屑泉》) 述/宾 二二一式
手/持平子赋，目/送老莱衣。(《送钱少府还蓝田》) 主/述宾一一三式

前面两例都是二三式结构，都有述宾结构和状中结构，但前者的述宾结构是整个诗句的基本结构，状语"依迟"是对"动马车"这一述宾结构的修饰；后者的述宾结构是"饮金屑泉"，它是整个诗句的基本结构，前面的"日"是作为状语，来修饰这一述宾结构。二者尽管都是二三式，且有相同的结构，但其具体组合并不同，因而所反映出来的语义也有很大的差异。最后一例是一四式，是主谓结构与述宾结构的组合，这里的谓语成分由两个述宾结构"持平子赋""送老莱衣"构成，整联诗句由两个平行的主/述宾组成，对仗工整、蕴意丰富。

王维的七言诗以简单句为主，间有复杂句。简单句以四三、二五式居多，下面又可分为主谓结构、主/主谓、状/主谓、述宾/补、主/状述宾等具体结构类型。

城外青山/如屋里，东家流水/入西邻。(《春日与裴迪过新昌里访吕逸人不遇》)
漠漠水田/飞白鹭，阴阴夏木/啭黄鹂。(《积雨辋川庄作》)
天子/临轩赐侯印，将军/佩出明光宫。(《少年行·其四》)

前面两例都是四三式结构，都是偏正结构和述宾结构的组合，前面四字都是偏正结构，后面三字都是述宾结构。但前者是主（偏正）/述宾结构，偏正结构在诗句充当主语；后者是状/述宾，偏正结构在句中充当状语成分。如果从深层句法关系来分析，后者应该是一个倒装句，正常的顺序应该是白鹭在漠漠水田上飞，黄鹂在阴阴夏木丛中鸣啭。最后一例是二五式节奏，具体再看其句法关系的组合，"天子""将军"作为诗句的主语成分，后面都连接着两个谓语成分，这两个谓语成分的实施对象分别是前面提到的主语它是整个诗句的基本结构，也即天子先完成"临轩"这一动作而后才发生"赐侯印"的行为，将军先完成"佩"的行为然后才"出明光宫"。诗句中的两个动作是连贯的，这种特殊的用法是连谓，因而诗句应是主/连谓结构，整联诗是两个同结构的并列组合。将不同身份的不同人物所发出的不同动作都融于同个话语空间，生形象地描绘了一幅功将凯旋、帝王悬赏动态场景，营造出一种隆重典雅、庄严肃穆的气息，使得诗歌浑然庄重、韵味悠长，这也是王维笔下具有独特魅力的一类诗歌。

接着讨论复杂句。复杂句即诗句由两个或两个以上存在一定的语义或逻辑关联的结构体组合而成，如"述宾+主谓"等。对于一些存在多种分析的结构如何切分，邢福义指出"成分套合所形成的层次有时在划分上具有两可性，即既可以首先从这里划开，也可以首先从那里划开，比如'状动宾'，'短语'一节中曾经说过，往往既可以划成'状/动宾'，也可以划成'状动/宾'。"[1]对于这种两可性的诗句分析，如果不会影响到诗歌风格，本书就不作过多讨论。对于诗句的分析，以联示例，主要的句法成分之间用"/"隔开。先看五言诗：

---

[1] 邢福义：《现代汉语》，北京：高等教育出版社，1993年，第336页。

人闲／桂花落，夜静／春山空。(《鸟鸣涧》)

桂尊／迎帝子，杜若／赠佳人。(《椒园》)

靡靡绿萍合，垂杨扫／复开。(《萍池》)

"人闲""桂花落"都是主谓结构，"夜静""春山空"也是主谓结构，整句诗是"主谓＋主谓"复杂句，整联诗是由具有并列关系的两个"主谓＋主谓"结构组成。"桂尊""杜若"都是名词，"迎帝子""赠佳人"都是动宾短语，在句中作谓语，是述宾结构，因此该联诗句是由两个"名词语＋述宾"结构的句子并列而成。两个句子的韵律节奏都是二三式，但二者的深层语义差异很大。从句法关系来看，"垂杨扫"是主谓，"复开"是状中，因而"垂杨扫复开"一句当是"主谓＋状中"的结构。诗句指的是绿萍因为"垂杨扫"而"复开"，两个动词所指的对象不同："扫"的动作是"垂杨"实现的、"复开"的对象则是诗句上半联中的"绿萍"，因而它是一个复杂句。它与"白鹭惊复下"看似结构相同，但语义关系不同。因为"复下"的对象与"惊"的对象一致，都指向"白鹭"。这一实例也为诗句的意义结构分析做了一个较好的示范，指出意义结构与韵律结构不一致的地方，有利于推进诗篇意义和情感的理解，获得较好的风格体验。

日色才临／仙掌动，香烟欲傍／衮龙浮。(《和贾舍人早朝大明宫之作》)

白首相知／犹按剑，朱门先达／笑弹冠。(《酌酒与裴迪》)

禁里疏钟／官舍晚，省中啼鸟／吏人稀。(《酬郭给事》)

以上七言诗句都是四三式的复杂句，但一例是主谓＋主谓结构，二例是主谓＋状述宾结构，三例是述宾＋主谓结构。具体更为细致的分析这里不再赘述。总的来看，句法关系的不同直接影响到诗句意义的表达和焦点信息的不同，这就揭露出主体心境和情感的差异。如一例与三例都是二二二一式，但不同语境由于词语的组合关系不同交际主体所关注的信息焦点也不同，这种选择性与主体的倾向性和语境的制约性相关，进而影响风格的生成与变化。

（三）整体结构与语篇风格

诗歌包含了很强的形式因素，语音、词句等的组合及句法和韵律相互间的搭配都处于相互联系的动态变化中。但诗歌又是表意的，它可以创造出超越时空的空间，通过文字组合的规模和复杂程度的变化而形成的一种整体组织表现。诗歌整体结构在诗歌意象的形成和表达、诗歌多义性的解读都发挥着重要功能。

从语言角度来看，意象其实也是词根与词根、词与词等因为某种句法关系组合而成的新的整体。凡是表现为复合词或短语的意象，都需先破解其句法结构才能实现理解其意义和特征。王诗中很多意象的表达并非固定的词或词组，更多是由于语境和主体倾向将词根与词根或词与词组构成统一结构体，如"征蓬出汉塞，归雁入胡天"的"征蓬""汉塞""归雁""胡天"都是偏正结构，它们本身就是一个复合词的结构整体，这种表现为短语的意象的生成其实就是一个具体的句法结构的生成。当这种同类意象集中于某一语篇之中，就较为鲜明地反映出主体的独特风格。当一个诗歌语篇中的意象以不同的句法关系组合起来，就可能产生并置、顺承、倒叙、反差等具有动态性、语义关联性的整体意象群，组构起各具特色的诗歌语境。王维诗歌清新淡雅、极富禅意，这与其对自然景观意象的集中运用以及对色彩词的超强组合有很大关系，这使得其诗歌诗画合一，尤其在其山水田园诗中这一表现最为集中，其清新淡雅的诗风特点也表现得最为明显。

朱自清强调："可不要死心眼儿，想着每句每篇只有一个正解：固然许多诗是如此，但是有些却并不如此。"①明确提出了诗歌的多义性特征，诗歌的多义性与诗歌的语言凝练含蓄有关，其实也就是有限的语言形式与无限的语义内容直接的复杂关系，这种语义的理解与交际主体有很大关系，因为不同主体的知识储备、情感认知不尽相同。在诗歌语篇中，句子内部的语法层次、语义关系本就具有较强的模糊性，又是以语义的丰富性和意象的生动性来增强诗歌的情趣蕴意的，这就增加了其解释的不确定性和开放性。王维诗歌中运用的词语往往是具有多义性的，例如"骤马先过碧玉家"中"碧玉"一词，既可以指"小家碧玉"中年轻貌美的女子，也可以指"碧玉妆成一树高"中的碧柳。因此，词语的多义解读影响了诗歌整体的语义解读。此外，王维诗歌极富禅韵与其诗中句法层次分析的不确定性有关，其语法层次往往不是唯一的，如"空山新雨后，天气晚来秋"本身可以做两种解释，可以分别理解为二三式和四一式结构，但也可以将两句都理解为是三二式结构。不同的句法分析会形成不同的语义关系和不同的意义理解，这直接影响到整体诗歌语境的生成与诗人情感的表达。当然，这种模糊性与多义性解读会使得诗歌更具张力、更富有韵味，这也是王维诗歌的一大特色。

古代诗论家对篇法的讨论也多着眼整体，《木天禁语》指出五言短古应"辞简意味长，言语不可明白说尽，含糊则有余味。"②七言与之相反，要求辞明意尽，尤其是七律要受繁难格律的束缚。五七言又因结构的不同各有风貌，长篇往往有铺叙的笔法与起伏变化，短篇一般短小精悍、含蕴无穷。叶矫然指出结构与气格对诗歌而言都很重要："诗之道，以气格为工，而结构亦不可遂轻。"③字句间的联络照应、句间关系的组合交错，取最合适的内容用最恰当的结构方式，兼具形神之美。王维兼工各体，其诗以结构的浑融与内容的充

---

① 朱自清：《诗多义举例》，《朱自清古典文学论文集》，上海：上海古籍出版社，1980年，第80页。
② 范梈：《木天禁语》，何文焕：《历代诗话（下）》，北京：中华书局，1981年，第745页。
③ 叶矫然：《龙性堂诗话初集》，郭绍虞：《清诗话续编》，上海：上海古籍出版社，1983年，第950页。

实强化了整体性与独特性，在不同诗体上皆能形成不同的风格，使其诗歌富有张力与强度，灵活多变、诗境自然、情深韵远。

二、句式选择及情感表达

句式是中国古典诗歌研究中极为重要的范畴之一，它是传统句法范畴的重要部分但也是相对薄弱的部分。诗境作为诗歌语篇最上层的范畴，是主客观世界之相的呈现；它由词语、句法、意象等组合而成，赋予了诗句情感和生命，使交际主体获得审美体验。因而，句式的分析不应仅仅作为诗歌的附庸而存在，诗歌句式的考察对于阐明诗歌内容与意义、诗境内在的生成方式、主体的心理情感都具有重要的作用。忽视诗歌的句式十分可惜，对句式没有足够的了解，也往往难以深入地探讨诗歌语词背后的蕴意、理解诗境的生成基础和诗歌风格的深层机制。

（一）王维诗歌中的常规句式

句式的类型很多，根据语气可分为陈述句和疑问句等，根据句法结构的繁简可分为简单句和复杂句，根据句式的整齐情况可分为整句、散句等。划分角度不同，呈现的句式也不尽相同。诗歌作为重要的文学形式，其句式也仍遵循着语言的基本规则，可以从这些角度出发来挖掘句式背后的语义关系、结构层次，进而与诗人的意志、情感等结合起来呈现出不同的风格特点。王维诗歌句式多样，语义丰富，这里不论其划分依据是否统一，只选出其中较突出的几种句式来探讨。

连贯句。连贯句又称"十字句""十四字句"，一般是两个五言句形成一个完整意义的句子，两个七言组成一个意义上的句子，也即将意义上独立的一个句子用两句或多句诗来进行表述。王维诗中连贯句的运用非常丰富，如：

飒飒秋雨中，浅浅石溜泻。(《栾家濑》)

君家云母障，持向野亭开。(《题友人云母障》)

山中多法侣，禅诵自为群。(《山中寄诸弟妹》)

可怜盘石临泉水，复有垂杨拂酒杯。(《戏题盘石》)

一例上半联为处所状语，下半联是主谓，上半联是下半联的处所限定，整联诗意是"在飒飒秋雨中，浅浅石溜泻"。二例上句定中结构为整联诗的主语，下句状中结构为整联诗的谓语，二句合起来表达一个完整的意义。三例整联诗是一个兼语结构，"法侣"既是上半联诗句的宾语，也是下半联诗句的主语，整联诗歌的完整意义是"山中多法侣，法侣禅诵自为群"。四例是一个述宾结构组成的句子，上半联中宾语与谓语隔开，"可怜"应归入整联时的上句，"盘石临泉水"应与下半联组合，才能构成贴切、完整的意义，即"可怜/盘石临泉水，复有垂杨拂酒杯"。这样的连贯句上下句意义上贯通、形式对仗，还有一些变异的形式存在，如原来断开之处要连着读，原来连着读的要断开，因而不能将上下句割裂开来看，需要以思辨、整体观依据具体的文意进行分析。这样的句式安排在文本解读过程中有一定难度，但一经破解成功，会获得强烈的阅读体验和审美感受，这是王维诗篇语义丰富、意境浑然的重要体现，也是其诗幽玄淡雅、充满韵味的重要成因。

紧缩句。诗歌多五言一句或七言一句，一句诗有时是意义上的一个句子，有时候可能是两个句子意义的组合，这种由意义上的两个句子甚至是几个句子组成的诗句称为紧缩句。它是与连贯句相反的表达方式，也是诗歌语篇中常用的表达方式，诗歌语言简练含蓄，没有关联词来提示分句间的各种关系，因而需要借助具体诗句及其前后语义关系加以分析。不同意义的句子之是何种关系，就需要依据具体语境和表达的需求来加以判断，如：

草枯鹰眼疾，雪尽马蹄轻。(《观猎》)

竹喧归浣女，莲动下渔舟。(《山居秋暝》)

何幸含香奉至尊，多惭未报主人恩。(《重酬苑郎中》)

孰知不向边庭苦，纵死犹闻侠骨香。(《少年行·其二》)

一例是表示因果的紧缩句，由两个并列的紧缩句组合为一联。整联诗句的意思应该是：因为草枯萎了所以鹰眼疾，因为雪化尽了所以马体轻。二例是两个表示申说的紧缩句构成一联，整联诗的意思是：竹喧是因为浣女归来的缘故，莲动是因为渔舟下沉的缘故。三例也是申说关系，意思是：何幸是因为含香奉至尊，多惭是因为未报主人恩。但有时候同一联诗中上下联紧缩句所表示的关系可能并不一致，如四例中前半句是因果，因为不向边庭所以苦，后半句是让步，纵然战死也犹闻侠骨香。复杂语义的组合使其诗歌蕴意丰富、余韵悠长。

紧缩句的运用展现出王维用字、炼字的水平，以尽可能精炼的言辞阐述尽可能丰赡的意义是其诗歌尤其是五言诗的一大特色，也是其诗歌幽玄诗风形成的重要因素，同时也表现出诗人敏锐的观察和严密的逻辑。诗歌缘情体物，只有发现体物之美才能形成彼此间的意义关联，进而通过言辞揭示出字词组合所呈现的复杂的句子意义关系。无一字虚设，又不见削刻的痕迹，是王维诗歌紧缩句运用的特点，更是其丰赡语义、理性思辨的体现。

问句。王维诗中问句的运用十分丰富。据统计，王诗中共有问句81句，涉及57首诗。问句的具体形式有疑而问和无疑而问两种：有疑而问56句，约占问句总量的69%；无疑而问25句，约占31%。这些问句大量运用"谁""何""孰""安"等疑问代词来表达观点或抒发情感，以引起主体的注意和思考。如"归去将何见，谁能返蓬门？"就连用两个疑问代词，在一联中两次发问。这种无疑而问的情况在王维诗歌中主要表现为特指问，如：

花心愁欲断，春色岂知心。(《红牡丹》)

即事辞轩冕，谁云病未能。(《韦给事山居》)

讵胜耦耕南亩，何如高卧东窗。(《田园乐·其二》)

草木岂能酬雨露，荣枯安敢问乾坤。(《重酬苑郎中》)

无疑而问主要是借助发问的形式来表达一种强烈的情感，在诗中往往具有突出和强调的作用。从形式上看，以变异的形式带来陌生化的效果，使诗歌更加鲜活；从语气来看，打破了连续性的沉闷，显示出诗人的灵动性，这种强调方式也是王维诗歌饱含真情、韵味的体现。

王维诗歌中有疑而问的情况较多，约占其问句总数的三分之二。尽管是有疑而问，但也可能只问不答，这里进一步将其区分为特指问、选择问和是非问。如：

来日倚窗前，寒梅著花未？(《杂诗》)

不知吾与子，若个是愚公？(《愚公谷·其一》)

早岁同袍者，高车何处归？(《喜祖三至留宿》)

楚词共许胜扬马，梵字何人辨鲁鱼？(《苑舍人》)

一例是是非问，将对家的思念寄托于窗前的寒梅，通过对寒梅花开与否的询问将无尽的思念之情表露无遗。二例是选择问，是"吾与子"二选一的发问，这样的表达尽管限定了选择的范围，但与"愚公"关涉的语义似乎更加复杂，在不同维度、不同标准下可能生成不同的答案。三例和四例分别是五言和七言的特指问，特指问形式的疑问在王维诗歌中所占比例最高。对于王诗的有疑而问，研究者们给予了很高的评价，如一例就有前人评价其"淡绝妙绝",将内心的无限深情全部融入这一问中,既彰显了诗句的表现张力,更引发无限遐思。据统计,王维诗歌中特指问共 50 句,在诗句中往往可以找到典型的疑问代词或疑问语气词等来加以识别,这样的表达使得诗歌语义更加鲜明、意蕴更为显豁。

此外,王维还有一些诗篇是多个问句复现的情况,即在同一诗篇中、相近的诗联间接连发问,集中表达观点,凸显强烈的情感。如:

未尝肯问天,何事须击壤?复笑采薇人,胡为乃长往?(《偶然作·其一》)

君家少室西,为复少室东?别来几日今春风。新买双溪定何似?(《问寇校叔双溪》)

在普遍存在的大量非问句中散置一些问句,可以产生表达上的参差,使诗歌突破常规,显现出变化。问而不答或无法回答的情况都会引导主体融入其中,为主体留下广阔的再造空间,引发联想和想象,回味无穷;有问有答则可以先发出疑问,引起关注和尝试回答,自觉参与到语篇过程中,融情其中,结合认知经验与审美心理领悟无穷的韵味。此外,无疑而问往往更有力量,更能突出主体情感、表明态度。多变的句子形式加上可感的意象、流动的想象,恰好促进了王维诗歌意境的形成和强化,这也是其多元诗风形成的重要因素。

(二)王维诗歌中的变异句式

汉语缺乏形态变化,语序是重要的表达手段,不同语序的设置会使句子语义发生变化,进而影响风格的建构。一般汉语句式是主语在前、谓语在后,修饰语在前、中心语在后。但有时因为表达的需要或突出某些信息,会改变正常表达顺序或省略某些成分。在王维的诗歌语篇中，运用较多的变异形式有省略、倒装等。这些变异句式有些是为了诗歌的音韵和谐，有些是为了加深诗歌语意、突显主体情感，不仅增强诗歌语言的韵律美，也增大诗篇的风格效应。

省略是近体诗的一个重要特点，唐代古体诗受近体诗影响也多有省略。王维诗中省略的运用也十分普遍，具体的形式也较为丰富，可以省去名词、动词等，也可以省去连词（如"而"）、介词（如"于"）、语气词（如"乎"）等；这些词类往往在诗句中充当主语、谓语、修饰语等成分。有些可以依据语境意义在前后文中找到，有些可以在诗题中找到，有些则要自行补充。

暗入商山路，樵人不可知。（《斤竹岭》）
泉声咽危石，日色冷青松。（《过香积寺》）
明月松间照，清泉石上流。（《山居秋暝》）
空摇白团其谛苦，欲向缥囊还归旅。（《赠吴官》）

一例主语缺失，"暗入商山路"的主语是什么，诗人、樵人还是路人？文中并未指出，留下空白，引发联想。二例省略谓语，原句应该是：危石阻水泉声咽，青松蔽空日色冷。谓语的缺省增加了语码解析的难度，也增强了语言的表达效果，但一旦解码成功，会获得更强烈的阅读体验和审美感受。三例省略了介词"于"或"在"，原句应是：明月在松间照，清泉在石上流。这样的省略较多，多可依据语境加以补充，使语言更有韵味、更具形象性和生动性。四例也是省略了主语，但联诗句是由具有多重主语的两个复杂句组合而成，其主语的情况较为复杂，需要联系上下文对诗歌做整体、全景式的解剖和分析才能补足。这种省略一方面是为了诗歌精炼的要求，一方面也为诗歌内容的丰赡、语义的丰富提供条件。王维诗歌中还有一类省略形式，如

"山下孤烟远村,天边独树高原",不加藻饰地运用类名,使诗歌呈现浑然淡雅、别具一格的风格特点。

诗歌因为对仗的衬托,倒装形式十分常见也更为如意。倒装形式的运用往往能够突出倒装的部分,使诗句的意思表达更为明确,进而更好地传达主体的情感态度,呈现其独特的风格基调。倒装句形式很多,如主语倒置、目的语倒置、宾语前置等;这些倒装或突出语境中的新信息,或强调句中的意义焦点,或表现主体的感情色彩。王诗中也有很多倒装形式:

楚塞三湘接,荆门九派通。(《汉江临泛》)
挟毂双官骑,应门五尺僮。(《酬慕容上》)
竹喧归浣女,莲动下渔舟。(《山居秋暝》)
南园露葵朝折,东谷黄粱夜舂。(《田园乐·其七》)

一例是宾语前置,原语序应是:三湘接楚塞,九派通荆门。"楚塞""荆门"都是与汉江相连的楚国边境地带,是句子的宾语,将其前置凸显出这两个地方,勾绘诗人在临泛江上极目远望所见之景象,表现了诗人心中的豁然与开阔。二例是主谓倒置,原语序应是:双官骑挟毂,五尺僮应门。谓语成分提前,突显两句诗中动作实施者的身份与地位,易于引导阅读者思索其用意;这也是个假平行句式,第一层结构都是二三式的述宾+名词语,但第二层结构中"双官骑"是一二式,"五尺僮"是二一式。三例两句都是复杂句的结构形式,分别有两处倒装,其正常顺序应是:浣女归竹喧,渔舟下莲动。这样的倒装一方面可以使诗歌节奏韵律整齐和谐,产生乐感;一方面可以丰富诗句的语义内涵,增强语言的趣味性和生动性。四例也是宾语前置,原句应是:朝折南园露葵,夜舂东谷黄粱。王德春指出"宾语前置句将宾语置于述语前,在结构上失去了原来的成分价值,获得新的位置价值,通过转换位置价值体现说话者的评价。"① 语序的变换突显了时间与地点的变换，通过"南园""东谷"和"露葵""黄粱"等带有隐逸气息的意象及意境表达对闲适自在的隐逸生活的陶醉，全诗清新自然、浑然淡雅。

此外，还有一些特殊的形式，因为涉及一些特殊的语法不易进行归类。试看：

白云回望合，青霭入看无。(《终南山》)
松风吹解带，山月照弹琴。(《酬张少府》)
羽人飞奏乐，天女跪焚香。(《过福禅师兰若》)
樯带城乌去，江连暮雨愁。(《送贺遂员外外甥》)

一例两句交错为用、互为补充，是互文手法的运用。一切景象都在白云和青霭的笼罩中，回望是白云和青霭，入看亦是白云和青霭，它们总处于合拢又散开的往复循环之中，可望不可即，展示了一幅清幽缥缈、清新雅致的景象。二例是假平行结构，两句的第一层结构都是二三式，但第二层结构层次不同，"吹解带"为二一式的述补宾，"照弹琴"为一二式的述宾。前一句是使成句，即松风吹使带解；后一句是以谓语形式为目的语的特殊表达，"山月"为我弄弦抚琴照明。"松风""山月"都有高洁义，将二者置前并加以人性化的处理，主客观融为一体，增强了诗人对隐逸生活、洁身自好的追求。全诗含蓄而有韵味，淡雅别致。三例两句都省略了"而"，原句应是"羽人飞而奏乐，天女跪而焚香"，故"飞"和"跪"都是动词作副词，指长着翅膀的飞仙们在空中飞着为佛演奏乐曲，魅力的天女们跪着在佛前焚香。通过动词、突出强调了一种肃穆、寂静的环境，全诗充满禅趣与佛意，心境空明、情趣逸然。四例两句都是方式的修饰，"带城乌"是"樯去"的方式状语，"连暮

---

① 王德春：《修辞学探索》，北京：北京出版社，1983 年，第 238 页。

雨"是"江愁"的方式状语,通过状语的突显强化、渲染愁绪。这些特殊句式通过突出某一成分来强调语义信息或语境焦点,对于表达主体情感、渲染诗境气氛、突显诗篇风格都具有很大的推进作用。

(三)王维诗歌的特殊结句及其诗篇风格

诗以言情,性情的吟咏与主体个性有重要关联,性格张扬奔放者,其诗歌往往雄浑飘逸,如李白等;性格安静悠然者,其诗歌往往平淡隽永,如王维等。主体性情及其诗歌风格较明显地体现在其诗歌的尾联:尾联写景,多采用客观描写的陈述句式,以影视镜像话语言使诗歌呈现生动形象的效果;尾联抒情,则多采用问句、感叹等句,留下思考与遐想的余地,使诗歌余韵悠长、语义丰赡。好的诗歌结尾像是一缕和气的清风淡淡吹拂,像一支迷人的乐曲袅袅播散,情韵无限、引人遐思。王维冲淡深远诗境的构建亦离不开其非肯定结句的妙用。

杨载指出"诗结尤难,无好结句,可见其人终无成也。"又进一步指出结句的几种常见方式,"或就题结,或开一步,或缴前联之意,或用事。"[1] 王维一生整体好静,仕途谨慎、兴寄禅佛,又长期归隐于静谧悠然的秀美山水环境中,有静观的思维模式和澄澈的透脱胸襟。因而其诗作不像李杜等多强烈的主观化表达,反而更注重客观与思辨,因而其诗歌语篇往往语义丰赡、浑然淡雅。尤其是山水诗,多以抒情的方式作结,因而其风格愈加明显,如:

---

[1] 杨载:《诗法家数》,王大鹏、张宝坤、田树森等:《中国历代诗话选》,长沙:岳麓书社,1985年,第1045页。

田家

旧谷行将尽，良苗未可希。

老年方爱粥，卒岁且无衣。

雀乳青苔井，鸡鸣白板扉。

柴车驾羸牸，草履牧豪豨。

夕雨红榴折，新秋绿芋肥。

饷田桑下憩，旁舍草中归。

住处名愚谷，何烦问是非！

整首诗以五言排律的形式呈现，勾勒了一系列田家生活的场景，既写出了农村生活的清贫和艰苦，如"粥""无衣""柴车""羸牸""草履"等画面；也写出了山居生活的清新明快，如"夕雨""红榴""绿芋"等色彩明丽的物象。自结句之前，也是通篇运用描写，通过不同角度描写不同的人、事、物、景，在对农村生活有了全面、细腻的感受之后，才在结句发出感叹，感慨隐居生活何来俗世之间的是非烦恼呢。这样的结句在王维山水诗中数量最多，是对山水诗歌自然主题的升华，是情感或意志的抒发，在全诗风格上也起着强化和突显的作用。

据赵殿成《王右丞集笺注》的注说和陈铁民《王维集校注》的诗歌年限考证，王维21岁前共作诗14首，其中13首都采用了非肯定形式的结句模式，占其总量的92.9%。在为官、隐居后，其诗歌创作还是继续大量使用这类句式，具有相对稳定、稳态的倾向。本书对王维诗歌进行穷尽性统计后，发现：他在给真心好友的送别诗作中几乎全部采用了非肯定形式的结句模式，而在纯粹的写景诗中更多地选择客观描述的陈述句式作结。这可能与送别诗偏重抒情，写景诗重于描写、接近于一种镜像影视的语言特点有关。对此做进一步分析和归纳，可以将王维诗中的非肯定结句分为疑问（含"谁怜""安知""谁怜"等）、否定（含"非""不""未"等）和假设（含"遥知""疑是""纵有"等）三种结构形式，不同结构形式所表现的范围不同。语力效果也略有不同，但都以冲淡神远的画境呈现出优美的意境，使诗篇留有余味、发人深思。如：

安知广成子，不是老夫身。(《山中示弟》)
缘合妄相有，性空无所亲。(《山中示弟》)
纵有归来日，多愁年鬓侵。(《被出济州》)

一例是疑问式，是一个连贯句，两句诗需结合起来才能完成解读。例句先以"安知"发问，提振作势，而后引出不是的否定表达来正面指出自己便是当年寄居的老人。整联诗通过复句形式否定某种意向或情境来反向表达正面语义，以变异的形式来揭示肯定的意义，饶有趣味。二例是否定式，运用肯定和否定的对举，运用佛教用语指出世间事物和现象因因缘和合而生，但这诸法又因虚妄而不实，很好地阐释了虚实相生的存在，以此表明自我人生志向的选择。三例是假设式，以极限让步假设最佳结果"归来"，岁月冉逝、两鬓斑白，强调此次离别再难相见的愁情。不仅使表达范畴得以延展，既容纳时间空间、也容纳情绪心境；而且展现出更有力量、富有气势，使诗歌内容更加丰富，耐人咀嚼。这种非肯定结句的形式使诗篇语义丰赡、浑然淡雅，字里行间渗透着理性与淡然，富有禅意。

三、句子组合及其语篇风格

"对一首成功的诗来说，具备有机的整体性是首要的原则。"[①] 这种有机整

[①] 高友工、梅祖麟：《唐诗三论：诗歌的结构主义批评》，李世跃译，北京：商务印书馆，2013年，第51页。

体性必须符合语法衔接连贯的要求和逻辑语义关联整合的条件，满足话语表达中语义的完整、实现言语交际的表达意图，这样语篇的完整性才能实现。诗歌语篇是由一系列句子或几个连续段落构成的语句组合，这些语句逻辑结构、层级关系的组合形式也可能影响整体语篇意义的呈现，进而影响语篇风格的形成。对诗句的组合方式进行分析是诗篇风格研究的重要内容。

（一）对仗方式与诗歌语篇风格

《文镜秘府论》有言"凡为文章，皆须对属，诚以事不孤立，必有匹配而成。"[①] 自《诗经》开始，对仗就是诗歌语言的重要因素，随着对形式美的推崇，对仗入诗的情况日益普遍，到了近体诗，对仗成为律诗的基本要求，绝句也要对仗，可以说，对仗几乎是汉语的"独家绝唱"。诗歌往往上下句相对，上下句的意义关系不同，所表达的内容、突显的情感也不尽相同。王维诗歌的对句丰富多彩，有双声叠韵对、叠字对、拆合对、当句对、流水对等多种形式，这些对句往往精切严密，或正反相对，或同异双对，或时空对举，其中以时空对举、正反相对这两种形式尤为突出，通过不同视角的对比映衬，使意象含义更为充实、整体诗境更有韵味，也彰显了其诗歌幽玄雅致的风格特征。如：

王昌是东舍，宋玉次西家。（《杂诗》）
有海人宁渡，无春雁不回。（《过秦皇墓》）
宁问春将夏，谁论西复东。（《愚公谷·其一》）
高楼月似霜，秋夜郁金堂。（《奉和杨驸马六郎秋夜即事》）

一例由两组结构并列而成，人名"王昌""宋玉"相对，地名"东

[①] 遍照金刚:《文镜秘府论》，北京：人民文学出版社，1975年，第101页。

谷""西家"相对,既有同义相对,也有反义相对,这样的安排富有变化,整句诗显得明快自然。二例是"有""无"的正反对,古代文论指出"反对为优,正对为劣。……反对者,理殊趣合者也;正对者也,事异义同者也。"[①] 正反相对是对立统一的客观体现,不同视角的比对使得诗歌语义更丰富、意象形象更丰满。三四例是时空对举,"春将夏""秋夜"表时间,"西复东""高楼"表空间,时空是世界万物客观存在的基本形式,诗歌往往在结构的表达上具有点明时间和空间的倾向,这种时间对举的形式超越时空界限,使诗歌语境更具意韵。

联对是古代诗歌结构的基本要素,也是诗句组合的一种形式,它比句与句的组合范围稍大一些。要将诗歌的一联视为一个意义整体,着眼于联与联之间的关系来探讨诗歌的结构布局和意义铺排。不同联所表达的内容不同,联与联之间的意义关系也不同,所呈现的联对形式也有区别。王诗中的联对关系可以分为顺承、递进、转折几种,更多的是随着时间或空间的变化、事情的发展顺序等而形成的组合。如《使至塞上》各联随着诗人一路向北直至燕然的行径不断推进;《过福禅师兰若》是随着观看福禅师禅院的顺序而展开,先是前往禅院途中的所见之景,接着是进入寺庙后的景象描写,而后是穿出佛殿所见之景。可以说,是按照空间顺序变化组合成的一幅寂静、幽深的禅院图。这类联对形式更多体现在山水田园诗之中,情景相生、意境相谐,勾绘出一幅幅清新浑然的图景,既渲染了灵动真切的诗歌意境,又富有变化和韵味,使其诗歌呈现出淡雅、俊秀的风格特点。

对仗本身极具凝练性,既能意在言内又能意在言外,使诗歌蕴涵无限的诗意。王维衷于禅佛,心境平和、自持坚守,很少有情绪上的大起大落和艺术形式上的纵横捭阖。大量运用对仗形式,既避免了诗句组合的呆板凝滞,也能保持齐整和谐;在对仗的工稳和身心的淡然中寻得一份自在不羁,也在

---

① 周振甫:《文心雕龙今译》,北京:中华书局,1986年,第315页。

对仗与不对仗的交错中强化其表达意图，使诗歌生发活力，丰富其情感蕴意。由于对仗在内容和形式上都尽可能保持平衡，同一诗篇对句越多，诗就越平稳凝重；对句越少，诗歌越跌宕飘逸，可以说，对句使用的比例直接影响到诗歌情感的表达和艺术风格的呈现。王诗大多数是对仗与不对仗交错出现，富有变化，因而其诗歌总是张弛有度、收放自如，充满淡淡的哲思与禅意，呈现一种浑然淡雅、清新自然的风格特点。

（二）结构分层与诗篇风格

诗歌语义的模糊性和内容的多义性使其内容理解往往存在分歧，进而影响诗歌结构的划分。句与句、联与联表达的内容不同，相互间的语义亲属程度就不同，结构紧凑程度也不同，这就形成了诗歌语篇中的结构分层，尤其是在长篇的诗歌语篇中。王维也有少数较长的诗篇，如《同卢拾遗韦给事东山别业二十韵给事首春休沐维已陪游及乎是行亦预闻命会无车马不果斯诺》《登楼歌》《酬诸公见过》等。以《哭祖六自虚》为例，全诗32联64句，倘若没有进行结构层次的划分，在理解诗歌的内容及深层内涵时都会存在较大困难。

王维诗歌多短篇，大都在16联及以下。但无论诗篇长短，都可依据语义的亲疏和衔接的紧密程度区分出不同的结构层次，做到变中有序、胸有成竹。王诗常见的层次划分以两段式为主，也有一些三段式的结构。三段式比两段式多了一层，但结构形态的变化却增加了很多，在层级长度的变化上有了更大的发挥空间，因而其内容的安排和情感的抒发也产生了更多的可能性。如王维骚体诗《登楼歌》，全篇以八八六的三段式结构铺排，一段写登楼所见之景，二段虚实相生经由眼前之景刻画古今之人，三段融情于景，通过"秋风""夕鸟""孤砧""薄暮""蝉声"等意象感叹光阴流逝、时不可得，在惆怅中又以隐逸之心坚守自持。《哭祖六自虚》全诗共64哭，从祖六自虚幼年遭忧患开始哭，哭其瘦弱多病、贤能多才却惨遭摧残、昔日洛阳交友情深、哭其送葬无期别、痛失知音断悲弦等。依据哭的内容可分为两部分：哭祖六自虚一生的生活轨迹及其不平境遇；哭交友情义之深却痛失知音。全诗真情流露，浓郁的悲痛与深沉的悼念溢于言表，这是王维少见的直抒胸臆的诗篇，其情之深、其意之切，令人潸然泪下。

理论上，两段式一般是相互对峙、势均力敌的情况，假设前面四句与后面四句在内容、意义上一致，那就是相生相发的关系，可以起到强化、突出的作用；以八句诗为例，如果前面四句与后面四句的立场、情感等相矛盾，就形成了对抗关系，会催生强烈的冲突和深刻的挣扎。这种平分结构的稳定性最强，诗歌整体处于较稳定、平衡的状态，所呈现的风格也较平稳。当然，也有不平分的两段式结构，可能前两句为一段、后六句为一段，或前六句为一段、后两句为一段。这种不平衡的情况通过上短下长或上长下短的形式突显内容重心与情感态度，往往遵循前段叙写、后段抒情议论的模式，尤其是上长下短的模式，将情感抒发压缩到较小的空间，使其内容更为丰赡、其情感更具冲击力，引起的共鸣与震撼也更强。如《酬郭给事》就是上长下短的结构，前六句写景，从自然之景到朝殿的雍容庄严之景象，极力渲染气氛，为最后两句抒发既老卧病解朝衣奠定基础。

（三）诗歌体式与诗篇风格

"诗歌的样式与题材一样，都是诗人对自然独特认识和审美思考而性情客观化的现实存在，是诗人的思想和风格以美学凝定的外在表征。"[1]诗歌体式的安排与运用蕴涵着诗人主体本身及时代、地域、创作背景等因素，对诗歌语篇的形式、内容、情感、风格等都有着重要影响。王维是诸体兼长的高手，五言、七言、四言、六言、杂言均有不少佳作，他在诗歌体式上的造诣

---

[1] 王志清：《纵横论王维（修订本）》，济南：齐鲁书社，2008年，第379页。

如清关世铭所云"王右丞精神华妙,独出冠时,终唐之世,与少陵分席而坐,一人而已矣。"[①] 最先对王维诗歌体式进行全面分析的应是朱湘的《王维》,而后张明非《从王维五古看唐代五古诗的嬗变》、邱瑞祥《论王维的七言律诗》、张传峰《论王维的七律》、日本人谷仙介《关于王维早期的乐府诗》等陆续从体裁上研究王诗,但对其精湛体式及其与风格的关注还不够。

王维五言诗共298首,占其诗歌总数的78%;其中八句以下的有188首,占了五言诗总数的63%。可见,五言是其最得意、最得心应手的工具,短句是其诗最显著的特征。其诗中五古有百首,十二句以下的就有56首,且33首在八句以内。短句与短篇的结合,使其五言独擅古今。他追求语言的简约凝练、文意浑厚,讲究结构的精致、气格的凝重,因而其诗多陶渊明的简练苍朴,但又多一份清新淡雅。施蛰存曾言"淳朴清淡,是王维五言诗的本色。"[②] 王维五言诗体裁广泛,在遣词用字、属对造句、谋篇设格等方面独具匠心,使其五绝、五律、五排都达到了极高的境界,呈现出哀而不伤、浑然淡雅的中和之美。

七言较之五言,表意更加复杂、完整,声调更加舒缓、悠长。王维的七言诗主要分七古、七绝、七律三类,其中七古平稳自在、七绝曲折有致、七律高华秀朗,突破了盛唐诗歌创作的领域与不同题材诗歌的局限,既融入盛唐气象又创设了清远意境,独树一帜、别有风味。王维七律数量仅20首,仅次于杜甫为盛唐七律第二人,其中奉和应制与赠答诗7首、送别诗5首、山水田园诗4首、佛化诗2首、边塞诗与娱乐诗各1首。《积雨辋川庄作》历来为人称道,与其体式安排密不可分,诗歌每一联都获得极高评价,至情至理与诗境画意的完美契合,加之澹泊自然的心境、超脱凡俗的闲情逸致,全诗兴味深远、淡雅幽寂。

---

① 郭绍虞:《清诗话续编》,上海:上海估计出版社,1999年,第1553页。
② 施蛰存:《唐诗百话》,上海:上海古籍出版社,1988年,第91页。

王维四言诗韵高气厚,既以娴熟的形式轻松驾驭,又传达不凡之气。如《酬诸公见过》颇多《诗经》的韵致,以其特有的意境展示出空灵清丽、淡雅旷洁的风格特点。他对与生俱来带有"声促调板"之弊病的六言的运用,更是饱受称赞。如斯蒂芬·欧文所赞叹的那般"在这种窘迫的诗体上获得了或许是所有中国诗人中的最大成功。"[1] 以《田园乐》组诗七篇为代表,既相互独立又彼此连缀,在描绘山水形象之时又侧重展示精神生活。先分后总,前六首分别写不同的乐,最后一首总写田园之乐。通过对空间意象的巧妙安排和超越时空因果的物象并置,强化了话语间的独立性与自由兴象,使得意象直接彼此互摄,构成巧妙的互文关系;通过有意识的错综和交叉,形成了诗篇动态的变化,极富节奏和律动,同时在表达中运思,注入意义与情感,韵味悠长。

语篇是文本的互动场,语篇结构体现了文本间有组织的定型化或模式化的互动形式,这种形式的固化与稳态影响着文本语义与情感的传达,最终影响风格的生成与变化。文本的互异性可以在语词、句型中找到痕迹,"任何一个既定时期、流派或风格的诗,都是由那些反复出现的特点赋予特色的,不论是单个的诗句还是具体诗作的整体组织都是如此。"[2] 王诗善于将不同句式巧妙地交错开来,既突破呆板沉闷的表达,也丰富诗歌的语意和情感,恰到好处地凸显诗歌内容和主体情感。多元、变异句式的运用和诗歌对仗、结构层次的安排等,不仅能够满足诗歌韵律的需求,还能强调诗歌的语义焦点,引起交际者的关注和思考,以实现最理想的表达效果,呈现姿态各异的多元风格。

---

[1] 斯蒂芬·欧文:《盛唐诗》,哈尔滨:黑龙江人民出版社,1992年,第47页。
[2] 高友工、梅祖麟:《唐诗三论:诗歌的结构主义批评》,李世跃译,北京:商务印书馆,2013年,第54页。

本章小结

风格绝不可能脱离具体语言材料而存在。它先要符合语篇的体裁要求，而后才能自主考虑属于独特表达的要求。风格互文是一种普遍存在的语言现象，始终处于具象与抽象、客观存在与主观体认感知的辩证统一之间，是一种动态、交互的过程。词语互文、句子互文、体式互文等都是风格互文在语篇/语言形式层面的具体表征，风格互文的识别与把握也必然落实到这些具体的语言实体上。

风格互文在语篇互文系统的形式层面可以表征为语句互文，也即词语互文和句子互文。这种互文既可以发生在同一语篇之内，也可以发生于不同语篇（集合）之间。王维诗歌语篇清新淡雅主导诗风的形成与其词语、句子的运用紧密相关：

本章着重分析王维诗歌语篇中的用典、色彩词和情感词的运用等词语互文现象，以及这些词语互文对其诗歌语篇风格互文所产生的影响。总的来说，王维善于用典，尤重《诗经》《楚辞》和诸子散文、汉魏六朝诗文等经典中的典故。所用典故不仅源流广博，而且类型多样、用法多变；不仅承袭原辞、原意，也多延续其原有的风格特点，使本体风格与互体风格呈现延续式的互文关系。王维偏爱青白等淡雅的冷色调、营造静谧清幽的氛围，还善于将同色调的色彩集于同一画面或诗篇，或是依靠光源和色调的处理，营造具有不同层次、给人不同情感体验的诗境，形成或清新明丽或空灵幽玄或雄浑壮阔或哀婉深沉的风格特点。另外，王维诗篇罕见直接表达喜怒哀乐的情感词，多惆怅或淡然、平和的情感表达，这种含蓄委婉的情感抒发是王维淡雅诗风形成并不断得以强化的重要因素。

在句子的使用方面，本章着重分析王维诗歌语篇中的句子结构、句式选择及句子组合。句子结构的划分直接影响句子节奏、意义的表达与变化，影响风格的生成与变化。王维诗歌语篇中二三式、四三式的意义节奏使用频率最高，以二四开头的结构居多，简单句与复杂句的搭配使用及变异组合，是其诗歌灵活的整体结构形成的关键，影响其诗歌意象的形成变化、诗歌多义性的解读及风格互文的建构。王维诗篇中多以名词为核心的诗句，多紧缩句、连贯句、问句和非肯定结句等，这些的独特表达语义丰赡、简约凝练但又富有深意、极具韵味，呈现出深刻隽永、幽玄雅致的风格特点。另外，前段叙写、后段抒情议论的不平衡两段式结构也是王维诗歌语篇的一大特色。这种上短下长或上长下短的语篇结构形式有益于凸显语篇的内容重心与情感态度，尤其是上长下短的模式。它将情感抒发压缩到较小的空间，使其内容更加丰赡、情感更具冲击力，韵味深长、禅意浓郁。

具有风格色彩的词语的选用、具有特殊功能的句子的组合等语言形式的变异使用在王维诗歌语篇中反复出现、不断重构，既是其审美趣味、生活经历、个性特征综合作用的结果，也是主体自身语言特色、个性风格的具体体现，更是其多元化诗风生成变化的重要因素。可以说，形式互文是语篇互文系统中风格互文得以识别的直接、客观依据，风格互文有赖于词语互文、句子互文等具体形式加以表征；语句互文所产生的风格意义变化直接影响到语篇风格互文的生成变化。

第四章　风格互文的具象性表征——意象互文

意象由意和象统合而成，是客观世界的物象与主观世界的意念的结合，当诗人的主观情感与客观物象猝然融合时，这种独特的创造也就化成了语言文字，以诗的形式呈现在诗歌语篇作品中。刘勰"独照之匠，窥意象而运斤"、胡应麟"古诗之妙，专求意象"、王廷相"夫诗贵意象透莹，不喜事实黏著"等都特别强调意象在诗歌语篇中的重要性及其意义。自《易经》《庄子》开始，中国文论中的意象就指向意义论，强调一种特殊语用下的象意关系、揭示语言表达的思维机制。因而，诗歌语篇中的意象具有符号的性质，其内涵和意蕴有一定的传承性与创造性，也带有主体的个性特征与独特风格。正如袁行霈所云："诗的意象带有强烈的个性特点，最能见出诗人的风格，诗人有没有独特的风格，在很大程度上取决于是否建立了他个人的意象群。"[①] 因而，从诗歌语篇中的意象建构及其互涉关联中往往能窥见语篇的风格建构及风格互文的生成变化。

在诗歌语篇系统中，不同主题、题材的诗歌创作往往具有明显的"家族式"特征，最明显地体现为诗篇中意象（群）的相似性与倾向性，表现出明显的互文性特征。同一诗人在特定的类别制约下所选取的意象往往具有明显的相似性，不同诗人在不同时期不同环境下的诗歌创作中的意象选取也可能具有一致性和相似性。"同类作品之间的相互影响必然要反映到语言形式上。

---

① 袁行霈:《中国诗歌艺术研究》，北京：北京大学出版社，1987年，第242页。

后出诗歌对先前诗歌在意象使用、词语表达上的沿袭、模仿和引用,使先前诗歌的意象和寓意更加稳固。"[1] 这里的先前诗歌与后出诗歌与本书风格互文的载体——本体与互体相契,其"反映"与本书的映射、指涉相应。该论述其实已经指出"意象互文"并对其做出说明,即:意象互文是互体诗歌沿袭、模仿或引用本体诗歌的意象,以此强化意象寓意或使意象获得新的意义,促进对语篇的理解。

第一节 王维诗歌语篇的意象互文建构

作为诗歌鉴赏最基本的审美单位,意象是诗歌语篇意义的突出体现,把握了意象的意义也就理解了诗歌的意义、抓住了诗篇意境及其风格特点。由于历代诗歌文本的因袭与模仿,诗歌文本/语篇中意象所蕴含的情感、意义逐渐得以规约化、稳固化,这种固化的意象传统在文本/语篇间形成了互文性,是诗人表情达意、形成个性风格的具象化表现。意象与音韵、词语、句子等意义单位在文本/语篇过程中不断地冲突、破裂、重组,形成互文性的多义性,使得这些单位的风格意义产生消融/分解,最终实现风格的互文。可以说,意象互文是诗歌语篇互文十分重要的表现方式,也是语篇风格互文的具体表征形式。

一、意象互文建构的理据

意象在诗歌语篇中占据着主导地位,它"像一个集成线路的元件……它对诗的作用好像一个集成线路的元件对电子仪器的作用"。[2] 可以说,意象是

---

[1] 陈向春:《"诗类"与中国古典诗歌的主题研究》,《社会科学战线》,2010年,第9期,第138页。
[2] 郑敏:《英美诗歌戏剧研究》,北京:北京师范大学出版社,1982年,第52页。

诗歌的灵魂。意象是客体的物象以图形形式呈现在主体心智中的具体反映，是创作主体建构的客观物象与交际主体的主观凝视及其亲身体验的认知、情感和意念相互碰撞、交融的产物。在诗歌创作构思中，诗人最先把握的就是意象，先要处理的也是意象；在诗歌语篇的解读过程中，接受主体在意象的引领下进入诗的境界，对意象进行赏鉴。意象的构思、创造、衔接、发展与转换等构成了诗歌的整个语篇过程，交际主体在这一过程中，既对符号进行解读，又融入了自身审美与价值意义，对其进行再生产和传递，影响其他主体对意象符号的认知。

以意象品诗能准确地获悉诗人构思谋篇过程中的心理活动及其呈现在诗中的形态与情态、进而识解出诗人的独特个性与审美态度。经由意象品诗，先要弄清楚诗歌意象的建构及其原理，才能更好地把握诗歌意义及其风格。

（一）意义整合与形式表征

意象是诗歌必需的组构成分，诗歌意象可以看作是一个个形义配对的统一结构体，每个构式都具备象征单位的形式和意义，并和谐统一于诗歌语篇系统之中。意象的建构源于生活体验，源自于主观情感客观化、现实化，使客观事物既具有语言的形式表征，也带上主观的情感意义。在这一过程中，创作主体想要借以表达情感的意象正好与其认知域中的某个或某些客观对应物关联起来，产生情感体验或认知经验的碰撞，进而激活整个认知域，使整体的诗歌意象有了丰富的表现力和强烈的感染力。随着运用的累积和时间的推移，逐渐稳定为诗歌原型意象，这个原型意象的风格往往能够成为风格互文的核心参照；而当该范畴中的典型成员在具体语境中通过隐喻和转喻等机制的引申、逐渐扩大其意象范畴，该意象便具有了解读的多义性和表达的深刻性，进而对诗歌语篇互文系统中的意象互涉与关联产生引导和压制，对诗歌语篇的主题梳理、整体意义的把握产生影响，最终影响到本体风格与互体风格的互涉变化及其互涉程度。

意象始终以语言作为表现外壳，它是诗歌的第一实在统一体，在语篇与语境的制导下经由主体进行自我延展、自我调节、自我观照，以各种各样能够被感知的形式呈现。对此，洪毅然曾做出描述：诗人在表象的基础上"唤起种种相关的生活经验之联想，包括以往接触过的类似事物，乃至相反事物，以及直接、间接与之相涉之事物，及其曾对生活所起之作用，与其所曾有的种种愉快或不愉快的回忆等，由此及彼地不断泛化、深化、丰富化，遂给'表象'染上情绪色彩，注入主观内容，而与一定情意相结合起来，于是乃在脑中、心目中逐渐形成为饱含思想、感情、审美意趣而表现精神意境之'意象'。"[1] 在这一动态、交互的反复过程中，概念整合与意义整合始终发挥着至关重要的作用。

概念整合理论源于莱考夫和约翰逊（Lakoff & Johnson，1980）的隐喻理论（Conceptual Metaphor Theory），该理论所展现的是语言意义理解的方法及合成语言的不同心理空间的相互映射过程（福科尼耶和特纳，2002）。他们认为语言合成过程中各空间域之间的映射是人类所独具的生产意义、迁移意义和处理意义这些认知能力的核心……意义的构建属于高层次而复杂的心理运作过程，在思维和交际的映射、组合、完善和扩展中不断推进，直至形成层创结构。这一映射过程既发生于各空间域内，又发生于各空间域间。因而，意象的建构过程其实也是意识活动的过程。

放置到诗歌语篇互文空间中，即：意义的整合既发生于语篇系统内部，也发生于各语篇系统之间，也即篇内系统和篇际系统。意象的意义建构首先经由神经与认知的感知使得表象与情感产生关联，而后认知系统在主体的引导下对客观外物也即表象进行识别、抓取其典型特征及其典型意义，最后在多义性和多元性视角下对其表象进行延展，扩展其内涵和表征，使意象在新

---

[1] 洪毅然：《形象与意象》，《文艺研究》，1987年，第4期，第27页。

语境中产生新的意义和概念,最终实现本体意象与互体意象的互涉关联。这种不同心理空间的映射与客观物象的特征及人们的心理认知产生紧密的关联,主体可以依据语言、符号表征出的意象客体结合诗句的特定背景、自身的知识背景做出不同的理解,进而形成各自的风格认知感受,在不同主体的多元、多向互涉中实现为风格的动态交互。

(二)心理构式与特征预设

语言运用首先是一个心智过程,是以语言主体的感官的感觉为基底的。意象的选取与表征其实也是语言的运用形式,它是从表达主体的心智对内外界客观事物或事件产生感觉开始,经由心—物随附性的作用在记忆的基础上以及主体的主观情感和个人意向的主导和影响下形成的一种格式塔转换。米切尔(Mitchell,1995)指出:按照意象研究的"图画理论"的假设,意象是表达主体的感觉和感受在大脑里以象的形式呈现出来。达马西奥(Damasio)认为:意象认识的基本意义在于"这些非词语性的意象就是在心智上呈现的与词语的概念可以对应的那些意象"。[①] 徐盛桓(2013)明确指出这一过程中就是心智将感觉事件"改造"为主体心目中的用例事件,并由意象在大脑里呈现为"脑海中的电影"的过程。将大脑中的意象固化为语码化的语言表达就是一种主体意向指引下的心理构式过程。这种意向性是有结构的,包括内容和态度两个方面,也即意象所指的客观对象和主体处理的情感态度;这一具体语言现实又要将特殊的具体层面与普遍的抽象层面相结合,在语言表征中有选择性进行重构,或突显或隐去,或前放或后置,或先出或后现。

意象建构的心理构式包括了前语言形式和语言符号形式。在前语言阶段,是主观意识的情感体悟与客观物象相连接的过程,这一过程为意象的形式表

[①] DAMASIO:《Self Comes to Mind:Constructing the Conscious Brain》,New York:Pantheon Books,2010,p 60.

征搭建起心理桥梁；在语言符号阶段，则是一般的语体语法建构过程，是依据意向性而形成的一个双重结构：对具体意象进行描写时是一个静态的结构，在了解其事件或意象全貌后还要结合特定的语境对其进行解释性的结构表征，这就成为发生的结构。这两个阶段的两种形式是统一整体，切不可独立割裂开来，并且始终离不开构式过程中最直接因素——心理估量的参与。在已有的知识储备和经验体悟的积累中，心理估量会选择性地对某些意象特征予以突显或隐去，在表达意图和目的的指引下结合当下语境和个人意向对当下对象做出恰切的解释和表征。从这个角度来看，意象的认知过程其实也是还原各种心理构式的过程。

意象的构式过程是在主体意向的指引下有选择地对某些意象特征进行突出或隐去、前置或后放，这与主体对意象的特征预设产生关联。在意象的互文建构中，某一具体的意象构式在语篇运用时往往被潜在的认知域赋予一定的品质或属性，如"四君子"梅兰竹菊是高洁、隐逸的象征，这一意象及其形象逐渐被大多数人所接受，并固定为一定的规约含义。这一典型性特征在时间的推移和使用的过程中始终保持不变，在意象范畴的使用中得以沿袭或进一步的延展，逐渐定性为某一理想认知模型，这种理想化是人们的认知域对意象进行不同程度抽象的结果，是一种综合性的结构。该构式中的意象有些具有原型的典型性特征，易于被识别；有些则需要借助隐喻或转喻等机制的引申来理解其内涵或蕴意，这些特征的综合作用使得意象具有了解读的多义性、多向性，进而使其互文性成为可能。

在意象的互涉过程中，创作主体先要依据语言环境与交际对象做出一定的语用预设。预设是意义产生、理解的先决条件，它与逻辑思维息息相关，是暗含在语言形式内部的交际双方共有、共知的信息或已知的信息，表现为语言的外在、表层信息。在诗歌语篇的风格过程中，创作主体既要赋予意象一定的突显性特征和非突显特征、中心特征和边缘特征，也要考虑接受主体的理解、接受力,通过语用的推理使其意象特征的预设具有恰当性、共知性、主观性等基本特征。意象的特征预设是对交际主体共有认知背景的假设,要先明确意象的典型性特征,并且这一特点对于接受者应该也是共通的,因为只有预设的事实为真值,其意义的表征才有意义。在意象的创作和表达时还要考虑结合具体语境和个人倾向对其意象特征的突显度加以估量,有针对性地对某些意象特征予以突显、强化而淡化、隐去另外一些特征。这时的预设是单向性的,是创作主体在被接受主体识别和处理之前的预设,只相对于创作主体而存在。预设中所谓的"共有"或"共知"其实并非是给定的,正如梅伊(Mey)所指出的,"只有通过会话,我们才能建立起这种知识,予以补充、修正;也只有通过会话,预设在必要时可以明示。"[1]

在风格互文过程中,接受主体由于人生阅历和知识储备的不同对意象的典型特征与边缘特征有着自己的区分和理解,这是影响意象识别与解读的先决条件。当接受主体接触到意象的具体形式表征后,首先会激活其认知域中的意象预设,刺激其相关特征,对其自身知识框架结构图中意象的不同特征进行提取和重构,这一预设是潜意识的互动过程,还未经由话语环境和创作主体的指引。当在接受主体已有认知中的意象特征被激活、初步提取后,就要与话语环境中的意象特征进行匹配,这一过程需要借助意象的理想认知模式和主体的主观能动指引才能完成。只有当交际主体双方的意象特征预设实现匹配、接洽之后,整个意象的表征和解读才算实现,如果双方的意象特征突显情况或理想模式有所出入,那么就需要结合话语环境和主体意向再次对意象及其特征进行提取和匹配,直至成功。王维诗歌中的意象塑造往往具有空灵淡远的特点,这与其禅境的预设、画境的圆融、个人的意向等紧密相关,是其知识储备、经验体悟等综合影响的结果。

---

[1] MEY,JACOB L:《Pragmatics:An Introduction》,Oxford:Blackwell Publishers,1993:p 20.

（三）语言共性与关联映射

任何语言都蕴含着共性，这种共性是一种倾向性，是为大多数人所接受、都能使用的共同特征，是存在着一定可循规律和使用规约的语言特征。语言的共性存在于语言本体的各个方面如语音、词汇、语法、语用等，对于任一语言、任一语篇而言，语言共性都是语言交际的前提和重要条件，但始终无法对其进行清晰的定义和描述。因为语言的共性不过是维特斯根坦意义上的家族相似性，是由人类经验的相似性和人类思维的共性所决定的，不同的语言单位在其发展、演变过程及演变模式中都既有共性也有差异。可以说，语言个性是语言共性的具体落实，语言共性是语言变异或差异所受到的共同限制；语言共性是交际主体实现语篇交际的前提。语言表达及其意义差异的背后，是许多相似或相同的特征，所有语言都受到某种普遍原则的制约，任何语言差异都应在普遍原则允许的范围内存在。意象是随着时间的推移和人们的不断使用而逐渐规约、稳定下来的语义单位，意象范畴的使用与意象思维的形成是主体对外观世界的映射结果，是社会和认知等因素的制约定性成的某一理想认知模型。意象是诗歌的灵魂，意象的使用是诗篇语言共性特征的体现，它源于主体的身体和物质经验，是主体对外观世界的反映。

语言符号的任意性是随意选择的，在语言使用的本质上人们的思维是相同的，这种共性反映在具体语言中，就产生了关联。这种关联可以是不同语言符号形式的关联，也可以是符号特征、符号意义及其使用等的关联，这也是语言交际的依据和前提。在语篇中，表达意图与意义是一对映射关系，它们都受制于交际双方的认知环境，在语义共性和关联机制的影响下以不同的语言形式呈现。从意图到意义的实现过程中，是主体对意图信息处理的过程，也是调整认知环境、借助假设推理和特征映射来寻求最佳关联的过程。任何语篇意图都通过交际行为而在交际双方间产生映射关系，这种映射涉及交际双方与话语和语境间的作用关系：意图先在源认知域中被具体表现为预设意义，经由特定的行为被映射到目的认知域中。这种意图在目的认知域中被表现为新的信息刺激源，与认知论域中的其他相关信息发生作用，通过关联、推理等来识别意图，最终达到意图和意义的相互映射。意象是客观世界与主体意识综合作用的结果，具有复杂性、关联性和多样性等特征，进而产生了彼此的关联。对于意象的认知与使用是主体映射的结果，是意图引导的结果，也是意义生成的具体体现。

二、意象互文建构的基本模式

诗歌是意象符号的系列呈现，这些由表象情感化形成的系列意象在语篇过程中协商、对话，以一定的组合形成呈现，创造出一个情感意志和客观物象相融合的审美形态即诗歌情境。以象尽意是诗歌的本质，它是情感孕育的有机整体，导向情和形的最高规范和目标，储存在交际主体的思维中心点上，也诗歌符号的规约性表现。思维的猝然迸发是意象建构的起始，对意象的胚胎的丰富和延展、主客体的碰撞与融汇是意象互文建构的过程，"寻味前言，吟原古制"是其途径。意象互文的动态建构经历了识别、提取、选择、获取、延展和深化等过程，最终形成独有的意象互文模型，为意象内涵及其多元意义的解读提供了思路和规范。

经过孵化、孕育的意象以何种结构呈现在诗歌语篇系统，单个意象如何在特定语境下以某种关系或方式组合成系列意象，意象的意义及其表征是如何实现的，都要综合考虑意象的互涉关联及其结构的配置等因素，这就涉及对意象互文建构模型的思考和梳理。在风格互文过程中，交际主体往往会选取更简单明确的形象去替代一些复杂符号，并赋予这些形象更鲜活的意识，将意象的符号形象与意识形象进行匹配和对比，用自身熟知的形象去替代它，以熟悉的方式呈现出来。这一替代功能需要主体依据先前的经验感悟对意象或事态做出预判，在固有的统觉机制的指引下，根据预判提出自己的假想，生成与被理解对象比较的意象信号，并在交际过程中不断尝试、修正、完善，逐渐接近被理解对象。风格互文识解的直接动因是把握语义的互动，而意象的互文建构就是诗歌语篇互文意义流动的关键。这里以意象及其结构的配置为导向，来分析诗篇的意象互文建构模式。

（一）串行模式

这种模式的意象互文是将整首诗歌或某些具有同一风格的系列诗篇中的所有意象视为一个统一集合体，也即互文语篇系统中的一个完整互文空间；那么每一个具体意象都作为该互文网络中的一个个小点而存在，即互文空间中的节点。如果把所有诗歌意象看作一个图书馆的所有书，那么一个意象就是其中的一本书，在一定语境的制约下，这些书只能被置于馆中的某个位置，但该位置却可以通过不同的索引条目找到，如主题目录、书名目录等。该意象在心理认知域的指引下会形成一定的功能和意义，当它通过文字或声音的形式被显示出来以后，它的完整意义表征就建立起来，并在其提取档中被激活，人们依据提取码找到相应位置后，就能找到其典型意义范畴，并以典型意义为中心建构起理想的认知模式，形成一个完整的认知空间。这就像是已经知道某本书在图书馆的哪一片区域，但仍需找出它具体在哪一书架、哪个位置，并对其所有相关信息有一个细致的了解，也对它在整个书架及图书馆的位置和结构有一个整体、全面的把握。

串行模式采取的是依次推进、提取的模式，即围绕某一特定意象，反复地进行描述、搜索、提取、阐释、延展，直至完全表现出主体的表思想意图和审美情感。如《青雀歌》"青雀翅羽短，未能远食玉山禾。犹胜黄雀争上下，唧唧空仓复若何。"围绕"青雀"丝丝入扣地写其外貌、生活习性、性格品行，并将其与黄雀进行对比，使整个诗篇不再是单纯的平面的叙述，而是由表及里、由浅入深地逐渐逼近其意象的核心,进而挖掘出其背后的蕴意:能力虽小但乐天安命。"玉山"虽好但遥远;"犹胜"一词将整个意象的意蕴猛然推进,引出了庾信《和何仪同讲竟述怀》"饥噪空仓雀,寒惊懒妇机"这一潜在意象及其意蕴,揭示了黄雀就算自身生理条件、生活环境、社会地位都优于青雀,但一旦空仓也无济于事;人们的遭际与生活不也正如青雀和黄雀这般吗?才能小的人固然不能获取很好的利益和资源,但乐天知命、脚踏实地、知足常乐,比起那些争权夺利、赚取甚至是篡取他人好处的人也强了不知道多少倍。

意象作为意义图像的具体、形象的表征,是将个性化、具象化、在场化的物象整合为一个心理运作的意识现象的活动,大脑对所呈现的意象是认知最直观的合法来源,它不仅是感性对象,还有其相应的认知范畴,"感性的直观同范畴的直观之间存在着巨大的相似性。"① 这种相似性在一个抽象性的表征系统中呈现,不可能仅仅通过意象就将其全部内容和意蕴完整表现出来,还要涉及语义的关联、逻辑的连贯、缺省的知识等其他因素,需要在意义整体下来进行理解,对其整体意义进行把握。只是大脑的意象作为其中具有强刺激性和延展力的一部分,可以在主体的指引和倾向下不断叠加、整合成一个动态结构,将事件自身的完整结构与人为关联的结构重新组合,在运用中形成普遍的意象图景,借用一些逻辑的表征法将其加以概括、抽象化,以供在不同的诗歌语篇识别与解读时进行提取。因而意象的组构是一个静态与动态结合的双重建构,也是抽象与具象交织的互动过程,该过程中所涉及的主体、事件等的发生都有其特定的时空背景、理由和条件,有其特定的前因后果,进而呈现特定的风格特征。

---

① LEVINAS E:《The theory of intuition in Husserl's phenomenology》, Evanston, IL: Northwestern University Pres, 1973, p 75.

（二）并行模式

如果说串行模式的意象建构是纵向的组合，那么并行模式的意象建构就是将不同的意象置于同一平面上，形成一种横向的、整体的组合。它强调的是对意象相关信息的同步激活，即在接触到意象的表征后，能够通过语境和语言信息的情况对意象的相关信息予以补充或排除，最终形成最贴近主体交际意图和情感态度的表征形式，这也是学界较倾向和认可的模式。人们在各自大脑中都有一个知识信息储备库，已有的信息库中每个意象都有其对应的发生器也即特征计数器，当这些特征将所有输入的意象信息累加起来、在各种方式的输入同时触发该意象发生作用时，这些不同的知觉就在认知空间中平行运作、相互竞争，最终在库中筛选并提取出最准确、最贴切的那个意义或某个意义关联集合。这一过程中，不同的意象在大脑意象系统中依据其输入信息和候补信息的共享特征不同来计算其相对频率，如果几个特征项都达到阈限，那么以数目最高的胜出，进而被辨认出来，并以此为核心激发出相应的信息项，其他的发生项便回归原始状态，继续下一轮的辨认和筛选。这与大脑神经元紧密关联，因为意象的识别和提取是在神经网络中实现的，涉及不同节点的连接和触发，也要考虑其内部隐藏节点的中心作用，这才是最关键的。因为隐藏节点的每一个功能层面都表示了其形式、内容、意义和性质等多方面因素，是一个整体的有机认知结构，知觉输入之后所激活的节点都具有共享特征，这些共享特征又进一步激活共享的结构和形式，当同一层面的连接受到抑制或阻碍时，便产生竞争关系，在竞争之中某一表征达到阈限，就会由低层次的单位连接到高层次单位，形成一个完整的意象系统结构。

理论上来说，这一模式中的激活可能是有选择性地筛选后拼凑而成的；也可能是一次性同步激活、在筛选整合之后形成的。但其实，二者的共同组合才比较符合科学的解释，因为人脑的发达与个人的认知相互作用，神经中枢需要同时运用多种知觉神经和层级性的逻辑推理来合理处理语言中的信息单元，对意象进行建构和解读。很多诗篇所呈现的可能是一个完整的事件，或相关的意象群，它不是一步到位的，总是朝向某个对象以构造的过程积极主动地将其印象或关联项整合为一个统一的经验或图景，才能实现完整的交际。如《田园乐·其四》"萋萋芳草春绿，落落长松夏寒。牛羊自归村巷，童稚不识衣冠。"诗歌中描述的意象各不相同，但其基调、品格相同，春草、长松、牛羊、稚童等乡村田园意象都充满了安逸闲适、朴实自然的色彩。它们在同一个平面上展开，组构成完整的田园生活场景图，从中可以窥见创作主体的情感与风格。这种意象的组合没有前因后果的关系也没有主次之分的区别，是平行共存于特定的场景之中的。

并行模式意象互文最典型的莫过于自然群体意象的列锦。王维《田园乐·其五》"山下孤烟远村，天边独树高原"没有运用任何媒介串联，"山下""孤烟""远村""天边""独树""高原"是一个个单独的意象的连续出现，聚合为独特的意象群。这是意象组合的最高层次要求。这些意象间并非毫无关联，而是依照主体的情感模式密切联系在一起，将其表情特征理清后就会发现其情绪性质相同，是一种有机秩序式建构的模式。这种不借助媒介手段的结构主义意象组合形式，在古代诗学中是典型的存在，是诗歌语言变异的典型形式，也是诗歌美学弹性美的突显表现。它不能借助语言形式或语言现象来直接把握意象世界，需要充分考虑主体以及主体设置的语篇结构并按照一定的理解方式加以整合，在特定的文化背景和心理结构规约的综合作用下才能实现其意义的解读。

（三）反差模式

这种模式的建构可能是创作主体有意设置的，是将不同品格或完全相反的意象放置于同一语境之中，形成强烈的反差的表达形式。这种建构具有很强的主体倾向性，其目的性十分鲜明，人们记忆最深且最具反差式的意象建构应该莫过于"朱门酒肉臭，路有冻死骨"这一适例了。诗歌的对仗是其意象关系化的重要表征形式，在人们的思维认知领域中，同时出现的意象往往是两两相对的，这一方面限制了创作主体的意象思维，但另一方面也为反差形意象建构留出了较大空间，为反差模式意象建构的发挥创造了自由。这一特点尤其典型地呈现在律诗这一体式之中，也是古典诗学的美学限制与自由的根本特点。其反差程度及其表现往往能够影响到意象的象征性与相似性，中国文化学里的许多意象范畴多有相似性特征，其象征体也十分丰富，在具体的诗歌语篇过程中随着象征符号的出现和相似性的发展，逐渐积淀为稳态型意象，进而具有了某种专门的意义，如杨柳与离别、莲花与高洁等等。这些意象的属性能够寻绎出一系列或整个系统的意象符号及其关联意义集合，这种群体的多义性和延展力是意象魅力的来源，也为意象的反差组合提供了条件，也为其联动功能的发挥奠定基础。

一些艺术感染力强的意象往往会在不同时代不同作家不同作品中反复出现，在不同的语境和主体运用中不断承袭、创新，获得新的生命。这种创新往往突破僵死的形式或规矩限制，以反差或变异形式而存在，产生新鲜的、独特的具体意象，不可重复亦不可照搬。这种反差模式在王维诗歌语篇中也较为常见，只是这种反差不仅仅体现在同一诗句之中，如《冬夜书怀》"丽服映颓颜，朱灯照华发。"就是"丽服"与"颓颜"，"朱灯"与"华发"的强烈反差；也体现在诗歌语篇对仗的上下联之中，如《桃源行》"月明松下房栊静，日出云中鸡犬喧。"《寄崇梵僧》"落花啼鸟纷纷乱，涧户山窗寂寂闲"就是上下联所描述意象或意境的动与静的对比，形成一种反差感；此外，还更多地表现在整个诗歌意境或语篇结构之中，例如，《瓜园诗》"蔼蔼帝王州，宫观一何繁。林端出绮道，殿顶摇华幡。素怀在青山，若值白云屯"就是繁华奢靡的帝王景象与朴素简约的自然景象的对比，也构成了鲜明的对比，但不仅

· 163 ·

限于同一联之中,也体现在语篇的结构设置之中,对意象的意蕴和语篇意义的理解产生影响。

三、意象互文建构的心理机制

意象是附着了主体构思和主观情意的物象,在其建构过程中发挥关键作用的仍是主体意识,意象在诗歌语篇中的选取和设置等也必然涉及心理认知等相关因素。总的来看,意象的建构及其在诗歌语篇中发挥作用的心理机制主要有移情和联想两种。首先,意象作为创作主体将主观意念投射到客观物象后形成的产物,是意识活动与符号体系的双重统一体。从这一角度来看,意象形成的首要前提就是创作主体强烈的意向所形成的强大心理能量需要宣泄和表达的结果,即"移情"。意象首先需要以客观外物的存在为前提,经由知觉的感知,在主体情感或意念的刺激下对外物的典型属性予以突显,才能关联到心理空间中的相应映射区域,才能通过其特征的突显、前置或后放等形式将其呈现出来,这一关联投射的过程就是明显的移情过程。从认知来看,人们都是以自我为中心和尺度来对周遭事物进行理解、体悟,在该过程中往往会将自身内心意识到的熟悉的特质或相关的属性嫁接到当下的客观存在物身上,将自己的思想和理性、情感和价值灌输到这些具体的外物身上,当这一意识活动达到某种阈值时会超过自我消解的范畴,进而寻求一种表达方式如向他人述说或投之于物,这就是"移情"的一般性过程。"移情作用是外射作用的一种,外射作用就是把我的直觉或情感外射到物的身上去,使它们变为物。"[①] 当主体情感与客观外物互通时,才能完成以意立象、以意取象、以意表象等系列过程,意象的建构才得以完整实现。

移情的产生不是任意形成的,必须以联想为沟通的桥梁。因为主体意念

---

① 朱光潜:《文艺心理学》,上海:复旦大学出版社,2009年,第31页。

和客观物象的联系是双向选择、匹配的结果,主体将情感意念投射到某一具体物象上时不可能是毫无理据、随意而为的,必须以主观情感的某个点为核心,围绕该记忆点而展开。一般来说,该点多与主体的信息储备库以及物象的典型属性相关联,主体需要从其知识记忆库中提取出与该点相关联的属性、特征或其他相关的信息,最终从搜索到的信息中提取与之最为契合的物象,再结合某种特定的语境将物象与情感的核心点联系、融合起来,将其投射到某一具体的物象之上,创造出最贴合表达意图、最符合心理状态的意象,这就涉及心理学所说的联想。意象的形成与建构涉及两个方面的联想:一是对物象的特征、属性等相似信息的联想。一般来说,诗歌中的典型意象往往在使用中被赋予了典型的稳态化的属性与象征意义,这就要考虑其客观物象的自然环境、生存条件、自然特征等因素。例如,"梧桐"秋天落叶、阔叶、雨落时声音清晰等特点容易与雨产生关联,形成表达愁绪的典型意象。一是创作主体的心理情绪与其特定的背景环境、社会风气等的联想。物随心动,任何外物一旦与主观意念形成关联,便不再是单纯的物象,而是赋予了人的意识的存在,心理状态与情感情绪往往的影响意象意义的重要因素,而人的情感情绪多与其当时所处的特定环境、经历的遭遇以及社会风气等紧密相关。

四、意象互文建构对风格互文的影响

意象的互文建构需要经历两个过程:一是意与象的相互转化、融合过程,内在的思维意象转化为外在语言意象的过程。这一过程一般包括以意立象、以意取象到意表象、以意达象等系列过程。意与象之间如何达到一种"自然为妙"的状态、本体意象与互体意象如何实现浑融的互涉是意象互文建构中最为关键的一环。对此,刘勰《隐秀》篇比较集中地回答了这一规范和标准——"隐"和"秀"。"隐"即外化的意象在其表层意义之外还应有深层的意蕴,"秀"即外化在语篇作品中的意象应通过艺术化的语言形式来呈现,需

要经过主体审美的观照和熏陶。语言是意象创作过程中物化的媒介，语言形式与意象意蕴的共同组合才形成了风格各异的诗歌语篇，因而意象互文的生成最终必须落实到具体的语言层面来得以体现，语篇风格互文分析首先要考虑本体意象与互体意象在诗歌语篇中的所指及其意义的互涉，才能对意象的互文建构、意义互动及风格互涉做出分析。

西方现代主义诗学认为，意象不是对客观世界的机械反映或描绘，也不是诗的一种装饰或修饰，而是一个包含了自在自为的多元意义的载体，是实际体验事物的具体形式，是想象力对真理的投射，是一种思维方式和存在方式（汪耀进，1989）。这一见解为本书意象风格互文研究提供了启发，即意象互文建构作为意识的意向性活动，是以意识为起始点和中心点的。从意义的角度看，意象应该是既包含事件意义也包含情感意义的统一整体，是创作主体的思想意识通过主观联想以符号的形式外化的综合体。因而，意象互文的建构本身就包含了诗歌文本对于主体的要求，不同主体在不同知识背景、不同生活阅历、不同语言环境等因素的影响下对于同一意象的建构和理解可能会产生很大的差异，因为它不仅仅是简单的视觉图像或图像的叠加，而是通过语言符号形式表征的意义综合体。诗歌语篇中同样的意象虽然具有相同特征或属性，但也可能呈现迥异的风格特点。

诗歌语言是一种意象性语言，诗歌意象的建构是一种动态的构成性活动，是外物与自我相融的过程；意象的互文建构在本体意象在将他者对象化的同时，他者也将自我对象化，互体意象亦是如此。因而，意象互文始终与主体意识及情感态度的互涉相关联。如果将语篇出现的现象分为物理现象和心理现象，那么心理现象由于受到文化规约或情感指引往往会指向特定的物理现象也即客观意象。以王维《使至塞上》为例，车、蓬、雁、漠、烟、河、日等是物理现象，心理现象有单、征、归、大、孤、直、长、落、圆等。由于心理现象总是明显关涉到大致的某一具体的、指定的对象，如"归"总是限定指向"雁",这关涉到心理描写背后的内在主体"雁"及其象征性蕴意——深秋南飞、暖春归北。这种带有特定意识判断和情感态度生成了具有风格意义的意象,如"征蓬""胡天""落日""长河"等。因而意象所呈现的风格互涉至少包括两层含义:一是主体情绪感觉的互涉,如忧愁、喜悦等;二是感觉背后的意义或精神寓意的关联,如思乡、离别等,这种体验是一系列意向活动的呈现,是一种有意味的选择、主题化的表现,这种有选择性的表征构成了意象的基础和主体特征的处境,也成为风格意义生成的主导动因,是语篇风格形成及风格互文关系产生的重要依据。

陈植锷指出"以词语为物质外壳的诗意形象——意象,也就是诗歌艺术最小的能够独立运用的基本单位。"[①] 意象的互文建构与人们的心理认知、意义表征以及语言共性、特征预设息息相关。移情和联想在意象的互文建构中起着重要的制导作用,始终引导着主体对意象的选取、映射和意义的表征等一系列活动。主体以客观意象与心理世界契合的那个点为起始,在意识的指引下对本体意象进行延展、变易,使互体意象在具象与记忆的交替中构成典型的意象,以相对完整的意向性体验集合在语篇系统中,通过选择、质疑、匹配、否定、再选择等循环过程,最终实现为意象与情感的最佳组配,意象与风格的最佳表征。在此基础上,经由交际主体的指引和语境的制约,使得本体意象与互体意象在语篇互文空间中产生某种互涉关联,进而形成某种独特的风格互文关系。

---

① 陈植锷:《诗歌意象论——微观诗史初探》,北京:中国社会科学出版社,1990年,第17页。

第二节　王维诗歌语篇意象互文分析

语篇过程中，主体在与意象的接触、碰撞中使意象实现由抽象到具体的过程，同时在文本的制约下通过自身意象结构、组合等构成各具特色的呼唤、刺激潜能，再往复循环由具体再到抽象的过程。这是意象互文形成、变化的基本过程，也是经由知识积淀和主体参与不断形成的一种往复循环的意识活动。意象及其结构在文本性能上具有兴象的特性，在其文字表达背后还有绵延、生发、扩展的可能，使得意象互文的生成与变化有灵活、宽阔的弹性空间。诗篇中对非意象词的减省很大程度上是对语言规范的偏离和变异，不同意象词的组合和搭配可以使诗歌内容平等而分散地展开，构成绵延、完整的图景。这些在王维诗篇中都可以寻找到沿袭的痕迹，他始终以"感物"思维为指引来展开意象互文的建构和组合，通过限定物象和无限情思的互涉关联形成姿态各异的风格特征。

一、常见的意象类型

目前学界对王诗意象类型的研究已有一定成果，但大多是选取其诗中某个典型意象或几种意象如山、水、云等意象进行分析，如胡遂、罗姝（2009）《行到水穷处，坐看云起时——论王维山水诗中的"云""水"意蕴》，刘曙初（2007）《论王维诗歌中的女性意象》，乔磊（2009）《再辨〈鸟鸣涧〉中的"桂花"意象》等；有的从诗歌创作前中后时期及主要题材来对意象进行划分，如韦爱萍（1997）《王维诗歌意象初探》分为大漠、孤烟、落日，红豆、茱萸、红梅，云、月、鸟三大类。但这些划分未关注意象的使用与风格的互涉关联，未能以动态视野进行分析。鉴于此，本书来对王维诗篇中的意象进行穷尽式统计，试图对其意象的使用与风格的关联做出分析，如表4.1所示（取频率前15个）。

表4.1 王维诗歌中常见意象频率统计表

序号	意象	次数
1	人	246
2	山	224
3	日	151
4	天	123
5	云	122
6	门	102
7	家	84
8	水	84
9	城	82
10	花	79
11	风	77
12	林	60
13	树	56
14	衣	56
15	草	55

由表4.1可见，王维诗中使用频率最高、运用最多的是"人"意象；而后才是众多学者研究最多的自然意象，其中使用最多的是"山"物象，共出现224次，如果按照每首诗一次的频率来算，即王维超过半数（约60%）的诗篇用到了"山"意象。接下来频率较高的依次是"日""天""云""门"。当然，其他意象如"水""花""风""林"都展现了独特的意蕴，这些意象组合成各种各样、风格各异的意象群，呈现出"诗中有画，画中有诗"的风格特点。王维诗篇的意象始终伴随着强烈的生命律动，与其内心澄明清澈的状态相契合，蕴涵着丰富的心境、禅趣和诗意。无论是概括式的勾勒还是细致入微的刻画，是雄浑壮阔的边塞事物还是清新明丽的田园事物，都具有独特之

美。本书将王维诗篇的常见意象区分为物象和人象,再从每类意象挑选突出的典型意象对其风格互文建构做进一步分析与阐释。

(一)物象

诗歌是意象符号的系列呈现,意象在诗篇中是可以进行自我调节和伸展的第一实在,可以在语篇过程中不断地绵延、重塑,成为诗人独特生命和个性的化身,呈现种种可被感知的美。王维素以山水诗闻名,尤其是在隐居终南山与辋川之后更是创作了大量山水诗。这类诗最常见的就是各式各样的自然物象,石云天瀑、江河山川、日月泉溪、花草鸟林等无一不化为神奇的存在,带上自然优美的特点。这些精妙的物象不仅勾绘出自然美好的境界,更以细腻的观察和感悟、巧妙的比喻和提炼给人丰富的想象,让人反复吟味、感受其浑然幽美之风貌。

这里取舆薪之中之一秋毫,取其中较为普遍、较具典型性的意象为例,对意象互文与风格互文的相互关系展开具体的解读与分析,为后面研究的拓展和深入做准备。在选取具体意象前,为保证所选取意象更具科学性和说服力,我们先对王维的382个诗篇做了词的切分,对词频进行统计,"白云""山中""落日""青山""日暮"等是王诗常用的意象,另外"青山""南山""山河""日暮"等意象的运用也较为明显,也是与"山""日"相关的意象。因此,这里选取"云""山""日"这三个意象为例,对王维诗篇中的意象互文及其对诗歌风格、风格互文产生的影响进行分析。

1."山"意象

王维是写山的高手,其笔下的"山"有不同的组合与搭配,是山水诗和送别诗的突出意象,"山"及与山相关的意象的运用推动了诗歌意境的建构和语篇风格的形成和发展。为了对该意象的运用情况做出更清晰的分析,我们对"山"意象的组合做了统计,结果如下:山中(17次)、南山(10次)、青山（9次）、山河（8次）、东山（8次）、寒山（6次）、前山（6次）、山居（6次）、远山（5次）、山鸟（5次）、山川（5次）、终南山（4次）、山月（4次）、空山（4次）、山下（4次）、春山（3次）、秋山（3次）……可见，王诗中的"山"不仅有时序节令的划分，如"春山""秋山""寒山"；也有地理空间、位置的划分，如"南山""东山""前山""远山"等；还有独特属性的区分，如"青山""空山"等。这些山独具特色，也呈现各自独特的风格基调。具体来看：

"青山""空山"是王维诗歌中独具特色的一类意象。王维笔下的"青山"不仅是大自然的精妙尤物，更是寄托诗人心境情趣的载体；"空山"也不仅是自然山景的独特样貌，更凝聚着王维的禅心佛悟。如果说"青山"是大自然创造的客观外物，那么"空山"便是王维精神世界的承载、心灵的栖息地。如：

素怀在青山，若值白云屯。（《瓜园诗》）

青山横苍林，赤日团平陆。（《冬日游览》）

忍别青山去，其如绿水何？（《别辋川别业》）

空山不见人，但闻人语响。（《鹿柴》）

空山新雨后，天气晚来秋。（《山居秋暝》）

曙月孤莺啭，空山五柳春。（《过沈居士山居哭之》）

王维笔下的"青山"或与白云相伴，或与赤日为团，或与绿水相映，风采各异、清新明丽。这些青山多是对优美自然景象的描写，也承载着主体对闲适生活的向往与依恋，整个诗篇清新、俊逸，诗篇所建构的意境绝非仅以青山为衬托，而是以青山意象为核心，蕴涵着主体潜意识的情感倾向与隐逸思想，于青山之中所寻找生命体验、追求自由生活的寄托，呈现出清新俊逸、浑然雅致的风格特点。"空山"意象是王维"诗佛"美誉的直接表现,也是其禅宗思想的集中体现。王维的诗中写"空"的多达 90 余首,这不仅是对自然现象的直观描写与刻画,更融汇了主体理解和生命感受的境界,建构起一种超然物外、空灵旷远、物我相忘的禅境,表现出一种寂静闲适、恬淡超脱的心境,呈现幽玄空灵、旷达高远之风。

王维笔下不同时序节令的山意象也颇受关注,最鲜明地体现为春夏秋冬不同季节的山景。这些山有些直接以春山、秋山等显性标记形式呈现,有些则需要与诗歌语篇中其他的典型节令意象结合起来进行推断。但无论是何种形式,其诗歌中的山意象都在特定的环境下呈现出丰富多彩的特点,带有一种自然与含蓄兼济、明丽与淡雅并存的妙趣,呈现出浑然淡雅、清朗明净的风格特点。如:

人闲桂花落,夜静春山空。月出惊山鸟,时鸣春涧中。(春山)
万壑树参天,千山响杜鹃。山中一半雨,树杪百重泉。(夏山)
秋山敛余照,飞鸟逐前侣。彩翠时分明,夕岚无处所。(秋山)
荆溪白石出,天寒红叶稀。山路元无雨,空翠湿人衣。(冬山)

王维的春山与花落、月出和鸟鸣等动态意象融为一体,反衬山涧的幽静和空寂,具有静谧和谐的特点,整个诗篇呈现出闲适恬静、空灵清幽的风格特点。王维诗中的夏山多表达地较为隐晦,一般通过夏季景物来加以表现。如例句通过突显山势的高峻突兀、山泉的雄奇秀美来描写夏山之景,使得整个诗歌语篇气象宽阔、挺拔明丽。而秋山的描写往往诗情更加醇厚、更富韵味,如例句描绘了一幅秋天日暮时分、万物和谐共生的鲜活图景,呈现出秀丽明净的风格特点。广为人知的《山居秋暝》也是对有声有色、动静相映的秋山图景的精彩勾画。王维笔下描写冬山总能与特定时节的山中景象相契,如例句巧妙抓取初冬时节红叶稀疏、山溪石白等意象，描绘了天寒水浅的冬山图，展现出清幽深邃、清朗明净的风格特点。

与地理位置相关的"山中""南山""前山"也是王诗山意象的特色。"山中"共出现17次，主要体现在其山水田园诗和送别诗中。如"山中习静观朝槿，松下清斋折露葵""山中傥留客，置此茱萸杯"都是王维隐居辋川时所作；"山中有桂花，莫待花如霰"是送别友人前往南山时的寄语，暗含着对友人的勉励和肯定；"山中多法侣，禅诵自为群"是对禅意山居生活的描绘，是其精神的寄托，也是对弟妹的劝勉和宽慰。"远山"意象也有相通之处，"清冬见远山，积雪凝苍翠""天寒远山净，日暮长河急"等诗篇均呈现闲适恬淡、清新淡雅的风格特点。"南山""前山"也值得关注，尤其是"南山"。王维笔下最常见的山是"终南山"和"辋川"，终南山位于山西长安县南，辋川地处蓝田县偏南，从地理上看，都与"南山"相呼应，其诗中的"南山"可能与此有所交叉。王维笔下可考订、吟咏终南山的有十首，另有六首提及"南山"，但不能确定是定指，故先不纳入考察范围。这些诗歌语篇在不同时期创作，呈现不同的意蕴和风格特点。

总之，王维的"山"意象不是单层、平面的自然再现，而是顺随自然更替呈现的深层次创构，是顺应主观意念变化所呈现的系列过程。这些山意象的描写及其与山意象相关的意象组合，是王维诗歌语篇意象互文建构的重要体现，也是其诗歌语篇主导风格清新淡雅、幽玄空灵诗风形成的重要手段。王维在诗中不断地重现不同类型、属性的山，于"青山"中寻找身心的自由，于"空山"中觅得心灵的超脱，二者相通相融，使其幽玄淡雅的主导诗篇风格逐渐突显、强化。

2."日"意象

王维对"日"意象及其相关意象的偏爱在盛唐乃至中国古代诗歌史上都可以算得上是翘楚。他笔下的"日"意象及其同名、异名意象多达20余种，具体如下：落日（13次）、日暮（10次）、白日（6次）、日夕（5次）、日落（4次）、朝日（4次）、旧日（4次）、春日（3次）、秋日（3次）、风日（3次）、赤日（2次）、丽日（2次）、夏日（2次）、日隐（2次）……可见，王维明显偏爱"落日""日暮"，对太阳意象有着敏锐的感知。"白日""丽日""朝日""赤日"都是鲜活、美好、曼妙的象征，"落日""日暮""斜照""日夕"等也历来为中外画家、美学家所钟爱。他笔下的"朝日""日隐""春日""夏日""秋日""冬日""寒日"是时令变迁的体现，也是其身心的变化。这些意象所呈现的特征往往与其生平的主观心态和生命感悟相一致，因而在描写"日"意象时又暗含着许多"理"的阐述，尤其是后期诗作中鲜明地带有"静"的特点，这与其"好清静"的心态相融，"深巷斜晖静"等诗句多呈现恬静淡雅的风格基调。

据表4.1，王诗中典型的"日"意象有"落日""日暮""日夕""日落"等同名及异名情况。夕阳作为极具典型性和代表性的意象，不仅有着日将西斜时的绚烂和夺目，更富有时间的内涵和生命的意义，随着历史的积淀与实践的感悟，其意蕴愈显深刻：时间的象征，生命终结的象征，落寞感伤的化身，萧瑟凄凉的氛围等，容易给人以时光一去不复返的孤寂和落寞。首先，意作为时间概念，王维诗中的夕阳多呈现一种冷色调，易使人产生伤感、悲凉之感，多用于表达离情别绪。如《山中送别》"山中相送罢，日暮掩柴扉"以日暮时分"掩柴扉"的细节特写，写出友人背后的落寞和伤感，引发日暮之后的漫漫长夜之景，借此表达内心的不舍和伤感。《临高台送黎拾遗》中"日暮飞鸟还，行人去不息"以对比的手法写出了夕阳残辉之下送别友人的凄怆与伤感，借眼前之景抒发不舍别情。相似的还有"夜漏行人息，归鞍落日余""遥知汉使萧关外，愁见孤城落日边"等，寓情于物、以"落日"的独有特征倾述愁苦与感伤，婉转表达诚挚浓烈的惜别之情，使诗篇带上含蓄隽永的风格特点，这也是其送别诗主要的风格特点。

据统计，王维诗偏爱"落日"和"日暮"，并将二者与自身的人生境遇相融，这从其诗篇中可以窥见一斑。王维青年时期仕途得意、顺遂平坦，因而早期政治诗和幻想的边塞诗中多用"落日""日暮"意象展现壮阔瑰丽的诗境。如《使至塞上》"大漠孤烟直，长河落日圆"用"圆"修饰"落日"，使伤感、落寞消失不见，增添了边塞风光的壮阔气势，整首诗雄浑壮美，又不失柔和与温暖，别具一番风味。《李陵咏》"日暮沙漠陲，战声烟尘里"中"日暮"笼罩"沙漠"，烟尘缥缈，呈现苍茫、壮阔的景象，全诗沉郁顿挫，昂扬豪迈，热情奔放。随着仕途的跌宕，其后期山水诗与送别诗多用"落日"意象来表达归隐的闲适恬静或抒发离情别绪。如《赠祖三咏》"闲门寂已闭，落日照秋草"以"落日"及秋草，构成一幅悠闲宁静的秋景图，显得明净自然、恬静闲适。与之相似的还有"荒城临古渡，落日满秋山""渡头余落日，墟里上孤烟"等诗句。这些"日"意象或静谧闲适，体现隐居的闲适安逸；或冷清萧瑟，衬托离别的满腔愁绪伤情；或雄浑壮丽，抒发强烈的壮志豪情。但都与其他意象共同建构起相应的意境，随着境遇的不同呈现出丰富多元、鲜活生动的形象，不断突显其语篇的多元风格。

王维笔下的日还具有独特的色彩之分，如"白日""赤日""丹日"等。王诗多次出现的"白日"意象与其情感意念不可分割：有些是对美好自然风光的勾绘，如《自大散以往深林密竹蹬道盘曲四五十里至黄牛岭见黄花川》"望见南山阳，白日霭悠悠"等；有些是寓情于物、抒发个人情感，如《哭殷遥》"行人何寂寞，白日自凄清"等；有些通过鲜明的色彩对比来反衬环境和感受，如《燕支行》"画戟雕戈白日寒，连旗大旆黄尘没"等。王维的"赤日"意象也给人深刻的印象。通过对其艳丽颜色和旺盛性状的描写，建构起一幅幅宽阔、鲜艳的图景，如《冬日游览》"青山横苍林，赤日团平陆"通过绵延宽广的"青山"和"赤日"景象的强烈对比，给人以一种旷远辽阔之感；而《苦热》"赤日满天地，火云成山岳"通过不断扩展、延伸的醒目赤日建构起壮阔、绵延的炎热景象。这些日意象以独特的属性、特征形成相应的诗歌境界，呈现出浑然韵远的风格特点。

王维对"日"意象有独到的处理和把握，最明显地体现在利用光源色来描写那些客观物象的固有色彩受到日光影响后所产生的变化，并在用心的调剂下与其他物象浑然融合。如《送邢桂州》"日落江湖白，潮来天地青"就是将夕阳辉映之下的物象变化鲜活地呈现出来，化静为动，形成动态之美，并且伴着冷暖色调的更替将这些物象内在气韵突显出来。他还善于以太阳光色为物象之色，并赋予物象以内心体验，借由这些蒙上审美感受的视觉冲击来表达由表及里的心理感悟。如《自大散以往深林密竹蹬道盘曲四五十里至黄牛岭见黄花川》中"望见南山阳，白日霭悠悠"以"日霭"的性状描绘出夕阳的运动特点，也带上了其独特的审美感受，更将其旷远缥缈的气韵鲜活地呈现出来。总之，王维不仅善于从多维、多元的视角运用多样的表现手法来丰富其"日"意象的内涵，更在其中注入了鲜活的生命、赋予其独特的意蕴，使其诗篇呈现多元化的风格特点。

3. "云"意象

中国古典诗歌中"云"意象广泛存在，不仅备受钦羡，还不断被赋予新的语意和韵味，这与其变幻莫测的形态和自由自在、随遇而安的特点可分割。据统计，王诗中共出现"云"意象在122次，具体如下：白云（25次）、云中（7次）、云霞（6次）、云外（5次）、浮云（4次）、云山（3次）、云烟（3次）、黄云（2次）、云树（2次）、云峰（2次）……王维广泛运用"云"意象来寄托禅意，形成独特的空寂、和谐境界，为后人建构了一个云入禅理的理想范式，这些姿态各异的云与山、日等意象促进了其清新淡远的主导诗风的形成。

王维对"白云"意象情有独钟，其诗中"白云"意象使用频率为25次，超过"云"意象使用总数的1/5。这些云意象往往被赋予浓烈的禅宗意蕴，多以"白云"和"浮云"形式呈现,成为隐逸生活、闲适清净的象征。这些云意象与诗人丰富的情感蕴藉相融合,是玄远、恬淡、自由、舒适、超然等的化身。有些单纯描写所见景致、表现优美的自然风光,如《归辋川作》"悠然远山暮,独向白云归"、《终南山》"悠然远山暮,独向白云归"写的就是眼前所见的美好自然风光,塑造出一个个安详闲适、空灵静穆的诗境。有些则寄情于景,通过白云的自由自在、无拘无束来表达对自由生活的追求和隐居生活的向往。如《答裴迪》"君问终南山,心知白云外"表露隐居的心声和对身心自由的追求,《问寇校书双溪》"新买双溪定何似?余生欲寄白云中"直抒胸臆、道出矢志不渝的归隐之心。有些借助白云漂泊无依的特点表达羁旅送别时的惆怅惘然,如《欹湖》"吹箫凌极浦,日暮送夫君。湖上一回首,山青卷白云"将白云的这种虚无缥缈、无依无靠展露无遗,暗含淡淡的离愁别绪,呈现含蓄隽永、浑然雅致的风格特点。

"中唐以来的诗人爱用的语词中有一个'云'字,而相当多用'云'这个词的诗歌又总与佛寺禅僧有关。"[①]王维的"云"意象与禅意的融合最为鲜明,这在其后期的山水诗歌语篇中有着集中的体现。这些云或聚散变幻,或高远疏离,或空灵静谧,带有一种浓郁的禅意,亦真亦假、倏忽变幻、色相泯灭,渗透着难以名状、蕴藉空灵的意味。《山中寄诸弟妹》"城郭遥相望,唯应见白云"、《寄崇梵僧》"峡里谁知有人事,郡中遥望空云山"所塑造的都是一片苍茫、虚实相生、真假难辨的世界,这些"云"寄托着诗人对空灵禅意的追求。白云在空中无所依傍、随意飘荡、高不可及,具有疏离遥远的特点。这种遥远和疏离不仅仅是空间的距离,也是主观感受的距离,更是其精神寄托的疏离,绵渺高远。"唯有白云外,疏钟闻夜猿"的疏离便是与尘世的隔离,也是内心与俗事的疏离。《早秋山中作》"寂寞柴门人不到,空林独与白云期"写的也不仅是深山与闹市的疏离,更是内心与俗世的远离,是执着

---

① 葛兆光:《中国宗教与文学论集》,北京:清华大学出版社,1998年,第94页。

于宁静的内心和沉寂的生活的心迹表达。这些"云"充满了阻隔的意味，是对凡尘俗世的摆脱、对高远闲适的追求，是随顺自然、了无牵挂的姿态，对"空""寂"禅境的向往与期待。王维笔下的"云"与禅意水乳交融地贯通起来，既深化了"云"的内涵，使"云"真正获得了永久的生命力，也使其诗歌语篇含蓄隽永、富有禅意。

综上，王诗的常用意象有"山中""空山""白云""落日"等，这些意象不仅千变万化、姿态各异，形象鲜活地展示大自然的美好风格，也随着主体心境的变化被赋予不同的意蕴，在诗人的开拓和创新中不断推进、延展，超越前人的不足，注入新的生命力，塑造出一个个理性的意象范畴，为后人所学习和使用。王维笔下的这些意象，无论是写景还是抒怀，都将物象与情感水乳交融地渗透于诗歌之中，立象尽意、以象达意，白云、青山、落日等都称为其禅意诗歌的介质，使得所绘之景动静合一、虚实相生、空彻澄明，极具空间感、色彩感、画面感，使得语篇空灵恬淡、浑然雅致的风格特点不断得以突显，成为其主导诗风。

（二）人象

王维诗歌尤其是山水诗中颇多点景人物，寥寥几笔将人物鲜活地勾画出来，其他诗歌语篇如送别诗、边塞诗、咏怀诗等中也多人物意象的塑造与表现。只是学界对其诗歌中的人物形象及其风格还缺少关注、未展开全面的整体研究。纵观王维诗中的"人"意象，"不论是樵子渔父、牧童田夫，还是文人雅士、羽客高僧，其心神都是清远旷达的，仪态都是悠闲自得的。"[①] 王维诗歌语篇中的人象与物象总能完美融合，由人见景、人景相映，每一句都是一个画题，每一幅都可从人点起、延展绵延，促成了王诗独树一帜的风格特点。

王诗中"人"意象共出现246次，具体如下：故人（16次）、行人（12

---

① 金学智：《王维诗中的绘画美》，《文学遗产》，1984年，第4期，第64页。

次)、主人（9次）、无人（7次）、人家7（次）、夫人（6次）、何人（6次）、上人（持戒严格并精于佛学的僧侣，6次）、舍人（5次）、古人（4次）、游人（4次）、友人（3次）、佳人（3次）……这些"人"意象所囊括的范围十分广泛：有缥缈超然的仙化人物形象，如"仙人""羽人""圣人"等；有远离尘俗的隐逸人物，如"上人""高人""桃源人"等；有真实鲜活的世俗人物形象，如"樵人""舍人""行人""山人"等。还有各种不同特征属性的人，如"佳人""良人""闲人""野人""智人""穷人""小人"等；不同地区的人，如"洛阳人""豫人""楚人""巴人""鲁人""金人""秦人""郑人"等；不同时期的人，如"古人""昔人""先人""旧人""今人""时人"等；不同身份境遇的人，如"鼎食人""凤楼人""渡水人""灌园人""泣珠人""卷绡人""采薇人""鼓刀人"等。这些人物意象在具体的语境中随着诗人的心境和情思变得栩栩如生。总的来看，王维山水田园诗中的人物往往闲适自在、怡然自得，形成恬静闲适、清新淡雅的风格特点；边塞诗中的人物或是征战沙场的将士或是慷慨洒脱的豪侠，呈现雄浑奔放、慷慨豪迈的风格特点；咏怀诗中的人物形象往往较为含蓄，既有赞扬也有同情，呈现含蓄隽永的风格特点……

王维诗歌语篇最大的特点便是带景出场的点景人物的塑造，其笔下的人物意象往往随着山水风光和主体意念采撷入画，在人与自然的融合中形成淡然悠闲的气氛格调，进而形成清远旷达、闲适淡雅的风格特点。这种"点景人物"经由主体的倾心塑造，寄托主体的修养、追求或人格的写照，更加注重神似的审美趣味，在不同的诗歌语篇中不断强化其神韵，以神似和点景突显等形式塑造出鲜活生动的人物图景，彼此交叉互涉、呈现多元化的风格特征。这里试举几种略作分析：

1. 樵子渔父、牧童田夫

这类人物意象最突出地体现在王维的山水田园诗中，通过选取悠闲自在、怡然自得的生活片段或是特写人物的某些动作、场景来加以表现，如《辋川闲居赠裴秀才迪》"倚杖柴门外，临风听暮蝉"通过农人倚仗休息的镜头特写表现一种安静闲适的乡村生活图景；《山居即事》"田夫荷锄立，相见语依依"、《瓜园诗》"余适欲锄瓜，倚锄听叩门"分别截取乡村生活中具有典型意义的"荷锄""倚锄"来体现农人悠闲惬意的生活和纯朴真挚的民风，进一步烘托和谐安宁、闲适自然的诗歌意境，不同诗中的同类意象相互指涉、汇聚，促成其主导诗风。

以局外观者的身份、借助自然景物或农作物的映衬等以一个完整的画面图景来表现人物是王维诗歌人物塑造的另一特色。这种点景式的手法往往较为明显地揭示出主体的题旨，暗示着主体的意志和心声，使得诗歌含蓄隽永、富有韵味。

漱流复濯足，前对钓鱼翁。（《纳凉》）
谷口疏钟动，渔樵稍欲稀。（《归辋川作》）
渡头灯火起，处处采菱归。（《山居即事》）
岸火孤舟宿，渔家夕鸟还。（《登河北城楼作》）

没有人物的引入就没有景象的神韵，没有山水物象与人物的融合也不可能形成诗画的意境。这些人物都是典型的以局外人的观看者视角来加以塑造，通过客观外物的描写和映衬加以表现。这样的形式给人以一种观望的距离感，意味着这些人群都与王维是迥异的，对他而言这只是一种心灵深处向往的景观。因而，这些诗篇往往带有悠闲、淡远的风格特点。与此类似的诗句还有《春园即事》"还持鹿皮几，日暮隐蓬蒿"、《山居秋暝》"竹喧归浣女，莲动下渔舟"等等。它们都借助动态图景展现安宁闲适、简单和谐的乡村生活，随着时间的推移、通过周遭事物的突显营造一种宁静闲适的气氛，形成悠远闲适、清新淡雅的风格特点。

王维笔下这类人物最为显著、具有典型性特征的当属"牧童""野老""老翁"。其诸多诗歌语篇都刻画了这些人物形象，可见他对这类人物的偏爱。如：

野老念牧童，倚杖候荆扉。(《渭川田家》)
田舍有老翁，垂白衡门里。(《偶然作·其二》)
白衣携壶觞，果来遗老叟。(《偶然作·其四》)
牧童望村去，猎犬随人还。(《淇上即事田园》)
牛羊自归村巷，童稚不识衣冠。(《田园乐·其四》)

"野老"与"牧童"的组合，没有刻意勾画人物的外貌、穿着，只寥寥数笔就将两个人物意象跃然纸上，同时又极富意蕴。具有不同特征的老少人物巧妙共现于同个空间，塑造了一幅幅富有时间感和故事性的和谐图景，建构了一种人与人之间舒适、惬意的相处模式，突显了悠闲自在的生活环境与风格基调。在王维田园诗和写景诗中多见稚嫩可爱、天真烂漫的孩童形象，如"花落家僮未扫，莺啼山客犹眠""五马惊穷巷，双童逐老身""偶然值林叟，谈笑无还期"等都是闲适美好生活的体现，也是其诗篇清新淡雅、悠然闲适风格形成的重要因素。

2. 文人雅士、羽客高僧

王维所处的时代是一个前所未有的盛世王朝，国富民强、经济昌盛，为文人世子提供了宽松安逸的政治氛围，也为他们的人生道路提供了一种新的选择——归隐。他们希冀通过大自然的纯粹和美好荡涤尘世的污垢，净化内心，以显示人品的高洁或傲然世外的精神。王维也深受这些思想的影响，因而其诗篇多高雅闲适、淡泊超然的人物形象，如高人、隐者、雅士等。对于这类人物形象的塑造，他善于在写实中将部分人物进行虚化，通过艺术的加工和构拟的神韵突显出其隐逸超脱的独特之处，在清空沉寂、淡远宁静的环境衬托中显露出隐逸超脱之感，具有浓郁的禅意佛境，进而推动其清雅淡远主导诗风的形成与变化。如：

松风吹解衣，山月照弹琴。（《酬张少府》）
行到水穷处，坐看云起时。（《终南别业》）
酌酒会临泉水，抱琴好倚长松。（《田园乐·其七》）

在王维的笔下，临风而立、月下抚琴、酌酒抱琴等典型活动是文人雅士的标签，具有突显闲适惬意的隐居生活、追求高雅情趣的象征意义。在特定的语境下，松风、山月、泉水等皆化身为有生命之物，与人物意象完美融合，塑造了一个个清幽恬静、闲适淡然的意境，通过澄净清明的泉水、高洁傲然的长松等典型意象进一步渲染了空灵澄净的气氛，形成恬静澄澹、空灵淡远的风格特点。

王诗亦多"老僧""山僧""上人"等意象，这与其深谙禅道有关，也是其所处环境和思想的影响。如《蓝田山石门精舍》"老僧四五人，逍遥荫松柏。朝梵林未曙，夜禅山更寂。道心及牧童，世事问樵客"是对僧人生活习性和居住环境、修行素养等方面的勾绘，营造了一种静寂、空灵的氛围，充满浓郁的禅宗气息。王维笔下还有不少诗篇是专门来描写这些人物的，如《饭覆釜山僧》《寄崇梵僧》《谒璿上人》《燕子龛禅师》都是对这些人物的细致刻画，他们与静谧清远的修行、隐居环境相映衬，构成了一幅幅和谐、幽玄的禅意图，令人平心静气、恬淡空明，使得其诗歌呈现出高远旷达、空灵淡雅的风格特点。

以无人之境暗示人或点出人，是王维别开生面又空前跃进的人物表现形式。这种"空山不见人"的意境往往具有清幽静谧、悠远空灵的特点,极富禅韵。如《鹿柴》"空山不见人,但闻人语响"便是其典型,未见人影、但闻人声,其实也是对人的描写,以无形见有形、以有声衬无声,动静结合、知觉相通,构成幽寂空远的画面。《辛夷坞》"涧户寂无人,纷纷开且落"、《竹里馆》"深林人不知,明月来相照"等都描写清幽静谧的无人之境,在无人之中又带有隐匿其中的人意,这种人一方面是自我消极隐退的暗示,另一方面其实是一种虚实相生的审美意识的发展。这种意象表征的运用使其幽玄、澄澹的诗风特点不断得以突显。

3. 旅客行人、征夫少妇

王维笔下的行人旅客、征夫少妇等形象多出现在送别诗和山水诗中,在羁旅边塞诗或女性诗中也较常见,体现为"行人""行客""游人""舍人""夫人"等具体意象。有些是与交往的亲友送别时而作,王维交友广泛,其交往诗多达200多首,有离别赠别的,有交游题咏的,有寄赠酬和的,有拜谒献敬的等等,这些交往诗或劝勉或宽慰或同情或称颂,展示了不同人物的形象特点、生活遭遇、思想性格等,形成盛唐时代人物画廊中亮眼的存在。这些人物意象一般具有较为坎坷、跌宕的境遇,加之环境的烘托,往往给人以一种萧瑟凄清之感。

王维的送别诗、边塞诗或交游诗中多"行人""游人""舍人"等人物意象,这些人物往往与凄清孤寂的环境相融合,给人以伤感哀苦之感。如《送沈子福归江东》的"杨柳渡头行客稀,罟师荡桨向临圻"、《送别》"远树带行客,孤城当落晖"等都是通过自然景物的烘托来暗示诗人对临行友人的不舍,对其境遇的同情。《别弟缙后登青龙寺望蓝田山》"远树蔽行人,长天隐秋塞"、《哭殷遥》"行人何寂寞,白日自凄清"、《陇头吟》"陇头明月迥临关,陇上行人夜吹笛。关西老将不胜愁,驻马听之双泪流"等,这些"行人"都远离家乡、在外漂泊,目之所及、心之所念皆是寂寞愁苦与凄清失落,诗人巧妙地运用寄情于景的表现手法将行客之愁绪体现在自然景物之中，以旁观者、局外人的视角来看待这些人物的境遇和心理，这种略带哀愁的美也为其诗歌添加了多彩的一笔。还有一些诗歌以无人写有人，如《送友人归山歌》的"杯山寂寂兮无人，又苍苍以多木"、《归辋川作》的"悠然远山暮，独向白云归"等将人物情思和意念加之于客观外物山木丛云，以自然物象表现主体情绪和感受，形成幽寂淡远的风格特点。

王维咏怀诗和女性诗中的人物形象多有愁苦哀怨的特点。如《李陵咏》在肯定李陵英雄气概与伟大功绩的同时，又为其悲苦际遇不平，全诗夹叙夹议、呈现含蓄沉郁的风格特点。王维笔下的女性多以"女巫""佳人""越女""宫女""班姬""浣女""越女""汉女""邯郸娼""吹笛妓""少妇"等具体形象呈现，这与王维自身的仕途遭遇、生活阅历相关。《洛阳女儿行》《早春行》分别刻画了不同境遇中的少妇形象，《扶南曲·五首》塑造了美丽动人、能歌善舞的宫女形象；《杂诗·双燕初命子》是对女性形象真诚的肯定与赞赏，《西施咏》《班婕妤》侧重表现对于这些女性人物生平坎坷遭遇的同情。诗人以其敏感的感知力和细腻的洞察力在这些人物中注入自身经历和丰富的内心情感，实现不同诗篇意象的异质同构，也是其含蓄隽永诗风形成的重要动因。这些诗篇看似风格差异较大，但都带有一种淡淡的愁苦与凄冷，呈现出含蓄隽永的同质性特点。

4. 豪客游侠、征战将士

王维对游侠豪客的描写是其独具特色的一面，这与他对侠义气概的仰慕有关。他笔下的豪侠是正义的化身，《送从弟蕃游淮南》《少年行》等名篇都塑造了一个个少年游侠的形象，他们年轻健硕、逍遥自在、放浪不羁，但又慷慨仗义、忠诚爱国、刚正不阿，浑身显露着大唐盛气，也是游侠精神黄金时代的集中体现。《少年行·其一》"新丰美酒斗十千，咸阳游侠多少年。相逢意气为君饮，系马高楼垂柳边"刻画了一群意气风发的少年游侠，他们既有风流倜傥的游侠气质，也有轻身报国的忠义之气。《陇头吟》"长安少年游侠客，夜上戍楼看太白"、《崔录事》"少年曾任侠，晚节更为儒"等千古名句，形成雄浑豪迈的风格特点。

对将士形象、所处征战环境、战争细况的细致刻画是王维边塞诗不同于其他诗人的重要体现。他的边塞诗描写从幻想走向现实，再由现实走向内心，是与其自身经历的积累和感受体悟的增长成正比的。在亲历边塞和战争之后，他笔下的将士不仅是慷慨激昂、积极进取的形象，更多了一些激愤壮烈、沉郁激越的气息，由内而外散发着强劲的阳刚之美。如《夷门歌》"公子为嬴停驷马，执辔愈恭意愈下""非但慷慨献奇谋，意气兼将身命酬"在对隐者义士侯嬴慷慨捐躯的豪侠精神热烈歌颂的同时，也对信陵君见义勇为、不以富贵骄士的精神加以颂扬，整首诗显得壮烈豪迈，富有浓郁的抒情色彩。《老将行》"一身转战三千里，一剑曾当百万师""汉兵奋迅如霹雳，虏骑崩腾畏蒺藜"等都是脍炙人口的千古名句，或是刻画征战多年的老将，或是描写积极进取、慷慨昂扬的士兵，全诗几乎句句对仗，并且大量用典，洋溢着爱国激情，整体的基调显得苍凉悲壮，但哀而不伤。与之相似的还有《燕支行》《观猎》《从军行》《陇头吟》等诗篇，这些语篇多充满浓郁的慷慨壮烈之气，呈现出积极昂扬、雄浑豪迈的风格特点。

二、常见的意象互文关系及其互文系统

王维诗歌中所选取、运用的意象数量众多、种类繁多，并且层次分明、带有丰富的象征意义和精神蕴涵。在其诗歌语篇的风格互文研究中，更要注意对其诗歌中的意象关系及意象系统的建构进行梳理、理清意象互文建构及其意义的相互关系，意象互涉与语篇语义互动间的关系、意象互涉与风格建构及其互文的关系。

（一）王维诗歌语篇常见意象互文关系

意象是诗歌语篇内在构造的基本元素，无论语篇的长短，意象都不是单个的孤立存在，它始终是客观与主观融合的意识产物，是整体意象的集合。在特定的环境、特殊的位置和方式作用下，由于不同意图表达和意识指向的制导，意象的组合方式不同，所形成的语篇风格也不尽相同。王维诗歌语篇中的意象，无论是真实客观存在的还是通过联想、想象等构建的虚幻、理想意象，都蕴涵着深刻的意蕴，不同意象的组配、融合，都受到特殊语境、心理意念等因素的影响，通过对其诗歌意象进行总括式的归类和分析，这里将其意象互文关系分为平行关系、集群关系、对立关系等类型，这些类型既可能存在于同一诗歌语篇之中，形成篇内意象互文；也可能存在于不同诗歌语篇之间，构成篇际互文。

1. 平行关系

这种类型的诗歌意象之间没有主从关系、包含与被包含等关系，是并行排列的存在关系，因而平行式又叫并列式。诗歌语言的歧义性、多样性、动态性等鲜明地反映在意象语言的表达中，体现在意象的不同象征意义之中。这种意象组合还可进一步分为两种情况：一种是局部情况下的意象并列，在诗歌开篇先是叙述某些事实或交代某些缘由或发表议论等，而后为了突显某种意境或某种情致，有意将意象并列组合起来，更好地服务于主旨意图和情感抒发。如《使至塞上》开篇"单车欲问边，属国过居延"即叙述以使臣身份出使、慰问边关的事实，接着"征蓬出汉塞……长河落日圆"摄入了"征蓬""归雁""大漠""孤烟""长河""落日"等意象，组合成一幅雄浑无边、瑰丽壮阔的边塞景象，意象空旷阔大、意境雄浑肃穆。也有开篇先铺排并列意象，而后点明主旨、抒发议论或交代缘由的诗篇，这在王维的山水诗和交往诗中较为常见。如《和陈监四郎秋雨中思从弟据》前半部分"嫋嫋秋风动，凄凄烟雨繁。……九衢行欲断，万井寂无喧"以意象的并列铺排组构了一幅萧瑟凄清的秋景图，渲染伤感的氛围；后半部分点明缘由，交代对从弟的思念和对自我怀归的渴望和向往这一主旨。

另一种是在全篇层面上展开的意象并列组合，也即通篇由意象组成，这些意象在全诗中的位置是平等的。如《积雨辋川庄作》通篇由不同意象组构而成，全诗四联八句，句句有意象，前四句是静观之象，后四句是隐居生活之象，通篇勾绘了一幅关中平原上夏日久雨初晴的淡雅清幽的田园图景。颜色鲜明、清新空丽，字里行间流露出寄情山水、愉悦舒坦、脱离凡俗的闲情逸致。与此相似的还有《出塞作》《济州过赵叟家宴》等诗篇，这些意象间的关系是铺陈、互补的，在一个足以吸附这众多意象的核心情感的主导下关联起来，以意象间的张力构成情感的空间幅度，实现意义核心、整体风格的统一。这种意象的相互关系既反映了诗篇创作思维方式和诗人主体情感蕴意的互涉关联，也影响到诗篇风格的互涉变化。

2.聚合关系

这类诗歌意象往往有一个主导意象，其他意象由此衍生、扩展或裂变出来，可表现为由内而外的延展，也可能是由外而内的聚拢或内外交叉的叠合。该关系可进一步区分为辐射关系、辐辏关系和交叠关系。辐射与辐辏是一组相对的概念，陈植锷（1990）、丁芒（1992）都曾用过该组术语。简单地说，"辐射"是轴心由内向外扩展，体现在诗歌语篇中即以一个主导意象为中心，由此向外扩散、衍生出一系列相关意象；"辐辏"是由外而内向轴心绾合、汇聚，体现在诗歌语篇中即以某个意象为焦点、其他意象向轴心靠拢/聚合，形成一种环形结构，这些非中心意象对主导意象/焦点意象有衬托、强化或突显等作用。无论是何种形式，意象间都呈现出明显的集群关系，以中心意象为主导形成一个个意象的集合，这些分布在环形结构上的各点与焦点之间的连接点是主体的情思，它们的主次位置可以清晰地突显不同事件的关系或情感意义，进而影响到整个诗歌语篇及其语篇互文系统的风格基调及其互涉变化。

先看辐射关系。辐射式即以主导意象或焦点意象为中心，由内而外地扩展、发散成为一个复杂统一而又相互关联的意象复合整体。王诗中这样的意象互文关系多出现在山水诗和咏物诗中，这些诗篇以中心意象为核心，句句不离中心，分别以其组成部分或不同性状、情态等为分意象，以此突显中心意象、强化其象征蕴意。《青溪》的中心意象是"青溪"，采用移步换景的写法描绘青溪流经山涧乱石、流出松林、流向开阔地带等不同地方所呈现出来的不同情态和景象，活泼、安详、喧闹、安静、素净、幽深。"我心素已闲，清川澹如此。请留盘石上，垂钓将已矣"中"清川""盘石""垂钓"等意象都是对中心意象的延展，闹静相融、远近相宜，流动变化着的青溪洋溢着盎然生机，逍闲自在的垂钓老翁看似清闲、实则蕴意醇厚，极富韵致。整个诗篇意境显得澄淡素雅、清新明快，呈现出鲜明的澄澹素雅的主导风格特点。其笔下的组诗也大多是这样的形式，如《愚公谷·三首》《少年行·四首》《田园乐·七首》等都以某一中心意象为焦点，通过多向的延展和不同角度的描绘，形成一种延续式的风格互文关系。

接着是辐辏关系。辐辏式即诗歌语篇中的次要意象或非焦点意象向中心意象绾合，由外而内地收束，与辐射关系的方向相反。这些非中心意象是对中心意象不同组成部分或是不同视角、不同条件的状貌描摹，它们使得中心意象不断细化、深入，句句不离、面面可观；整个语篇由各个意象组构成互涉关联的环形结构，在主体意念和语境制约下呈现出整体一致的风格特点。如《萍池》"春池深且广，会待轻舟回。靡靡绿萍合，垂杨扫复开"的焦点意象是"萍"与"池"，二者组合为一个有机的整体意象群；"轻舟""垂柳"是与之相关的次要意象，它们的出现是为了突显焦点意象繁盛密集的状貌。与之相似的，《红毛丹》《山茱萸》《题友人云母障子》等都根据表达意图和突显焦点等因素将与中心意象相关的次要意象往轴心汇集，对中心意象或焦点意象起着或突显或强化或烘托的作用。在篇际系统中，最明显地体现在组诗《辋川集》中，每个语篇都塑造了一个次要意象如"孟城坳""鹿柴""华子冈"，它们向中心意象"辋川"汇聚，不同景点各具特色，但都带有美丽闲静的共同特点，这些具有相似风格的诗篇共存于更大的语篇集合中，通过聚合使其山水诗歌清新淡雅闲的风格特点更加突显。

最后是交叠关系。交叠即将不同时空或空间中的意象巧妙地交织、叠合在一起，共同组合形成一个完整、统一的有机画面，进而在语境的制约下产生新的意义，因而这种意象关系又可称为复叠关系。这种叠合也有两种情况：一种是同一意象、同种场景随着故事的推进或情感的递进而重复出现，这种意象可能是完全一致的指称，也可能是不同指称。如《西施咏》"朝为越溪女，暮作吴宫妃"中"越溪女"与"吴宫妃"都是西施的指称，不同称谓指向不同境遇、不同身份地位，这样的意象表达有助于推动情节的发展，深化诗歌主题，突显含蓄隽永的风格特点。相似的意象运用还有《哭殷遥》"人""君"和《夷门歌》"公子"等。另一种是相似事物或不同时空、同一意象的反复出现。如《青雀歌》"青雀翅羽短，未能远食玉山禾。犹胜黄雀争上下，唧唧空仓复若何"全诗的中心意象是"青雀"，但又出现了与之同类的"黄雀"，通过二者性情、境遇的对比，体现出诗人的自我选择、自我价值观念，整个诗篇深刻隽永、韵味深长。

3. 对立关系

对立即语义、情感相互矛盾或相反，这样的意象关系往往给人一种强烈的主体感和力度感，形成鲜明的对比和反差效果。在具体的语篇作品中，可以是时间、空间、距离上的对立，也可以是色彩、性状、场景等的对比，王维诗歌中最突出的是色彩的对比，如《送王尊师归蜀中拜扫》"不为碧鸡称使者，惟令白鹤报乡人"中的碧鸡、白鹤形成相互映衬的视觉效果；《阙题·其一》"荆谿白石出，天寒红叶稀。山路元无雨，空翠湿人衣"是白石、红叶、翠山等不同色彩的对比，视觉的刺激和触觉、感觉的互通构成了一幅色彩斑斓的山中初冬图景。除了色彩对比，王诗中还有其他类型的对比，《叹白发》"宿昔朱颜成暮齿，须臾白发变垂髫"是"朱颜""暮齿"，白发""垂髫"不同特征的对比，一种饱含无奈和慨叹的情绪呼之欲出；《崔兴宗写真》"画君年少时，如今君已老"是不同时间、不同状态的对比；《重酬苑郎中》"仙郎有意怜同舍，丞相无私断扫门"是不同人物、不同处事方式的对比；《杂诗》"王昌是东舍，宋玉次西家"是地理位置、空间的对比；《愚公谷·其一》"宁问春将夏，谁论西复东"是时间和空间的对比……这种高度提炼出来的典型意象相互对立、相互映衬，起到深化主题的作用，使得诗歌语篇更富张力、情感表达更有深意。

从篇际来看，王诗中也有很多对立的意象图景，既有绮丽奢华的朝廷仕官场景，也有清幽宁静的乡野山林场景；既有清朗明丽、淡雅闲适的意象，也有凄冷孤寂、萧瑟感伤的意象。他经常描写一些秋天萧瑟之景和冬季寒景，塑造了寒山、寒蝉、寒光、寒城、孤烟、孤村、孤雁、孤峰、残雨、残雪、残霭、残春、荒城、衰柳、枯草、悲笳等一系列凄冷萧瑟的意象。这类意象往往寄托着主体失落、孤独或伤感等愁绪，呈现沉郁哀婉、孤寂凄凉的风格特点。如《华子冈》"飞鸟去不穷，连山复秋色。上下华子冈，惆怅情何极"等。相对的，他也塑造了碧峰、彩翠、长松、绮树、芳草、新雨、绿柳、白云、翠霭、清歌、艳舞等一系列明快清丽的意象，云霞烟霭、飞禽走兽，目之所及的一切都是鲜活的生命，具有鲜活明丽、超然俊逸的风格特点。具有对立关系的意象对比，往往呈现出强烈的风格反差，如《桃源行》和谐闲适的桃源之境与《燕支行》悲壮惨烈的激战之景、《李陵咏》《不遇咏》《西施咏》等不遇之境与《赠裴旻将军》《故太子太师徐公挽歌·其一》等平顺之境的对比，这种对立中总是通过意象的突显或淡化隐含主体的某种立场或情感，进而构成诗歌语篇主题的对立关系、风格的背离关系。

意象作为诗歌语篇的核心表达，其相关间的关系组构需要依照一定的美学原则、依据客观外物的属性与主体心理的融合等来共同完成，这些姿态各异、形式不一的意象关系构建起具有不同美感的诗歌语篇，以或现或隐的方式表达了主体的情感思绪。意象的组合不仅是为了使意象在适切的语境中发挥作用，更是实现了比部分之和更为重要也更强大的整体价值和意义。意象的组合关系不同，意义所表达的含义也不相同，这使得诗歌语篇中语义的生成、衍生不断更迭，具有解不尽的蕴意和魅力，进而以不同的氛围格调呈现出丰富多元的风格特点。

（二）王维诗歌语篇常见意象互文系统

纵观古今中外诗歌语篇的存在形态，无外乎是两种情况：一类是完全由意象构成的，如《弹歌》"断竹 / 续竹 / 飞土 / 逐肉"就是纯意象构成的诗句，除了四个动态意象外，别无他物。一类是由意象成分与非意象成分构成的，如《击壤歌》"日出而作 / 日入而息 / 凿井而饮 / 耕田而食 / 帝力于我何有哉"，前面是四个复合动态意象，后面是一个议论句，是非意象。在诗歌语篇过程中，最先把握和处理的都是意象。可以说，诗歌是一个由意象构成的独立自洽的整体系统，是一个意象符号系统，意象的构思、创造、组建、转换等构成了诗歌语篇的全过程，它具有符号与系统的基本特征。从诗歌的本体意义来说，诗歌的创造其实也是为了建立意象系统。如何使相互作用、相互依赖的若干意象有机组合成具有特定功能的更大整体，是主体创作的重点考虑对象，也是其个性风格特点的集中体现。

通过对王维诗歌语篇中诸多意象及意象群的分析，可以清晰地把握意象及其互涉关系、意象对风格以及意象互文对风格互文产生的影响。将诗歌置于一个更宽泛的结构体系中来考察，对诗歌语篇的意象系统进行关照是符合艺术的规约性和语篇体系性的，也是必需的。因为诗歌的现实语言就是意象，而非一般意义上的语言符号；诗歌的风格美其实是其意象互涉流动生成的美。对王维的诗歌语篇进行全景式阅读和分析，可以发现其诗篇的意象互文系统大概有以下几种。

一是共向的意象指涉系统。共向即指向共同的主题或主导思想，是交际主体在主导思想的引导下、经由已有认知储备和客观外物特点等的综合考量，在表达意图和特定语境的制约下建构起属于自己的意象群，进而反映诗人的独有风格。王维笔下的意象可以依据主要的题材类型进行划分，不同类型的诗歌语篇意象间往往存在明显的相似性和共指性。在不同题材的诗歌语篇中，情感意义、特征属性等相似或相近的意象往往指向同一中心主题、主导部分，这些意象以交叠关系呈现，在创作主体心理和思想的指引下、形成一个个风格各异的意象系统。王维山水诗歌的典型代表《辋川集》共使用自然意象66次、人文意象32次，人文意象不及自然意象一半，如山、水、树、草、鸟、花等自然意象的集中运用是其山水诗歌自然淡雅风格形成的关键成因。王维在这组最大的组诗、力作中一点都没有出现与田园相关的农业劳作和农民，只是对辋川庄内风景的吟咏，一诗聚焦于一处一景，这些意象共同组合为统一整体，构拟出一个独特的辋川意象系统。这些意象强化了辋川系列诗歌意境的风格特点：诗画融合、色调清丽、淡雅和谐且内蕴丰富。将鲜活生动的摹绘与寻常意象陌生化的巧妙处理相结合，注入自然真切的主体情感，使得整个语篇系统由内而外散发出一种素雅澄净之气。

王维诸多诗歌都与自然山水紧密相关，山、树、云、鸟等自然意象在各类诗中的广泛使用无一不是诗人风格特点的体现，无一不是其寄情山水的见证。在刻画和描绘这些自然意象时，他通过色彩的对比、空间的安排、动静的结合等塑造出姿态各异、准确生动的形象。总的来看，在色调的选择上，诗人更偏爱冷色调，往往以暖衬冷，讲究配色和冷暖调和，如《茱萸沜》的"结实红且绿"；在动静的勾绘中，偏爱自然恬静的山林景象，往往以动衬静、求静于动,如《竹里馆》;在虚实的抓捕中,往往将寻常意象陌生化,选取极为普通的意象入诗,但捕捉其最突出的特征予以突显、强化和生发,并辅以其他意象,虚实相生,形成全新的内涵,如《金屑泉》。这些意象的使用及其建构组成了独具特色的意象系统,原本相互对立的意象或景物互为补充,塑造出一个个空灵淡远、宁静澄澈的环境和心境,将诗人自身的思辨和情绪蕴含其间,意象清明、幽玄而秀雅,格老而味长。

二是发散的意象投射系统。不同意象在某种现实活动中总是围绕同一主题或主导思想而展开,这些语篇因为具有统一的主题而成为语篇集合,集合中的成员间相应地具有意象互文关系。依据意象在投射过程中的完整度情况可将意象投射分为整体投射和上下位投射两种情况。整体投射是某一诗歌语篇中的诸多意象作为一个整体共同投射到其他语篇中,但在诗歌语篇在的创作中,完全一样的整体意象投射只是一种理想状态,在现实的语篇实践中一般不会存在,除非是刻意为之、有意模仿甚至是抄袭。因而,较为现实的是某一语篇中大多相似或相同意象投射到另一语篇中,如王维《过感化寺昙兴上人山院》与裴迪同咏的诗篇中完全一致的意象有"竹""山""林""鸟""客"等,相似或相类的意象有"泉"与"溪","落照"与"暮"等。两个语篇中的大多数意象相同或相类,形成紧密的投射关系;并配之以远近上下等空间层次的安排及灵活而巧妙的艺术手法,呈现出清幽宁静的风格特点。这种近乎整体式的意象投射使诗歌语篇整体所呈现出来的气氛格调也十分接近,在诗篇的风格上也呈现出较鲜明的风格互文关系。

王维诗篇中最为普遍的应是意象的上下位投射,即一个诗歌语篇中的下位意象投射到其他诗歌中成为它们的主要意象。例如,《过崔驸马山池》的"闻道高阳会,愚公谷正愚"和《田家》的"住处名愚谷,何烦问是非"等诗篇中出现的"愚公谷""愚谷"原本都是《过崔驸马山池》《田家》诗歌语篇中的下位意象,但在《愚公谷·三首》就成为主要的核心意象,这是典型的上下文投射的意象系统。进一步对这些意象投射进行划分，可以分为随话题发散的意象投射和随主体发散的意象投射。先看话题发散，即以某一核心意象为话题，在投射过程中随着话题的发散形成一个个下位主题的情况。如《田家》就可以视为《丁宇田家有赠》《渭川田家》等的中心意象，以"田家"为中心意象可以衍生出"丁宇田家""渭川田家"等不同的下位意象，这些意象之间又具有某种共同的核心话题为指引。与之类似的，有《终南山》《终南别业》《赠徐中书望终南山歌》等。再看随主体发散的意象情况，即以某一主体意象群为核心，在投射过程中随着语篇过程发散到不同的具体主体意象，如《济上四贤咏·三首》就是由"济上四贤咏"为核心的主体意象群逐渐发散到"崔录事""成文学"（古代官职名，即学校的负责人）"郑霍二山人"等具体的主体意象。尽管身份地位不同、生活境遇等也不同，但他们都清高正直，拥有独立的人格、美好的品质，可称之为"贤"。

　　三是分层的意象象征系统。分层即多个层次、多方面的，分属于不同群体、不同圈子。在对王维诗歌意象进行纵观式和全景式的了解后，会发现其笔下的意象往往依据不同人群、不同的阶层、不同心境而选取不同的意象群，这些意象群搭钩起不同的意象系统，呈现出多元的风格特点。先从人群来看，王维面对不同的对象选择的诗歌意象迥异，面对自己较为亲近的友人如裴迪、崔兴宗、储光羲等，他往往以一些清新明丽、闲适恬淡的自然意象为切入点，随着思想和情感的推进逐渐过渡到认知关联指涉的虚拟存在，如历史人物意象、想象的美化意象甚至是心灵建构的乌托邦意象，这些意象其实都寄托着其当下想要重点突显的象征蕴意。具体来看，主要可以分为两层：一是现实生活中的意象，这些意象虽然是客观现实的刻画和描写，也具有其一定的象征意义，如"山僧""居士"往往象征宁静的生活、心灵的超脱，诗人往往寄予欣赏、憧憬的态度；"王孙""公子""五侯"等是华丽官场生活、凡尘俗事的纷扰的象征，诗人往往以批判、冷漠的眼光来关照。二是诗篇中构拟的意象，它们可能有一个原型如西施、陶渊明、秦始皇，但一般是抓取其最主要的一方面予以延展，与其他意象组合起来，以局外人的眼光较为客观地看待这些意象，既肯定其积极的一面，也指出其值得批判或同情的一面。现实层面的意象所呈现出来的风格特点往往较为鲜明，能够较为直观地从语言表述中识别；非现实层面则较为复杂，需要结合语义和语境来揣摩。

王维诗歌中的意象系统往往是在情感的强烈驱动下而表现出来的，它是直观的、感性的、动态的、不可复制的，其意象系统的个性化特征体现了其艺术创作的本质，是诗、画、人的和谐统一，更是对现实外物及普通思维的根本超越。无论是自然意象还是人物意象，都在某一具体主导思想的指引下，经由主体的构思和语境的作用在更广泛的空间中形成具有不同层级的系统，表现不同的语篇内容、意义和情感。对于其意象关系、意象系统等进行分析，既有助于把握诗歌语篇的组成结构，也有助于深入理解主体的情感表达，探寻其风格特征。

（三）王维诗歌语篇常见意象互文图式类型

诗歌意象是承载诗歌意境的灵魂，通过对意象作不同深度的解析与阐释能够激发交际主体对诗歌情景的理解，进而把握诗歌千变万化的神韵、风采。意象图式最早由莱考夫和约翰逊（1980）提出，该理论的本质即人们的认知意识与客观外物的互动体验、加工整合而形成的产物，它取决于人们经验的图形化和概念化。诗歌意象是主体对于外部世界的感知和表达，具有形象性、非独立性、隐喻性和多义性等特点；它可以千变万化，但基本实质在意象图式中得以统一。认知诗学是一种以文本为导向的研究模式理论，强调文本自身的认知和理解和文本过程中的文化体验，意象图式作为该理论中的一个全新概念被引入。莱考夫和特纳（1989）较早将该理论用于诗歌问题的研究，近年来逐渐普及，为诗歌意象内涵、诗歌语言的把握和诗歌语篇的风格分析提供了新的道路。

意象图式理论认为语言的理解不是简单的信息解码过程，而是语言的解码加上意义的重构统合形成的综合整体过程，在主体接收、理解语言时，总是将接收的信息与已有的认知信息有机结合，对信息进行重构、产生一个新的概念或意义。这一过程既要求对信息做出识别和加工，也要求背景知识的融入与运作。在诗歌意象分析中，首先主体必须对特定语境下的诗中既有原型意象有一个准确而清晰的认知，通过突显原型意象的属性生成意象群，这些意象群往往具有较稳固的内涵和意义。在此基础上，由于认知的发散与关联作用，当原型意象映射到其他物象上时，就会超出或偏离原型意象的意义功能范围，衍生出新的意义和内涵，在主体意识的指引下进行重组和创新，甚至是完全偏离原型意象的固定内涵和象征意义。当当下语篇中的意象含义和背景在诗人的意念和想象中完全偏离其原型意象范畴时，可能产生新奇或震撼的表达效果，突显出诗人的个性特征及风格特点。

人们可以根据意象图式来建构概念和概念结构（乔治，1987），这为诗歌意象的理解和把握乃至整个诗歌语篇和语篇系统的内容、结构、意义都提供了有力的依据。约翰逊（Johnson，1987）对意象图式类型作了细致的梳理和系统的归纳，共列举了27类意象图式，包括容器图式（container schema）、路径图式（path schema）、线性图示（liner schema）、空间图式（space schema）等类型。王诗中普遍运用意象图式的情况，这里选取几种较常见的意象图式试做一简要分析：

容器图式。对于容器而言，它具有一定的边界，有限定的空间和容量，物体只有位于容器内部和容器外部之别。王寅（2006）认为容器图式的基本逻辑关系是：假如A在B中，X在A中，那么X一定在B中。对于意象而言，这一图式的基本要素即内部、外部和边界三者。王维笔下的"空"意象往往都以容器图式来呈现，但他的"空"并非真实的空，而是由具体的现实客观存在构成一个更大的意象世界，这一更大的空间存在一种潜隐的边界，给人以独立、空寂之感。例如，《山中》"山路元无雨，空翠湿人衣"中"空翠"实指无边的苍翠，给人以无垠的空间感，整个秦岭山笼罩在青葱浓翠之中，山路、细雨、行人等意象穿梭其间，空明的山色、清明的心灵建构起一个无限绵延的立体空间。《鹿柴》《鸟鸣涧》《山居秋暝》等诗篇中的"空"意象亦是如此，"柴""涧"等本身就具有一定的空间条件，不同意象都为特定的空间所收容，其囊括的意象也在该空间中存在，是一种容器图式。这样的诗篇往往具有较鲜明的空间辖域，事物的界限分明、对立互补，使得整体诗歌意境特点更为突显，更能彰显清幽空灵的风格魅力。

路径图式。又称"始源—路径—终点"图式，是以人物的移动路径为线索的语篇形式，随着路径的起点、路线的变化和目标终点对不同意象展开描写，这种路径可以是特定的具体事物和活动，也可以是抽象的某些事物和活动。这一图式的运用在王维边塞诗和山水田园诗中较常见，《从军行》就以青年士子从军的过程而展开，从跨马离家到渡河出军、激战沙场、凯旋归来等具体的路径来展开。《春中田园作》就观察视角的变化为线索将不同意象及其特征属性串联起来，"屋上春鸠鸣，村边杏花白"以目之所及的自然景象为起点，接着转向对人物、农事的描写，"持斧伐远扬，荷锄觇泉脉"写农民们愉悦劳作的场景，"归燕识故巢，旧人看新历"是诗人的目光随着"归燕"从远处欣欣向荣的劳作图景中回到对屋内主人的关注，进而引发对时间、生活的赞叹及对作客他乡之人无缘享受和领略这一欢乐的惆怅和惋惜。整首诗的意象都以诗人的思维轨迹为线索，以眼前客观存在的现实意象为起点，以想象中的远方游人为终点，表现了诗人的敏锐认知，在赞叹美好春光的同时也发出对游子的慨叹，整首诗显得积极昂扬而又韵味深长。《陇西行》《登辨觉寺》《渭川田家》《瓜园诗》等都运用了该图式。

连接图式。连接即相互关联，如果 A 与 B 相连接，那么 A 和 B 之间就会相互影响、相互依赖或制约,这种关系具有对称性和互补性,更多地见于社会关系和人际关系中,受到主体认知和共性规约的影响。在具体的诗歌意象中,即当识别了 A 意象之后会自然联想到 B 意象,在描写 A 景象时会自觉地关联到 B 景象的相关人事物。这较为鲜明地体现在王维的咏怀诗、送别诗和山水田园诗中。例如,《送綦毋校书弃官还江东》开头"明时久不达,弃置与君同"明指友人与自身遭遇相同,并且历时已久,一下子拉近了两人的距离,更容易与友人产生共鸣。"念君拂衣去,四海将安穷"是联想到友人离去之后安于穷困的生活境遇,进而对友人的弃官行为加以肯定,并流露出内心的疲惫与仕途的无奈。这是由自身到友人的连接,也是由送别之景到别后之景的连接。再如《丁宇田家有赠》"晨鸡鸣邻里,群动从所务。农夫行饷田,闺妇起缝素"就运用了连接图式,在农村生活中,公鸡鸣啼之时便是晨起劳作之时,因而鸡一叫就会让人想起要起床干活,而干活的时候不同人又有其各自的分工与专职,因而诗人选取了农村生活中的典型人物意象——"老夫"与"闺妇",二者往往成对出现并有着各自忙碌的事情,"老夫"要忙活的是"行饷田","闺妇"则要"起缝素",这是一般的乡村农民生活的体现。接着,由农夫闺妇联想到与诗人相似的人及事"开轩御衣服,散帙理章句。时吟招隐诗,或制闲居赋"等,这些人事是对朝臣文人等闲居生活的构拟,其实也暗示了诗人对自我隐逸生活的想象与憧憬。

综合图式。综合图式即由多个意象图式组合而成的较为复杂的图式类型。王维诗篇运用单一意象图式的情况偏少,大多是一种综合式的复杂图式;总的来看,王维诗中的综合图式主要是容器图式与路径图式、连接图式与路径图式的结合,或者是三者的结合,这体现在其大多数诗歌语篇中。多种意象图式的组合往往使得诗歌语言相对复杂,诗句间的关联性较强,整个诗歌结构更加紧凑、更有层次,所表达的诗歌内涵和情感也更为丰富,呈现出多元灵活的语篇风格特点。如:

第四章 风格互文的具象性表征——意象互文

汉江临泛

楚塞三湘接，荆门九派通。（连接图式）

江流天地外，山色有无中。（容器图式）

郡邑浮前浦，波澜动远空。（路径图式）

襄阳好风日，留醉与山翁。

这是诗人因公前往南方，途径襄阳、欣赏汉江壮丽美景时有感而作的著名诗篇。首联是对襄阳地理位置、汉江来由的简要介绍，古楚之地与三湘之水相连，呈现出一派雄浑壮阔、气势磅礴的画面，是连接图式的体现。颔联将天地看作一个完整的巨大容器，"江""山色"都在容器之内，浩淼苍劲的江水奔涌前去，似乎要流出天地外；两岸苍山时隐时现，给人以浩瀚、空旷之感，是容器图示的体现。颈联以江面为起始点，大风刮起、波浪浮动，船只随之颠簸，仿佛天空都在跟着摇晃，是路径图式的体现。尾联点题，抒发对于自然山水的热爱与愉悦之情。整首诗三种意象图式有机结合，呈现了一幅雄浑壮丽、高远旷达的山水图景。

诗歌主体与意象生成机制的结合可以帮助人们从认知上了解诗篇的创作和解读，使意象的抽象化、概括化、概念化得以以崭新的内容和形式呈现，进而启发主体从自身认知经验出发感悟语篇世界，体验诗歌意境的内在美与形式美。意象互文图式的不同对于诗歌语言的选取、诗篇结构的安排、诗歌节奏的设置也不同，单一的基本意象图式往往主题鲜明、具有相似或相类的意象群，所呈现的诗篇风格也具有明显的倾向性；复杂的综合意象图式则要考虑更多的句与句、联与联的逻辑关联和承接关系，语言和语篇结构往往较为复杂，诗歌的风格特点需以主导风格为依据。意象图式的对应、相似或冲突等往往意象着意象关系的对应、相似或冲突，进而影响语篇内涵与意义、风格等的对应、相似或偏离，在语篇风格的梳理和评判中不可避免地需要纳入这一重要的考量标准。

第三节 王维诗歌语篇意象互文与风格互文

诗歌风格的形成与诗歌意象紧密关联，意象的组合、意象群及意象系统的建构方式都是诗歌语篇风格互文的基础。意象作为中国意境理论的基础，意象及意象群的相互关系往往影响着整个语篇的意境特点，进而影响到语篇整体风格特点。这也是意象互文与风格互文之间的连接纽带，从同一语篇中的核心意象（群）与辅助意象（群）的相互关系，到不同语篇中的意象建构及意象系统的同异关系，都体现出主体的倾向与情志，通过各具审美意蕴的意象所综合形成的有机整体境界来予以表征。特定意象的交融生成的同一意境往往形成同一性风格的语篇，这种同一性体现在其诸多意象的交融之中，同时也受到主体思想、生活经验、创作手法等的影响，以某些规律呈现在语篇及其系统的各个层面。

一、意象建构与意象互文

程锡麟明确指出广义互文性"指任何文本与赋予该文本意义的知识、代码和表意实践之总和的关系，而这些知识、代码和表意实践形成了一个潜力无限的网络。"[1] 将其运用到古典诗歌的解读中，有着更为鲜明的体现。诗歌的生命力与艺术性都产生于意象，意象作为诗歌的关键抓手，意象的组构及其关联形成的暗示力都是感性具象与理性内涵的有融结合，是象与意凝结的统一整体。从互文性理论的互涉角度来解读意象，适当引入历时或共时诗歌语

---

[1] 程锡麟：《互文性理论概述》，《外国文学》，1996年，第1期，第72页。

篇文本，与目标语篇构成互涉关系，对诗中的意象及意象互文现象进行观照，可以通过他文本来反观目标文本，促进语篇的建构和丰富，对诗歌深层意蕴有全面、宏观、有效的把握。意象互文在古典诗词中十分普遍，相同意象在不同文本复现，形成基本的语篇境界，同时又各具特色；不同意象在某种规约的引导下有机融合于同一文本中，不断强化、突显出整个语篇的意境，进而影响风格的形成及其倾向性风格的突显。

（一）意象建构对语篇风格的影响

意象的建构指在主体的指引和依据的制约下所形成的意象及其系统，意象关系及意象系统的不同会形成不同的意境特点，进而呈现不同的语篇风格。上文指出移情和关联是意象建构的基本机制，当主体在特定环境下受到客观外物的刺激和触发之后，往往会将个人的情思与感受融入这些客观意象上，使意象呈现情绪化特点，这些情思在意象中得以意象化，进而生成与主体意念、情感相应的意境。同时，主体不断利用特定意象及其关联意象将这一意境营造得更显艺术性和审美性，不断运用一些恰切的表达技巧使得这一意境不断成熟，形成较为固定且有明显倾向性的风格。王维的《泛前陂》是诗人秋夜独游有感而作，首联"秋空自明迥，况复远人间"以概括式的秋夜空明、物我同一的总体氛围引入，情景交融，身心得以完全放松。接着"畅以沙际鹤，兼之云外山。澄波澹将夕，清月皓方闲"以飞鹤、云野、远山、澄波、清月等一系列意象精心勾绘出一幅悠然闲静、禅意浓郁的境界，这些意象在作者忘情山水之间不断情思化，生成了澄澈空明的意境。特殊句式的表达别有风味，用"以"和"之"突显出个人的体验感受，渗透出一种物我相忘的幻觉。"此夜任孤棹，夷犹殊未还"以一种任性洒脱的姿态，极尽任棹未还的情致，深切地发出愉悦欣然的陶醉与畅快。这些意象都仅仅呈现出强烈的空明、高雅、不流于世俗的特点，极富禅意，并且以变化的姿态不断互生、互长、互补，生成"寂而常照，照而常寂"的诗意与禅意。

（二）意象互文与风格互文的关联

意象的安排与组构方式直接影响了意象间的相互关系，意象及意象群相互关系直接意境及语篇风格的形成与变化，这些要素间呈现出较为鲜明的一致性、对应性关系。这些在王维诗歌作品中得到较集中的体现，既有同一语篇之内的，也有不同语篇甚至是语篇集合之间的。王维的诗歌以幽玄淡雅取胜，它总是将人事物很好地融合于一个充满诗情画意的境界，带着对自然山水的喜爱、对生命的思考与感悟甚至是对生命本质以及生命之外的认知，对于其诗歌所选取的意象予以关照，对其进行互涉解读可以帮助人们有效理解其情思和语篇意义。其实，不同意象本身都有其各自独立的审美特征，只有当与其他意象交融、组构之后，才能形成较为明显的特点，意象（群）的交叠与互涉只有在贯穿于同一语篇之中或不同诗歌语篇所形成的语篇系统之中后，才能呈现出具有决定性的风格特征。

王维风格以淡雅取胜，尤以山水田园诗成绩最高，这与他多用清新淡雅的山水意象，并有意运用相同意象或该类意象、同基调的意象有关。开阔空灵的山水意象、清新明丽的植物意象、闲适和谐的人文意象等原本内涵迥异的意象（群）的巧妙融合和丰富多彩的表达方式构成了其山水诗歌的总体风格，并以量与韵的优势成为其诗歌的主导风格。先看单语篇，诗歌各联的意象互涉是诗歌语篇风格不断得以突显、强化的标志，如《登裴迪秀才小台作》每一联都选取了极具典型性的意象突显诗人的闲情逸致。首联"端居不出户，满目望云山"以远云、远山营造闲居在户的舒适自在，中间两联"落日鸟边下，秋原人外闲。遥知远林际，不见此檐间"又选取落日、归鸟、秋原、闲人、园林、屋檐等意象大力描写远离尘嚣、闲适高远的生活，以此寄托归隐的志向。这种隐逸的闲情加之尾联的"好客多乘月，应门莫上关"引出来客、明月、家门等具有亲切感和舒适感的意象，构成了一幅轻松、安逸的生活图景。淡雅之风贯穿于每一联，组合构成一个超脱的隐逸境界。王维诗中的意象互涉与风格互文更明显地体现在篇际互文上，如《辋川集》中每一首几乎都涉及山意象和水意象，且大多澄澈清明；组诗《田园乐》的每个诗篇都将闲适恬静的人文意象与明朗清丽的乡村山水意象相融，极富隐逸的色彩和闲适的情调。这些诗歌语篇的意象之间具有鲜明的同质性关系，在不同语篇之间以共向的形式共现、共构，使得语篇与语篇的风格之间也呈现出明显的互文性倾向，是延续式风格的集中体现。

二、意象互文与语篇风格的互动层面

诗歌语篇是一个由多层结构组建而成的生命统一活体，至少存在文本构成的外显形态、文本展现的语象世界、文本内在的语义内涵以及文本体系的神韵等不同层面。据此，本书将意象互文与语篇风格交互的层面划分为"言—象—意—道—韵"，并依据意象与风格在语篇互文系统中的自主范畴概括为自主层和互动层。

（一）自主层

风格互文性的运作涉及语篇、体裁、文化等要素的综合作用和相互制约，其表征是在一个多元且相关的整体系统中动态运行的，具有自组织功能。语境是该系统运作的必有环境，是包括了语篇、语用和社会文化三重叠交的空间，也是一个独立自足的系统。当意象在特定的语言环境下以某种语言形式表征出来，其所呈现的再现之象以及意象内涵往往会生发出超越原系统原意象的意义，这一过程具有整体涌现性的特点，这是语篇系统及意象系统整体运作的结果，也是其自身演化的必然进程。每一个语篇都是独立而完整的个体，但在交互过程中，每一个语篇及语篇中的意义单元又被置于前语篇的预设语境之中，在主体的阐释与推进中不断突破其原语境，在指涉、继承前语篇意义的同时也解构、重写前语篇，不断生发、繁衍出原系统原层次所没有的新的内涵和意义，进而形成一个无限衍义的互文网络，不断突显或强化该话语空间所呈现的风格特点。

　　风格互文过程中，各意象在初始状态中的特征相对单一，不具鲜明的风格特点，但是当诸多意象被组合、调和在某一语篇系统中或篇际系统时，原本的单一性开始逐渐弱化、淡去，为全新的、复杂的、整体的意境所取代，在主体和语境的参与和引导下组构成一个完整的自主自洽的空间，通过信息的聚合性和风格的相似性使得诗歌语篇跨越时空界域以一种理想的状态呈现出来。多变量在多层面的相互联结形成了系统的完全联结性特征，某个变量的演化和转变都会影响其运作。具体来看，意象先要在其互文运作语境中被识别，才能分解其结构，解析其表征信息和意义，才能分析诗篇的深层结构、对其映射关系的涌现和变异等做出辨析。在此基础上，挖掘出信息的本源，对其规律和整合后的风格予以提炼，依据已有的互文储备不断地对语篇的言、象、意、道、韵进行动态权衡和自洽，在系统诸要素的自主整合与联结中寻得最理想的状态，呈现出独特的风格特征。

（二）互动层

　　互动是语篇的核心，语篇本质上是一个互动场所，一个语篇实际上都是一个完整的交际事件，是发生在交际主体与客体文本之间的有目的、合理自洽的互动过程。语篇是交际主体间的一种相互对话，互动是语篇意义生成、语篇交际实现的关键，互动与意义符号之间的关系密不可分（罗选民、黄勤，2005），创作主体在这一互动交际过程中是语篇内容的决策者和操控者，对互文单位的选取和运用具有主导作用。诗歌作为艺术化的表达，其语篇极具关联性和创造性，在其风格的建构过程中心智的连贯和逻辑的贯通更是重要的

第四章 风格互文的具象性表征——意象互文

影响因素，源语篇和当下语篇中意象的互识、互通、互融共同实现意义的整合和风格的生成，在创作主体与接受主体共同参与的多重对话中来实现语言和文化的转换与重组，实现语篇特征的同质性与异质性交互才得以实现。"大抵禅道唯在妙悟，诗道亦在妙悟"①是诗论家们的基本观点，这种"悟"必然在互动中体现，尤其集中体现在意象的互动中，大量意象以各种逻辑语义关系相连贯呈现出鲜明的风格特点，是多重主体积极调动多元认知在不同层面交互运作的结果。

克里斯蒂娃创立的互文性更注重文本世界与外部世界的互动关系，这种开放式对话与互动是透过文本来看外部世界的表征，看到它们所反映的整体世界、历史文化、社会习气等。诗篇中"意"与"象"的融合，是客观事物或现象与主观思想和情感相融合的产物，是主体性与客体性的互动结果，是一种双向互动的过程。当这种贯通达成后，就需要以恰切的方式呈现出来，因而就有了语篇形式与语篇内涵的输出，也即语言的表征与抽象之象的表现。这二者之间也是一种相互的对话过程，只有相互一致的存在才能自主建构起主体认知与表征客体吻合的效果。当二者实现完美的契合以后，诗篇所表现的意蕴就不再是原来的文本意义，而是超越了文本之外的带有丰富的社会属性和主体情感的话语空间，该结构也带上了某种特有的倾向与个性特征，这便是诗歌的意蕴与格调，也即道与风。一般认为语篇过程大致要经历三个阶段：作者中心、文本中心、读者中心（接受主体重构语篇文本、解读文本意义建构）。尽管看似存在时间的先后，但并不意味着哪一个更合理或哪一个更有效，因为语篇的完整过程必然包含着三个基本阶段，缺一不可；在完整的语篇事件过程中，三者始终处于交互对话之中，作用于意象建构与语篇风格的各个层面，并持续处于动态的变化、发展。

意象作为诗歌风格的核心体现，意象的建构与互涉变化往往影响着风格

---

① 严羽：《沧浪诗话》，北京：中华书局，2014年，第2页。

的生成与变化。意象与风格作为一个自洽自主的存在，始终在诗歌语篇系统的自主与互动层面中持续运行，直至以最佳的表征状态呈现出来；也即主体依据语言、符号表征出客体物象与心理意象的新生产物，有赖于主体知识背景与语境框架的指引和判断，在诗歌诸意象中寄予情感和思考，构拟并再现彼时的状态与心境，呈现出具有鲜明主体性和创造性的风格特征，这是相互反映、适应、融合的过程。

三、意象化风格互文分析

"中国古典诗歌中常见的意象经历了一个由个别具象走向艺术抽象的过程。到了唐代，不少意象的再现写实功能逐渐让位于比喻象征功能。"[1]意象化是普遍存在的诗学现象，在古典诗歌中得到了集中的体现；它通过对意象的多维考察来分析作品风格，体现人们对于风格理解的独特视角和审美情趣。意象是诗歌语言的基本元素，也是诗歌风格表征的重要媒介，它所呈现的特征决定了诗歌语篇的语境特征及其所呈现的风格特点。诗歌意象化抒情方式的逐渐成熟与稳定使其诗歌日益呈现情景交融的发展趋势，这也是王维诗歌风格互涉的重要特征与明显标志。意象化进程的发展与诗篇风格互文的生成演变之间具有一种怎样的互动关系呢？这里试对王维诗歌语篇的意象化风格做简要的分析。

（一）王维诗歌意象化风格互文的基本特征

古典诗歌富有凝练性和含蓄性，这与诗歌的意象化表达方式有关。诗歌意象化的符号设置与话语形式的语言表征在表达诗歌内容和意义、塑造诗歌意境等发挥着重要作用。意象的选择与叙述、意象化的艺术处理往往在诗歌中呈现出某种鲜明的风格化倾向。王诗就有鲜明的山水意象的客观叙述和艺

---

[1] 周裕锴：《宋代诗学通论》，上海：上海古籍出版社，2007年，第500页。

第四章　风格互文的具象性表征——意象互文

术性的形式表达，并在意象中寄予了某些特殊情感，进而形成诗画交融、物我相忘的风格特点。总的来看，王诗的意象化风格互文有以下特征。

主体性。主体性即在意象化风格过程中，主体始终发挥着主导作用。风格的形成与评鉴离不开主体的参与和体验，在不同条件的制约下呈现出明显的倾向性特征，这与主体的有意塑造或偏离息息相关。王国维明确指出"一切境界，无不为诗人设。世无诗人，即无此种境界。"① 对于诗歌风格特点的整体把握取决于对诗歌整体意境的理解和感悟，无论是诗歌境界还是诗歌风格，都是一种整体性的呈现和感知。"在观赏的一刹那中，观赏者的意识只被一个完整而单纯的意象占住。"② 这种超逻辑、超理性的体验倘若离开了主体的参与，诗歌所塑造的世界与风格都将无从彰显。因此，意象化风格的感知是一种显现的能动创造，是一种主体意识的审美体现。王维诗篇在塑造"空"境时，其意象化的特点就集中体现他对于高远淡雅的富于禅意的远山、白云等意象的偏爱，以及对空间层次的安排和虚实动静的处理。这些意象化表达不仅突显了独特的淡淡幽玄风格，也引导人们沉浸于主体所营造的意象世界去感悟空灵而美好的意趣和神韵，这是其诗歌意象化风格主体性特征的集中体现。

构拟性。意象是主体在某种情感或外物的刺激下对客观对应物做出反应，并赋予其一定的比喻或象征意义而呈现出来的产物，是客观外物、微妙情感和抽象精神的有机统一体。章学诚（1985）提出意象的两种基本类型——天地自然之象和人心营构之象，也即客观存在的现实自然物象和经过想象加工而成的新物象。但无论是哪一种，它们都始终与主体的主观意念有关，与人的生命、生活相关，是借助想象构思后才能得以呈现的"非现实"存在。可以说，构拟性是诗歌意象的存在方式，也是诗歌意象化风格的基本特征。想

① 王国维:《王国维文集：第一卷》，北京：中国文史出版社，1997年，第173页。
② 朱光潜:《文艺心理学》，上海：复旦大学出版社，1982年，第17页。

象和构思是诗歌的基本思维方式，它往往超越人们的普遍认知和狭隘经验，脱离时空的限制和束缚；缺少了鲜活灵动的构思，诗歌境界与诗风特性便不复存在。自然意象与人文意象都是想象与现实的完美融合、加上主体意图和审美情致的巧妙构拟，才能因内而外地彰显出诗歌的风格特色。王诗的多元风格特征与其多元化、个性化的意象创造和组构不可分割，也与其生活经验、生命感悟有关。在某些程度上，诗境的塑造实质上是主观营造、想象构拟的产物，"凭心构象"也可以实现对诗篇风格的整体把握。

　　程式性。程式性即意象化风格的基本模式和框架形式。诗歌多寄情于物、以物喻志，随着时间的推移和意象的传承和发展，多数风格已经具有某种较为稳固的形式。如雄浑豪迈的诗篇多用江河、大漠、长烟、落日等宏大壮丽的意象，含蓄委婉的诗篇多斜风、落红、细雨、小溪等意象。人们认识世界、感知世界往往采用观物取象、立象尽意的方式，提倡言不尽意、言外有意的艺术追求。象的相同、相类、相合或相对，都对风格的阐释和描述具有重要的或突显或强化或衬托等作用，不同意象对于不同风格都有其存在的合理性，都反映出某些特定环境下的主体自觉和审美趣味。王维笔下清新淡雅的诗篇风格多由其精心选取和勾绘的青山、白云、绿水、红花等相类意象组构而成，含蓄隽永的诗风往往与一些寒山、残木、冷风、枯草等意象相关。这些意象化方式有助于促进人们对作品风格特点及意蕴内涵的认识和理解，通过对不同意象的比拟和构思，可以更好地实现对意象化的解读和反省，使诗篇插上形象思维想象的翅膀，在诗篇的意象化过程中得以体现主体的独特审美创作，呈现出自由灵活的风格特征。

（二）王维诗歌语篇意象化风格的互文表征

任何诗歌语篇都兼具互文性与独创性，独创性使得语篇呈现出鲜明的个性风格特征，互文性使得语篇内部及语篇（集合）之间呈现出相同或相异的风格特点。一般看来，意象化风格的互文表现形式大致分为有标记和无标记两种。

有标记互文体现在意象互涉上，可以是相同意象词汇的共现、同类意象的共指、相似意象的融贯，也可以是意象衔接手段上的照应、意象表现辞格上的沿用、意象内容及蕴意的同指等。它们在平面维度或空间维度上形成互涉关系，相互转换或相互呼应，构建起或相似或相类或相对的意境，进而呈现出或延续或偏离式风格互文特点。王诗中常见同类意象的共现或共构，如边塞诗多大漠、白草、寒烟、悲笳、白羽、燕弓等独特的自然与人文意象，较好地展现了雄浑壮丽的边塞风光和凄苦寒凉的边塞生活，加上诗人往往将同类意象在某一诗篇（集合）中反复共现、叠加组合，更衬托出边塞诗慷慨悲壮的风格特点。还有些诗篇将同一范畴的意象以相互照应和承接的形式呈现，王诗中较凸显的有时间意象如"春""夏""秋""冬"的前后互文或时间意象词汇的共现，再将相关的自然意象融入其中，使得这一系列诗篇呈现出明显的同质性特征，形成相类或的风格特点；空间意象如"上""下""远""近""高""低"等的巧妙安排，加上衔接手段、表现手法或所指对象及其所属范畴的一致性，使得同一平面维度内的空间极富层次性和空间感，较好地呈现出空灵淡远的风格特点。

无标记互文一般指文本的生成机制与影响因素层面的无意识的互涉情况，大多与主体的个人生活经历、社会或时代的背景有关。无标记的互文信息在意象中表现为同一时代或同一社会层面的非自觉意识或思想，王维笔下的意象多气象阔大、淡远空旷，这与盛唐国力强盛、政治稳定、文化的繁荣和发展有关，也是盛唐思想开放、打破陈规影响的结果，这也为王维诗篇呈现诗画乐完美融合地提供了基础性条件。王维山水诗歌的发展与唐人读书山林的学习风气有关，再加上当时佛教、禅宗的盛行，在山林归隐、独善其身的习气成为时人追求自由、修身养性的选择。王维少年成名，后期经历了仕途上的跌宕沉浮，无论是隐居还是在仕都有非常富足的经验与感悟，因而其山水田园诗的创作能够超越前人，实现诗画相融的境界。另外，这也与王维自身通习绘画、音乐、禅学且造诣极高这一内在要素不可分离，敏锐的洞察力和感知力、精细的捕捉力与塑造力，高超的创造力与融合力为王维诗歌增添了内容上的艺术层次和审美上的艺术体验，使各意象精妙地囊入诗篇、纳入审美，既有自然意象的生动描摹，也有构拟意象的诡状殊形，给人以极强的画面感，同时又适当留白，呈现出清新淡远、幽玄空灵的特点。

如果说互文性是文本的本质属性，那么陌生化的互文便是文本独创性的依据。将陌生化的互文用于意象，即运用了隐喻、象征等手法将意象的原有内容与意蕴加以改动或变化，使意象具有原来不具备的新内涵与意义。通过对源语篇中意象的"叛逆"将交际主体的注意力引向当下语篇，既对源语篇意象有相应的互涉，也超越了原有的记忆和内涵，与主体的情感和心绪相呼应，在语篇的不同阶段发生异化、无限变化。王诗的意象多是十分常见的自然、人文意象，但总能以独特的魅力吸引读者，这就是善于运用陌生化的意象互文的结果。如王维诗中意象多带有"空"的特点，如"空林""空山""空翠""空峦""空日""空谷""空潭""空巷""空碛""空仓""空馆""空宫""空门""空霁""空曲"等，将有界化为无界，将思维发散开来引向静寂空远的禅境情韵中去，呈现出诗境与画境、禅境圆融的状态，给人清幽空寂之感，形成浑然澄澹、清幽空灵的风格特点。另外，王维对于山色江流、苔痕蝉音、天外衣边等大小、远近意象都进行了精细的刻画，偏爱使用"远眺""坐看""闲居"等行为将不同范畴的自然景象收入眼底，运用构图技巧有序安放这些景象，将生动如画的视觉形象与鲜活立体的听觉感觉形象完美融合，使诗篇呈现格调清远、气韵悠长的风格特点。

（三）王维诗歌语篇意象化风格互文的基本模式

文学作品的地位、成就高低往往与风格特性及其审美价值有着直接的关系，刘勰《体性》篇对当时流行的新奇轻靡之风持贬斥的批评态度，钟嵘《诗品》对质而少文、文秀质弱的作品和淫艳、险俗、危仄的风格也持批判态度；殷璠在编选《河岳英灵集序》时集中选取兴象浑化、风清骨峻的诗篇。这些历代文学家、评论家、美学家承认并区分的风格本身不存在优劣之分，只是在艺术感染力上存在强弱之别。作为内容形式统一的显现，风格间的发展演变与相互影响就像四季的更替和流转，这种风格的互动关系与其互文模式有关。常见的风格互文模式如下。

一是意象（群）的类化迁移形成的风格互文。类化，即依照一定的标准将事物、现象或资源予以归纳、概括，使得同类知识信息得以条理化、系统化和体系化，其结论需要经由思维的反复迁移和认识过程才能得以实现。在知识的梳理和信息的整合过程中，类化与迁移二者总是相互关联、互为条件的存在，类化为迁移提供必要基础，迁移是类化的必然途径。随着历史的发展和时间的沉淀，意象的基本内容及其意蕴也在类化中得以基本稳固，例如，朝阳代表希望、红豆象征思念等，当这一类化的意象产生之后，就会被广泛迁移到不同的文学创作中，不断地予以实践，并在实践过程中得到积累和丰富。积累的同类知识信息越多，意象迁移时可调用的材料就越丰富；意象迁移时所汇聚的知识程度越高、特征越明显，不同意象间的互文关联就越强，意象化风格的呈现效果就越好。一般认为迁移有横向迁移与纵向迁移两类，也即共时同类的迁移和历时异类的迁移，当然交错集成的立体迁移，这些体现在诗歌意象中也具有同质性特征。王维身处盛唐，文人雅士多寄情山水表达个人态度，因而在意象的选取上与同时期文人一样有诸多的自然山水意象，这些意象也多闲适、和谐，这与当时的社会环境、文坛风气有关。王维前中后期诗歌呈现出较大差异，便与其生活经历相关，前期多奉和应酬之作，因而多绮丽、奢靡的皇宫、盛宴的相关意象；中期多寄赠离别自作，意象多元；后期多淡然自在的山水意象，呈现出鲜明的同质性风格特征。

二是意象（群）的抽象提示指涉形成的风格互文。在思维过程中，抽象指的是认识的一种初级状态或阶段，是在与客观对象发生碰撞之后所形成的一种混沌的、不确定的现象和较片面的认识。这一概念具有直接性、符号性、主观性、个体性等基本特征，是源于具体的一种反映，因而需要提示来辅助完成对客观对象的整体认知。意象的互文产生首先也是远于具体，再从抽象到具体的基本过程，这是一个辩证的过程，是直观与表象加上概念加工的产物。某一抽象意象在不同主体和不同环境下可能以多种风格形式呈现，但鉴于其他因素如组合意象、整体诗境、创作背景等的提示和强化，在某个具体诗篇中往往只以主导风格的形式呈现，这就是意象化过程中风格过程中抽象与提示共同作用的结果。王维诗歌中的花草石涧在不同的诗篇中姿态迥异、各不相同，但纵观其所有诗歌作品，会发现它们往往多细腻清丽、细致精美。随着不同诗境的表达要求和主体的情感意图，在不同语篇中或强调其清丽的特点，或突显其精致的一面；或与其他意象相组合，营造出和谐、淡雅的山水图景，或与其他意象进行对比，烘托或映衬出相互间色彩或层次的差异，形成错落有致、别有风味的画卷。在同类诗篇中，诗人也偏爱以同类的意象构成彼此的互涉关系，呈现延续性的风格特点。

三是不同意象（群）间势连气贯而成的风格互文。诗歌语言极具抽象性和跳跃性，这要求诗篇做到语义的连贯和意象的融贯，才能形成意蕴和神韵上的相融。互文性理论的核心观点即文本与文本的交互及由此生成的整体空间和完整意义网络，诗篇意义的流动和诗韵的贯通以意象为载体、以意象互文为媒介，当意象媒介与主体意志和主体记忆产生关联，才能生发出系统性和相关性、实现社会文化体系内的诗篇建构和语篇交际。诗篇风格的相互指涉所覆盖的关联性范围超越了单个语篇的意义范畴，是叠加整合而成的更广阔意义上的意向空间，是以记忆载体的形式实现其文本属性和社会属性的。诗篇中的意象可能不存在共现、共构等互文情况，但可能以某种势韵体现在结构、喻示或思想上，这种指涉集中体现在一系列批评术语上，如神韵、肌理、血脉、韵度等。王维善于将一些气势相连、神韵相似的意象组合在一系列诗篇中，呈现相类的风格特点，如寒光、残阳、枯木、白草、颓颜、离人等，有些突显人物沧桑跌宕的命运，有些烘托远离他乡的悲楚萧瑟，有些借意象的对比反衬差异、揭示主旨。《哭殷遥》以"人生能几何"发出叹问，接着以一系列看似杂乱的意象"泱漭""寒郊""浮云""飞鸟""行人""白日"组构出冷气逼人、寒心彻骨的图景，突显友人的落魄际遇；再以"哭声""痛哭"的复现极尽痛失友人的悲怆，整首诗气势逼人、沉郁悲怆。

本章小结

意象是诗歌最基本的审美意义单位，把握了意象也就抓住了诗歌意境、情感及其风格。作为诗歌语篇的基本意义单位，意象及意象群所组成的统一整体往往能够最直接地反映出语篇的风格特征，意象的互涉关联成为语篇风格互文的重要表征。但意象的生成与建构是不可能一蹴而就的，在语篇互文系统中，更应以整体性和系统性原则来关照意象间的互涉关系。意象互文即互体意象对本体意象的沿袭、模仿或引用。意象及其互文建构是意义整合与形式表征、心理构式与特征预设、语言共性与关联映射等机制共同作用的结果。意象互文可以是有标记的，如词汇的共现、衔接手段的照应等；可以是篇际间意象属性、范畴等的互相指涉,时间、空间意象等的相互转换等;还可以是无标记的情况,如个人经历、社会背景等所构成的指涉。意象的互涉变化直接影响到语篇意义及其风格的互涉变化。

王维诗歌语篇中的意象丰富多样,并且具有独特的典型性特征。王诗中常见的意象互文建构模式有串行模式、并行模式、反差模式等形式,与之相应的,形成平行关系、聚合关系、对立关系等意象互文关系。在语篇互文系统中,意象的互涉关联形成不同的意象互文系统,可以是共向指涉、也可以是发散投射或分层象征。在王维诗歌的篇内与篇际系统中,具有清新素雅特点的不同意象在同一空间的共向指涉是其清新淡雅主导诗风形成的重要因素,具有不同特点的不同意象在互文网络空间的发散投射或分层象征是其多元诗风形成、变化的重要动因。

在系统观和整体观的视角下对诗篇中的意象互文及风格互文进行观照,可以发现:意象(群)的互文建构具有"家族相似性"的特点,意象互文与语篇风格的互动存在于语篇系统的各个层面。本书将其区分为自主层与互动层:在自主层面,各意象原本单一的特征、不鲜明的风格特点逐渐淡去、弱化,在同个系统中组构成一个完整、自主自洽的交互空间,不断突显出其某种特定的风格特点;在互动层面,文本客体、交际主体及内外环境等多因素始终处于交互对话之中,作用于意象的互文建构及其风格互文建构的各个层面,彼此协商、适应。但无论在哪个层面,其意象互文都以具体可感的语言形式呈现,这是意象以有限的意象图式在语篇互文系统中实现互涉的前提,也为诗歌语篇的风格互文表征奠定了基础。

第五章　风格互文的向心力——主题互文

任何一个完整、连贯的语篇都存在一个统揽全篇的主题。范·迪克（Van DIjk，1977）指出语篇主题是一个被整个语篇或句子序列中所有句子蕴涵的复杂命题。主题是语篇的目的，是语篇存在的本质要求和基本前提；它是一种层级关系，既有贯穿整个语篇的总的主题，也有存在于某一部分的次级主题。互文性理论中的当下文本具有其他文本的"声音"、包含与其他文本相同/相反的成分，这些成分围绕同一主题或观点组织起来、呈现出以主题为线索的互文关系。蒂博（Thibault）指出："不去考证一个语篇的前语篇以及与其他语篇的明确连接方式，我们也可以根据功能标准说一些语篇同属某个抽象的或者更高阶的意义关系的类"。[①] 这个功能标准其实就包括了主题。语篇互文关系实现的关键在于主题的互涉关联，把握语篇主题是把握语篇及其风格的关键；在诗歌语篇中，风格互文最直接地受到风格意义变化的影响，而语篇风格意义的变化始终与主题的互涉变化相照应。

主题具有很强的激活功能，其对象知识的可接受程度也很强。人们关于世界的认知、信息的意义潜势都是由许多原子命题构成，这些命题的逻辑变元就是构成意义认知网络的结点。当相互联结的一定数量的结点在一定交际情境中被激活，主题化也就随之实现；当某一主题被激活后，语篇中其他句

---

① Paul J. Thibault:《Social Semiotics as Praxis: Text, Social Meaning Making and Nabokov's Ada》,《Theory and History of Literature series, Vol.74》, Minneapolis and Oxford: University of Minnesota Press, 1991, p135.

子或语篇过程就成为它的补充、延伸和补救,语篇交际中的信息交流、意义传递都围绕该核心展开,不断对其进行强化、突显。程千帆曾说:"今作与古作,或己作与他作相较,而第其心貌之离合:合多离少,则曰模拟;合少离多,则曰创造。"① 这里的"合"与"离"其实指的就是语篇呈现的总体特点,这也是语篇互文性的两种基本形态,与同质性、异质性在本质上具有相通之处。任何创作无论是背离还是融合,都与前作或他作存在某种互文关系。这种离合不仅表现在语篇形式、语篇内容上,也体现在体裁结构和语篇风格上。在诗歌语篇中,这种相互关系更与语篇内容息息相关,甚至可以说,能够最大程度突显语篇内容的便是语篇主题。

第一节　诗歌语篇的主题互文分析

诗歌作为一种特殊的语言表达形式,最显著的语篇特征就是缺乏显性的衔接手段,往往运用隐晦的连贯来进行表达或增大语篇内涵。这就要求交际主体调动多方面的认知运作,从宏观的角度对语篇做出解释,这就要求将语篇中的关联性成分与创造性成分相结合,将主观因素与客观因素相统一,由表及里、由浅入深,积极发挥人脑中的已知认识和情感体悟。随着交叉学科的发展,认知诗学在认知语言学和认知心理学的基础知识建立起来,它运用认知科学的概念和方法来分析文学文本,尤其是诗学语言、诗学文本。认知诗学的标志性著作当属斯托克韦尔(Stockwell,2002)的 *Cognitive Poetics: AnIntroduction*(《认知诗学导论》),它强调了影像、背景、突出、映射等十余个认知语言学的概念和观点来讨论文学问题。以往对于语篇认识过程的观点,大多按照埃莫特(Emmott,1997)、金奇(Kintsch,1998)等人的观点,认

---

① 程千帆:《文论十笺》,武汉:武汉大学出版社,2008年,第208页。

为语篇的理解往往依赖于对先前相关抽象知识的激活，是从已有认知、记忆中提取原型知识的过程。但其实，对语篇的认识更重要的是要动态地依赖于语篇过程中所获得的具体信息，只有获取了这些信息后，才能激活储存在人脑知识库中的相应长时记忆，将信息内容、情感体验关联起来。

一、"主题"概念阐释

一般的传统语法研究直接将主语等同于主题，但主题与主语并不完全等同，主题与主语可能彼此对立也可能合二为一。曹逢甫（1995）提出：汉语主题的六大特征，认为主题总是有定的、总是占据主题串首位；并明确提出：主题的一般要求是主题必须是说话人跟听话人共有知识中"可定位"的名词组，对前面的语段来说它起着联系和引介的作用，对后面的语段则起着串联和对比的作用。该观点将汉语主题在语段组织中的主要作用清晰地做出了表述，同时也指出了主题的分析必然与其语段的环境紧密关联。可见，他将主题放到语篇的层次中进行考察，既较好地处理了主题与主语的关系，也突破了以往句子主题的判断标准，同时还考虑到具体的语言运用环境因素，对不同的主题形式及其功能作了深入的分析和探讨。霍四通（2002）曾撰专文深入解析主题作为语篇层面概念的内涵，并提出了主题在语篇应用和分析中的诸多理论思路。根据上述观点，汉语的主题应该更倾向于应该是贯穿整个语段的共同的主题，在汉语中起交际作用的言谈单位应该是同一主题相关联的语段而非单个句子。

马正平（1987）认为汉语的"主题"最早引自日文，而日文又从德文 Thema 译音而来。德语中的 Thema 最早指音乐乐章，即乐曲中最优特色并处于显著位置的旋律（也即主旋律）；它还能表现一个完整或相对完整的音乐思想。文学和语言学中的"主题"术语溯其源头，是从德语翻译过来的一个概念，它原本在德文中就有两个义项：一是题目、主题或课题，二是音乐的主想、主题。后来 Thema 被收到英语、俄语中，产生不同义项。但在这些理解中，都认可主题的本质涵义是核心的、主要的、主体、对象。这为主题的把握和理解奠定了坚实的基础。下面参考一些工具书对其做进一步的了解：

《现代汉语词典》的主题有三个义项："①文学、艺术作品中所表现的中心思想，是作品思想内容的核心。②泛指谈话、文件、会议等的主要内容。③主标题。"[①] 对应到英语中，一般有 theme 和 topic 两种说法，《牛津高阶英汉双解词典》对二者的解释分别是："theme：① subject of a talk, a piece of writing or a thoughts（一个谈话、一篇文章或一个想法的核心）；② melody that is repeated, developed, etc. in a composition, or on which variations are composed（重复、发展或构成变奏的主旋律）；③ subject set for a students essay or exercise（学生作文或练习的题目）。topic：subject of a discussion, talk, programme, written work, etc（一次讨论、对话或写作中的核心话题）。"[②] 可见，英语中的 theme 和 topic 与汉语中的主题三者之间并非完全一致，同时相互间的涵义既有交叉也有明显差异，这里不赘述。纵观这些观点，对其作进一步的归并，可以给主题下个初步的定义：主题涉及口语交际与书面作品的对象及其内容、意义的核心思想，是交际主体在交际过程中或交际成品中想要表达或表达出来的主要对象、核心思想或中心内容，是主观思想与客观表达的结合。

中国古代理论中没有主题这一术语，但关于主题的意识、观念早已存在。"诗言志""文以意、趣、神、色为主""常谓情志所托，故当以意为主，以文传意。以意为主，则其旨必见；以文传意，则其词不流"等都是对主题"思

[①] 中国社会科学院语言研究所词典编辑室：《现代汉语词典（第7版）》，北京：商务印书馆，2016年，第1701页。

[②] 霍恩比：《牛津高阶英汉双解词典（第四版增补本）》，李北达译，北京：商务印书馆，香港：牛津大学出版社（中国）有限公司，2002年。

· 218 ·

想"含义的讨论,"意""志""旨"等概念也都与今天的主题涵义有一定的共通。明清时期,一些写作理论家们创造了"主脑""头脑"等这样术语来表达主题的多维性意识。明代王骥德在《曲律》中用"大头脑"来指写作意图、写作目的等思想或观念,还用来指主要事件、关键性情节。而后,李渔在《闲情偶记》创造"主脑"来表达主题的本质涵义——"主要的",既指立言的本意这一思想观念,也指一人一事这样的题材。

根据上述"主题"的相关论述,对主题的认识大致可概括为以下几个义项。

①中心思想、主要内容;

②主要对象、主要事件、关键情节;

③标题、题目;

④乐曲的主旋律;

⑤题材。

这些主题的各个义项之间彼此关联,同时又有所区别。即使是同一研究者,对于主题的认识可能也存在一定的混沌之处;不同研究者从不同学科领域来谈,更是存在很大的差异。很明显,由于学科关注重点和中心任务的不同,语言学、写作学、文章学、文艺学等学科对于主题的认识和阐释也不尽相同。因此,为了后续研究工作的顺利开展,对这些概念有个比较清晰的认识,有必要先理清这些概念的内涵,对这些术语作一定的辨析。需要注意的是,本书的诗歌"主题"应该是一个广义的概念,因为它既涉及文艺学领域的内容,又是置于语篇理论视角下来展开,因此在具体的主题风格互文分析中要注意依据意图和语境来阐释。

主题在诗歌语篇中占据核心地位,支配着诗歌语篇的遣词造句、谋篇布局和结构安排,进而对诗歌的整体语言特点产生影响,使诗歌呈现出不同的风格基调。根据互文性理论,在语篇过程中,具有共同主题结构的语篇比没有共同主题的语篇互文类型更强；共享主题的语篇风格类型很可能呈现相似或相近的风格，而不同主题的语篇往往会呈现不同的风格特点，如闺怨诗可能多含蓄、哀婉，边塞诗可能多悲壮、豪迈。语篇主题对于语篇体裁、风格具有制导、规约作用，反过来，语篇风格对于主题互文也具有引导和指向的作用，语篇风格的同异影响着语篇结构的组织和语篇形式、表现手段等的选择。

二、主题互文结构类型

主题结构是以语篇的主题为中心构成的最上层语义结构，其研究是一个经典话题，涉及形式、认知、功能等诸多视角，主题结构的标记也是语篇主题表达的重要体现。以往的研究大多围绕主题结构的典型性、突显性、差异性和受制机制等问题来展开，这些分析对于语篇主题的特征和理解有所把握，但对于这些问题研究者仍未能达成一致；并且，以往研究主要关注的是主题在语篇层面的体现、对主题内部或本身的认识等问题，还未触及包含交际主体在内的认知情境因素在主题机构中的作用以及这些机制影响下的主题结构情况，对于主题结构的受制因素认识存在不足、对于主题结构在语篇中的主题体现的重要性认识还未深入。

主题的互涉关系、主题的篇章视角、主题的信息结构、主题的结构生成等都需要在主题结构中得以呈现，主题结构是反映语篇主题及其相互关联的重要途径。一般认为，主题偏置、前置等是汉语的典型主题结构类型，但也有人持反对意见，如曹逢甫（1995）、沈家煊（2014）等认为这些结构并非汉语主题突出的主要表现。本书认为，语言结构的表征是交际主体对认知客体在特定语境下的概念化，而非可以脱离知识语境和认知处理能力的自足实体。语言结构的标记线是句法、话语和认知层面等综合因素所构成的特征束的典型程度，据此，主题结构可以算是一个典型范畴，其结构和认知的复杂程度越高。所有的完整语篇都必然存在主题结构，在不同文体、语体和语境下发挥不同的作用。本书将结合情境植入理论和心理整合理论来对主题结构加以简要分析，并指出它在语篇中实现的叙述、描写、注意和修辞等功能。

情境植入是表达主体基于当前话语空间所共享的认知情境来引导接受主体锁定某事物或事件位置的过程。其中，共享知识包括已固定储存于大脑客体层面的认知框架，也包括在特定话语中正在进行的语流认知。这些都隐蔽在当前话语空间的主体层中，是一切交际的基础，是使语言形式具有实际交际意义的前提。主题概念与宏观结构的意图是一致的，因为句子的宏观结构是某种语义的表征，在一个语篇中，任何命题所包含的一个子集的序列都是一个宏观结构的子序列，在下一个层次中，这些宏观结构命题可能再次受到整合、上升到一个更大的宏观结构中。由于心理提取难易程度和识别程度的高低，交际主体对于实体的认知存在认知距离和程度上的差异，通过情境植入的方式在心理认知的整合/调动及特定情境因素的作用下对事物/事件的认识和控制也不尽相同。这些因素在不同话语空间中的主题及其互文结构认知作用不同，其过程图示大致如图 5.1。

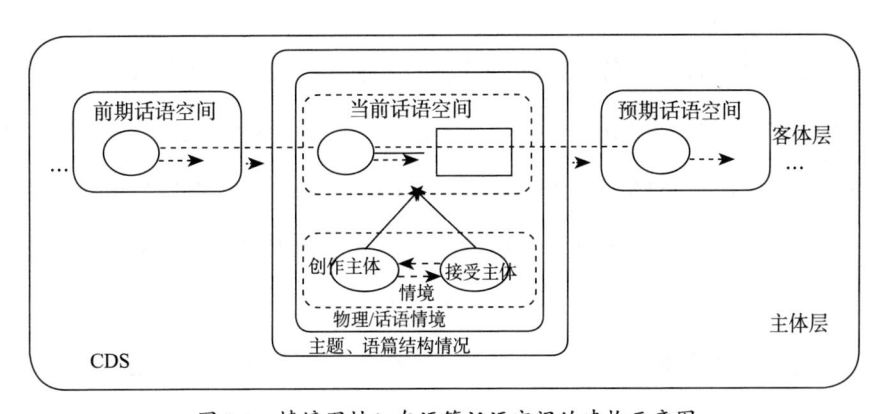

图 5.1 情境因植入在语篇话语空间的建构示意图

在诗歌语篇的主题建构中，主题通常表征为名词性短语的形式，指向特定语境下的某一角色，具备激活所属话语框架的认知能力，这也是交际的起点。在语篇过程中，语篇主题通过对该角色的识别和判断，达成与该主题相关的认知控制，调动不同话语框架中的关联点，形成主题结构的表征。主题在客体层面的表征形式一般要求有定性和专指性，其编码策略可以构成一个有定或无定的可及性连续统。一般认为，主题所指的心理可及性越强，其定指程度越高，编码形式越简单。诗歌语篇是表意性语言，其编码形式灵活多变、心理可及性强，不仅要关注其主题标记，更要注意主题编码在主体层所触发的认知情境，既包括物理情境、上下文情境，也包括知识情境和在主体主观能动的指引下临时赋予、构建起来的情境。不同情境的激活能力、在特定情境下产生的关联程度不同，它们在当前话语空间中的心理空间可及性也不相同（Esptein, 2002）。根据主题在特定语篇交际情境中所激活的心理空间，可将主题互文结构的表现形式概括为以下几种情况。

（一）搭桥式（辐射结构）

搭桥式一般是指在一个语篇中，由某个关键词或短语触发已有知识、激活交际主体的相关认知的主题建构模式。它以某个关键触发词为核心，与已有知识、上下文情境关联成一种线性的主题表征形式。在这样的语篇交际过程中，该关键词必须具备很强的激活能力，能够引导交际主体在获取该词语后，能够快速识别、提取已有知识库中的相关信息，结合上下文语境与该词在当下语篇中所传达的信息进行匹配，在匹配成功后才能与特定的语篇、语境结合起来对语篇意图等进行分析，才能实现主题的真正表征和交际的顺利进行。因此，这个触发词是语篇组构的核心，也是承载主题的关键要素，其他词语或句子都紧紧围绕该中心来展开，彼此之间产生关联。这种主题结构形式建构起的语篇往往思路较为清晰、语言表达较为严谨，整个表述较为平易连贯，给人以平淡自然之感。如：

观猎

风劲角弓鸣，将军猎渭城。草枯鹰眼疾，雪尽马蹄轻。

忽过新丰市，还归细柳营。回看射雕处，千里暮云平。

诗篇的核心关键词是"猎"，该触发词在具体诗篇中将打猎的人物、地点、环境、时间、对象及整个打猎事件的基本过程串联起来，形成一个完整的语篇，实现了叙述和描写的功能。既明确指出相关的具体事件要素，也突显了语篇的主题和线索。首联"风劲角弓鸣"交代打猎的环境，"将军猎渭城"指明打猎的人物、地点。颔联、颈联是对打猎环境、对象的描写，追逐射猎过程中不停变换地点，直至最终射猎归来回到细柳营，是完整的射猎过程的展现。尾联是射猎归来后回望射雕处的环境，可视为对打猎事件的收束和展望。全诗紧紧围绕触发词"猎"而展开，几乎涵盖了所有与打猎相关的要素，其识别的情境是由当下语篇话语空间构成，这是由语篇主题"猎"所激活的知识框架指引下所展开的搭桥式叙事语篇。由于不同交际主体自身经验、知识储备、关联能力的不同，在分析"猎"的主题时，对它的认知预设、义项选择和情感倾向也各不相同。如从未有实际狩猎经验的主体与深谙狩猎的主体对于"猎"的理解不同，对该关键词的相关信息储备极为丰富的主体与对该词几乎陌生、毫无头绪的主体在理解该词时也必然不尽相同。

（二）复调式（网状结构）

这类主题结构在语篇中往往没有一个严谨的结构，没有明确的主题，需要在语篇交际过程中找到某一线索才能将语篇串联起来，理清语篇的意图。这种结构往往是围绕某个核心空间或交叉点、某个时间点以及与之相关的对于过去和未来时间的冲击，甚至是梦境和现实的交叉、对某些记忆的探访和寻找等等，一般不能形成像搭桥式那样比较清晰的线性相连的结构形式，而是一个以某种关联进行辐射、交叉展开的网状结构。这一结构中，辐射中心点往往隐含在语篇形式背后，无法从表面直接获得，需要深入辨析语篇的相关话语信息，对当前话语进行解码，借助已有的经验认知以及当下情境才能破解、获悉。这一过程往往没有太多的信息提示，语篇认知的心理可及性较低，必须更多地依赖于交际主体的已有知识储备，对于交际主体的综合能力考验较大，没有具备相当的知识储备和信息整合能力，充分发挥其主观能动性，借助当前话语空间的建构，加之信息关联性的补充，是不太可能实现语篇意图的破解、获得语篇交际的最佳效果的。这种主题结构的语篇往往更强调其言外之意，显得较为典雅隐晦或委婉含蓄。如：

杂诗

双燕初命子，五桃初作花。王昌是东舍，宋玉次西家。
小小能织绮，时时出浣纱。亲劳使君问，南陌驻香车。

通篇没有一个明确的词语揭示"女子"这一主题，每一联中的话语信息是不同时间、空间、地域，不同人物、事件及其不同属性、不同特征的交叉，整个语篇没有一条清晰的脉络串联，而是构成了一幅纵横交错、相互关涉的网状结构，以"女子"为核心，全诗各联各句都围绕它而展开，将与之相关的信息、知识及背景关联起来，既显示了创作主体深厚的底蕴，也对接受主体的知识储备、心理认知、信息整合能力提出挑战。整个诗歌接连引用，关涉到诸多其他语篇，在"女子"这一焦点形成互文，他语篇作为背景信息融入当下语篇中，既强调了语篇主题，也对语篇风格产生影响。将隐含的语篇内容予以突显，也形成了含蓄的语篇风格。

（三）直指式（线性结构）

直指式指的是当下语篇的建构只涉及当前的话语框架，交际主体在当下语篇所构建的话语空间与实际的物理空间达成一致，创作主体引导接受主体在即时的物理情境中对语篇的话语信息实现解码，在当下话语空间中就能完成交际目的、语篇意图等的把握。这样的结构往往较为简单，不需要关联到当前话语空间背后的其他因素，只需要对当下语篇的物理语境进行识别和描述即可，不需要加入其他的非物理因素。在该话语空间中，其语篇的内容也比较简单，往往是单纯的景物或事物的描写，在王维的山水田园诗中最为普遍。如：

鹿柴

空山不见人，但闻人语响。

返景入深林，复照青苔上。

该诗描写了一座人迹罕至的空山，整首歌都只是对客观现实进行描绘，对自然景物、物理世界进行刻画，客观存在的物理世界与语篇勾绘的话语世界相一致，这就是直指式的主题结构形式。全诗四句，除了白描之外，没有其他手法；除了空山、深林、青苔、人语等客观存在的现实事物外，没有其他非现实事物或叙述对象。整个语篇显得十分简洁、明白，将语篇的话语空间与现实的物理空间相对应，即可很好地理解语篇意境。幽寂的深林、空旷的深山正面描写了杳无人迹的寂静冷清，同时以局部而短暂的"人语响"加以反衬，勾绘出长久、幽深的空寂之感，易于引起交际主体的共鸣，领悟深林返校的清幽、余韵悠长、耐人寻味。

（四）回指式（环状结构）

回指式一般是指主题以环性结构对语篇结构和内容进行表征的形式，该结构的表征和实现有赖于中国文化强调各种因素、多种变量捆绑的整体把握和顿悟思维，尤其是对事物互反辩证性、两面性思考。所谓"回"，即将之前出现、突显的主题带入或重新引入使之回到当下话语空间中，或是交际主体基于某些需要或目的有意将突显的主题再次引出或予以强调。在重新引入或突显时，需要交际主体将上文的话语情境及相关的信息言者把主题所指从上文的话语情境带到接受主体的工作记忆的可及表征上，整体心理空间的可及性降低，在认知关联和心理整合时需要付出的努力也相对较大。该过程既要考虑依存和制约的互反两面性，也要关注当下主题情境下的客体功能关系，这中间就产生了不同客体之间的相互指向关系和关涉程度的问题。面对具体的诗歌语篇，这种回指式的表达会比直指式的更常见也更普遍，因为它更注重的是整体性、辩证性的关系分析，除了关注客观物理世界的描写外更强调其非现实世界以及语篇世界背后潜藏的意识和蕴涵。这种主题结构模式与诗歌的偏离、变异、表意等特殊表达形式更为契合，也从更深层次、潜在地影响着诗歌语篇风格的形成和转变。例如：

相思

红豆生南国，春来发几枝。

愿君多采撷，此物最相思。

诗题即引出主题"相思"，在正文语篇话语中又反复提及，如末句"相思"是显性的主题互涉；"红豆"与"此物"与诗篇主题呼应，形成一种隐性的主题指涉关系，是对"相思"主题的回指和再突显。全篇以"相思"贯穿始终，既有直接的显性复现，也有隐含的意象突显；同时借助当下话语建构形成了一个虚实结合的语篇空间，既引出了红豆的生长环境和生活习性，也将主体的思念隐于字里行间。这种主题结构不能仅参考当下语篇的客观话语表达，要站在整首诗歌的宏观层面，综合语篇中局部与整体、表象与深意的关联，结合当下情境和已有认知储备，梳理出主题的再现或重引等互涉关联，把握意象回指的功能意图及其形成的风格互文。

主题结构作为语篇结构的核心要素，是语篇建构的关键，也是语篇意义生成及其风格建构的重要依据。但诗歌语言的本质是描写和抒情，其语篇结构往往以超越常规的偏离方式/框架来呈现，因而主题结构的语篇功能在诗句韵文中显得较为隐晦。要对这样的语篇话语进行识别和解码，就要付出比其他类型语篇更大的心理努力。结合情境植入理论、当前话语空间理论等方法来综观诗歌语篇，语篇结构的复杂性和心理认知的复杂性是主题互文解码的重要因素，二者之间存在一定的拟象性，主题结构越清晰、简单，其风格表征越明显、突出；主题结构越复杂、不同层级主题的指涉越复杂，语篇风格越模糊、语篇风格互文越需要通过主题互涉关系的梳理来加以识别和把握。在语篇系统内，搭桥、回指、直指等主题互文形式都对强化诗篇风格、突显其典型性风格特征具有重要作用；在篇际系统中，则是诗歌语篇风格互涉关联的具体表征，是不同风格互文关系的具体体现。

三、主题互文关系类型

语篇的主题必须包含在整个序列中，对主题概念的使用可以被解释为是该序列中的原子命题组合而成。一个语篇的主题是由语篇中不同语句的子主题组合而成，当谈论主题、副主题或子主题时，语段中其他的句子系列还包含着其他的原子命题，只有被语篇所包含的这些命题才是支配所有语义信息的主题。换言之，一个完整语篇中的主题由众多子主题命题抽象、概括出来，主题与子主题之间存在不同关联。语篇主题支配子命题序列中所有语义信息的主题。用数学公式表示：

假设命题 T 是一系列命题的主题，那么 $\Sigma = <P_1,P_2\cdots\cdots P_n>$。如果每一个 $P_i \in \Sigma$，则在 Σ 中总有一个 ΣK 与之对应，可以表示为 $P_i \in \Sigma K$。反之，对于每一个连续的子系列 ΣK，也总是存在一个 P_j 与之对应。该公式可以表示为：$\Sigma K \to P_i$，而 $T \to P_j$。

这种主题概念与宏观结构的意图一致，子系列主题与上一层的系列主题是一种层级关系。因而，主题可进一步依据其功能区分为各个层面、不同性质的主题类别。总的来看，依据互文语篇理论，可以根据篇内和篇际先区分为同一语篇和不同语篇两种情况，进而再对其作下位类型的主题关系进行划分。大致为图 5.2 所示。

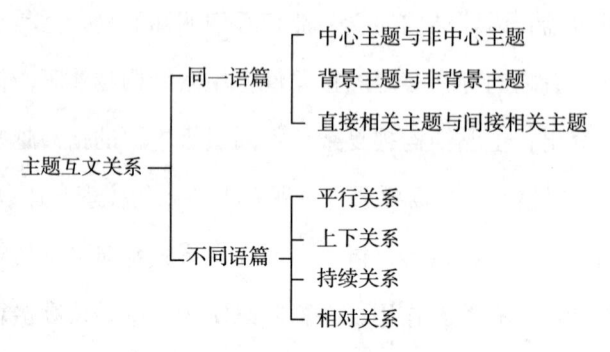

```
                              ┌─ 中心主题与非中心主题
                   ┌─ 同一语篇 ─┼─ 背景主题与非背景主题
                   │          └─ 直接相关主题与间接相关主题
    主题互文关系 ──┤
                   │          ┌─ 平行关系
                   │          ├─ 上下关系
                   └─ 不同语篇 ┤
                              ├─ 持续关系
                              └─ 相对关系
```

图 5.2　语篇系统中的主题互文关系类型

（一）篇内主题互文关系

主题是一个多因素有机组合而成的系统，从历时角度看，它是动态发展的、流动的层次性的存在；从共时角度看，它是多个子要素组成的多维、多层次结构，其本质都是语篇所要表达的目的和意图。不同层面的主题及其所反映的具体内涵不同，结合主体和客体的情况将多维的流动主题逐步推进，放到整个语篇情境中来看，才能实现语篇的交际意图和表达效果。在同一个语篇中，由于主题在语篇中的位置、层次、功能属性的等不同，大致可分为以下几种情况。

1. 中心主题与非中心主题

曹逢甫（2005）将句层次的主题分为基本主题和非基本主题，认为基本主题是小句或小句复合体出现于句首位置、与主位重合的主题，非基本主题是在基本主题后随机出现的或出现在补语从句的其他主题。这为本书从更宏观的语篇层面探讨主题关系提供了启示。有时句的基本主题很可能也是某个语段或语篇的基本主题，当它与整个语篇的基本主题吻合，就形成了中心主题。即中心主题是整个语段或语篇所探讨的核心对象和主要内容，它在一个完整的语篇系统中最核心、最重要，是信息编码的期起点和核心，是整个语篇建构和发展的主线、必不可少的成分。它作为引入语篇中心的要素，为其他语篇信息的出现和发展提供线索和依据，也是语篇中非中心主题的参照。非中心主题的功能主要是引介中心主题，或为中心主题的出现提供背景，或对其进行补充说明。中心主题与非中心主题在同一语篇中形成互补关系，中心主题引导、制约其他主题的组构与表达；非中心主题围绕中心主题展开，衬托或突显中心主题，是中心主题实现的支撑。

语篇主题虽然可能直接就是一个完整语篇的唯一的主题；也可能是一个主题串，由诸多与中心主题直接相关的分支主题组合构成。但这种主题的产生也可能是临时建构的，在原有的主题框架之外的情况。这样，中心主题也就产生了两种基本情况：一是原定框架中的整个语篇的中心主题或是与之直接相关的分支主题，可以分布称之为中心主题和分支主题（或局部主题）；二是临时出现在语篇中的非整个语篇中心主题的中心主题，它是为分支（或局部）主题服务的，不直接与中心主题关联，这个可以成为边缘主题。这样，在一个完整的层级性语篇结构中，必然存在一个能够统摄全篇的中心主题，即整个语篇的完整的、最上层的主题，这是所有语篇必不可少的。此外，该中心主题可能不是单一元素组成的，可能是由诸多分支主题整合而成的完整统一体，因此中心主题下位会出现一些分支主题，当这些分支主题在语篇中发挥作用时，可能还会临时出现一些与分支主题相关的主题，也即边缘主题，它们的出现是为分支中心主题服务的，而后由分支中心主题共同串联或整合成整个大的语篇中心主题。

在诗歌语篇分析中，捕获了语篇的中心主题后，分支主题与整个语篇的中心主题便形成直接的上下级层次关系，依据话语暗示便可以完成语篇交际的实现。彭宣维（1999）指出分支主题概念，既说明了主题具有层次性，也明确指出语篇主题在语篇发展过程中的动态平衡性。换言之，低层次的主题以不同形式、不固定方式组织形成高层次的主题，在语篇过程中对其成分、层次进行编码和调整；同时也要结合语篇主题的语义内容及其体现组建起一个创造性的自由空间，形成语篇层次的组织性范畴和动态组织特征。整个中心主题在语篇发展过程中构成一个分层次的多维系统。

2. 背景主题与非背景主题

语篇中往往存在一些与主要语篇对象、主要内容相关但不能作为中心突出的主题，可称之为背景主题。常见的有时间背景主题、条件背景主题、原因背景主题、地域环境背景主题等，还有一种是在话语中通常由一些有标记性的表述如"一般认为""从……来看""照……所说"等引出。这些主题往往是与中心主题下一层级产生某种关联的基本主题，它们从不同角度烘托、阐释中心主题。与之对应的是非背景主题，它有两重含义：一是语篇的基本主题甚至是中心主题，一是与中心几无关联的边缘主题，这种主题很可能随时消失或在语篇中未发挥功用。换言之，背景主题在语篇中对中心主题起衬托、突显作用；非背景主题除作为基本主题外，只是因为引介的需要而短暂出现，功用甚微、存活性较低。

背景主题、非背景主题与中心主题、非中心主题存在一定的交叉，但其实二者的划分视角不同、所关注的面范围不同，侧重的语篇要素也不尽相同。背景主题与非背景主题是从语篇的表层与深层结构之间的关系角度进行的区分，强调的是语篇主题在整个语篇系统中是客观反映还是潜在蕴涵，关注的是语篇更宽泛的东西，整个认知框架是面与面的关系。中心背景与非中心背景是从语篇语义角度进行区分，是以一个核心点为主，其他语篇主题围绕该核心展开，同时该核心在不同层级上有相应的子主题（分支主题或边缘主题），整个框架是由点及面的关系，更强调语篇主题层次性和多维性的问题。对具体语篇而言，大家可能对中心主题与背景主题二分法的理解会更容易接受一些，毕竟这符合基本认知，但鉴于语篇主题的多维性和多层次性，本书还是以其不同侧重对二者进行区分。

3. 直接相关主题与间接相关主题

语篇系统不同层级的主题之间必然存在某些关联，也即相关主题。它可以依据主题在语篇中是否直接发挥作用区分为直接相关主题和间接相关主题：直接相关主题即某一主题直接与语篇的中心主题相关联，关涉整个语篇的基本主题，是对语篇主要对象、内容、意图的直接反映。间接相关主题则是通过各种曲折、变换的形式对语篇的中心主题进行作用的主题，通常认为该类型主题囊括了所谓的边缘主题与背景主题；它们在语篇中是非显性、零散的存在，可能只是与中心主题相关的几个部分或个别因素，需要与直接主题、中心主题相关联才能形成一个最上层最核心的语篇主题。在具体语篇的主题建构中，直接相关主题与间接相关主题似乎还存在一定的过渡，即二者间可能还存在某种线索指引的潜在关联，但其相关性在直接作用之下、间接作用之上。如"四书"的直接相关可能是四部经典著作，间接相关可能是"儒家思想"，但中间还存在一个过渡即"儒家"。这种过渡也是主题关系的一种特殊形式，可以产生衔接，但与其他主题又不属于同一层级，只是可供借鉴和启发的另一侧面，对于语篇解读及其风格识别提供启发。如：

使至塞上

单车欲问边，属国过居延。征蓬出汉塞，归雁入胡天。

大漠孤烟直，长河落日圆。萧关逢候骑，都护在燕然。

该诗围绕着"使至塞上"这一中心而展开，是对整个诗歌语篇主要内容的概括，即作者奉命出使边关，在前往边塞征途中的所闻所见所感。这样，"使至塞上"既是诗歌标题，也是诗歌语篇的中心主题，与之相对的，正文里出现的地点主题（居延、汉塞、萧关、燕然）、环境主题（大漠、孤烟、长河、落日）、条件主题（单车、征蓬、胡天等）等就成了非中心主题，这些非中心主题作为中心的主题的分支主题或边缘主题，在特定的情境制约下共同组合才构建出完整的、最核心的语篇最上层的中心主题。同时，这些非中心主题在该诗歌语境下恰巧与背景主题产生吻合，是对中心主题"塞上见闻"的补充和说明。从这些主题的具体呈现来看，地点主题与中心主题产生直接相关，"塞上"作为主题核心词能够直接刺激到边塞的相关地理要素如地名等，在地名又可进一步联想到相应的地理环境、自然条件等，这是间接关联的主题。要注意的是，在诗歌语篇的交际实践中，不同类型的主题关系往往相互结合、互为补充，共同发挥作用，切不可孤立地割裂开来。

（二）篇际主题互文关系

根据诗歌主题的生成及其互文组构，从篇际的角度出发，可将主题互文关系区分为同指关系、上下关系、平行关系和对立关系等基本形式。主题的设置往往与语篇的语言选择、结构组建以及风格塑造有着紧密的关联，主题的选取、表达和蕴意都能够突显语篇主体的表达意图与个人倾向。诗歌语篇对于主题的要求更为严格，主题太过宽泛，就不能很好地体现语篇胶机意图；

主题太过浅显，就显得整个语篇表达流于表面，不符合交际的功用；主题过于朦胧，又会显得整个语篇变幻莫测、难以捉摸。但主题作为语篇结构中最上层的统一语义结构，始终是一个较为抽象的概念，在具体分析时必然要借助特定的语言实体来呈现。因而诗歌语篇的主题往往体现在标题、诗眼等语言单位中，通过对这些单位的识别和归纳可以对诗歌主题及其互文关系有更为清晰的把握。这里以王维诗歌的标题为语言表现形式来分析其诗歌语篇的主题互文关系，概括起来，大致有以下几种情况。

1. 平行关系

不同诗歌的主题相互之间没有主次之分、上下之别，将其放置到更大的同一个语篇系统中处于同一层级、同一位置，在同个范畴之内，相互之间不影响、不冲突，这种主题关系可以称之为平行关系。平行关系的诗风大体一致，具有较明显的同质性特征。例如：《辋川别业》《积雨辋川庄作》《辋川闲居》《归辋川作》等都是以"辋川"为上层主题，是对辋川的景象和在辋川的隐居生活进行描写，相互之间没有谁影响谁、谁制约谁的情况，二者平行存在，在享受田园生活的同时，也将辋川视为乌托邦式的桃花源，别具美感和画感，有着明显的宁静柔和、闲适恬淡。王维的系列组诗《恭懿太子挽歌·五首》《达奚侍郎夫人寇氏挽歌·二首》《故南阳夫人樊氏挽歌·二首》《故西河郡杜太守挽歌·三首》《故太子太师徐公挽歌·四首》等诗篇集合都以"挽歌"为共同主题，以"人物+挽歌·篇数"为形式，相互之间互不影响，没有孰轻孰重、孰前孰后，这可以算是一种平行的主题关系。

平行关系的主题既可以是诗歌语篇集合内部的各个单语篇的主题之间，也可以体现在不同诗歌语篇集合的主题之间。如诗歌语篇《恭懿太子挽歌·五首》集合中的五个独立的单个语篇，都竭尽全力表达对恭懿太子仙去的惋惜，也都是通过对太子在世时辉煌人生、非凡成绩的描写来突显惋惜与感慨。从不同的时间、不同的角度对其生前事迹及成绩甚至是环境变化等进行描写，在对太子加以褒奖的同时反衬出其英年早逝的惋惜与慨叹。同时，这一诗篇集合也与其他王维所作的挽歌（集合）构成平行关系，是一种集中的为逝去之人而作的诗篇。在"挽歌"这一中心主题及其基调的制约下，这些诗篇集合都带上了惋惜、伤感的风格特点。

2. 上下关系

诗歌语篇中组诗的中心主题与组诗中每一首诗歌的主题就是一种很明显的上下关系，也即语篇集合所概括、提取出来的整体中心主题往往是组成语篇集合的每个单语篇主题的上层范畴。换言之，如果某个诗歌语篇集合是由多单语篇依据一定的线索组合形成，那么这个语篇集合的主题便与集合中每个单语篇的主题形成一种上下关系。《辋川集》中20首诗歌语篇都围绕中心主题"辋川"而展开，每一个独立诗歌语篇所描写的对象都是辋川这个地方中更具体、更细致的景点，如"竹里馆""辛夷坞""漆园""椒园""白石滩"等。可以说"辋川"主题与"竹里馆""辛夷坞""漆园""椒园""白石滩"等20个分支主题形成一种上下关系，分支主题是围绕着上位的中心主题而展开的，中心主题引导和制约着下位分支主题的选取和表达，分支主题与中心主题所组构的诗篇风格具有明显的一致性。

进一步观察，《辋川集》诗题所写景点大多不是既成的地名，而是王维汲取先贤智慧命名的，"华子冈"取自谢灵运《入华子冈是麻源第三谷》，"斤竹岭"亦出自谢的《斤竹涧》；"漆园"取意于郭璞《游仙》"漆园有傲吏"，"金屑泉"是受"金碧潭"的启发。这样的命名承袭了原主题风格特点，又在新的语境下与上位主题风格相统一。纵观整个《辋川集》营建的以"欹湖"为中心的世界，会发现一个更鲜明的特点：它与极乐世界的"八功德水池"有着近乎一致的对应。《临湖亭》"四面芙蓉开"、《辛夷坞》"木末芙蓉花"是那厢世界的莲花和散花；《金屑泉》的"黄金砂"是极乐世界里的黄金沙；《华子冈》"飞鸟去不穷"、《木兰柴》"飞鸟逐前侣"随处可见鸟的踪影；《鹿柴》

"返景入深林"中的澄亮夕晖也是净土的典型。这些诗句、诗篇尽管不直写禅境、极乐世界,但每一眼前景、身边事在某些程度上都是对净土经中极乐世界的象征和暗示,诸意象的联结使得整个辋川庄笼上一层神秘、幽玄的氛围,呈现出极富诗意和美感的静谧淡雅的风格特点。

语篇集合的主题与集合内单语篇主题呈现的上下位关系可以是整体与部分的关系,如语篇集合《辋川集》的主题与每个单语篇主题的关系;也可以是上位主题与下位主题的隶属关系,即单语篇的主题只是语篇集合主题的某种下位类型,如边塞诗这一类诗歌语篇还可以依据其下属主题类型进行划分,如边塞征战诗、边塞羁旅诗、边塞送别诗等;甚至可以是一种主题之间的派生关系,如王维诗歌的"辋川"主题主要体现在《辋川集》中,这可以算是其辋川主题诗歌语篇的源主题,与之相关的还有《辋川别业》《积雨辋川庄作》等派生出来的与辋川这一源主题相关的诗歌主题。在对这种上下关系进行梳理和判断时,首先必须明确以何种范畴标准作为主题关系的划分依据,一般来说,较为常见的有种属、整体和部分、源生和派生等基本形式;此外,在具体分析时,还要考虑不同语篇在整个语篇空间中的位置、层级等因素,才能切实、有效地把握主题间的相互关系。

3. 接续关系

在对王维的诗歌语篇分析中发现,其组诗间的单语篇之间还经常存在一种非上下关系的主题关系,有些以时间为线索,通过时间的先后顺序来反映不同时间的同一主题的相关情况;有些则是以事件的发展顺序为线索,通过有序地描写某一事件的展开顺序来突显某一中心主题。这类主题的相互关系可以称之为接续关系,它们反映在同一个更大的语篇集合或空间中时,整体上往往会呈现出一种线性的延展和推进模式。例如,组诗《少年行·四首》中分别描述了少年临行前聚会饮酒的场景、少年出征时及征途中的场景、少年征战沙场时的场景以及征战沙场归来殿前受赏的场景。这些主题以事件的发展顺序为线索，不断推进、不断变化，串联成一个完整的、多维的少年行图景。在语篇交际中，形成一种很强的画面呈现感和情节推进感。与之相关的，还有王维广为人知的《老将行》，与《少年行》在时间上也形成了明显的接续关系，这是以时间为轴的主题互文关系。

王诗中还有一系列以空间变换为线索的主题。这典型地体现在王维初遭贬谪从京城赴济州上任司仓参军的途中留下的系列诗篇中：《被出济州》是即将离京、前往济州的所见所闻所感，《登河北城楼作》《宿郑州》《早入荥阳界》《千塔主人》《至滑州隔河望黎阳忆丁三寓》是进入河北地区后依次经过河北城楼、郑州、荥阳界、滑州等地的描写。从标题可以看出这些诗篇存在明显的以空间为轴的接续关系，这种互涉关系为整个事件的发展提供了依据。综观这三种主题关系，它们都是一种顺序性的、线性延展的关系，不能随意打乱它们在语篇空间中的位置，必须是有顺序地依次延展和推进，否则就无法构成接续关系。这些诗篇随着主体情感的变化和语境的变换可能延续了原有风格，也可能逐渐偏离原有风格。

4. 相对关系

相对关系即不同诗篇的主题形成一种对应关系或对话关系。在王维诗篇中，较为明显地反映在其赠诗与答诗的关系上。"赠"与"答"是一种对应关系，答诗是对别人进行一种回应，这种对应关系需要一者为参照。如果以赠诗为参照，那么答诗就是与其相对的对象；如果以答诗为参照，那么赠诗就是其对立面。例如《赠裴迪》和《答裴迪》，二者的主题所指对象都是裴迪，但是一个是赠诗，一个是答诗，在相互关系中形成一种对应关系：赠诗是答诗产生的前提，答诗是赠诗的回应；没有赠诗就无所谓答诗的存在，没有答诗的回应赠诗也成为一种孤立的存在。二者相伴而存、相对而生，没有二者的共存相对就不复存在。在语篇主题分析中要立足于辩证、统一的语篇观，特别关注相对性和依存性。

对诗歌语篇主题关系的梳理有助于语篇主题结构的组建,也有利于主体更好地深入语篇,在情境和主体因素的指引下通过当下语篇的话语空间对语篇主题风格分析。主题风格与语篇主题的选取和表达有紧密关联,在同一语篇中,如果中心主题与非中心主题、背景主题与非背景主题以及不同程度的相关主题直接有着较为明显的界限,那么该语篇的结构也往往较为清晰、其语言表达也较为平易,因而其整体语言风格就较为朴实平淡。在不同诗歌语篇或语篇集合中,主题间的上下关系、接续关系越明显,语篇风格的象似性也就越明显,这些语篇(集合)风格的互文关系也就越清晰、其互文程度也就越强;如果不同语篇主题的平行关系、对立关系越突出,那么语篇风格的象似性也就越弱,因而风格互文性也较低。

第二节 王维诗歌语篇主题互文类型与风格互文

丁金国(2019)指出语篇的构成要素有五:题旨、情境、脉络、表达、体性,它们在语篇中的地位是不平等的,题旨是"帅",统领着其他几个要素。这里的"题旨"其实很大程度上与本书的主题相通,"体性"实际上是语篇所显示出来的气势或格调,也即风格。换言之,主题与风格都是语篇的构成要素。风格由于整体的象似性和内部各要素之间所享有的某些共同属性而形成不同的类型,尽管这些内部要素的属性在质与量上的差异都是绝对存在的。风格的批判和归类先要确定一个先验的心理原型,并以之作为参照对纷繁复杂的语言现象进行识别,进而剥离出同质性和异质性,在某些相同或相似规则的指引下形成相对稳定、可复制、可衍生的基本属性,最终确定语篇风格的同异,对风格互文关系进行分析。主题作为语篇的核心,在具体诗篇中对风格的影响也十分显著;有显性的语言形式层面的表现,也有潜藏的语义、语境、主体及其制约的表达方式等隐性层面的表现。

诗歌主题的分析往往与题材相结合，因为诗歌主题往往是诗歌语篇的主要内容及主要情感的概括，如果单纯通过诗歌语篇的主要内容来分析主题类型的话，那么主题就是无法穷尽的概括。因此，依据诗歌的常见题材有针对性地来看其常见的主题，是一个更可行的方案。古代诗歌分类的常见题材有边塞诗、羁旅诗、咏史诗、咏物诗、赠答诗、山水田园诗，本书以王诗的基本题材列为线索，王维往诗歌所反映的语篇主题及其所呈现的风格特点进行分析，从诗歌语篇的主题结构、主题关系等要素来对其风格互文关系进行梳理。

一、主题互文建构及其风格

赵殿成在《王右丞集笺注·序》中对王维作了全面、深刻的总结和评价："右丞崛起开元、天宝之间，才华炳焕，笼罩一时；而又天机清妙，与物无竞，举人事之升沉得失，不以胶滞其中。故其为诗，真趣洋溢，脱弃凡近，丽而不失之浮，乐而不流于荡。即有送人远适之篇，怀古悲歌之作，亦复浑厚大雅，怨尤不露。苟非实有得于古者诗教之旨，焉能至是乎。"[1] 王维被唐代宗称誉为天下文宗，是一位全面掌握诗歌传统、富有创造性、带有真正意义上的诗歌个性的诗人。王维现存的382首诗中包含了各种题材、各种风格。宇文所安曾评价王维诗歌的特色："后代批评家只看到简朴，只看到自然的、隐逸的诗人；而在王维自己的时代里，用他的一位朋友的话来说，他是'当代诗匠'。"[2] 王维诗歌广泛运用律诗、绝句、歌行、乐府等诗体，涉及山水田园诗、应制诗、送别诗、闺怨诗、边塞诗、佛教诗等题材，其诗歌主题、风格范围比其他诗人更为宽广，既有幽玄的佛教术语、绮丽的宫廷辞藻，也有幽默的

---

[1] 赵殿成:《王右丞集笺注》，上海：上海古籍出版社，2009年，第122页。
[2] 宇文所安:《盛唐诗》，贾晋华译，北京：三联书店，2004年，第46页。

谐谑、清丽的描写，其风格亦丰富多彩，清新澄澹、浑厚雅致、含蓄幽玄，尽显各异。

（一）山水田园诗：清新、空灵

王维是山水诗的集大成者，是其诗作中最为显著的部分。施蛰存（1988）曾评价王维田园生活的诗继承陶渊明诗境，山水风景诗则有鲍照和谢灵运的余韵，但又带有佛家的思想。王维山水诗中单纯写山水景色和田园风光的有123首，这些诗篇往往以"山居""即事""田家""田园"为话语标记，如《寒食城东即事》《辋川闲居》《淇上即事田园》；或以山水之名、游览地名及山水景色为标记，如《青溪》《椒园》《鸟鸣涧》；还有一些以山水描写抒发离别之情或为应制、赠答而作的山水诗，如《答裴迪》《过乘如禅师萧居士嵩丘兰若》等（约100首）。山水诗在王维诗歌总数中所占比例最大（约占3/5），这些语篇多集中于山水中最具特色、最为美丽的特征，以纯粹的描写、明净的构图和清晰的层次进行组构，赋予其独特的思想意蕴和韵味。葛晓音指出"王维对田园诗的贡献，主要在于他创造了士大夫理想之中的最优雅高尚的田园诗境。"[①] 该观点明确王维田园诗的优雅高尚，也强调了其诗淡远雅致、清朗明丽的风格特点。

这一风格最鲜明地表现在他对色彩词的使用偏好上。王维382首诗中共使用色彩词464次，其中"白"和"青"频率最高，分别为90次和74次。青色介于蓝色和绿色之间，给人以安静、幽远之感；白色最亮、纯度最高，给人以圣洁、明净之感。青白的结合使王维诗歌展现素净、淡雅的特点。王维不少描写京都盛景、仕宦生活的诗中多用金、黄来突显盛唐气象之景，金黄的叠加与渲染使得该类诗歌呈现出一种高远旷达、雄浑大雅的风格特点。王维诗歌中的色彩搭配特别强调其韵味和诗境，特别重视空灵清远诗境的营

---

① 葛晓音：《盛唐田园诗和文人的隐居方式》，《学术月刊》，1989年，第11期，第74页。

造，在整体空间建构中尤重色彩的远近分布与位置安排，有些还辅以动态的行为描写或场景勾勒。如"不及红檐燕，双栖绿草时"中"红檐"与"绿草"一高一低，形成空间上的视觉差异；红绿相衬、燕草相融，给人极强的感官体验，产生情感共鸣。当然，王维也善于运用色彩对比，通过红黑补色对比、黄白冷暖色对比等来突显色调带给人的反差感，如"鳌身映天黑，鱼眼射波红"通过厚重的红黑对比突出内心的沉重。强烈的对比参照有利于塑造色彩明丽、层次分明的画面，形成清奇明丽、浑厚悠长的风格特点。

王维山水田园诗注重名词的选取和运用。其诗句一般是以名词为中心来展开；动词是对名词的活化或摹态化，形容词是对名词的修饰或辅助化。其山水诗多名词为中心的单句，如《游感化寺》"香饭青菰米，嘉蔬绿笋茎"（名词＋名词）、《田园乐·其五》"一瓢颜回陋巷，五柳先生对门"（数词＋名词）、《汉江临眺》"江流天地外，山色有无中"（名词＋方位词）、《田园乐·其五》"山下孤烟远村，天边独树高原"（方位词＋名词）等。它们将一个个带有典型特征的意象串联起来，无一连接词却将不同意象叠加组合，形成清丽的意境感、有序的空间感和明快的节奏感。王维山水诗中常用"倚""带""积"等动词，如"余适欲锄瓜，倚锄听叩门""行人返深巷，积雪带余晖"等。这些动词的运用需要在一定时间/空间内保持稳定、并具有一定的动态性，使静态之物变得灵动，使诗歌不再是死寂、沉闷的描写，给人以鲜活、灵动的画面感。还有一些动词在王维的笔下却失去了其动态，以名物化的形式来呈现，如"即此羡闲逸，怅然吟式微"中"闲逸"是闲适、安逸，这里已经泛化为整个乡村生活的闲适安逸的生活，这种活用扩大了诗歌的空间性和画面感，使得带上相应的空远旷达之感。而形容词往往是活用的情况，在活用后被赋予更丰富的内容和情感，如"泉声咽危石，日色冷青松"中"冷"不仅是日色幽冷带来的凉意，更将"冷"的指涉范围扩大，使得一切景色都带有凄冷之感。

王维的山水田园诗多采用描写的方式。在统计中，我们发现：描写手法在其诗歌起句中的运用最为突出，约占起句数量的70%。无论是描写壮丽的祖国山河还是山林的隐逸生活，抑或是送别、应制，其诗歌语篇的起句都是以具体景物或意境的描绘为起始，并且在将描写延续至尾联之前，不断强化主题，甚至通篇采用描写句式来突显其山水自然的主题，为全诗奠定了自然朴实的基调。如《渭川田家》开篇"斜光照墟落，穷巷牛羊归"便是描写，除末句外，其余诗句皆是描写。通篇运用朴素的白描手法，选取乡村田园生活常见的典型动植物和人物形象为中心，形成一幅幅简单朴实的乡村图景，呈现朴实平淡、闲适自然的风格特点。

　　王维山水田园诗是自然美与理想美的完美统一，山水之景即心灵之境、自然之美即意蕴之美。王夫之提出"即景会心"说，并特意列举王维诗歌为例："若即景会心……因景因情，自然灵妙，何劳拟议哉？'长河落日圆'，初无定景；'隔水问樵夫'，初非想得，则禅家所谓现量也。"[①]王维山水诗整体风格秀整、气象清明，在字词的运用、句式的选择及结构的安排上足见其深厚的语言成就和美学思想，更突显了诗歌回归自然、寻求高洁淡雅的中心主题。总之，白描手法的运用，简约明丽物象的突显，层次清晰的时空意象描写和闲适自然的农事生活刻画，共同促成了其山水田园诗空灵闲静、清新明丽的风格特点。

　　（二）送别诗：高远、旷达

　　据统计，王维送别诗共75首，约占其诗歌总数的1/5。王维的送别诗篇往往带有明显的话语标记，如"送""别""留别""送别"等，它们作为典型的话语标记在主题划分时起着重要的引导和突显作用。王维的送别诗形式多样、风格多元，是上成品级的艺术。王维的送别诗送别的对象多是朋友、

[①] 王夫之：《姜斋诗话》，北京：人民文学出版社，2005年，第147页。

同乡或同僚,仅五首是送家人的,其中《送从弟蕃游淮南》《灵云池送从弟》《别弟缙后登青龙寺望蓝田山》是与弟弟作别时所作;《别弟妹·二首》是写与弟妹的;《观别者》是看他人离家有感而作。王维自少年在京,就过着与友朋、官僚相伴的生活,故其送别诗对象多是朋友、同僚。《旧唐书》曰:"维以诗名盛于开元、天宝间,昆仲宦游两都,凡诸王驸马豪右贵势之门,无不拂席迎之,宁王、薛王待之如师友。"[①] 王维广泛交友,重视交际且拥有很好的人际关系,因而其送别诗较之同时代其他诗人数量更多、送别对象更多元。

  王维送别诗最为突出的特点是通过对外物的描写来暗示内心感受,离别之哀、心底之怨尤不显露。不仅仅是单纯地描写、感知表层的客观外物,更注重以物观物,强调审美主体的心理感受及其风格基调,使主体的内在情绪在感知客观外物的过程中表现出积极、外射的状态,将客观外物同化,赋予其特定的象征义和隐喻义,使之成为特定心态的艺术符号,如《送梓州李使君》《齐州送祖三》等均是如此。另外,王维的送别诗非但是展现积极的旷达心态,更多英雄气象,即便是在历来为人谈之色变的边塞,也能一改往昔送别诗的凄婉悲凉,形成一种浑厚、旷达之势,如《送张判官赴河西》《送平淡然判官》《送魏郡李太守赴任》等。他总是站在绝对自由的心境上,通过丰富的想象创造出一个"客观"的情境,加之自身的态度和价值,能动地创造一种新境,给人以积极、昂扬、旷达之感,《送梓州李使君》《送杨长史赴果州》《送张五諲归宣城》就是其典型代表。其送别诗具有不可替代的美学意义和审美价值,展示了十分典型的盛唐气象,它们表现出来的风度、雅量、情怀及侠义精神,具有深刻而久远的艺术感染力。

  王维的送别诗多寥寥数语,却胜人虚言千万。随着自身仕途阅历和人生经历的增加,王维的送别诗风格也发生了较大的转变。对于失意落地的人,他总能以别开生面的境界塑造一种刚健清新、清华高绝的典雅气氛,予以友

[①] 刘昫:《旧唐书》,北京:中华书局,1975 年,第 243 页。

人关心与劝慰，表现的情感是不悲不伤，更多的是希望友人拥有自信心，激励友人积极向上，保持乐观，体现出真挚、醇厚的人情美。例如：

送綦毋潜落第还乡
圣代无隐者，英灵尽来归。遂令东山客，不得顾采薇。
既至金门远，孰云吾道非。江淮度寒食，京洛缝春衣。
置酒临长道，同心与我违。行当浮桂棹，未几拂荆扉。
远树带行客，孤城当落晖。吾谋适不用，勿谓知音稀。

这是王维早期为官时所作的送别诗，诗歌开篇就反映了一个政治开明的太平盛世之象，言语中充满对时代的赞美和由衷的信任。面对失意的友人，尽管他劝说友人科考落第不是错误的选择而是命运所为，因而他给予友人婉转的宽慰"孰云吾道非"；在长安道为友人置酒饯别，面对乘舟即将离去的挚友，想起其归家之途所见的风景，深感友人的失意和对友人的不舍，但转而又以忠厚旷达语劝慰他"吾谋适不用，勿谓知音稀。"劝勉友人重拾信心，积极参加科考，不要因为偶尔失意而放弃，相信终有得到赏识的时候，因而对友人和未来都充满希望。这份深婉有致的情意、旷达高远的心境、积极温暖的鼓励使得落第之人再无怨尤。这是王维早期为官时所作的送别诗，诗歌呈现一种高远旷达、积极向上的风格特点。

王维对于归乡、归隐的人，总是为他们量身定制，以自然通脱的景象来表达其精神主张与追求，不吝溢美之词来肯定其选择并赞美其高远情志和认识智慧，多用"明月""日暮"等景物来体现超脱凡俗的画面。他为好友綦毋潜弃官归乡而作的另一首送别诗《送綦毋校书弃官还江东》，选取了"明月""日暮""澄江"等意境高远、清明旷达的景物，衬托出对友人"拂衣"之举的大加颂扬，足见其赞许与欣赏之意。而对于赴任、赴边、远游的人，他一改传统赴远的幽怨凄凉之风，以慷慨悲壮、沉郁顿挫的风格呈现，如《送元二使安西》《送陆员外》便是典型代表；还有一些积极昂扬、充满英雄气概的诗歌，如《送张判官赴河西》"单车曾出塞，报国敢邀勋。见逐张征虏，今思霍冠军。沙平连白云，蓬卷入黄云。慷慨倚长剑，高歌一送君。"在对边塞的精彩描绘中，建功立业、执着功名的渴望也洋溢于字里行间，整体上呈现出一种超然豪迈、慷慨豪迈的风格特点。

总之，王维的送别诗内容丰富、风格多元，但无论是送失意归隐的友人还是送赴任远游的同僚，多彰显出其旷达、高远的气氛格调。既能够对朋友感同身受忿其所忿，亦能推心置腹劝慰他们；既能透彻世态炎凉、趋炎附势的俗世，亦能保持旷达开阔、豁然清明的心境，真正达到至真、至善、至美的艺术境界。尽管其送别诗偶有凄婉落寞之态，但大多以一种旷达、通脱的气度表达自身的精神追求，折射出玄宗时期大唐帝国已臻政通人和的盛世气象，完全契合初唐以来统治集团大力倡导的"文质彬彬，尽善尽美"的主流文艺观。

（三）应制诗：婉媚、雄浑

应制诗是应帝王或统治者要求而作的诗歌，大多在公式化的宴席上为御制而唱和。它兴起于齐梁时期，唐前期盛行于高宗、武后至玄宗的开元之时。当时的著名诗人大都是应制诗的创作名家，但天宝之后有一定量应制诗流传下来的只有王维一人。他常常扈从帝王侍宴、侍游，因而其应制诗多聚焦于帝王宫苑，极尽描写帝都长安的富丽盛况，还多记录政务活动的隆重盛典。总的来看，应制诗在内容上，大都歌功颂德、点缀太平；语言上，多雍容典雅、辞藻华丽，整体上呈现出浓厚的绮错婉媚的宫廷之风。应制诗作为一种公文式的诗歌，其结构上有着较为固定的模式：破题——述眼前之景——歌功颂德；中心主题十分明确，而是以一种依次推进的模式进行语篇创作。应制诗一般要求结意寓规于颂，臣子立言，方为得体。王维的应制诗也多以该模式展开，只是在诗歌语篇的标题即破题介绍事件的背景，诗歌正文一开篇则展开应制场景的描写，而后将写景与赞美两相结合，形成一个完整的应制诗语篇。

王维应制诗仅存25首，其语篇标题中往往具有能够明显反映应制属性的标记，最为普遍的有"奉和圣制""应制""应教"等。王维的应制诗中，有15首以"应制"为标记（其中13首均与"奉和圣制"共用），3首以"应教"为标记，还有一些则通过帝王及其相关活动的特殊词语来提示应制的主题，如《大同殿生玉芝龙池上有庆云百官共睹圣恩便赐宴乐敢书即事》《敕赐百官樱桃》《既蒙宥罪旋复拜官伏感圣恩窃书鄙意兼奉简新除使君等诸公》《早朝》《和贾至舍人早朝大明宫之作》《和太常韦主簿五郎温汤寓目》《和仆射晋公扈从温汤》就是如此。其中"圣恩""赐宴""敕赐""早朝"等都是仅供帝王诸侯百官等使用的特殊词语，带有明显的侍宴、侍游等应制色彩。王维的这类诗歌，在内容大体上与其他诗人无二致，都是围绕着对皇帝功德和昌盛世道的颂赞这一主题而展开。但他又不仅是为了完成任务而停留在对太平盛世的赞美这一表面，他还尝试在诗歌语篇中暗含自己的主张评判或尝试借此来实现自身某种程度的政治意图。例如：

奉和圣制从蓬莱向兴庆阁中留春雨中春望之作应制
　　渭水自萦秦塞曲，黄山旧绕汉宫斜。
　　銮舆迥出仙门柳，阁道回看上苑花。
　　云里帝城双凤阙，雨中春树万人家。
　　为乘阳气行时令，不是宸游重物华。

整首诗从"望"字落笔，高屋建瓴，层层推进，极具空间感和壮丽感，整体气象雄浑清丽、风格秀整端庄。沈德潜认为"应制诗应以此篇为第一。"该诗前面两联以阁道中为立脚点，向西北眺望，对极目所见的"秦塞""汉宫"等雄浑景象进行描写，为全诗镀上一层深厚的历史色彩和雄浑色彩；又连续运用了萦、绕、迥三个语义曲折、意思相近的动词，在极短的间隔内频繁地反复连用，给人以眼花缭乱之感，形成了一种强烈的视觉效果。颔联回望运用绮丽的文辞轻松地将帝城厚重而又华丽的景致勾绘出来，是其功力的体现。尾联是最具深意的一句，有人认为该句表面是赞美帝王的功德，但"为"和"不是"二词却似乎带有了一些辩解之意。依据王维应制诗的可考时间都是天宝时代这一背景，联想到当时玄宗功德已满之心；再加上整首诗歌的情感基调、风格和王维特有的个性思想、圆滑处世之风，其实也可以是委婉地暗含着诗人对潜伏的社会朝政动荡的担忧。

　　王维应制诗数量不多，仅约占其诗歌总数的1/15，但它一洗初唐的绮丽柔靡之习，既吸收了初唐关陇诗人雄深雅健的风格，也继承了江左诗人清丽幽雅的风格特点；既有对盛唐恢宏风貌的描绘，也有对景物含蓄细腻的勾画，成为唐代应制诗最高水平的代表。清人吴乔在《围炉诗话》里明确指出"应制诗，右丞胜于诸公。"[①] 王维的应制诗不同于以往应制的婉媚绮错，而充盈着秀丽雄深、庄重典雅之气。其整体的章法辞藻浑然一体、气象雄浑流丽。以气势取胜。既反映了唐朝的帝都盛景、帝国风貌和帝国气魄，也展示了帝都繁丰庄重的文化风俗与政务礼制，尽显大国风范与气势，尽显雄浑秀雅之风；同时，他的应制诗虽然表面上都是歌功颂德的华丽词藻，但字里行间还隐匿着其个人的思想主张与政治意图，大致可以概括为无为、任贤、不战这三个方面。因此其应制诗偶尔也会呈现出思致婉转、意象朦胧的特点。如《敕借岐王九成宫避暑应教》中"隔窗云雾生衣上，卷幔山泉入镜中。林下水声喧

---

① 吴乔：《围炉诗话，清诗话续编》，上海：上海古籍出版社，1983年，第132页。

语笑,岩间树色隐房栊。"就借助窗和镜凸显了九成宫的地理位置之高,将可闻而不可见的喧语之声与山岩间隐约可见的房栊结合起来,二者相互辉映、虚实相生、动静相称,呈现出柔和、晴朗的风格特点。总而言之,王维的应制诗以歌功颂德为中心主题,尽显帝国庄严风范与雄浑秀雅之气;又兼有对自然景象的细腻刻画,偶现清丽柔和之态。

（四）边塞诗：雄浑、豪迈

除了山水诗之外,王维的边塞诗也是其诗歌创作的典型代表。边塞诗在中国诗歌史上由来已久,凡是以边塞生活、边塞风光、边地场景等为题材的诗歌都可以称为边塞诗。它在盛唐作为极为重要的一个诗歌分支,与盛唐时期尚武的社会背景有关,盛唐诗人中以边塞诗闻名的就有高适、岑参等名将。王维尽管以山水诗闻名,但在唐朝为人们广泛传唱的却是其游侠边塞诗,晚唐范摅在《云溪友议》有记载:"龟年曾于湘中采访使筵上唱:'清风明月苦相思,荡子从戎十载馀;征人去日殷勤嘱,归雁来时数附书。'此词皆王右丞所制,至今梨园唱焉。"[①]可见,王维的边塞诗也是极负盛名、位属前列的佳作,《李陵咏》《边塞作》《从军行》等都是其典型的优秀代表。无论是从其创作时间还是从其创作的质与量的角度来看,其边塞诗都具有持续的影响力和独特的艺术魅力。

王维的现存边塞诗有41首,约占其诗歌总数的1/10,从边塞诗的内容来看,有咏史边塞诗、闺怨边塞诗、送别边塞诗、游侠边塞诗、边塞风光诗等;从边塞诗的创作时间来看,可以分为亲历边塞诗和拟作边塞诗,拟作边塞诗又可区分为亲历边塞之前的假想边塞诗和出使边塞归来后的回忆边塞诗,这类回忆边塞诗多是送别友人前往边塞而作。王维的边塞诗创作善于汲取当地特有的声音、提炼当地特有的艺术形象,将其完美融合起来,写尽其边塞独

---

① 范摅:《云溪友议》上海:中国古典文学出版社,1957年,第41页。

有的乐器声如箫声、鼓声、筘声、笛声和边塞马嘶风鸣、大漠余晖等自然风光，塑造出一个个瑰丽壮美、气势磅礴的边塞奇观，描写出边地的异域风情和特色活动，并将其活化为灵动之景，具有独有的情感意蕴，呈现雄浑粗犷、慷慨豪迈的风格特点。

王维边塞诗最为典型的特点是大量描写边塞壮丽奇特的物象、善于抓取并活化灵动的听觉形象，将视觉所见的瑰奇壮阔的意象与听觉所闻的丰富多样的声音相结合，并融入自身的情感意蕴，构建出一幅幅动人心魄的壮美画面、形成一曲曲撼人心弦的华丽乐章。在视觉意象的选取上，王维多选取具有边地特质的意象如"黄云""画角""大漠""瀚海""天山"等，渲染宏大壮烈的边地氛围，如《燕支行》等；在亲历边塞之后，便以其沉雄慷慨之气细腻地刻画战争场面如《出塞作》等，关注边地戍守士卒的境遇如《陇西行》等，记录边地纯朴民风与风土人情如《凉州塞神》等，这种既展示边塞阳刚雄壮之美又间有细腻俊逸之美的边塞诗，极大地拓宽了以往边塞诗的表现范围，丰富其传统的战争题材，从整体上提升了边塞诗的格调与水平。在王维对边塞有了直接的经验之后，使其边塞诗往往"激昂骏逸而又沉雄慷慨，以强刺激性的阳刚之美震慑了读者。"[①]

出塞作

居延城外猎天骄，白草连天野火烧。
暮云空碛时驱马，秋日平原好射雕。
护羌校尉朝乘障，破虏将军夜渡辽。
玉靶角弓珠勒马，汉家将赐霍嫖姚。

这是王维出使河西时对边塞战事的描写，此时的他与边塞、战争有了最

---

① 王志清:《纵横论王维（修订本）》，济南：齐鲁书社，2008年，第293页。

近距离的接触，对于边塞场面的描写不再流于表面，而是深入到最直接的细节描写和情感表达。诗中他着力渲染战争环境，一句"白草连天野火烧"通过刻画敌军打猎的浩大声势借以表现其强悍与勇猛，为后半部分敌我双方对峙奠定基础。面对如此强势的对手，我军雍容镇静、自如应对，是对我军的赞许与肯定。诗人不再是单纯地描绘场面，而是深入到战事、战争部署、敌我双方等各个具体的方面，对于战事了然于胸，不偏颇、不虚构，全诗布局巧妙、得体传神，极好地体现了慷慨激昂的沉雄之美，呈现出阳刚俊逸之风，于无形间彰显大唐强盛之气。

在听觉形象的描绘上，王维钟爱胡笳、羌笛等声音响亮、余韵悠长的乐声。如《从军行》中的"笳悲马嘶乱，争渡金河水"、《燕支行》中的"叠鼓遥翻瀚海波，鸣笳乱动天山月"等都是将悲壮、高亢的笳声与马嘶声、击鼓声以及厮杀声、争渡声相互交织在一起，通过听觉刺激与感官的联想，将单线平铺的语言形象化、立体化，鲜活地再现了战争慷慨激昂之景。当然，这些偶尔也会用来表达幽怨悲凉的情感，如《双黄鹄歌送别》的"悲笳嘹唳垂舞衣，宾欲散兮复相依"、《奉和圣制送不蒙都护兼鸿胪卿归安西应制》"鸣笳瀚海曲，按节阳关外"中的"悲笳""鸣笳"都是临别之时不忍离别、殷殷期盼的悲戚，其声哀怨、凄凉，是作者在即时即景下最真切的情感表达。此外，王维诗中亦多笛声、箫声，如《凉州郊外游望》"婆娑依里社，箫鼓赛田神"就是低沉委婉的箫声与雄壮有力的鼓声的融合；《凉州赛神》"健儿击鼓吹羌笛，共赛城东越骑神"是凉州城赛神活动时、粗犷急促的鼓声和宛转悠扬的笛声结合、交汇，鼓声震天、笛声悠扬，整体诗篇显得意蕴深长、动人心魄，洋溢着慷慨豪迈的风格基调，呈现雄浑壮阔的豪放风格特点。

此外，王维送别诗中还有少数仰慕侠义气概的诗，如《崔录事》"少年曾任侠，晚节更为儒"、《陇头吟》"长安少年游侠客，夜上戍楼看太白"等名句，《送从弟蕃游淮南》《少年行》等名篇。这些诗都塑造了少年游侠的形象，他们有着年轻健硕的身体，过着逍遥自在的生活，有着狂放不羁的性格，还有刚正不阿的正义之心。他们身上既有风流倜傥的游侠气质，也有轻身报国的忠义之气，突显了大唐游侠精神的黄金时代气质。意气风发的少年、不加掩饰的文辞，整首歌显得慷慨豪迈、斗志昂扬，呈现出积极昂扬、雄浑豪迈的基调。

（五）女性诗、咏古诗：含蓄、哀怨

王维还有一些描写女性和咏史等为主题的诗歌，其咏史诗多借咏怀历史人物表达为国杀敌、建立功勋的愿景如《李陵咏》等，或借历史人物壮志难酬、仕途失意的感慨自身境遇的不平或苦闷如《西施咏》《夷门歌》等，或对历史人物、历史事实做出评判如《过秦始皇墓》。据统计，王维的咏史诗现存的仅有8首，还有几首分别是《班婕妤·三首》《息夫人》。纵观这些咏古诗，除《过秦始皇墓》是纯粹的感叹之外，其余均与《西施咏》有一定的相似之处，都借古人或其事迹、人生起伏等直接或间接地表达出诗人的同情或共鸣，也借此抒发对世态的看法或自身对人才的关注以及价值的实现。诗中不可避免地显露出含蓄的哀叹或淡淡的同情，如《班婕妤》和《西施咏》都表达出对于班婕妤和西施等历史人物及其遭遇的同情，也能看出诗人借香草美人的手法抒发人才不得其用的感慨与伤感。而《李陵咏》通过突显李陵与匈奴对战时的惨烈，对李陵加以赞美但也对其隐忍的境遇深表同情。因而，王维的咏古诗往往在对历史人物、人物境遇有着强烈共鸣的同时，还能透过历史史实反思其背后的社会状况、人才问题以及人生价值等问题，含蓄吐露心声，带上含蓄委婉的格调，含蓄之中又带有淡淡的哀伤。

其女性诗如《伊州歌》《相思》《黄雀痴》《洛阳女儿行》主要表现女子的闺怨、爱情或一生的经历，多赋予女子美好的品质，在肯定她们的同时也寄予她们同情与怜悯，因而其女性诗往往呈现出一种细腻温婉、含蓄哀怨的风格特点。

第五章 风格互文的向心力——主题互文

早春行

紫梅初发遍，黄鸟歌犹涩。谁家折杨女，弄春如不及。
爱水看妆坐，羞人映花立。香畏风吹散，衣愁露沾湿。
玉闺青门里，日落香车入。游衍益相思，含啼向彩帷。
忆君长如梦，归晚更生疑。不及红檐燕，双栖绿草时。

诗歌先以早春美景引入，以初放的紫梅、歌唱的黄莺为背景，勾绘了一幅女子出门游春的欢乐场景，整个画面细腻柔婉、灿烂明媚，令人心驰神往。但女子被眼前的春光勾起了相思，"衣愁露沾湿""游衍益相思""忆君长如梦"等句极尽心底的愁思，令人伤感垂泪。余句将自身与双燕作对比，用哀怨的笔调吐露内心无法与心上人共享春光的埋怨，反衬女子内心的无限愁绪，意蕴更加悠长。整首诗心思细腻柔软，既有女子弄春的细节描写，亦有细腻心思的刻画；笔调巧妙精细，既有春光美景的勾绘和渲染，也有含蓄反衬的内心哀怨，整首诗在柔婉细腻之中又带有真切的含蓄哀怨，不同于其他诗歌。在王维的女性诗中还有一些绮丽的诗篇，如《扶南曲·五首》就是典型的代表，它们反映了王维丰富的生活经历，是其多样化风格形成的重要因素，亦是其多元风格的重要组成部分。

总而言之，王维以擅长山水田园诗而驰名于世，其山水往往清新明丽、空灵闲适，为人称道。但王维的诗歌创作内容与形式都是极具个性、丰富多彩的，其送别诗、边塞诗、应制诗等都是典型的代表，不同主题的诗歌在风格的呈现上也略有其主体特点，如送别诗多高远旷达，边塞诗多雄浑豪迈，应制诗则婉媚淡雅。此外王维的其他诗歌如女性诗、咏古诗等也极具特色，其女性诗往往温婉细腻、含蓄幽怨，其咏古诗亦多含蓄沉郁，多借古人古事古境来反思当下，在苍凉感伤之中又带有一份独有的沉静和释然。王维是诗歌风格绝非可以简单分类来概括的，可能一首诗中就有不同风格交织的情况，也可能在同一风格中又得其微妙。

二、主题互文建构的基本理据:"注意"

主题是整个语篇中最核心、最重要的范畴。汉语诗歌语篇"诗缘情核"的文化传统往往规约着交际主体将诗歌的意义指向情感,语篇意义核心的形成和把握是语篇理据的关键,也是风格互文形成和识别的关键。而语篇的核心往往需要从主题中获得,因而主题风格互文先要弄清主题的本质涵义及其互文的思想理据。

主题的本质涵义是主要的、核心的,可是"主要的"是指所描述的对象在人们心目中的价值和分量,它就具有一定的主观性和倾向性,不同人所理解的主题内涵可能也有所不同。这就要求我们必须从心理认知角度来对主题概念作进一步的分析。从写作学的角度来看,主题意识像是写作中的目标感和方向感,是一种有目的、有意识的"注意"现象,在整个创作过程中这种注意点是不断流动、转移的,在不同阶段由于表达目的、交际意图的不同而发生改变,这就形成了语篇过程中的一个注意点(主题现象)流动。在这些不同阶段、不同层次的注意点中,人们对于这些注意点的停留时间不同,这就形成了主题与非主题的差别,一般认为,人们将某些停留时间较长同时变化较为稳定的注意点所关涉的对象认为是主题。可见,主题现象是一种心理活动的体现,是"注意"的集中和转移共同作用的结果。

在心理学上,"注意"是人们对于一定事物或活动的指向和集中。即在心理活动过程中,人们有意识地选择反映一定对象而离开其他对象;同时,有意识地将这种关注维持在这一定的对象或活动的内容中,直至完成某种行为或达到交际目的,这就是"集中"的体现。这种语篇过程中的集中不仅表现在对语篇主题对象的选择和维持,也对语篇过程中偏离目的和中心思想的行为进行调节、监督和纠正,保证整个语篇过程得以朝正确的方向发展。换言之，当任何主题被识别和获得时，交际主体的心理活动就会倾注于它，将其他对象和内容、思想指向并集中于它。交际主体会有意识地选择那些与主题相关的有意义的材料，依据注意点的选择和维持集中呈现主题，在整个语篇过程中，主题始终维持着其统帅、决定的主导作用；在一个完整的语篇中，其他对象和内容都需要围绕着主题而展开，使主题得以沿着主题方向而前进，同时也始终监督、制约着其他对象和内容的表达。

至此，可以理解主题内涵的纷争其实主要是由于"注意"的两种不同状态——"稳定"与"转移"的差异所造成的。"稳定"与集中关系紧密，一般认为，集中的过程也就是注意的稳定过程，但这种稳定又不局限于语篇生成中的注意集中，还包括了语篇交际中注意主题的稳定甚至是语篇理解中的注意集中。换言之，这种稳定与转移涉及具体语篇的方方面面，从语篇的生成、理解到交际过程，从语篇的思想内容到情感意义，这些注意始终在交际目的的指引和制约下在语篇的不同层次、以自然的状态保持流动。如果说，语篇的主题流动是交际主体注意力的转移所产生的结果，那么主题多维应该是注意力的分配而形成的。注意力的分配指的是注意的总方向保持不变，但在同一时间内把注意力分配到两种或两种以上的对象或活动上，例如，在写作过程中必须既关注表达内容，也要关注其表达形式；既要考虑表达目的也要注意表达行为。在注意力的分配过程中，当新的注意（主题）产生后，之前的注意（前主题）并不会消失，新主题与前主题往往会和谐地融合在一起，可能是相同的、互补的或是相衬的，进而构成一个整合后的新主题。此时，新旧注意的性质与程度会呈现出不同的情况：新的注意产生后，由于人们认知机制的影响，会形成一种"有意注意"，即对新信息、新内容的关注，这种注意较之旧的注意具有意识性较强、差异性较大的特征；而由于先前的旧的注意在这个阶段已经成为已知信息，注意的意识性相对减弱，此时前注意就退为"无意注意"，即一种下意识的注意（主题）。随着语篇的深入、注意的不断流动，主题随之渐增或强化，语篇主题的内涵就越丰富、越多维，最终由多种有意注意和无意注意组合成一个多维的结构体，也即语篇的主题。

黄兵（2019）指出：主题间的关系有共同指涉和相互指涉两大维度，因而主题互文也有这两种涵义；语篇间的主题互文必然有共同的主题，但主题之间有的存在主动的指涉关系，有的则没有。每个语篇都可以通过一定范围内的主题及其结构间的交织来进行分析，在当下语篇与其他语篇在所有的具体共同主题的基础上予以充实，主题及其结构中明确表达出来的部分和未表达出来的语义部分之间间接产生互涉关系，这就为主题间互文关系提供了条件。当潜在的语篇主题显现在语篇中时，便完成了其意义与形成上的联结，一个语篇内的主题或不同语篇的主题之间都可能存在互文关系，即一个语篇内的主题很可能与明显不同的其他语篇主题之间是同种关系，围绕同一主题而展开的互文关系网络在一个语篇内和不同语篇间实现的主题结构是一致的。而语篇的意义不同，语篇意义强调的是全局性和整体性，只要语篇主题是语篇的核心，其语篇就必须以该主题贯穿始终，并对整个语篇起到连贯和突显的作用。只要语篇的意义一致，那么无论是同一语篇内部的分支主题之间还是不同语篇之间的主题就应基本一致，注意的集中和稳定也将一致，并且表现在语篇上的形式也带有一定的相似性。

三、主题互文对风格互文的影响

语篇的中心主题经由各个层级的次主题概括、抽象而成，在这个过程中发挥关键性作用的当属主体。同一时期、同一作家或同一流派，即使主题相去甚远，也会呈现出一定的共性；不同时期、不同作家或不同流派，即使主题完全一致，可能也会显示出一定的差异。这就是主题的多样性和灵活性对不同对象、不同时期、不同题材、不同场合所产生的相应变化。风格作为始终伴随语篇存在而存在的符号系统，其风格意义上首先就表现在主题上。主题相同或基本相同的语篇也可以形成不同的风格类型，主题不同的语篇也可能生成相同的风格。这种主题互文关系影响着语篇风格相互关系的生成与变化，构成不同的风格互文类型。

一般认为理解或把握了某种风格，即掌握了整个风格系统，因为风格本身就是一种完整的系统，该系统由诸多构成成分组合而成。每个风格系统都必然存在其相应的风格手段，这些风格在语言要素、非语言要素上具有共通之处，表现在语义上也有其核心意义的相通之处。主题互文关系对风格的影响表现在三个方面：①风格基本上是某一主题或某种固定内容的形式变化；②风格是作品典型特征的集合，有助于识别并确认作者；③风格是在多种文笔、倾向中作选择。相同主题往往形成相似风格，但不同主题也可能形成相同风格；不同主题尽管常以不同风格呈现，但也可能形成相同或相似的风格。从历时角度看，它永远处于动态的发展变化之中，远远超过语音、词汇和语法等单语篇要素层面，而是以整体、开放的有机统一体而影响着语篇风格的互文关系。从共时角度看，各主题之间的相互指涉使得其各风格之间相互影响、渗透，在语言材料上的交错运用和语篇要素的有机组合上约定而成，并且首先在邻近的风格之间发生融合，在相互融合之中又保有自己的核心特征，显示出自身的独立性。各种风格范畴的核心特征也即象似性特征在这一对话、演变中起着基本的制导作用，规约着风格互涉的演变方向和框架建构。据此看来，主题在语篇风格中的地位难以撼动、不可逾越。

汉语诗歌固有诗缘情的传统，其语言风格是基于交际主体在审视语篇的过程中结合外显形态语气内在本质而形成的感知。它不是交际主体双方的目的，而是在其语篇过程中超越主观意识之上的自然生发的意识或情绪的某种倾向，即主体的倾向性。语言风格的本质也是社会性的人文性现象，它从不同的方向着力在认知、情感和愉悦等方面发挥作用，这为风格互文的实现提供依据。由于主体的参与，语篇意义不再单调、干枯，而在主体意识和语篇表达的交织呼应中不断地更迭、发展，进而形成有据可依、有因可循的多义、广泛空间。主体的参与具有将不同主题风格加以突显的作用，一般有直指和投射两种情况，"投射"即将某一事物的特征转移到另一事物上的心理行为过程，可分为整体投射和局部投射两种情况。整体投射即语篇的风格作为一个整体投射到其他语篇中，既包括风格特点也包括其风格手段等，在投射过程中，基本风格往往保持不变，但也可能会根据语篇需要依据主体倾向而稍加调整、略为改变。局部投射即某个分支主题或某个语篇组块的主题与其他语篇要素或其他语篇产生相互关系，是部分对整体的情况。

这样看来，风格互文过程其实是一个主观化的过程。主观化的本质是主控力的弱化，其过程是一个渐变的连续统，是概念化过程中主交际体通过主观心智扫描而产生的概念参照点关系突显性逐渐增强、隐含的意识中心愈加鲜明的过程。表现在语言上，主观化程度的高低与语言编码形式的多少成反比，也即语言编码形式越多，其主观化程度越低；主观化程度越高，所呈现的语言形式越少，这在诗歌语篇中体现得最为明显。诗歌语言简约凝练但意义丰富，语言形式少却语义丰赡，主观化程度很高；其主观化过程不仅与语言使用过程有关，还与主体对语言的识解、操作相关。主观化在诗歌主题及其语篇风格的突显中表现得尤为明显，主题所指涉的对象、内涵及其意义都经由主体有意识的注意集中和焦点关注来实现，主体倾向在语篇解读及其风格识别中占据着主导地位，语境制约是它们的客观约束。里法泰尔指出："风格是在不损伤语言结构所传达之信息的情况下附加的强调（即表意、表情或审美上的夸张），是一种夸张或偏离。"[1] 该观点明确了风格隐含某种标准或参照，即预设了一种有待强调或突出的意图或一种先于语言而存在的思想，这也是风格互涉得以实现的依据。

---

[1] RIFFATERRE M：《Critères pour l'analyse du style，Eaasais de stylistique structurale》，Paris：Seuil，1971：p30.

总之，诗歌语篇呈现的是一种碎片化的意义片段，诗歌主题也是碎片化的意义单位，需要借助主体的自组织意义整合才能获得完整意义，进而参与到语篇风格的建构、生成和识解中。风格互文强调了主题的"在场"关系在风格的强调或突出中的重要意义，即风格是一种经由主体参与的强调或凸显。这种突出与语篇主题有着直接的关联，主题的对象、结构、内涵、意义功能等因素都可能制约语篇风格的形成，影响着语篇以何种风格形式呈现，形成怎样的相互关系。这种突出也与语篇主体的注意紧密相关，注意的集中越密集、停留时间越长，其突显性越强；注意的转移越频繁，停留时间越短，其突显性也就越弱。因而主题指涉生成的风格互文是在主体倾向与主题制约的共同影响下形成的风格间的相互关系。

第三节　王维诗歌语篇的主题互文关系与风格互文分析

互文语篇具有异质性、复杂性、多样性等特征，其风格也体现出多元性、复杂性、主观性等基本特征。当源语篇或其他语篇进入到当下语篇时，源语篇或他语篇中的语篇要素或文本单元就以互文本的形成纳入当下文本中，这就要求对其异质性的互文本和当下文本进行区分。在对同质性和异质性经区分和识别时，主题风格便是其重要依据之一。这一点可以从主题的对象、内涵、结构等互文标记来识别，也可以在当下语篇中加入互文标记来加以区分。互文标记往往能够提示互文关系的存在，它存在于当下语篇时有助于接受主体发现、识别语篇中的同质性成分与异质性成分，引导接受者明确区分出当下文本的互文本部分，进而快速、准确地理解语篇意图，实现语篇交际效果。互文标记往往借助一定的形式在互文语篇中起着标记和提示的作用，同时它也是互文本语篇中的重要组成部分。

一、主题互文标记

互文标记既是提示互文关系的符号形式，也是组成互文本语篇的重要成分。它们借助不同的符号形式存在，有的直接明示互文本来源，有的以标点提示引用之处，有的则不加标记，以无形标记的形式呈现，需要借助语义解读和关联认识来识别和发现。主题是语篇最高层次的语义结构统一体，主题词经常突出体现在标题中，也常与题材的因袭部分或是与诗歌的意象、意境范畴相重叠。因而诗歌主题互文一般可以从诗歌标题、主要事件、事物范畴、时空范畴等来展开。这些符号形式在将源文本插入当下文本时没有提示成分但语义连贯，是一种无指向关系的标记，其存在只是为了提示交际主体互文本的存在。主题互文标记有显性和隐性之分。显性互文即直接复现主题词或关键词，如标题、事件等；隐性多指主题意义、思想内容的复现或主题结构的复现，如事物及其性状范畴、时空范畴等。

（一）标题指示

标题作为主题的重要表现形式，诗歌标题往往也是诗歌语篇的主题。前面提到主题有大主题、小主题，中心主题、非中心主题等分别，因而在对标题进行分析时也要注意相互之间的区别及其对语篇风格产生的影响。一般来说，诗歌语篇由于其语言和体裁的特殊性，语言编码较少，语义内涵又很丰富。因而大主题和小主题、中心主题和非中心主题、背景主题和非背景主题之间的关系也多以隐性形式而存在，以显性形式而存在的往往是其大主题也即标题，直接体现在诗歌标题上。据统计（见附表），王维382首诗歌中，标题字数在五字之内（包括五字）共计202个，占其标题总数的52.5%；在七字以内（包括七字）的共计275次，占总数的71.4%。可见，王维诗歌中该主题的形式大多简短精练，这些标题主要以名词性短语如"宿郑州""哭殷遥""叹白发"等和动词性短语如"纳凉""青溪""田园乐"等这两种结构来表现。表现同一主题的诗歌语篇往往具有一些鲜明的互文标记，如送别诗标题中的"送""别""送别"，赠答诗标题中的"赠""寄""答"，应制诗标题中的"奉和圣制""应制""应教"等。这些都是主题的直指，都以同一主题涵义的关键词或主题词直接再现的方式呈现，不需要借助关联性知识或想象等，就能通过词语的概念义理解其主题内涵，是显性的标题指示。

还有一些不是直接再现关键词或主题词，而是以语义相近或相同的标记来提示，这些标记的理解需要借助已有知识储备的提取、解读和联想性知识的调配才能完成。如山水田园诗标题多描写山水的地名、山水名或与山水、田园相关的词如"新晴晚望""寒食城东即事""青溪""山居"等，这些需要借助一定的知识信息储备和联想记忆才能理解其主题的具体对象、语境含义。这是投射式或指涉式的主题形式，与主题的直指不同，是经过指称、转述或加入其它主题等行为而构成的，相互之间具有某种语义的关联或范畴的关联。王维的送别诗多以山水描写为主，往往运用大量的笔墨勾绘送别场景，如《送梓州李使君》"万壑树参天，千山响杜鹃。山中一半雨，树杪百重泉。汉女输橦布，巴人讼芋田。文翁翻教授，不敢倚先贤！"诗歌前通过想象其为官的梓州山林的壮丽景象，寓情于景，通过对典型景物的选取和刻画，真诚勉励友人在梓州创造业绩，超过先贤。这些具有蜀地特色的景物，加上夸张手法的运用，气象壮丽开阔，全诗毫无一般送别诗的伤感悲凉，反而高远明快，气调高昂，呈现出一种旷达高远的风格特点。该风格的特点是受诗中山水意蕴影响而形成的，与其主题息息相关。

从不同的诗歌语篇来看，标题结构越相似、标题内涵越接近，其诗歌语篇风格也越相近。先看主题直指的情况，如《终南山》与《终南别业》，二者在形式上很明显构成了主题的互文，标题仅一次之差，其互文强度较高。由于其描写的主题对象、内涵、意义几乎一致，因而二者所呈现的诗歌风格也十分相近。再看其他形式，如《登辨觉寺》与《过香积寺》的主题都是到访寺庙，主题结构都是"动词+寺庙名称"，标题内涵也很接近，都是对寺庙的所见所闻所感。结合王维生活的时代环境、文化环境，寺庙的基本布置、寺内景物、寺庙文化等也无太大区别，因而从标题上两个语篇的风格也很接近，都是借助空灵淡远的景物特点来表达对高远隐逸的生活和超然的态度的欣赏与向往，其诗风也是高远超逸的。最后，是毫无标记的互文形式，即主题之间的关系只能依据语义联想和关联想象等来展开，如《冬夜书怀》与《不遇咏》，从标题上看没有提示互文关系的标记，但依据已有知识储备和经验感悟来识解，"冬夜"多寒冷孤寂、凄清肃杀，以这样的环境渲染诗人书怀的场景，可以想象其消极低落的思绪和萧索迟暮的心情。这种情况很容易产生失意不平的感慨，从这点来看，就与《不遇咏》产生了关联，都营造了一种境寒人寂的氛围，借此委婉流露内心的失意难平、郁积苦闷，使得诗歌呈现出沉郁悲壮、深沉含蓄的风格特点。

（二）事件指示

王维的诗歌语篇多短小精悍，寥寥数语便表达丰富的内容和意义。语篇必然存在一个主题，而主题往往是对事件的概括和归纳。因而每一个诗歌语篇都至少存在一个基本事件，通过事件的指示可以看出语篇之间的相互关系，也能对语篇风格之间的同质性和异质性判断提供依据。王维有些诗歌直接将诗歌的主要事件体现在其诗歌标题上，如"故人张諲工诗善易卜兼能丹青草隶顷以诗见""菩提寺禁裴迪来相看说逆贼等凝碧池上作音乐供奉人等举声便一时泪下私成口号诵示裴迪"等。它们既是诗歌的标题又是诗歌的基本事件，包含了完整的事件要素。二者都说明了诗歌创作的背景、原因、对象、环境等，是一个完整的事件结构，再结合其诗歌正文来看，都是对其场景、其情感态度的表达，所选取的景物、描绘的景物特点以及个人态度等较为相近，二诗整体呈现的风格也无太大差异。

有些事件看似十分接近,却也可能形成完全不同的风格类型,如《送李判官赴江东》《送丘为落第归江东》二诗的主要事件都是送友人到江东,但一个是归、一个是赴,一字之差形成了迥异的风格特点。前者是送友人赴任,写景如画,用语高华,是对友人的殷切期许,希望他能够辅佐重臣创造业绩、教化蛮荒之地,同时又希望其明理通达、有辨璧之才,全诗以溢美之辞表达盛唐气度和对友人的劝勉,格调健朗、雍容华贵。后者是送落第友人归乡,是失意之后的别离,其景其人都显得十分凄惨,再联想到友人今后无财无名无禄的生活窘境,其怜惜之情与无奈、愁苦之情溢于言表,整首诗显得哀怨悲凉、含蓄深沉。如《从岐王过杨氏别业应教》《从岐王夜宴卫家山池应教》都是跟随岐王以王府座上客的身份应教而作的诗,中心事件及其诗歌创作背景完全一致,但二诗的风格却有所不同。前者是将杨氏别业的内景与外界相结合,多以动态的画面来勾绘其场景,"啼鸟换""落花多"是视觉听觉的结合,"银烛""玉珂"都是颜色较为明丽清爽的事物,整体显得较为清明、爽朗。后者重在描写王府内景,尤其是宴席上歌舞升平、绮丽奢靡之景,多选取"香貂""绮幔""纱窗""绣户"等意象,加之歌舞升平、衣着华丽等的衬托,诗歌呈现出一种婉媚绮丽的特点。

王维诗歌语篇中的有些事件不能直接从语篇标题获得,需要对语篇进行整体阅读和识解,然后提取其主要事件。当然,同一语篇中也可能存在非单一事件的情况,这些事件之间必然存在某种关联。如《登裴迪秀才小台作》标题只说明了诗歌的创作背景,但还无法识解其语篇所表达的具体事件,经过阅读才能看出该语篇所叙述的是友人裴迪闲居在家自由享受山水美景这一事件,并以此来表达其内心的憧憬与向往。还有一些更为明显、也更复杂的语篇,如《杂诗》"双燕初命子,五桃初作花。王昌是东舍,宋玉次西家。小小能织绮,时时出浣纱。亲劳使君问,南陌驻香车。"整个语篇通篇没有出现提示基本事件的词语或句子，而是以不同时期、不同人物的不同事件相串联，依据意象或人物、事件所蕴含的象征义和隐喻义来表达对勤劳机智勇敢而又年轻貌美的女子的肯定和赞许。全诗以王昌宋玉两大美男的故事来侧写女子，又以西施浣纱、罗敷拒使君等事件来突显共同主题，显得较为含蓄，因而诗歌呈现出含蓄蕴藉的一面。

（三）事物范畴

语义范畴是语言范畴化的产物，是将语言意义概括划分后形成的各种类别，是人们在认识客观外界时所形成的一种概念结构，也叫概念范畴。詹卫东（2001）指出语义范畴具有相对性，可以用"属性：值"这样的形式加以描写和反映，并据此分析出"施事—受事""上下义关系""同/反义关系""因果关系"等语义范畴关系。在诗歌语篇的认识过程中，先要从非连续的语义符号背后识解其语义范畴，准确把握有序信息与概念形式与客观事物、主体倾向及语境制约等的关系，才能形成理清语义范畴关系。主题作为最上层的语义结构，处于同一诗歌语篇中的范畴成员共享着某些属性特征，各有不同的身份地位。它经由语义特征的分析来获得，常见的范畴有事物范畴、性状范畴等。如果着眼于对象中较为稳定不变、持续同一的因素并将其抽象出来，这就形成了事物范畴；如果事物是以一定的性质状态存在，着眼于其性质或状态的变化和描述时，就产生了性状范畴。

王维诗歌中的事物范畴最常见的是上下义关系和整体—部分关系两种。上下义即不同事物之间具有从属关系，即下位范畴从属于上位范畴，如"山居"与"李处士山居""韦侍郎山居""韦给事山居"等。这一类型范畴的诗歌主题在语言的运用和意象的选取等方面往往也具有相似性，因而其语言风格特点往往也较为接近。整体—部分关系即整体由多个部分组合而成，如"临湖亭""辛夷坞""文杏馆"等都是"辋川"这一整体的重要组成部分，不同的小景点、景物构成了辋川这一山水圣地。从字面上看，无法直接将其与辋川关联起来，需要具有一定的知识储备，加上特定的语境指引才能与"辋川"这一主题相联系，识解诗歌语篇的主题共性之后，语篇风格互文关系才得以实现，并体现在各个与之主题相关的诗歌语篇中。因而，先对大主题或上层次的主题有了细致深入的理解，再识别和解读其相关的诗歌语篇主题及其风格就有了强有力的依据。此外，王维诗中还有一些同义或近义关系的主题，如"山居即事""淇上即事田园"等，其田园与山居意思接近，都是即事而作的诗歌，二者所选取的景物相近，所呈现的风格也有相似的特点。

性状范畴作为人类最基本的认知范畴之一，在不同的语言表达中有其各自的差异。其语义特征是一个以时间为轴的连续统，存在某一性状的原型为基础也即参照，并且其性状的语义认知依附于一定的主体。性状也不是固定不变的，当它累积到一定程度到达某一临界点时，就会发生变化，即性状变化；当性状开始发生变化起，事物的性状就产生动态性，就会呈现出程度的不同、性状的差异等，随着主观性程度的增强，性状的语义也逐渐增强。同属一个事物范畴的成员往往具有某种程度的相同性状，不同事物范畴往往存在不同的性状。几乎所有民族在对性状范畴进行语言编码时都选用形容词来表达，本书也从形容词的使用来探究王维诗中事物性状的表达。王维多用总分关系来表现性状范畴：总提项是相同性状的抽象概括，与之相应的分说项是对具体成员或局部性状、性状程度及其表现方式的具体描摹。如《苦热》全诗以"热"的性状为总提项，"赤日满天地""火云成山岳""草木尽焦卷""川泽皆竭涸""密树苦阴薄""莞簟不可近""缔绤再三濯"等分说项是对具体事物性状的描绘，一系列表现"热"性状的事物集中出现，通过对分说项性状的不断渲染，描摹出炎热难耐的窘境，突显"热"的性状及程度，强调"苦热"的语篇主题。极热与极苦的煎熬，凄苦哀怨之情溢于言表。

(四) 时空范畴

时空范畴即时间范畴和空间范畴的合称,中国诗歌中特有一些与时间相关的母题如"伤春""悲秋"等,还有一些体现诗人哲思的空间展现,如"天地""俯仰"等,这些独有的时间范畴的表达及其背后的文化意蕴都是诗歌创作追求及其解读的重要维度,也是体现其诗歌风格的重要特质。古典诗歌的物感传统即心随物动,情随时迁。王维在其山水诗歌中很好地继承了这一传统,透露出强烈的时间、空间意识。季节作为诗歌的独特时间特征,在王维的诗歌题目中就有很直观的体现,如《春中田园作》《早秋山中作》《冬日游览》等;还有一些隐含的时间主题如《柳浪》《莲花坞》《苦热》《纳凉》等都具有明显的时间性。此外,还有不少蕴涵在诗句中表达时间性意象的词语,这一点体现在其山水诗中最为密集。最常见的即落日的相关意象,"落日满秋山""残雨斜阳照""落日鸟边下"等都是以体验性的时间意象来展示其时间观念,通过这些意象点出时令,又与特定的语境相关联,构建出一种清远淡雅的风格基调。在对这些时间主题的描写中由于选取的景物不同,勾绘的景物特征不同,其所表达的情感和风格也存在共性与差异,更体现出诗歌多元、灵活的风格特点。

在空间的体现上,王维诗歌较好地体现在其空间词语的运用、空间意象的选取和空间形式的营造上。在空间词语的选择上,多选用能够表达旷远宏阔意义的词语,如"万壑树参天,千山响杜鹃""试骋千里目"等营造出阔大的视野感、冲击感;也多需求一些方位词来呈现空间层次如"上下华子岗""轻舟南垞去,北垞淼难即"等,通过方位的对举不断地横向延展空间,形成视觉的移动和空间的延伸,形成高远旷达的风格特点。在对意象的选择上往往以具有个性特征的"群山""碧峰""苍山""数峰"等意象来突显空间的连绵和姿态,还将其与云或水并置,如"千里横黛色,数峰出云间""高城眺落日，极浦映苍山"等。这种并用的诗歌空间具有极强的拓展效果，这一点在其《终南山》中运用得最为突出，山、水、云的并置在空间表现上极具张力，呈现出来的空间视域极其广博。因而其山水诗往往呈现出雄浑高远、清幽空灵的特点。另外，王维诗中还善于对其景物的空间布局形式做出很好的安排，通过动静、远近、高低等的组合和对比使时空增加张力。如"明月松间照，清泉石上流"就很好地营造了一种高低变化的时空感，"北垞湖水北，杂树映朱栏。逶迤南川水，明灭青林端。"就以近景和远景的相互掩映形成空间层次感，塑造出一种缥缈清丽之感。

王维对时空的巧妙结合也融化于其诗歌创作中，其诗歌既体现出时空并置的艺术也存在着时空转化的艺术，甚至是对时空关系的超越。如《欹湖》"吹箫凌极浦，日暮送夫君。湖上一回首，山青卷白云。"中时间"日暮"为湖光山色镀上了情感的外衣，后面笔锋一转开始描绘景色，以景结情，营造了阔大的空间和淡淡的离情，这是时间并置的体现。而"行到水穷处，坐看云起时"就充分体现了时间的空间化和空间的时间化，是时间转化的艺术表现，给人以深长悠远的韵味，营造出一种空灵缥缈、悠远深长的基调。另外，王维由于其佛教经历及禅思的影响，其笔下的山水、时空早已超越了一般的存在，而是一种与人生、哲学相照应的概念，是对生命、心灵的领悟和反映。如《鹿柴》"空山不见人，但闻人语响。返景入深林，复照青苔上。"营造了一个空寂无人、幽深宁静的场景，但寂静之中有远处缥缈的人语，以此更衬出山之空。而后，随着以深林树底的青苔这一细节为着幽深的环境增添了一丝灵动与鲜活，动静相生、远近相衬，简单的线条、简约的勾勒就营造了一种幽寂空灵的氛围，超越时空之上，传达出一种永恒的、整体的生命感与自然感，形成空间旷远的风格特点。

总之，互文标记通常借助一定的符号形式存在于当下语篇中，既标记和提示着互文关系的存在和实现，也是互文语篇的重要组成部分。互文标记的存在有助于推动语篇的理解和认识，促进语篇交际的完成和交际效果的实现，进而促进语篇风格同质性与异质性的识别和解读。王维诗中的标题、事件、事物范畴及其性状、时空的安排等都与诗歌的内容、意蕴、情感及其塑造的氛围格调息息相关，进而对其诗歌风格产生重要影响。因而这些充分体现在其诗歌中相关词语的选取、相关意象的描写、形式结构的安排以及时空结合的巧妙等要素之中。

二、主题互文与风格互文的关系

诗歌主题的分类及其所蕴涵的情感具有一定的独立性和规约性，这也影响着其不同语篇风格的形成，将其置于互文语篇系统中，对不同语篇风格之间所形成的相互关系也产生较大的制约和影响。从风格互文的基本形式来看，语篇主题与语篇风格之间的互文关系一般表现为以下几种常见的基本类型。

（一）同一主题，风格的延续

语篇风格是在语篇内容与形式的统一中体现出来的，它通过主题和内容形成一定的语言特点，同样的容主题一般具有相同的风格。如离别诗多凄婉悲凉，应制诗多绮错婉媚，边塞诗多雄浑豪迈或沉郁悲壮。主题在不同的语境中由于交际对象、交际意图或主体倾向的不同有其不同的内涵和意义，但主题更有其规约性的意义内涵和背后蕴涵的情感态度，这也导致某一主题有其思想和风格的共性。如山水诗多描写山水景象，山水景象的特点往往影响着风格特点，清新明丽的景物往往形成清新空灵的风格特点，萧瑟凄清的景象多呈现沉郁悲凉的风格特点。王维作为山水田园诗派的代表人物，清新明丽是其山水田园诗中景象的常见特点，空灵恬静是其山水所蕴含的禅意特点，因而其山水诗的主导风格是清新空灵。

王维诗歌博采众长，既崇尚楚骚绮靡秾丽之趣，亦兼得魏晋刚健俊逸之风,在创作中形成了独特的词秀调雅、意新理惬的风格。在王维山水诗中,这种诗风尤为鲜明,楚骚的痕迹甚是明显,却又冲破其绮靡而转向超逸其清空。总的来看,其表现有三:其一,时常见到楚骚中的典故或明或暗地出现,意象或人物典故的移借,使得其诗呈现古朴浑厚、润泽秀雅之气。其二,情调意趣的塑造,山水诗多幽寂,田园诗多清丽,二者也是王维山水诗的两大主色调。其三,体式辞句的引用或袭取,赵殿成本第一卷均是其骚体诗,在非骚体诗中也多融入楚骚语辞。诗之美缘于形式之美与情感之美的完美融合,形式和内容是一首优秀语篇作品的必备条件,也是其因果互动的两个必有特征,加之王维的敏锐创新,使其诗歌兴象兼备,别有一种清丽淡雅、空灵闲适之气。

王维山水诗有两个显著特点:"诗中有画"和"禅意"。二者在其笔下得到了完美的融合,这可以从色彩词的运用偏好、特色景物的精心选取、事物典型特征的捕捉中看出。它贯穿着王维山水诗歌的不同时期,早期虽然没有很细腻的山水景物的刻画,但整体的描绘也是旷达高远的。例如:

淇上即事田园

屏居淇水上,东野旷无山。日隐桑柘外,河明闾井间。

牧童望村去,猎犬随人还。静者亦何事,荆扉乘昼关。

这是王维淇上为官而后弃官隐居时所作的诗歌,据资料考证该诗当作于唐玄宗开元十六年(即728年)前后,因而是其早期山水田园诗的代表作品之一。该诗描绘了淇上乡村傍晚时分的风光,选取了"桑柘""闾井""牧童""猎犬""荆扉"等典型性的乡村事物,并将其很好地组合起来,构成一幅优美恬静的田园生活图。全诗将自然山水与田园生活融为一体,既有高远旷达的山水意境也有闲适自然的田园生活,结句又以"静者"突显其心境,烘托出"荆扉乘昼关"的自在与洒脱,将人与自然、人与生活完美地结合起来,表现出其摆脱冗繁世俗官场的欣然与惬意,全诗呈现出一种旷达闲适、自然淡雅的风格特点。

其后期的山水诗创作也保持着这样的特点,都是通过具有典型性的山水景物、自然风光或是田园生活场景来塑造高远旷达、清新淡雅的氛围。相比较而言,由于隐居经历的增加,其生活经验随之积累,对田园生活的了解也愈加深入,因而其后期的山水田园诗显得更为细腻真切、朴实自然。无论是乡村生活的细节刻画还是隐居生活的感悟表达,抑或是山水田园的轮转变化。王维晚年以辋川风光为题材的山水诗流传最广、负名最盛,据考证,王维晚年得宋之问蓝田别墅,在张通儒囚禁之后与道友裴迪浮舟往来于山水之间。这些诗作所显示的特殊情调和风格,充分展示了他以自我孤立的方式寻求心灵的平静和精神的超脱,真正实现了对自然美和生命美的敏锐感受,也正因为这样的生活实践与生命状态,才营造出别具一格的诗歌风格。其晚年所作《瓜园诗》(据考证,创作时间当是上元元年春,即760年),"余适欲锄瓜,倚锄听叩门"刻画了一个典型的乡村农夫的形象,锄瓜、倚锄都是农夫的行典型为,"携手追凉风""黄鹂转深木,朱槿照中园"等镜头的捕捉和细节的描写,都流露出其心底的宁静与平和,应是其晚年山水诗风的典型代表。

(二)同一主题,风格的偏离

同一主题的诗歌,在不同时期、不同场合中也会呈现不同的风格特点。王维由于其官职和身份的原因,有很多友人、同僚,无论关系深浅、情意厚薄,总常有一些迎来送往的诗作。这些作品又可以因为送别对象的不同而划分不同的情感态度,如送落第、失意或远迁的友人,多是伤感同情,又带有适切的安慰和鼓励;对归隐或归乡的友人,其态度往往是赞赏和羡慕的,多以闲适旷达的景象来对其人其举予以肯定;对于赴任、远游或赴边的友人,其情感往往较为欢快高昂，即使有伤感但只是寓悲于壮，整体呈现出一种旷达、雄放的基调。王维的送别诗擅长对自然景物的描绘或对友人征途景象的勾画，或借景抒情或缘情写景，或融情于景或因情造景，如《送友人归山歌·其二》全诗共13句，其中10句是绘景，展示了一幅幅生动形象的画卷。同时，也善于捕捉送别场景或离别征途细节，强化其形象感和表现力，如《山中送别》"山中相送罢，日暮掩柴扉。春草明年绿，王孙归不归？"就以友人离去之后掩门独思这一细节构成全诗的主体。既强调了意境也突显了情感。此外，王维的送别诗中经常运用虚实结合的手法，将眼前之景与想象之景相结合，如《留别邱为》"归鞍白云外，缭绕出前山。今日又明日，自知心不闲。亲劳簪组送，欲趁莺花还。一步一回首，迟迟向近关。"先写想象的虚景，后写眼前的离景，将离情延展到更广阔时空背景中去。再如：

送李太守赴上洛

商山包楚邓，积翠蔼沉沉。驿路飞泉洒，关门落照深。
野花开古戍，行客响空林。板屋春多雨，山城昼欲阴。
丹泉通虢略，白羽抵荆岑。若见西山爽，应知黄绮心。

该诗以"沉""深""岑"，"林""阴""心"为韵脚，通篇邻韵en、in交错相连，齐整中又有变化，声音悠长绵延；选取"积翠""沉蔼""空林""野花""飞泉""春雨"等清新淡雅的意象，组成一幅新雨后空山积翠的清新春景图。这些景物色调清晰明丽、空间层次分明、景象虚实相间，给人高远旷达之感，全诗呈现出一种高远淡雅的风格特点。再加上诗人寓情于景、融情于物，在淡淡的离情中加入真切的肯定与安慰，因而其诗整体情态无不浑厚大雅，呈现出高远旷达、积极昂扬的风格特点。此外，该诗很好地体现了王维送别诗的另一个典型特点：巧妙地连用地名。全诗重复出现两个"泉"、三个"山",12个见地形。这些地名的使用充分展现了征人的行程和漫漫征途,地名的连用构建起更为广阔的想象空间,拓宽了诗歌的意境,地名的连用,对称、对偶会增强诗歌的气势与节奏,烘托环境、凸显人物情感。

仔细梳理发现,该主题诗歌语篇经由时间的推移与生活感悟的增加,其风格也发生了变化。到了后期,随着仕途阅历的增加,当再次面对友人落第还家的场景时,王维的内心是复杂的,既有对友人仕途不顺的深表同情、对友人不得志之遇的愤懑,也有对友人境遇不平的无奈和保守纯朴之风的归隐的向往和期许。如:

送丘为落第归江东

怜君不得意,况复柳条春。为客黄金尽,还家白发新。
五湖三亩宅,万里一归人。知祢不能荐,羞为献纳臣。

诗歌开篇即引出"怜"字直抒胸臆,表达对友人在新春柳绿之际落地的怜惜;颔联引用苏秦游说秦王十年无果的典故来喻丘为,对其钱财耗尽、青春逝去的感慨,一"尽"一"新"是对友人落第后凄苦生活的鲜明写照;颈联对其归途场景及归家之后的常见进行描写,尽显生活凄苦,引发怜惜;尾联则是内心的无比愧疚和无奈,明知友人之才华,却无能为力的凄苦。《唐诗矩》对此诗作了细致的评价:"尾联转换格。三怜其困,四怜其老,五怜其穷,六怜其溅,如此写不得意,尽情尽状。则凡在相知不能效吹嘘之力者,对之自当抱愧,故结处不能再作他语,惟有痛自引咎而已。"[①] 全诗不再有早期积极乐观的态度,转而极尽描写友人的凄苦,对其境遇深表同情,同时又无奈的凄苦,整首诗呈现出凄婉悲凉的风格特点。当然,这样的凄婉哀怨的诗歌在王维诗歌中毕竟是少数,尽管他在仕途不顺的友人深表同情之时,也感

---

① 王志清:《王维诗选》,北京:商务印书馆,2015年,第95页。

叹自身同为不得志之人，但也带着一种旷达、洒脱的心态去寻找自己的桃源之地、保守自身的纯朴之风。因而，后期这种凄婉哀怨的送别诗风格应是其主流旷达高远诗风的偏离。

（三）不同主题，风格的延续

史上对王维诗歌的评价多用"雅"字，庄重闲雅、雄浑淡雅、浑厚秀雅等等，其整体诗歌所呈现出来的不是一吐为快的形式，而是强调情感的内敛和有效协调。其秀丽典雅之气的继承与创新很好地体现在山水诗和应制诗作品上，包括在题材、内容的表现以及结构、形式的设置上。王维的应制诗以气势取胜，其诗作多描写关中秦地风光，意境阔大、雍容华贵，始终弥漫着浑厚典雅的盛唐气息，如"汉主离宫接露台，秦川一半夕阳开"等；他还善于对具体事物如柳烟、落花、细草等进行刻画，显得清丽淡雅，如《敕借岐王九成宫避暑应教》"隔窗云雾生衣上，卷幔山泉入镜中。林下水声喧语笑，岩间树色隐房栊"将隐约可见的房栊与清晰可闻的喧语相结合，细致勾绘了"窗""雾""镜"等事物，虚实相生、动静结合，整首诗呈现淡雅清丽、婉转玲珑的风格特点，与其山水诗风十分接近。

从句子的选择和使用看，王维山水诗中就有直接袭用应制诗的诗句，如《辋川别业》"雨中草色绿堪染，水上桃花红欲燃"就是从虞世南宫廷诗《发营逢雨应诏》"陇麦沾逾翠，山花湿更燃"承袭而来，以对属的技巧将景物的同异、动静的衬托、明暗的变化及视听觉的呼应有机组织起来，裁剪成情景交融的统一图景。另外，王维应制诗多以否定式结尾如"仙家未必能胜此，何事吹笙向碧空"等，或以婉转的辞情、新意的铺开而收尾。这一用法也延续到其山水诗中，并得以发展，如"世事浮云何足问？不如高卧且加餐""但去莫复问，白云无尽时"等，意境深远而又情致清远，平和而清丽、悠远而淡雅，呈现淡雅浑然的风格特点。

从语篇的结构形式来看，应制诗是一种公文式的赞美诗，大都遵循破题、绘景、歌功颂德三步式的模式。王维将其移用并改造到山水诗中，《汉江临眺》"楚塞三湘接，荆门九派通。江流天地外，山色有无中。郡邑浮前浦，波澜动远空。襄阳好风日，留醉与山翁。"全诗明显是三部式结构模式，首联概括汉江的雄浑地势。中间两联极尽笔墨勾绘纵目眺望的江景之美。尾联则是总结全诗，抒发美好的心愿、表达向往之情。但其山水诗又在三部式的基础上有所创新，将写景与抒情完美地融合起来，即有时不在最后抒情议论、抒发意旨，而是将我隐去，退居到景语之后，构成一种无我、无人、无心的境界，即便是有心有情，也是极淡的、平和的。《辋川集》所呈现的，都是一种物我交融的境界，以自然本真的形态和方式来呈现自我、表达情志。其诗歌显得平静淡雅、空灵闲适。

从语篇的内容意义来看，王维山水田园诗与统治者或达官贵族热衷庄园山林相关。"唐代的别业诗，尽管不乏文学上的先例，却一直到中宗第二次临朝的时候才形成自身的特色，特别是当文学场景逐渐移向庄、墅、别业的时候。一种新的关注投向城市远郊……伴随这种关注的是一套新的价值观念，影响到后来的别业诗和田园诗。"[①] 王维时常吟咏隐居生活的乐趣，将出仕和归隐和谐地融合起来，在辋川山水中实践了"迹崆峒而身托朱绂，朝承明而暮宿青霭"的理想。山水园林成为达官贵族朝廷之外日常生活的重要组成部分，这些山水诗多带有一种上层贵族的贵气和林泉的闲适之趣，淡雅之中别有一种华气。这些山水诗多洋溢着像王维这样的文人雅士的闲适贵族生活情调，因而其描绘的多是一种闲雅之境。表现在人物形象上，是"闲居""闲坐""倚仗""弹琴""独坐"等姿态；表现在自然景物上，是"落日鸟边下，秋原人外闲""澄波澹将夕，清月皓方闲""秋色有佳兴，况君池上闲"等事物

[①] 斯蒂芬·欧文:《唐代别业诗的形成（上）》，陈磊译，《古典文学知识》，1997年，第6期，第112页。

的闲逸和清幽上;体现在心境情致上,是"人闲桂花落""即此羡闲逸""绿艳闲且静"的悠闲之乐。

可见,王维的山水诗很大程度上并没有完全脱离宫廷文学,反而是它一种独特的衍伸,正如宇文所安所言"王维的独立与创新并未脱离初唐惯例的基础。"[①] 其山水田园生活形成当时跟他差不多的那些文人雅士生活中的一个重要组成部分,其山水诗也很好地反映了当时达官贵族的生活状态和山林乐趣,因而其山水诗和应制诗在内容和形式上存在着一定的承袭与突破,但两种题材的诗歌语篇所呈现出来的风格往往都有一种悠远淡雅或浑厚秀丽之气。

(四)不同主题,风格的偏离

王维作为盛唐之音的典型代表,其诗歌主题从山水诗到边塞诗、送别诗、应制诗、闺怨诗,无所不包;其诗歌创作众体兼善五言七言杂言,律诗、绝句均游刃有余,并且其诗歌风格多元,既有空灵旷远、清新淡雅之气,也不乏雄浑壮阔、刚健豪迈之作。种种都是其在诗歌创新与审美甚至是文学史上占据重要地位的有力依据,从其诗歌的不同主题可以看出其诗歌尽管存在清新淡雅、悠远旷达的主流风格,还呈现出多元化的风格特点。王维诗歌擅长寓情于景、以景结情,将自我融入山水景物中去,通过清新明丽的景物勾绘,反衬内心淡淡的哀伤或表达有所克制的喜悦,呈现出一种哀而不伤、喜而不溢的创作特色。如:

送元二使安西

渭城朝雨浥轻尘,客舍青青柳色新。

劝君更尽一杯酒,西出阳关无故人。

---

① 宇文所安:《盛唐诗》,贾晋华译,北京:三联书店,2004年,第55页。

诗歌是友人临行前置酒饯别时而作，前两句写景，点明了时间、地点以及眼前的春天晨景，"客舍"是羁旅者的安身之处，"柳"是古代离别的典型象征，二者都是古人在离别时经常运用的意象，已经带上一层淡淡的离情，但诗人巧妙抓取了"朝雨"这一意象，并运用"浥"这一词细腻真切地刻画出微雨润湿道路上的轻尘这一细节，使得整个空气变得清新，也轻轻洗去客舍及其柳树上的浮尘，因而呈现出"客舍青青""柳色新"的新景，是一种清新明朗的景色。后两句劝酒送别、心系对方，进一步写出了相互之间的深厚情谊，通过反衬将眼前清新明丽的景色与想象中的遥远荒凉之地形成对比，显得愈加哀伤。但这种伤感哀而不露，收到很好的艺术效果，被刘禹锡、白居易等广为称赞，并谱入管弦。这种清新明丽中带有淡淡的离愁与伤感是王维后期送别诗中的一个突出特点，也是其隽永诗风的体现。

王维边塞诗有高远秀雅的一面，但更多的是一种雄浑豪迈、慷慨沉郁。其边塞诗大概有以下几类：一是通过咏怀历史人物表达为国杀敌、建立功勋的愿景，如《李陵咏》《老将行》，既是对这些人物的肯定与欣赏，但又对其不遇表示同情或不平，因而这些诗作基调往往较为高昂，显得慷慨沉郁。二是描写边塞独特风光如《出塞作》《使至塞上》或风土人情如《凉州赛神》《凉州郊外游望》，通过边塞特有自然风光或祭祀赛神场景、浓厚民俗的刻画展示雄浑壮丽的景象与积极豪迈的生活姿态，呈现出雄浑壮阔、慷慨豪迈的风格特点。三是塑造边塞将领形象，以此揭露军队升迁制度的黑暗如《赠裴旻将军》，这是对当时朝政的批评与揭露，这类诗作往往显得沉郁顿挫、愤愤不平，但这毕竟是少数偏离的类型。还有一种是诗人通过塑造年轻有为、分流洒脱的游侠形象来抒发其闲适洒脱的人生追求与为国为民的有志之气，这类诗往往显得旷达洒脱、激昂骏逸。如：

从军行

吹角动行人，喧喧行人起。笳悲马嘶乱，争渡金河水。

日暮沙漠陲，战声烟尘里。尽系名王颈，归来报天子。

该诗汇聚了各种各样的声音展示出生动真切的激战画面，诗中通过吹角集合声、喧嚣的行人声、嘶吼的战马声、悲切的胡笳声、混乱的马蹄踏水声、弥漫的硝烟拼杀声等等，将激烈的战争场景鲜活地呈现出来，不仅写出战争的艰辛与激烈，更是对战士们勇于拼搏、浴血奋战、献身祖国的颂扬。全诗以声音贯穿始终，将每个场景之间的衔接寓于无限的意境之中，视角多维、充满创意，将自然的雄壮风光与战争的激烈场景巧妙融合起来，杀气弥漫、斗志昂扬，整个诗歌所呈现出一种雄浑悲壮、慷慨激昂的风格特点，为其诗歌增添了一抹绚丽的色彩。诗中有大量描写激烈战争场景的诗歌，是王维边塞诗最突出的特点，也是与其他文人诗歌最大的不同点。这一独特性与其亲身经历军旅生活，切实感受战争残酷、战场激烈及军队的不公，使其诗歌创作从原来的积极昂扬转为慷慨沉郁的基调。

三、主题互文形态

作为语言风格承载的语篇实体包含着多层次、多方面的不同质素，从语音、词汇、语法到语义、结构甚至是语境、语用，无不透露出或显或隐、或强或弱的互文性信息。在语言风格互文过程中，风格的互文性特征首先表现在形式互文上如音韵互文、词语互文、句子互文等，它们是风格互文得以呈现的重要表征方式。但互文是形式与意义整合而成的动态、互涉统一体，因而这一关联还体现在语言意义、语言结构及语用场域的互涉等方面。无论是显性还是隐性的，互文性都必须在语篇/文本间找到关联，它们将语篇/文本的共时性与历时性关系、风格互文的生成与理解关联起来，为实现风格互文从差异到综合提供线索和依据。据此,本书将主题互文的表现形态进一步区分为明确互文和建构互文两种情况。

(一)明确互文

明确互文即具有明确互文标记的互文形态,这里的标记指那些能够通过异质性和同质性特征引起主体注意的手段,既可以是语言上的,如语音、词汇、语法、修辞等表示文本间相互联系的符号;也可以是非语言的,如标点、斜体、加粗、划线、引用等标记。这些标记以其互文性特点和规约化含义形成相对稳定的形式,并以较为固定的构成形态、语义特征呈现出相对稳定的某种风格倾向。

不同语言的语音与语义间往往具有一定的指涉关系,并以相对稳定的形态呈现。汉语是典型的音形义结合的表意文字,语音与语义间具有某种和谐统一的规律与对应关系。蒲柏说:"一位杰出的诗人会使声音适应于他所描写的事物,形成一种声音的风格。……毫无疑问,这种音响效果具有了不起的力量,它能把形象铭刻在读者的脑海里。"[①]语音的背后往往代表着某些意义,在反复使用中规约化成一种相对稳定的音义统一性的认识。如短音、高音给人紧张、急促之感,长音、低音给人悠远、沉重之感;长音、宽音、缓音往往有辽远闲静的韵味,短音、窄音、促音则有激动繁杂之感;清音、纯音、响音呈现轻逸愉悦之感,浊音、重音、厚音显现紊乱粗略之感。可见,声音不是单纯的声响,而是意义之声、风格之形化。《陇西行》"十里一走马,五里一扬鞭。都护军书至,匈奴围酒泉。关山正飞雪,烽戍断无烟"全诗节奏短促、一气呵成,画面集中、篇幅短小而内涵丰富,"一走马""一扬鞭"倒装的置换,将"十里""五里"提前,既凸显飞马速度之快,也形成上二下三的节奏、短快急促,"边""泉""烟"等的押韵既显现形势危急与紧张,也有

---

① 秦秀白:《文体学概论》,长沙:湖南教育出版社,1996年,第148页。

镇定从容之感。这种语言的音位联觉象征，为风格的语音规律及其呈现提供依据，有助于实现文学作品风格的互文转换。

语词是文化知识的最直接表征，大量的汉语词汇在悠久的演变过程中浸润了独特的文化底蕴，显现出特定的意义色彩、形成互文性表征。巴特指出："当文化含义和知识结构一并作为互文参照式，互文性将成为更大的挑战。"① 语词只有与事物、现象、情感形成相应的关涉，才能说明相互之间的意义及其表征关系。词语本身就具有多层的互文特性，并在语用演变过程中不断呈现多重互文体性。哈蒂姆将这种关系归纳为两大层面："语言描述层即音位、词素、句法和语义等要素和语言表达层即词、短语、句子、文本、话语和语类等构件。"② 如"倚仗""凭栏"表面指靠着拐杖或栏杆，是对动作和姿态的直指，在语用过程中逐渐获得新生，被赋予新义，最终演变为意味着等待宣泄的强烈情感或孤寂忿恨等丰富的互文含义。王诗的"倚仗""倚锄""抠门""夜归""独坐"等词都在语篇的阐释和对话过程中带有了新的规约含义，成为隐逸闲适生活的代名词。

语法与修辞所蕴含的互文特性往往对语篇结构、语篇意义产生重要的影响。句子有表层结构和深层结构，前者决定句子的形式，后者决定句子的意义，即：句子是由深层结构向表层结构的转换而生成的。表层结构体现在句子的形式上，如词语的超常搭配和组合、表点或语调的非常态、插入话语标记、省略或引用、语形的齐整、语序异常等。只有将表层语法结构转换成深层结构才能准确、顺利地识解语篇。王维诗歌语篇中的语法、修辞互文性特征表现在其问句、否定句的使用和句法的变异组合等各个方面。例如，《胡居士卧病遗米因赠》开篇即接连发问"了观四大因，根性何所有。妄计苟不生，是身孰休咎？色声何谓客，阴界复谁守。"连用三个问句，引出对于生死命运

---

① 罗兰·巴特：《文之悦》，屠友祥译，上海：上海人民出版社，2000年，第124页。
② 哈蒂姆·梅森：《话语与译者》，王文斌译，北京：外语教学与研究出版社，2005年，第122页。

的思考，而后以正反相对、结构对称的"有无断常见，生灭幻梦受""无有一法真，无有一法垢"回应前面的疑问与思考，既是照应，亦是升华。而后又再次发问"床上无毡卧，镉中有粥否？"再度回答。通篇以问答形式往复循环，既有引发读者深入思考，更以辩证统一的哲学、禅学给人以启发。语形上齐整划一，思虑周全、情感饱满，有助于提高对互文语篇识别的敏感度和有效性。

（二）建构互文

建构互文指的是在当下语篇中暗涉前语篇或他语篇的主题、情节、结构等，其识别要求交际主体不仅要有敏锐的观察力，还要具备研究和分析能力，语篇的创作背景、主体经历、认知能力等都是其互文性参照的因素。这要求立足于整体的理解和把握，把握全局，建立起当下语篇与他语篇宏观的互文联系，梳理其主题内涵由隐变显的过程、其情节起伏跌宕的过程、语篇结构的隐现情况、主体的创作意图与情感倾向等。在这一互文形态中，认知的关联、经济的表达以及中和协调等方面都潜藏着语言意义和语篇结构的互文性特征，因而语篇风格互文先要对语篇文本的结构和意义有准确的认知，将语篇风格表达及其表征形态和谐统一，也要考虑语言的语用场域互文性问题，结合具体语境、语用来展开。

风格互文是一种描写性的、可接受性的互涉表征，它遵循着关联性原则。从语篇语境中推导出创作主体的风格倾向及特征，接受主体从认知角度做出风格的预设和期待，通过彼此的相关特征在认知的残土下、语篇对话过程中不断协调、中和，最终达成共识、实现互涉。互文本间的时空纬度越小，文本语境的可参照性就越强，文本信息的互涉越明显，互文关联性就越强。每个时期的不同语篇文本的参照性较强，创作背景、主体阅历感悟也较接近，因而所呈现出来的诗歌风格也多趋同。语境在互文过程中的相似度越高，语篇风格的关联性也越强。中国诗学传统中山水田园、边塞羁旅、送别、闺怨等都是重要的主题，因而王维诗歌中也以这些题材而展开，多相关类型的诗作，并且贯穿于其不同时期的创作之中。如自古离别多伤感，王维送别诗亦不例外，只不过其呈现出来的是一种哀而不怨、悲而不伤的和谐的情感克制，这一创作风格与其个性风格也十分贴近。

语篇结构及其话语类型、体裁都起到互文经济性的作用。首先看诗歌的体制变化，古体近体、律师绝句有其自身不同的特点，王维善各体，各体所呈现出的风格特点也各不相同。《词源辨体》（卷十六）指出"摩诘五言古虽有佳句，然散缓而失体裁，平韵者间杂律体，仄韵者多忌[鹤溪]。短篇为胜。……七言古语虽婉丽，而气象不足，声调间有不纯者。"[1]"摩诘五言绝，意趣幽玄，妙在文字之外。""五言绝，右丞却入禅宗""五七言律风体不一"不同诗体在音韵、内容及其思想、风格的表达上都呈现出差异性，但整体上呈现出一种澄淡精致的格调和韵味。诗歌的语言功能是表情，是引导交际主体去感受语言、感受人生，在其表意过程中经济性原则尤为突出。诗歌语言的简约凝练，诗歌体制的多元形式，都对话语知识、信息识解息息相关，主体知识储备越强，其识解与回忆就越顺畅，互文同质性与异质性的匹配就越准确；话语表达的知识信息越接近，文本间的象似性、关联性越强，其互文性也就越强。如：

田园乐·其四 田园乐·其六

萋萋芳草春绿，落落长松夏寒。桃红复含宿雨，柳绿更带春烟。
牛羊自归村巷，童稚不识衣冠。花落家僮未扫，莺啼山客犹眠。

二诗都是六言绝句，是难以驾驭的诗歌体式，因为其"声促调板"的弊

---

[1] （明）许学夷：《诗源辨体》，北京：人民文学出版社，1987年，第160页。

病，唐及唐后就较少见到该形式。王维对于田园之乐没有停留于山水的视觉描写，更强调突显其内在思想精神蕴意，将微妙的情感情绪和心理感受寄于外在事物与景象，引人去体会田园生活的平和、散淡，通过意象的组合并陈、名词的叠用等语言手段实现超越时空、因果的效果，显得清新雅致、别有风韵。

建构互文是建立在语义关联性、结构整体性、语境上互补性及认知联动性基础之上的互文形态，依据互文项与互文标记的提示，以多元、多维的形式呈现，如事类互文、事同互文，矛盾互文、歧义互文，意象互体互文、事理互明互文、事件互备互文等。它是诸要素综合作用的结果，不能只考虑信息内容、知识储备或是语境语用等单方面因素，必须是多要素、多维度的综合分析，从宏观视角作整体把握。这种认知性的互文识解背后有着深刻的机制，从不同时空、环境、主体出发，在不同互文网络结点上进行指称和指涉，在相似即互文、互补即互文原则的指引和作用下触发主题间的互涉关联，衍生出不同类型的互文关系。

本章小结

主题作为语篇最上层的语义结构统一体，制约着语篇风格意义的生成与变化，最终影响语篇风格的生成与变化。在语篇系统中，下一层级的系列子主题不断概括、归纳出上一层级的系列主题，最终形成语篇系统的中心主题，也即语篇的核心。这些主题具有很强的激活功能和联动功能，可以直接体现为语篇的标题，也可能反映在语篇的主要内容、主旨、题材等要素中。这些主题在不同的语篇结构、层级中呈现出不同的互涉关系：在同一语篇系统中，可以有中心主题与非中心主题、背景主题与非背景主题、直接相关主题与间接相关主题等不同的下位关系类型；在篇际系统中，则可以有上下位关系、平行关系、接续关系或相对关系等。这些不同层级的主题在语篇互文系统中既相互联系、又有所区别，主题的互涉关系直接影响语篇互文结构的生成及语篇互文语义的流动，进而影响风格意义的交融/分离，最终实现为或延续或偏离的语篇风格互文。

王维诗歌语篇中常见的主题互文建构有直指式、复调式、搭桥式和回指式等形式，这些建构形式将不同题材、主旨的诗歌语篇风格以不同的形式加以强化或淡化，最终以统一的整体风格呈现，这是其诗歌多元风格形成的重要因素。从具体的诗歌语篇类型来看，主题多与题材相关，不同题材往往呈现出不同的风格特点。一般认为其山水诗多澄淡旷远，边塞诗多雄浑豪迈，送别诗多高远旷达，应制诗多婉媚雄浑，咏史诗与闺怨诗多则含蓄、幽怨。这些主题及其风格间既有共性也有差异，在二者的互动过程中受到语境的制约、注意的集中与转移等因素的影响。这种主题间的同质性、异质性特征体现在互文语篇中，可以通过主题的对象、内涵、结构及其互文标记等加以识别。其诗篇的主题互文标记有显隐之分，可分别用明确互文和建构互文来加以表征。明确互文一般表现为标题、事件等关键词或主题词的直接指涉或复现，建构互文标记则多是主题意义、思想内容或主题结构的复现，如事物及其性状范畴、时空范畴、主题结构等的相互指涉。

依据主题互文与风格互文的互动关系，可区分为：同一主题下的风格互文和不同主题下的风格互文。在结合王维诗歌语篇展开具体分析时，着重分析其四类风格互文情况：同一主题风格的延续、同一主题风格的偏离，不同主题风格的延续、不同主题风格的背离。第一类风格互文形式普遍存在于王维不同主题的诗歌语篇中，如山水诗清新淡雅、应制诗雄浑婉媚等；第二类较突出地体现在王维的送别诗中，前期送别诗多积极昂扬、高远旷达，后期凄婉哀怨、深远含蓄的诗篇渐增，是一种偏离式的风格互文；第三类以山水诗延续应制诗的创作模式、内容形式为典型，这种承袭与发展使得不同主题的诗歌语篇都呈现出一种悠远淡雅或浑厚秀丽的风格特点；第四类也是普遍存在的风格互文现象，不同主题诗篇既呈现某种主导风格也有偏离主导诗风的其他风格，如王维边塞诗多雄浑豪迈、但也有高远秀丽的一面，其送别诗多含蓄隽永、但也有哀婉沉郁的一面。在风格互文的具体分析时，要将这些主题及其呈现的风格置于动态、交互的互文网络空间中，在相似即互文、互补即互文原则的指引下对网络空间中的错综关系加以考察。

第六章 结语

作为一个历史范畴,传统视角的风格研究硕果累累,但语言风格现象复杂且概念多元,从宏观、动态的视角来考察风格单位间及与其产生互涉的内外部语境间的层级、系统、关系问题还未引起重视,语言风格与语篇结构形式、语篇意义及其在宏观系统中的互动关系等重大问题也未引起关注,现代意义上的语言风格研究仍有极大的拓展空间。热奈特提出五类跨本书关系,充分肯定了第五类"广义文本性"的重要性,并从风格的视角研究这种超文性,明确指出"诗学的对象是跨文本性,或文本的超验性""即每个具体文本所隶属的全部一般类型或超验类型——如言语类型、陈述方式、文学体裁等。"[1]这种跨文本性最抽象、最暗含,"是一种纯粹秘而不宣的关系",这为本书从广义文本性的高处俯瞰语言风格、跳出文本内在的风格分析提供了有力的依据。

本书选取具有多元风格的王维诗歌语篇为风格互文分析的语料来源,在继承语言风格理论的基础上、立足互文语篇理论视域,通过对风格互文现象的描写和识别,对风格互文的概念及判定、风格互文在互文语篇系统中的建构、风格互文的表征和基本类型、风格互文的生成与识解及其背后蕴涵的深层机制、影响因素进行全面的梳理和系统的论证,对王维诗歌语篇在共时和历时层面、动态和静态层面的风格现象及其风格互文生成变化展开细致的描写和阐释。既是对文学理论中风格研究的验证和补充,也为语言风格研究提

---

[1] 热拉尔·热奈特:《热奈特论文集》,史忠义译,天津:百花文艺出版社,2000年,第68页。

供新的视角；既是对互文语篇理论的继承和发展，也是语篇研究向度的拓展、跨学科语言研究的一次尝试。

第一节　研究的主要内容

风格的认知以主体的感知体认为基础，但语言风格又始终依赖语篇载体而存在，风格互文与语篇互文相伴相生。语篇要素的互涉变化无论是形式上的还是意义上的，都可能影响语篇意义的互涉变化，进而导致风格意义的交融/分离，最终实现为风格的互文。在把握风格相对稳定又不断发展变化的核心属性的基础上，围绕语篇意义变化从篇内、篇际系统来考察王维诗歌语篇的风格互文现象，从系统、层级、关系出发梳理风格互文要素在语篇系统不同层面的作用和表征，通过对风格互文现象的分析、风格互文形态的表征、风格互文类型的划分及其深层的实现机制，总结出风格互文生成演变的基本规律，是本书研究的基本思路。

本书除绪论和结语外，可分为理论建构和现象分析两个部分。理论建构部分，在对"语言风格""互文""语篇"概念的内涵和外延做出界定的基础上，提出"风格互文"概念及其相关概念。通过对普遍存在的语言风格互文现象的特征描写和类型阐述，理清风格互文要素、互文变量及其互文手段，同时引入"互文单位"作为风格互文关系的外显标记，依据它在语篇系统中所呈现的同质性与异质性关系指出风格互文的延续和偏离两种基本类型，进而提出风格互文的识别方式及其互文强度的度量。其次，风格互文关系的表征必然要落实到具体的互文语篇中，依据语篇系统建构出诗歌语篇系统，依据语篇互文系统建构出王维诗歌语篇的篇内、篇际风格互文系统，梳理出不同系统中的风格互文要素、互文界域、互动层面及其互涉关系，通过系统、层级、关系的分析指出"浮现"机制、"象似""突出"原理是风格互文实现的基本理据，风格互文是主体、语境、语篇综合作用的结果。

在具体现象分析部分，旨在通过对王维诗歌语篇中风格互文现象的具体表征和形式体现，揭示风格互文形态、表征形式、结构类型与语篇语义流动和风格生成变化的相互关系。既考虑语篇形式层面的风格互文，也关注语篇意义层面的风格互文，选取语句互文、意象互文、主题互文等具体互文表征形式展开论述。语句互文包括词语互文和句子互文，通过语言形式与语言意义、语言表象与语言风格的互涉关系讨论，指出形式互文与风格互文的互涉关联。意象互文与主题互文从王维诗歌意象、主题的基本类型及其风格特征的描写和阐述出发，探讨互文建构模式、互文图式、互文路径与风格互文生成变化的关系以及互文建构背后的深层机制。最终明确语句互文、意象互文、主题互文等是风格互文的具体表征形式，它们之间是一种实现与表现的关系。

第二节　研究的基本结论

本研究主要涉及对风格互文现象、互文表征的分析，对风格互文要素、互文形态、类型结构和语义功能等的认识及风格互文研究认知路径的探索。

1. 风格互文是在交际主体和语境的共同制导下，通过本体与互体音韵、词语、句子、意象、主题等互文单位的相互指涉而呈现的风格间的相互关系。它以风格为表征，贯穿在语篇系统的各个层面；风格互文的生成与发展始终伴随着语篇互文而存在。语音、词汇等语言要素和章法、辞式等非语言要素的互涉变化是风格互文生成发展的重要动因，风格意义的交融与分离是风格互文的直接成因。

2. 风格互文要素包括物质材料要素和制导要素，风格互文的生成与发展受主体、语境和语言形式等变量的影响和制约；风格互文可通过具有辨识度的互文单位如音韵、语句、结构、意象、主题、体裁等的互涉变化来加以识别，音韵互文、词语互文、句子互文、意象互文、主题互文、结构互文、体裁互文、辞格互文、多模态符号互文等表征形式与风格互文形成一种实现与被实现的关系。这些语言/非语言互文单位通过风格要素和风格手段所呈现的风格表征既是风格互文实现的基础和依据，也是风格互文关系实现的结果与具体表现。

3. 风格互文语义的提取是风格互文识别的关键、核心，风格互文的典型生成路径是互文语义的流动。语言形式的变化会引起语言表象的变化，进而影响语义表达的变化，最终导致风格认知的变化。风格互文的实现与"浮现""象似""突出"机制有关，主体和语境是贯穿语篇互动、风格互文过程始终的两大要素。该过程大致可用图 6.1 表示。

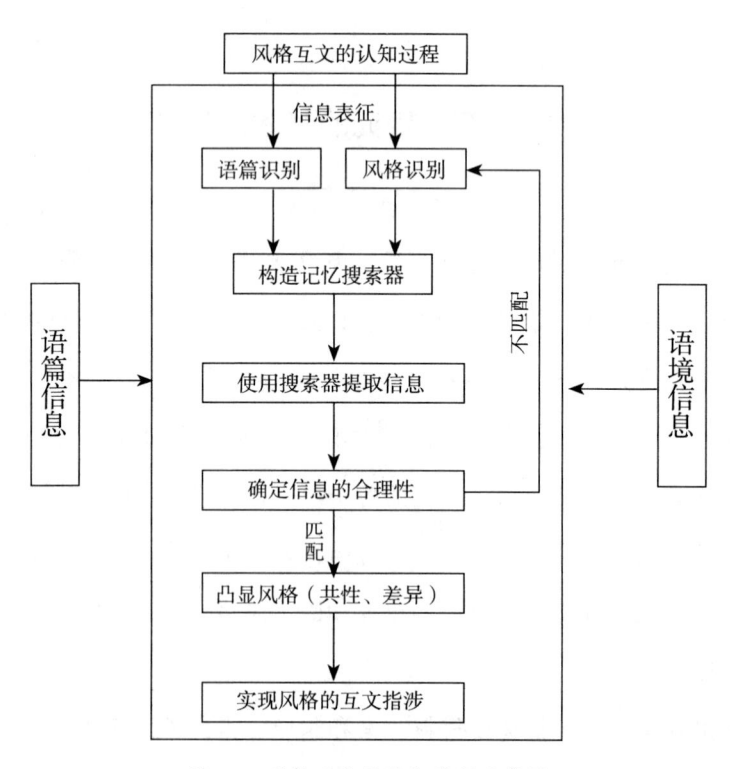

图 6.1 风格互文的认知过程示意图

4.相对稳定又不断发展变化是语言风格的本质属性，也是风格互文生成与发展必定遵循的规律。微观研究（语篇本体分析）与中观、宏观研究（考虑风格要素及其与主体、语境等关系）结合，将互文语篇系统视为特定语境下诸要素交织影响、关系错综复杂的庞大网络空间，从语篇的层级、系统、关系出发分析语言风格在互文语篇不同层面的作用及其生成变化是风格互文生成的基本路径。风格互文在语义的指引下体现在互文语篇不同层级结构及其互涉关系中，如图6.2。

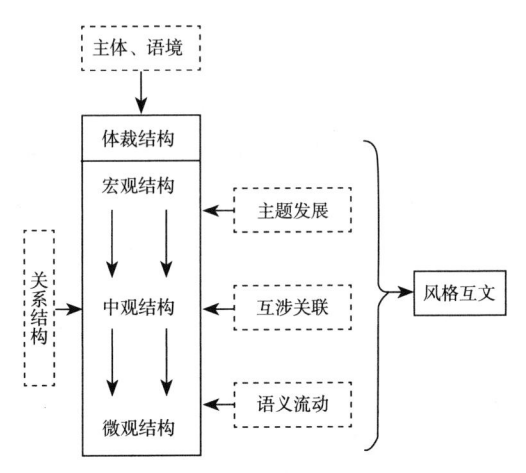

图 6.2　风格互文在语篇系统不同层级的互涉关联

（1）将风格互文放置到互文语篇系统中，一般可从两个维度来展开：一是语篇维度，即语篇内部诸要素风格特征的互涉关联；一是篇际维度，即不同语篇（集合）所呈现的风格关联。语篇风格互文更多地体现在篇际维度，以风格的整体性、象似性和突显性为依据，呈现出或延续或偏离的互文形式。

（2）语言风格的存在与分析自始至终立足于比较，风格互文的实质是当下语篇的语言特征与既定的相关而恰当的标准语篇所呈现的语言特征的对比分析。这种标准是在经由多次语言实践、在相似语境中语言运用的既往经验的产物，因而这种比较往往以一种印象式或隐喻性的概括加以体现。可以说，风格互文是互文语篇中风格要素同质比较与异质交换的结果。比较是揭示风格互文标记的手段，风格互文标记是区别当下语篇与其他语篇风格互文关系的根本所在。

第三节　研究可提升空间

本书研究是运用前沿理论与方法来分析语篇中普遍存在的语言风格互文现象的尝试，在分析深度和广度上尚有可开掘空间，一些具体阐释也有可提升空间。

首先，风格互文现象的分析理论上应该不限于本书提及的这些方面，其背后的复杂条件、错综关系及其应用范围也远超乎人们的想象。本书只重点分析了王维诗歌语篇的风格互文现象，涉及多种互文表征形式与风格互文关系的思考；但对从结构互文、音韵互文、语体互文、辞格互文、多模态符号互文等其他维度来分析语言风格互文现象的论述只是简单举例带过，未能做全面、细致、深入的分析，这些方向有相当大的拓展、研究空间。

其次，语言风格是涉及多学科领域的研究对象，语言风格互文现象十分复杂，在互文语篇理论视域下，结合语言风格理论、修辞学理论等对其进行系统化研究是一个需要不断探索、深化的过程。限于学力和精力，对于风格互文的具体内涵和外延、风格互文形态的表征、风格互文过程中语境因素的制导作用等相关问题的讨论以及个别措辞的表达、观点的阐述仍存在不足，有待进一步加强和完善。

最后，本书研究尽管也采用了一些形式化、量化的分析，对风格互文的理论阐释提供了一定的客观标准和参考价值，但限于学力和精力，对其结果的阐释理论深度还不够，论证的系统性有所欠缺，这也是今后可继续延伸、强化的方向。

参考文献

【中文著作类】

[1] 科瓦廖夫：《苏联文学中的风格多样性》，莫斯科－列宁格勒：科学出版社，1965年。

[2] 巴赫金：《巴赫金全集第四卷：文本、对话与人文》，钱中文编，石家庄：河北教育出版社，1998年，第353页。

[3] 巴赫金：《诗学与访谈》，白春仁、顾亚铃译，石家庄：河北教育出版社，1998年，第245页。

[4] 保罗·利科：《活的隐喻》，汪唐家译，上海：上海译文出版社，2004年，第42页。

[5] 北京大学语言学教研室：《语言学名词解释》，香港：嵩华出版事业公司，1978年，第137–138页。

[6] 毕奥特罗夫斯基：《论风格学的几个范畴》，《语言风格与风格学论文选》，苏旋译，北京：科学出版社，1960年，第180页。

[7] 布达哥夫：《论语言风格问题》，《语言风格与风格学论文选》，苏旋译，北京：科学出版社，1960年，第9页。

[8] 布封：《布封文钞》，任典译，北京：人民文学出版社，1958年。

[9] 布洛克曼：《结构主义》，李幼蒸译，北京：商务印书馆，1987年，第162页。

［10］蔡永良、曹炜:《文学语言的功能分类与语言风格研究》,朱永生:《语言·语篇·语境(第二届全国系统功能语法研讨会文集)》,北京:清华大学出版社,1993年,第286页。

［11］曹旭:《钟嵘诗品笺注》,北京:人民文学出版社,2009年,第112页。

［12］常珺:《异质性:克里斯特娃互文性理论的构成逻辑》,南京:南京师范大学,2019年。

［13］陈铁民:《王维新论》,北京:北京师范学院出版社,1990年,第226-240页。

［14］陈望道:《修辞学发凡》,上海:复旦大学出版社,2008年,第57页。

［15］陈贻焮:《唐诗论丛》,长沙:湖南人民出版社,1980年,第139页。

［16］程祥徽:《语言风格初探》,香港:三联书店香港分店,1985年,第3页。

［17］程祥徽、田小琳:《现代汉语(修订版)》,北京:北京师范大学出版集团,2018年,第406页。

［18］黄生:《唐诗评三种》,合肥:黄山书社,1995年,第4页。

［19］储丹丹:《互文语篇理论视角下的学位论文文献综述研究》,上海:复旦大学,2018年。

［20］萨莫瓦约:《互文性研究》,邵炜译,天津:天津人民出版社,2003年,第22、134页。

［21］丁福保辑:《历代诗话续编》,北京:中华书局,1997年,第1412页。

［22］丁根元:《汉语现代风格学的建筑群—读四部有关的新著》,《语言文字运用》,1992年,第2期,第85页。

［23］丁金国:《关于语言风格学的几个问题》,《河北大学学报(哲学社会科学版)》,1984年,第8期,第47页。

［24］丁金国:《语言风格及其本质特征》,《烟台大学学报(社会这些科学版)》,1992年,第3期,第80-81页。

[25] 丁金国:《论语篇的互文性特征》,《烟台大学学报(哲学社会科学版)》,2015年,第3期,第105-114页。

[26] 丁芒:《意象组合方式种种》,"中华诗词年鉴"编辑部编:《中华诗词年鉴·第3卷(1990-1991合辑)》,上海:学林出版社,1992年,第253-257页。

[27] 董诰:《全唐文卷四六》,北京:中华书局,1986年,第510页。

[28] 范昕:《互文视野下的"张腔"语言风格研究》,上海:复旦大学,2009年。

[29] 方光焘:《语言和言语问题讨论的现阶段》,上海教育出版社编辑部:《语言和言语问题讨论集》,上海:上海教育出版社,1963年,第158页。

[30] 索绪尔:《普通语言学教程》,高名凯译,北京:商务印书馆,1999年,第36期,第160页。

[31] 冯军:《论外宣翻译中语义与风格的趋同及筛选机制》,上海外国语大学,2010年。

[32] 冯棣:《裴迪考论》,唐代文学研究,广西:广西师范大学出版社,2004年,第194页。

[33] 温格瑞尔、施密特:《认知语言学导论(第二版)》,彭利贞、许国萍、赵微等译,上海:复旦大学出版社,2009年,第186页。

[34] 傅东华、孟跃龙:《王维诗》,北京:商务印书馆,1930年。

[35] 傅璇琮、陈尚君、徐俊:《唐人选唐诗新编》,北京:中华书局,2014年,第181页。

[36] 高棅编选:《唐诗品汇》,上海:上海古籍出版社,1982年,第321页。

[37] 高名凯:《语言风格学的内容和任务》,北京大学中文系语言学论丛编辑部:《语言学论丛(第四辑)》,上海:上海教育出版社,1960年,第180页。

[38] 高名凯:《风格学的基本概念》,《澳门语言学刊》,1995年,第1期,第4-10页。

[39] 高萍:《王维应制诗的因革及其模式意义》,《求索》,2013年,第7期,第131-133页。

[40] 高萍、梁瑜霞:《王维研究(第八辑)》,上海:上海三联书店,2020年。

[41] 高人雄:《空灵与禅意画意与诗意——论王维山水田园诗的风格》,《社科纵横》,1994年,第4期,第11-13页。

[42] 高文成、张丽芳:《认知"启动"与意象"啮合":句子语义匹配的认知研究》,《外语学刊》,2020年,第3期,第38-44页。

[43] 葛晓音:《关于唐前诗歌体式和文本研究的思考》,《唐代文学研究(第十三辑)》,2008:9页。

[44] 葛兆光:《禅意的云:唐诗中一个词语的分析》,《文学遗产》,1990年,第3期,第77页。

[45] 管志斌:《语篇互文形式研究》,上海:复旦大学,2012年。

[46] 桂诗春:《新编心理语言学》,上海:上海外语教育出版社,2000年。

[47] 郭丹丹、金雅声、丁燕兵等:《情感词信息加工的脑神经认知机制研究》,《西北民族大学学报(自然科学版)》,2015年,第3期,第61页。

[48] 何良俊:《四友斋丛说》,北京:中华书局,1959年,第215页。

[49] 何永国:《语篇象似性及其文体功能》,《中国民航飞行学院学报》,2009年,第3期,第55页。

[50] 何兆熊:《语用、意义和语境》,《外国语》,1987年,第5期,第8-12页。

[51] 何自然、谢朝群、陈新仁:《语用三论:关联论、顺应论、模因论》,上海:上海教育出版社,2007年。

[52] 黑格尔:《美学(第一卷)》,朱光潜译,北京:商务印书馆,2011年,

第 372 页。

[53] 胡曙中:《语篇语言学导论》,上海:上海外语教育出版社,2012 年,第 1 页。

[54] 胡遂、罗姝:《行到水穷处,坐看云起时——论王维山水诗的"云"、"水"意蕴》,《南华大学学报:社会科学版》,2009 年,第 3 期,第 84-87 页。

[55] 胡裕树、李熙宗:《40 年来的修辞学研究》,《语文建设》,1990 年,第 1 期,第 12 页。

[56] 胡壮麟:《语篇的衔接与连贯》,上海:上海外语教育出版社,1998 年,第 1 页。

[57] 胡壮麟:《语境研究的多元化》,《外语教学与研究》,2002 年,第 3 期,第 161-166 页。

[58] 黄兵:《党政机关公文语篇之主题互文性研究》,上海:复旦大学,2019 年。

[59] 黄秋凤:《文学作品中互文单位的翻译表征》,上海:上海外国语大学,2013 年。

[60] 霍四通:《主题作为语篇层面概念的内涵》,《文学语言理论与实践丛书——辞章学论文集(下)》,2000 年,第 277-286 页。

[61] 姜望琪:《篇章、语篇、信息——系统功能语言学视角》,《北京大学学报(哲学社会科学版)》,2011 年,第 1 期,第 1 页。

[62] 蒋伯潜、蒋祖怡:《体裁与风格(下册)》,北京:首都经贸大学出版社,2018 年。

[63] 蒋绍愚:《唐诗语言研究》,郑州:中州古籍出版社,1990 年,第 163 页。

[64] 金水兵:《当代文学理论范畴导论》,北京:北京大学出版社,2011 年,193 页。

［65］科恩:《诗歌语言的结构》,巴黎：弗拉马里翁出版社,1966年,第13、16页。

［66］兰家宁:《语言风格与文学韵律》,台北：五南图书出版公司,1990年,第2页。

［67］黎运汉:《汉语风格探索》,北京：商务印书馆,1990年。

［68］黎运汉:《语言风格系统论》,《锦州师范学院学报（哲学社会科学版）》,1996年,第3期,第101-102页。

［69］黎运汉:《语言风格结构的文化理据》,《毕节学院学报》,2014年,第5期,第8页。

［70］李伯超:《中国风格学源流》,长沙：岳麓书社,1998年。

［71］李曙光:《语篇分析中的互文性与对话性》,《外语与外语教学》,2009年,第12期,第16-19页。

［72］李玉平:《互文性新论》,《南开学报（哲学社会科学版）》,2006年,第3期,第111-117页。

［73］廖秋忠:《廖秋忠文集》,北京：北京语言学院出版社,1992年,第191页。

［74］林万菁:《论风格学在语言学中的地位》,程祥徽、黎运汉:《语言风格论集》,南京：南京大学出版社,1994年,第89页。

［75］林文金:《关于语言风格的几个问题》,《修辞学习》,1985年,第4期,第7页。

［76］刘大为:《作为语体变量的情景现场与现场描述语篇中的视点引导结构》,《当代修辞学》,2017年,第6期,第18页。

［77］刘斐:《中国传统互文研究》,上海：复旦大学,2012年。

［78］刘宏伟、徐盛桓:《〈经济学家〉新闻标题的美学风格——基于生成整体论的视角》,《外语教学》,2010年,第5期,第6-9页。

[79] 刘曙初：《论王维诗歌中的女性意象》，《福州大学学报（哲学社会科学版）》，2007年，第3期，第68-72页。

[80] 刘婉晴：《"风格互文"现象的描写解释与特征识别》，《当代修辞学》，2021年，第1期，第84页。

[81] 卢卫中：《诗歌象似修辞研究》，《外国语言文学》，2003年，第1期，第60-64页。

[82] 卢英顺：《语言理解中的邻近性原则》，《安徽师范大学学报（人文社会科学版）》，2004年，第4期，第478页。

[83] 卢英顺：《认知图景与句法、语义成分》，《复旦学报（社会科学版）》，2005年，第3期，第198页。

[84] 巴特：《写作的零度》，李幼蒸译，北京：中国人民大学出版社，2008年，第23、148页。

[85] 罗选民、黄勤：《互动：语篇的存在方式——评介Michael Hoey的〈语篇互动〉》，外语教学，2005年，第5期，第90-93页。

[86] 吕叔湘：《吕叔湘语文论集》，北京：商务印书馆，1983年，第9页。

[87] 马菡谦：《浅析文化差异对诗歌艺术风格的影响——王维与华兹华斯的对比》，《科技信息》，2009年，第14期，第1页。

[88] 马拉美：《马拉美全集》，巴黎：伽里玛尔出版社，1945年，第867页。

[89] 马晓慧、贾君枝、周湘贞：《一种基于语义相似性的情感分类方法》，《计算机科学》，2020年，第11期，第275-279页。

[90] 穆拉特：《论风格学的几个基本问题》，苏旋译，《语言风格与风格学论文选译》，北京：科学出版社，1990年，第221页。

[91] 彭礼智、刘泽海：《基于语料库的译者风格研究——以A Psalm of Life三个汉译本为例》，《华北理工大学学报（社会科学版）》，2019年，第3期，第106-111页。

[92] 彭宣维:《语篇主题类别》,《重庆大学学报（社会科学版）》,1991年,第1期,第59-60页。

[93] 钱圆铜:《语篇体裁互文性与主体位置》,南京：南京师范大学,2012年。

[94] 钱志熙:《论王维"盛唐正宗"地位及其与汉魏六朝诗歌传统之关系》,《北京大学学报（哲学社会科学版）》,2011年,第4期,第65-72页。

[95] 乔磊:《再辨〈鸟鸣涧〉中的"桂花"意象》,《安庆师范学院学报（社会科学版）》,2009年,第2期,第77-79页。

[96] 秦海鹰:《互文性理论的缘起与流变》,外国文学评论,2004年,第3期,第19-29页。

[97] 秦海鹰:《人与文,话语与文本——克里斯特瓦互文性理论与巴赫金对话理论的联系与区别》,《欧美文学论丛》,2004年,第17页。

[98] 秦秀白:《文体学概论》,长沙：湖南教育出版社,1996年,第148页。

[99] 屈承熹:《汉语篇章语法》,潘文国译,北京：北京语言大学出版社,2006年。

[100] 荣小措:《王维诗歌明代接受研究》,西安：西北大学,2014年。

[101] 入谷仙介:《王维研究（节译本）》,卢燕平译,北京：中华书局,2005年。

[102] 山西大学中文系、四平师范学院中文系写作教研室:《诗歌》,长春：吉林人民出版社,1980年,第2页。

[103] 沈家煊:《人工智能中的"联结主义"和语法理论》,外国语,2004年,第3期,第7页。

[104] 师长泰:《王维诗歌艺术论》,上海：上海三联书店,2016年。

[105] 史忠义、户思社、叶舒宪:《风格研究·文本理论》,开封：河南大学出版社,2009年。

[106] 谭朝炎:《红尘佛道觅辋川——王维的主体性诠释》,北京：中国社会

科学出版社，2004年。

[107] 唐松波：《语体·修辞·风格》，长春：吉林教育出版社，1988年。

[108] 万亚平、阳小华、刘志明：《体裁互文性的度量》，《南华大学学报（自然科学版）》，2015年，第3期，第66页。

[109] 汪耀进：《意象批评》，成都：四川文艺出版社，1989年，第28页。

[110] 王伯熙：《什么是风格要素》，语文战线，1980年，第4期，第21页。

[111] 王逢振：《最新西方文论选》，桂林：漓江出版社，1991年，第184页。

[112] 王泓、方艳梅、黄方军：《基于信息熵的语言风格分析方法初探》，《中山大学学报（自然科学版）》，2020年，第6期，第113-125页。

[113] 王家平：《创作与翻译的互文性研究——以鲁迅作、译美学风格的对话为中心》，《文艺争鸣》，2020年，第7期，第67-75页。

[114] 王瑾：《互文性》，桂林：广西师范大学出版社，2005年，第44-45页。

[115] 王力：《诗词格律十讲》，北京：商务印书馆，2002年，第157-160页。

[116] 王力：《汉语诗律学（增订本）》，上海：上海教育出版社，1979页。

[117] 王钦峰：《后现代主义小说论略》，北京：中国社会科学出版社，2001年，第29页。

[118] 王希杰：《修辞学通论》，南京：南京大学出版社，1996年，第188页。

[119] 王易：《修辞学通诠（民国丛书第二编）》，上海：上海书店，1930年，第105页。

[120] 王寅：《从社会语言学现象看象似性》，《四川外语学院学报》，1999年，第2期，第51-54页。

[121] 王寅：《认知语言学》，上海：上海外语教育出版社，2006年，第190页。

[122] 王志军：《互文语篇理论视域下的语篇副文本系统研究》，上海：复旦大学，2018年。

[123] 威克纳格：《王元化译.诗学·修辞学·风格论》，《文艺理论研究》，

1981年，第2期，第136页。

［124］维诺拉陀夫:《风格学问题讨论的总结》，苏旋译，《语言风格与风格学论文选译》，北京：科学出版社，1960年，第158页。

［125］韦爱萍:《王维诗歌意象初探》，《渭南师专学报（社会科学版）》，1997年，第4期，第55-57页。

［126］魏庆之:《诗人玉屑》，上海：上海古籍出版社，1978年，第18页。

［127］武建国、秦秀白:《篇际互文性的顺应性分析》，《外语学刊》，2006年，第5期，第32页。

［128］吴承学:《中国古代文体学研究丛书：中国古典文学风格学》，北京：北京大学出版社，2011年，第368页。

［129］西川直子:《克里斯托娃：多元逻辑》，王青、陈虎译，石家庄：河北教育出版社，2002年，第68页。

［130］夏金:《去个性化和风格创新——〈J. 阿尔弗雷德·普鲁佛洛克的情歌〉和欧洲文学传统的互文研究》，《外语学刊》，2014年，第3期，第85-93页。

［131］夏亚玲、胡家祥:《王维诗歌风格的成因探析》，《名作欣赏》，2014年，第6期，第127-130页。

［132］谢建平:《文学语言的风格变异与风格翻译》，《四川外语学院学报》，2002年，第2期，第5-8页。

［133］辛斌:《语篇研究中的互文性分析》，《外语与外语教学》，2008年，第1期，第9页。

［134］徐赳赳:《现代汉语互文研究》，北京：北京师范大学出版社，2018年。

［135］徐盛桓:《隐喻研究的心物随附性维度》，《外国语》，2015年，第4期，第9页。

［136］许革晨:《王维诗歌的禅宗美学思想及其多样化诗风述评》，长春：东

北师范大学，2008年。

[137] 许总:《唐诗史》，南京：江苏教育出版社，1994年，第529页。

[138] 德里达:《余碧平译.多重立场》，北京：生活·读书·新知三联书店，2004年。

[139] 亚里士多德:《罗念生译.修辞学》，北京：生活·读书·新知三联书店，1991年。

[140] 杨汝福:《当代西方互文性的读写教学研究》，《外语教学理论与实践》，2008年，第1期，第80-86页。

[141] 杨文雄:《诗佛王维研究》，上海：文史哲出版社，1988年。

[142] 杨荫深:《王云五主编.王维与孟浩然》，北京：商务印书馆，1936年。

[143] 姚小平:《西方语言学史》，北京：外语教学与研究出版社，2001年，第408-419页。

[144] 姚远:《基于篇际的承文性研究》，《福师范大学（哲学社会科学版）》，2017年，第2期，第117-118页。

[145] 叶菲莫夫:《关于艺术作品语言的研究》，莫斯科：莫斯科出版社，1952年。

[146] 叶蜚声:《话说风格》，程祥徽、黎运汉:《语言风格论集》，南京：南京大学出版社，1994年，第20页。

[147] 殷璠:《河岳英灵集》，上海：上海书店，1989年，第723页。

[148] 殷企平:《谈"互文性"》，《外国文学评论》，1994年，第2期，第39-46页。

[149] 殷祯岑:《语篇意义的自组织生成——耗散结构理论观照下的互文语篇分析》，《当代修辞学》，2016年，第5期，第60页。

[150] 玉兰英:《王维后期诗歌创作风格及其成因略论》，《内蒙古大学学报（哲学社会科学版）》，1995年，第1期，第25页。

[151] 袁晖:《中国古代语言风格研究的回顾》,程祥徽、黎运汉:《语言风格论丛》,南京:南京大学出版社,1994年,第230-231页。

[152] 袁晓薇:《王维诗歌接受史研究》,合肥:安徽大学出版社,2012年。

[153] 詹卫东:《确定语义范畴的原则及语义范畴的相对性》,《世界汉语教学》,2001年,第2期,第3-13页。

[154] 张德明:《语言风格学》,沈阳:东北师范大学出版社,1989年。

[155] 张德明:《论风格学的基本原理》,《云梦学刊》,1992年,第3期,第77页。

[156] 张弓:《现代汉语修辞学》,天津:天津人民出版社,1963年,第3页。

[157] 张明非、教育部师范教育司:《唐诗宋词专题(2版)》,北京:高等教育出版社,2009年。

[158] 张进、侯雅文、董就雄:《王维资料汇编(4册)》,北京:中华书局,2014年,第608页。

[159] 张清华:《王维年谱》,上海:学林出版社,1988年。

[160] 章学诚:《叶瑛校注.文史通义校注》,北京:中华书局,1985年,第18页。

[161] 张志公:《现代汉语》,北京:人民教育出版社,1982年。

[162] 郑远汉:《言语风格学》,武汉:湖北教育出版社,1990年。

[163] 郑远汉:《规范·变异·风格》,《语言文字应用》,1993年,第2期,第91-95页。

[164] 中华书局编辑部:《全唐诗:增订本》,北京:中华书局,1999年。

[165] 周振甫:《文心雕龙今译》,北京:中华书局,1986年,第315页。

[166] 朱长河、朱永生:《认知语篇学》,《外语学刊》,2011年,第2期,第35-39页。

[167] 克里斯托娃:《词语、对话和小说》,祝克懿、宋姝锦译,《当代修辞

学》，2012年，第4期，34页。

[168] 克里斯托娃:《符号学：符义分析探索集》，史忠义译，上海：复旦大学出版社，2015年，第87页。

[169] 克里斯托娃:《主体·互文·精神分析：克里斯托娃复旦大学演讲集》，祝克懿、黄蓓译，北京：生活·读书·新知三联书店，2016年，第10页。

[170] 朱永生:《论语言符号的任意性与象似性》，《外语教学与研究》，2002年，第1期，第2-7页。

[171] 祝克懿:《文本解读范式探析》，《当代修辞学》，2014年，第5期，第19页。

[172] 宗世海:《论言语风格的定义》，《暨南学报（哲学社会科学版）》，2002年，第4期，第90-94页。

【外文文献】

[1] BEAUGRANDE R，DRESSLER W，*Introduction to Text Linguistics*，London：Longman，1981，p182.

[2] LANG B，*The Concept of Style*，Ithaca and London：Cornell University Press，1987，p14.

[3] CRYSTAL D，DAVY D，*Investigating English Style*，Hong Kong：Longman Group（FE）Ltd. 1988，p8.

[4] BIBER D，CONRAD S，*Register，Genre，and Style*，New York：Cambridge University Press，1983.

[5] GOMBRICH E H，Style，*International Encyclopedia of Social Sciernces*，vol.15，New York：MacMacmillan and Free Press，1968.

[6] EMMOTT C，*Narrative Comprehensions：A Discourse Perspective*，Oxford：OUP，1997.

[7] ESPTEIN R, *Grounding, subjectivity and definite descriptions*, BRISARD F, *Grounding: The Epistemic Footing of Deixis and Reference*, Berlin: Mouton de Gruyter, 2002.

[8] Fairclough N, *Discourse and Social Change*, Cambridge: Polity Press, 1992.

[9] FAUCONNIER G, Mental Spaces, Cambridge: The MIT Press, 1985.

[10] FAUCONNIER G, *Turner. Blending as a central process of grammar*, Stanford: CSLI Publications, 1996, p113-129.

[11] FAUCONNIER G, Turner M, *The Way We Think: Conceptual Blending and the Mind's Hidde Complexities*, New York: Basic Books, 2002, p34.

[12] FOWLER R, *Language and Control*, London: Routledge & Kegan Paul, 1979.

[13] LEECH G, *A Linguistic Guide to English Poetry*, Beijing: Foreign Language Teaching and Research Press, 2001, p3.

[14] GEORGE, *Women, fire, and dangerous things: what categories reveal about the mind*, Chicago: The University of Chicago Press, 1987.

[15] HALLIDAY M A, *Language as Social Semiotic: The Social Interpretation of Language and Meaning*, London: Edward Arnold Publishers Ltd, 1978, p2.

[16] HALLIDAY M A, *An Introduction to Functional Grammar (2nd ed.)*, London: Edward Arnold, 1994, p15.

[17] HALLIDAY M A, *Linguistic function and literary style: An inquiry into the language of William Golding's The Inheritors*, CHATMAN S, Literary Style: A Symposium, New York: Oxford University Press, 1971.

［18］HALLIDAY M A, HASAN R , *Language, Context, and Text: Aspects of Language in a Social-semiotic Perspective*, Oxford: Oxford University Press, 1989, p63.

［19］HALLIDAY M A, MATTHJESSEN , *An Introduction to Functional Grammar(3rd ed)*, London: Edward Arnold, 2004, p3.

［20］BLOOM H, *Poetry and Repression: Revisionism from Blake to Stevens*, New Haven: Yale University Press, 1976, p3.

［21］WIDDOWSON H G, *Stylistics and the Teaching of Literature*, London and New York: Routledge Taylor & FrancisGroup, 1997, p116.

［22］HATIM B, MASON I , *Discourse and the Translator*, Shanghai: Foreign Language Education Press, 2001, p124.

［23］SINCLAIR, *Lines about lines*, Carter R, *Language and Literature: An Introductory Reader in Stylistics*, London: Allen and Unwin, 1982, p162-167.

［24］MARK J, *The Body in the Mind: The Bodily Basis of Meaning, Imagination, and Reason*, Chicago: The University of Chicago Press, 1987.

［25］MARTIN J R, ROSE D, *Genre Relations*, London: Equinox Publishing Ltd, 2008.

［26］KRISTEVA J, *Word, Dialogue and Novel*, in *The Kristeva Reader*, Toril moi ed. Oxford: Blackwell Publisher Ltd., 1986, p60.

［27］KRISTEVA J, *Revolution in Poetic Language*, New York: Columbia University Press, 1984, p15.

［28］KINTSCH W, *Comprehension: A Paradigm for Cognition*, Cambridge: CUP, 1998.

[29] LANGACKER R W, *Foundations of Cognitive Grammar: Descriptive Application*, Stanford: Stanford University Press, 1991, p1.

[30] LAKOFF G, JOHNSON M, *Metaphors We Live by*, Chicago: The University of Chicago Press, 1980.

[31] LAKOFF G, JOHNSON M, *Philosophy in the Flesh*, New York: Basic Books, 1999.

[32] LAKOFF G, TURNER M, *More than Cool Reason—A Field Guide to Poetic Metaphor*, Chicago, IL and London: The University of Chicago Press, 1989.

[33] LEECH G N, SHORT M H, *Style in Fiction: A Linguistic Introduction to English Fictional Prose*, reprinted in Beijing: Foreign Language Teaching and Research Press, 2001, p48.

[34] LEMKE J L, *Intertextuality and Text Semantics*, FRIES P H, GREGORY M, *Discourse in Society: Systemic Functional Perspectives*, Norwood, N J: Ablex, 1995, p108.

[35] LEMKE J L, *Ideology, intertextuality and the communication of science*, FRIES P H, *Relations and Functions Within and Around Language*, London/New York: Continuum, 2002, p34.

[36] LEVINAS E, *The theory of intuition in Husserl's phenomenology*, Evanston, IL: Northwestern University Pres, 1973, p75.

[37] AQUILINA M, *The Event of Style in Literature*, UK: Palgrave Macmillan, 2014, p209-212.

[38] MITCHELL W J, *Picture Theory: Essays on Verbal and Visu- al Representation*, Chicago: University of Chicago Press, 1995, p9.

[39] MUKAROVSKY J, *Standard Language and Poetic Language*, A Prague

School Reader on Esthetics, *Literary Structure*, *and Style*, Georgetown: Georgetown University Press, 1964, p18-22.

[40] GUBERMAN R, *European Perspectives: A Series in Social Thought and Cultural Criticism*, *Julia Kristeva Interviews*, New York: Columbia University Press, 1996: p212.

[41] SINCLAIR J M, *Planes of discourse*, *The Two-Fold Voice: Essays in Honour of Ramesh Mohan Salzburg* University of Salzburg, 1981, p70-89.

[42] STOCKWELL P, *Cognitive Poetics: AnIntroduction*, London: Routledge, 2002.

[43] TALMY L, *Toward a Cognitive Semantics: Conceptual Structuring System*, Cambridge, MA: The MIT Press, 2000.

[44] TALMY L, *Toward a Cognitive Semantics: Typology and Process in Concept Structuring*, Cambridge, MA: The MIT Press, 2000.

[45] UNGERER F, Schmid H J, *An Introduction to Cognitive Linguistics*, London: Longman, 1996: p280.

[46] VAN DIJK, *Text and Context: Explorations in the Semantics and Pragmatics of Discourse*, New York: Longman Inc, 1977, p134.

[47] WEGENER P, *Untersuchungen über die Grundfragen des Sprachlebens*, Halle, 1991.

附录1 王维诗集版本对比

（1）古体诗

《王右丞文集笺注》	《王维集校注》	《全唐诗·增订本》《全唐诗补编》	《宋蜀刻本》《王摩诘文集》	《钦定四库全书荟要》集部	《类笺唐王右丞诗集》	《唐诗百家全集·王维诗全集》
奉和圣制天长节赐宰臣歌应制	√	√	√	√	√	√
登楼歌	√	√	√	√	√	√
双黄鹄歌送别	√	√	√	√	√	√
赠徐中书望终南山歌	√	√	望终南山歌	√	√	√
送友人归山歌二首	√	√	√	√	√	√
鱼山神女祠歌二首	√	√	√	√	√	√
白鼋涡	√	√	√	√	√	√
酬诸公见过	√	√	√	√	√	√
扶南曲歌词五首	√	√	√	√	√	√
从军行	√	√	√	√	√	√
陇西行	√	√	√	√	√	√
早春行	√	√	√	√	√	√
赠裴迪	√	√	√	√	√	√
瓜园诗并序	瓜园诗	√	√	√	√	√
同卢拾遗过韦给事东山别业二十……	√	√	√	√	同卢拾遗韦给事东	√
和使君五郎西楼望远思归	√	√	√	√	√	√
酬黎居士淅川作	√	√	√	√	√	√

·306·

续表

《王右丞文集笺注》	《王维集校注》	《全唐诗·增订本》《全唐诗补编》	《宋蜀刻本》《王摩诘文集》	《钦定四库全书荟要》集部	《类笺唐王右丞诗集》	《唐诗百家全集·王维诗全集》
奉寄韦太守陟	√	√	√	√	√	√
林园即事寄舍弟紞	√	√	√	√	√	√
赠从弟司库员外絿	√	√	√	√	√	√
座上走笔赠薛璩慕容损	√	√	√	赠薛璩慕容损	√	√
赠李颀	√	√	√	√	√	√
赠刘蓝田	√	√	√	√	√	√
赠房卢氏琯	√	√	√	√	√	√
赠祖三咏	√	√	√	√	√	√
春夜竹亭赠钱少府归蓝田	√	√	√	√	√	√
戏赠张五弟諲三首	√	√	√	√	√	√
至滑州隔河望黎阳忆丁三寓	√	√	√	√	√	√
秋夜独坐怀内弟崔兴宗	√	√	√	√	√	√
赠裴十迪	√	√	√	√	√	√
华岳	√	√	√	√	√	√
胡居士卧病遗米因赠	√	√	√	√	√	√
与胡居士皆病寄此诗兼示学人二首	√	√	√	√	√	√
蓝田山石门精舍	√	√	√	√	√	√
青溪	√	√	√	√	√	√
崔濮阳兄季重前山兴	√	√	√	√	√	√
终南别业	√	√	√	√	√	√
李处士山居	√		√	石处士山居	石处士山居	√
韦侍郎山居	√	√	√	√	√	√
丁宇田家有赠	√	√	√	√	√	√
渭川田家	√	√	√	√	√	√
春中田园作	√	√	√	√	√	√
过李揖宅	√	√	√	√	√	√

续表

《王右丞文集笺注》	《王维集校注》	《全唐诗·增订本》《全唐诗补编》	《宋蜀刻本》《王摩诘文集》	《钦定四库全书荟要》集部	《类笺唐王右丞诗集》	《唐诗百家全集·王维诗全集》
饭覆釜山僧	√	√	√	√	√	√
谒璿上人并序	谒璿上人	√	√	√	√	√
送魏郡李太守赴任	√	√	√	√	√	√
送康太守	√	√	√	√	√	√
送陆员外	√	√	√	√	√	√
送宇文太守赴宣城	√	√	√	√	√	√
送綦毋校书弃官还江东	√	√	√	√	√	√
送六舅归陆浑	√	√	√	√	√	√
送别	√	√	√	√	√	√
送张五归山	√	√	√	√	√	√
齐州送祖三	√	√	√	√	√	√
送缙云苗太守	√	√	√	√	√	√
送从弟蕃游淮南	√	√	√	√	√	√
送权二	√	√	√	√	√	√
送高道弟耽归临淮作	√	√	√	√	√	√
送别 圣代无隐者	√	送綦毋落第还乡	√	√	√	√
送张舍人佐江州同薛据十韵	√	√	√	√	√	√
送韦大夫东京留守	√	√	√	√	√	√
留别山中温古上人兄并示舍弟缙	√	√	√	√	√	√
观别者	√	√	√	√	√	√
别弟缙后登青龙寺望蓝田山	√	√	√	√	√	√
别綦毋潜	√	√	√	√	√	√
新晴晚望	新晴野望	新晴野望	√	√	√	√
晦日游大理韦卿城南别业四首	√	√	√	√	√	√
冬日游览	√	√	√	√	√	√
自大散以往……	√	√	√	√	√	√

续表

《王右丞文集笺注》	《王维集校注》	《全唐诗·增订本》《全唐诗补编》	《宋蜀刻本》《王摩诘文集》	《钦定四库全书荟要》集部	《类笺唐王右丞诗集》	《唐诗百家全集·王维诗全集》
早入荥阳界	√	√	√	√	√	√
宿郑州	√	√	√	√	√	√
渡河到清河作	√	√	√	√	√	√
苦热	√	√	√	√	√	√
纳凉	√	√	√	√	√	√
济上四贤咏三首	√	√	√	√	√	√
偶然作六首	偶然作五首+《题辋川图》	√	√	√	√	√
西施咏	√	√	√	√	√	√
李陵咏	√	√	√	√	√	√
燕子龛禅师	√	√	√	√	√	√
羽林骑闺人	√	√	√	√	√	√
冬夜书怀	√	√	√	√	√	√
早朝	√	√	√	√	√	√
寓言二首	√	√	√	√	√	√
杂诗 朝因折杨柳	√	√	√	√	√	√
献始兴公	√	√	√	√	√	√
哭殷遥	√	√	√	√	√	√
叹白发	√	√	√	√	√	√
夷门歌	√	√	√	√	√	√
新秦郡松树歌	√	√	松树歌	√	√	√
青雀歌	√	√	√	√	√	√
陇头吟	√	√	√	√	√	√
老将行	√	√	√	√	√	√
燕支行	√	√	√	√	√	√
桃源行	√	√	√	√	√	√
洛阳女儿行	√	√	√	√	√	√
黄雀痴	√	√	√	√	√	√
榆林郡歌	√	√	√	√	√	√
问寇校书双溪	√	√	√	√	√	√
寄崇梵僧	√	√	√	√	√	√

续表

《王右丞文集笺注》	《王维集校注》	《全唐诗·增订本》《全唐诗补编》	《宋蜀刻本》《王摩诘文集》	《钦定四库全书荟要》集部	《类笺唐王右丞诗集》	《唐诗百家全集·王维诗全集》
同崔傅答贤弟	√	√	√	√	√	√
同比部杨员外十五夜游有怀静者季	√	√	√	√	√	√
故人张諲工诗……	√	√	√	√	√	√
答张五弟	√	√	√	√	√	√
赠吴官	√	√	√	√	√	√
雪中忆李揖	√	√	√	√	√	√
送崔五太守	√	√	√	√	√	√
送李睢阳	√	√	√	√	√	√
寒食城东即事	√	√	√	√	√	√
不遇咏	√	√	√	√	√	√
资圣寺送甘二	√	√	√	√	√	√
休假还旧业便使	×	√	√	√	√	√
别弟妹二首	×	√	√	√	√	√
留别邱为	×	留别丘为	√	√	√	留别丘为

（2）近体诗

《王右丞文集笺注》	《王维集校注》	《全唐诗·增订本》《全唐诗补编》	《宋蜀刻本》《王摩诘文集》	《钦定四库全书荟要》集部	《类笺唐王右丞诗集》	《唐诗百家全集·王维诗全集》
奉和圣制赐史供奉曲江宴应制	√	√	√	√	√	√
从岐王过杨氏别业应教	√	√	√	√	√	√
从岐王夜宴卫家山池应教	√	√	√	√	√	√
和尹谏议史馆山池	√	√	√	√	√	√
同崔员外秋宵寓直	√	√	√	√	√	√
奉和杨驸马六郎秋夜即事	√	√	√	√	√	√

续表

《王右丞文集笺注》	《王维集校注》	《全唐诗·增订本》《全唐诗补编》	《宋蜀刻本》《王摩诘文集》	《钦定四库全书荟要》集部	《类笺唐王右丞诗集》	《唐诗百家全集·王维诗全集》
酬虞部苏员外过蓝田别业不见留之作	√	√	√	√	√	√
酬比部杨员外暮宿琴台朝跻书阁率尔见赠之作	√	√	√	√	√	√
酬严少尹徐舍人见过不遇	√	√	√	√	√	√
慕容承携素馔见过	√	√	√	√	√	√
酬慕容上	酬慕容十一	酬慕容十一	酬慕容十一	√	√	酬慕容十一
酬张少府	√	√	√	√	√	√
喜祖三至留宿	√	√	√	√	√	√
酬贺四赠葛巾之作	√	√	√	√	√	√
寄荆州张丞相	√	√	√	√	√	√
辋川闲居赠裴秀才迪	√	√	√	√	√	√
冬晚对雪忆胡居士家	√	√	√	√	√	√
山居秋暝	√	√	√	√	√	√
归嵩山作	√	√	√	√	√	√
归辋川作	√	√	√	√	√	√
韦给事山居	√	√	√	√	√	√
山居即事	√	√	√	√	√	√
终南山	√	√	√	√	√	√
辋川闲居	√	√	√	√	√	√
春园即事	√	√	√	√	√	√
淇上即事田园	√	√	√	√	√	√
与卢象集朱家	√	√	√	√	√	√
过福禅师兰若	√	√	√	√	√	√
黎拾遗昕裴迪见过秋夜对雨之作	√	√	√	√	√	√
晚春严少尹与诸公见过	√	√	√	√	√	√
过感化寺昙兴上人山院	√	√	√	√	√	√

续表

《王右丞文集笺注》	《王维集校注》	《全唐诗·增订本》《全唐诗补编》	《宋蜀刻本》《王摩诘文集》	《钦定四库全书荟要》集部	《类笺唐王右丞诗集》	《唐诗百家全集·王维诗全集》
夏日过青龙寺谒操禅师	√	√	√	√	√	√
郑果州相过	√	√	√	√	√	√
过香积寺	√	√	√	√	√	√
过崔驸马山池	√	√	√	√		√
送李判官赴江东	√	√	√	√	√	√
送封太守	√	√	√	√	√	√
送严秀才还蜀	√	√	√	√	√	√
送张判官赴河西	√	√	√	√	√	√
送岐州源长史归	√	√	√	√	√	√
同崔兴宗送瑗公	√	同崔……南归	√	√	√	√
送张道士归山	√	√	√	√	√	√
送钱少府还蓝田	√	√	√	√	√	√
送邱为往唐州	√	√	√	√	√	√
送元中丞转运江淮		√	√	√	√	√
送崔九兴宗游蜀	√	√	√	√	√	√
送崔兴宗	√	√	√	√	√	√
送平淡然判官	√	√	√	√	√	√
送孙秀才（王缙）	√	√	√	√	√	√
送刘司直赴安西	√	√	√	√	√	√
送赵都督赴代州得青字	√	√	√	√	√	√
送方城韦明府	√	√	√	√	√	√
送李员外贤郎	√	√	√	√	√	√
送梓州李使君	√	√	√	√	√	√
送张五諲归宣城	√	√	√	√	√	√
送友人南归	√	√	√	√	√	√
送贺遂员外外甥	√	√	√	√	√	√
送杨长史赴果州	√	√	√	√	√	√
送邢桂州	√	√	√	√	√	√

续表

《王右丞文集笺注》	《王维集校注》	《全唐诗·增订本》《全唐诗补编》	《宋蜀刻本》《王摩诘文集》	《钦定四库全书荟要》集部	《类笺唐王右丞诗集》	《唐诗百家全集·王维诗全集》
送宇文三赴河西充行军司马	√	√	√	√	√	√
送孙二	√	√	√	√	√	√
送崔三往密州觐省	√	√	√	√	√	√
送邱为落第归江东	√	√	√	√	√	√
汉江临泛	汉江临眺	汉江临泛	√	√	√	√
登辨觉寺	√	√	√	√	√	√
凉州郊外游望	√	√	√	√	√	√
观猎	√	√	√	√	√	√
春日上方即事	√	√	√	√	√	√
泛前陂	√	√	√	√	√	√
游李山人所居因题屋壁	√	√			√	
登河北城楼作	√	√	√		√	√
登裴迪秀才小台作	√	√	√	√	√	√
被出济州	√	初出济州别城中故人	√	√	√	初出济州别城中故人
千塔主人	√	√	√	√	√	√
使至塞上	√	√	√	√	√	√
晚春闺思	√	晚春归思	晚春归思	√	√	√
戏题示萧氏外甥	√	√	√	√	√	√
秋夜独坐	√	√	√	√	√	√
待储光羲不至	√	√	√	√	√	√
听宫莺	√	√	√	√	√	√
早朝	√	√	√	√	√	√
愚公谷三首	√	√	√	√	√	√
杂诗 燕子初命子	√	√	√	√	√	√
过秦皇墓	√	√	√	√	√	√
故太子太师徐公挽歌四首	√	√	徐太师挽歌	√	√	√
故西河郡杜太守挽歌三首	√	√	杜太守挽歌	√	√	√

续表

《王右丞文集笺注》	《王维集校注》	《全唐诗·增订本》《全唐诗补编》	《宋蜀刻本》《王摩诘文集》	《钦定四库全书荟要》集部	《类笺唐王右丞诗集》	《唐诗百家全集·王维诗全集》
故南阳夫人樊氏挽歌二首	√	√	南阳夫人挽歌	√	√	√
达奚侍郎夫人寇氏挽歌二首	√	√	√	√	√	√
恭懿太子挽歌五首	√	√	√	√	√	√
奉和圣制从蓬莱……	√	√	√	√	√	√
大同殿生玉芝……	√	√	√	√	√	√
敕赐百官樱桃	√	√	√	√	√	√
敕借岐王九成宫避暑应教	√	√	√	√	√	√
和贾舍人早朝大明宫之作	√	√	√	√	√	√
和太常韦主簿五郎温汤寓目	√	和太常……之作	√	√	√	√
苑舍人能书梵字兼……	√	√	√	√	√	√
重酬苑郎中并序	重酬苑郎中	重酬苑郎中	√	√	√	√
既蒙宥罪旋复拜官……	√	√	√	√	√	√
酬郭给事	√	√	√	√	√	√
酌酒与裴迪	√	√	√	√	√	√
辋川别业	√	√	√	√	√	√
早秋山中作	√	√	√	√	√	√
积雨辋川庄作	√	√	√	√	√	√
过乘如禅师萧居士嵩丘兰若	√	√	√	√	√	√
春日与裴迪过新昌里访吕逸人不遇	√	√	√	√	√	√
送方尊师归嵩山	√	√	√	√	√	√
送杨少府贬郴州	√	√	√	√	√	√
出塞作	√	出塞	√	√	√	出塞
听百舌鸟	√	√	√	√	√	√

续表

《王右丞文集笺注》	《王维集校注》	《全唐诗·增订本》《全唐诗补编》	《宋蜀刻本》《王摩诘文集》	《钦定四库全书荟要》集部	《类笺唐王右丞诗集》	《唐诗百家全集·王维诗全集》
奉和圣制庆玄元皇帝玉像之作应制	√	√	√	√	√	√
奉和圣制与太子诸王三月三日龙池春禊应制	√	√	√	√	√	√
奉和圣制上巳于望春亭观禊饮应制	√	√	√	√	√	√
奉和圣制幸玉真公主山庄因题石壁十韵之作应制	√	√	√	√	√	√
奉和圣制登降圣观与宰臣等同望应制	√	√	√	√	√	√
奉和圣制御春明楼临右相园亭赋乐贤诗应制	√	√	√	√	√	√
奉和圣制暮春送朝集使归郡应制	√	√	√	√	√	√
奉和圣制送不蒙都护兼鸿胪卿归安西应制	√	√	√	√	√	√
三月三日曲江侍宴应制	√	√	√	√	√	√
奉和圣制十五夜燃灯继以酺宴应制	√	√	√	√	√	√
奉和圣制重阳节宰臣及群臣上寿应制	√	√	√	√	√	√
和仆射晋公扈从温汤	√	√	√	√	√	√
三月三日勤政楼侍宴应制	√	√	√	√	√	√
和陈监四郎秋雨中思从弟据	√	√	√	√	√	√
和宋中丞夏日游福贤观天长寺之作	√	√	√	√	√	√
沈十四拾遗新竹生读经处同诸公之作	√	√	√	√	√	√

· 315 ·

续表

《王右丞文集笺注》	《王维集校注》	《全唐诗·增订本》《全唐诗补编》	《宋蜀刻本》《王摩诘文集》	《钦定四库全书荟要》集部	《类笺唐王右丞诗集》	《唐诗百家全集·王维诗全集》
赠东岳焦炼师	√	√	√	√	√	√
赠焦道士	√	√	√	√	√	√
投道一师兰若宿	√	√	√	√	√	√
山中示弟等	山中示弟	山中示弟	山中示弟	山中示弟	√	√
田家	√	√	√	√	√	√
过卢员外宅看饭僧共题	√	过卢员外宅看饭僧共题七韵	√	过卢员外宅看饭僧共题七韵	√	√
济州过赵叟家宴	√	√	√	√	√	√
青龙寺昙壁上人兄院集	√	√	√	√	√	√
春过贺遂员外药园	√	√	√	√	√	√
河南严尹弟见宿弊庐访别人赋十韵	√	√	√	√	√	√
送秘书晁监还日本国	√	√	√	√	√	√
送徐郎中	√	送祢郎中	√	送祢郎中	√	送祢郎中
送熊九赴任安阳	√	√	√	√	√	√
送李太守赴上洛	√	√	√	√	√	√
游感化寺	√	游化感寺	√	游化感寺	√	游化感寺
与苏卢二员外期游方丈寺而苏不至因有是作	√	√	√	√	√	√
晓行巴峡	√	√	√	√	√	√
赋得清如玉壶冰	√	清如玉壶冰	√	清如玉壶冰	√	√
春日直门下省早朝	√	√	√	清如玉壶冰	√	√
上张令公	√	√	√	√	√	√
哭褚司马	√	√	√	√	√	√
过沈居士山居哭之	√	√	哭沈居士	√	√	√
哭祖六自虚	√	√	√	√	√	√
答裴迪	√	答裴迪辋……	√	√	√	√
山中寄诸弟妹	√	√	√	√	√	√

续表

《王右丞文集笺注》	《王维集校注》	《全唐诗·增订本》《全唐诗补编》	《宋蜀刻本》《王摩诘文集》	《钦定四库全书荟要》集部	《类笺唐王右丞诗集》	《唐诗百家全集·王维诗全集》
闻裴秀才迪吟诗因戏赠	√	√	√	√	√	√
赠韦穆十八	√	√	√	√	√	√
皇甫岳云溪杂题五首	√	√	√	√	√	√
辋川集 二十首	√	√	√	√	√	√
临高台送黎拾遗	√	√	√	√	√	√
送别 山中相送罢	√	√	山中送别	√	√	√
别辋川别业	√	√	√	√	√	√
崔九弟欲往南山马上口号与别	√	√	√	√	√	√
息夫人	√	√	√	√	√	√
班婕妤三首	√	√	√	√	√	√
题友人云母障子	√	√	√	√	√	√
红牡丹	√	√	√	√	√	√
左掖梨花	√	√	√	√	√	√
口号又示裴迪	√	菩提寺口号……	√	√	√	√
杂诗 三首	√	√	√	√	√	√
崔兴宗写真	√	崔兴宗写真咏	√	崔兴宗写真咏	崔兴宗写真咏	√
山茱萸	√	√	√	√	√	√
哭孟浩然	√	√	√	√	√	√
田园乐七首	√	√	√	√	√	√
少年行四首	√	√	√	√	√	√
寄河上段十六（卢象）	√	√	√	√	√	√
赠裴旻将军	√	√	√	√	√	√
九月九日忆山东兄弟	√	√	√	√	√	√
戏题辋川别业	√	√	√	√	√	√
戏题盘石	√	√	√	√	√	√

续表

《王右丞文集笺注》	《王维集校注》	《全唐诗·增订本》《全唐诗补编》	《宋蜀刻本》《王摩诘文集》	《钦定四库全书荟要》集部	《类笺唐王右丞诗集》	《唐诗百家全集·王维诗全集》
与卢员外象过崔处士兴宗林亭	√	√	√	√	√	√
送王尊师归蜀中拜扫	√	√	√	√	√	√
送元二使安西	√	渭城曲	√	√	√	√
送别 送君南浦泪如丝	√	齐州送祖二	√	√	√	齐州送祖二
送韦评事	√	√	√	√	√	√
灵云池送从弟	√	√	√	√	√	√
送沈子福归江东	√	送沈子归江东	√	送沈子归江东	√	√
寒食汜上作	√	√	√	√	√	√
剧嘲史寰	√	戏嘲史寰	√	√	√	√
菩提寺禁裴迪……	√	√	√	√	√	√
哭殷遥	哭殷四葬	哭殷四葬	√	√	√	哭殷四葬
凉州赛神	√	√	√	√	√	√
叹白发 宿昔朱颜成暮齿	√	√	√	√	√	√
游悟真寺	×	√	√	√	√	√
留别钱起	×	√	√	√	√	√
留别崔兴宗	×	×	×	×	×	×

（3）外编

《王右丞文集笺注》	《王维集校注》	《全唐诗·增订本》+《全唐诗补编》	《宋蜀刻本》《王摩诘文集》	《钦定四库全书荟要》集部	《类笺唐王右丞诗集》	《唐诗百家全集·王维诗全集》
东溪玩月	√	√	×	√	√	√
过太乙观贾生房	√	√	×	√	√	√
送孟六归襄阳	√	√	×	√	√	√
相思	√	√	×	√	√	√
书事	√	√	×	√	√	√
山中	√	√	×	√	√	√

续表

《王右丞文集笺注》	《王维集校注》	《全唐诗·增订本》+《全唐诗补编》	《宋蜀刻本》《王摩诘文集》	《钦定四库全书荟要》集部	《类笺唐王右丞诗集》	《唐诗百家全集·王维诗全集》
赋得秋月悬清光	√	√	×	×	×	√
失题	√	伊州歌	×	×	×	伊州歌
疑梦	√	√	×	×	×	√
淮阴夜宿二首	×	×	√	√	√	×
下京口埭夜行	×	×	√	√	√	×
山行遇雨	×	阙题其二	×	√	√	阙题其二
夜到润州	×		×	√	√	×
赋得秋日悬清光	×	×	√	×	×	×
冬夜寓直麟阁	×	×	√	√	√	×
从军行二首	×	×	从军辞	从军辞	×	√
游春曲二首	×	×	√	曲三首	曲三首	√
送春辞	×	×	√	送春辞	√	√
太平乐二首	×	×	太平词	太平辞	太平词	√
塞上曲二首	×	×	√	√	√	√
塞下曲二首	×	×	√	√	√	√
陇上行	×	×	√	√	√	√
闺人赠远五首	×	×	√	√	√	√
过友人庄	×	×	×	√	√	×
感兴	×	×	×	√	√	×
游春辞二首	×	×	游春词	×	×	√
平戎辞二首	×	×	√	√	√	√
秋夜曲二首	×	×	√	√	√	√
闺人春思	×	×	√	√	√	√
赠远二首	×	×	√	√	√	√
献寿辞	×	×	√	√	√	√
秋思二首	×	×	√	√	√	√
		句	游方文寺		从军辞	华清宫
		宋进马哀词				宋进马哀词

附录2　王维现存诗歌篇目

《奉和圣制天长节赐宰臣歌应制》

《登楼歌》

《双黄鹄歌送别》

《赠徐中书望终南山歌》

《送友人归山歌二首》

《鱼山神女祠歌二首》

《白鼋涡》

《酬诸公见过》

《扶南曲歌词五首》

《从军行》

《陇西行》

《早春行》

《赠裴迪》

《瓜园诗并序》

《同卢拾遗过韦给事东山别业二十韵》

《和使君五郎西楼望远思归》

《酬黎居士淅川作》

《奉寄韦太守陟》

《林园即事寄舍弟紞》

《赠从弟司库员外絿》

《座上走笔赠薛璩慕容损》

《赠李颀》

《赠刘蓝田》

《赠房卢氏琯》

《赠祖三咏》

《春夜竹亭赠钱少府归蓝田》

《戏赠张五弟諲三首》

《至滑州隔河望黎阳忆丁三寓》

《秋夜独坐怀内弟崔兴宗》

《赠裴十迪》

《华岳》

《胡居士卧病遗米因赠》

《与胡居士皆病寄此诗兼示学人二首》

《蓝田山石门精舍》

《青溪》

《崔濮阳兄季重前山兴》

《终南别业》

《李处士山居》

《韦侍郎山居》

《丁宇田家有赠》

《渭川田家》

《春中田园作》

《过李揖宅》

《饭覆釜山僧》

《谒璿上人并序》

《送魏郡李太守赴任》

《送康太守》

《送陆员外》

《送宇文太守赴宣城》

《送綦毋校书弃官还江东》

《送六舅归陆浑》

《送别》

《送张五归山》

《齐州送祖三》

《送缙云苗太守》

《送从弟蕃游淮南》

《送权二》

《送高道弟耽归临淮作》

《送别 圣代无隐者》

《送张舍人佐江州同薛据十韵》

《送韦大夫东京留守》

《留别山中温古上人兄并示舍弟缙》

《观别者》

《别弟缙后登青龙寺望蓝田山》

《别綦毋潜》

《新晴晚望》

《晦日游大理韦卿城南别业四首》

《冬日游览》

《自大散以往深林密竹蹬道盘曲四五十里至黄牛岭见黄花川》

《早入荥阳界》

《宿郑州》

《渡河到清河作》

《苦热》

《纳凉》

《济上四贤咏三首》

《偶然作六首》

《西施咏》

《李陵咏》

《燕子龛禅师》

《羽林骑闺人》

《冬夜书怀》

《早朝》

《寓言二首》

《杂诗 朝因折杨柳》

《献始兴公》

《哭殷遥》

《叹白发》

《夷门歌》

《新秦郡松树歌》

《青雀歌》

《陇头吟》

《老将行》

《燕支行》

《桃源行》

《洛阳女儿行》

《黄雀痴》

《榆林郡歌》

《问寇校书双溪》

《寄崇梵僧》

《同崔傅答贤弟》

《同比部杨员外十五夜游有怀静者季》

《故人张諲工诗善易卜兼能丹青草隶顷以诗见赠聊获酬之》

《答张五弟》

《赠吴官》

《雪中忆李揖》

《送崔五太守》

《送李睢阳》

《寒食城东即事》

《不遇咏》

《资圣寺送甘二》

《休假还旧业便使》

《别弟妹二首》

《留别邱为》

《奉和圣制赐史供奉曲江宴应制》

《从岐王过杨氏别业应教》

《从岐王夜宴卫家山池应教》

《和尹谏议史馆山池》

《同崔员外秋宵寓直》

《奉和杨驸马六郎秋夜即事》

《酬虞部苏员外过蓝田别业不见留之作》

《酬比部杨员外暮宿琴台朝跻书阁率尔见赠之作》

《酬严少尹徐舍人见过不遇》

《慕容承携素馔见过》

《酬慕容上》

《酬张少府》

《喜祖三至留宿》

《酬贺四赠葛巾之作》

《寄荆州张丞相》

《辋川闲居赠裴秀才迪》

《冬晚对雪忆胡居士家》

《山居秋暝》

《归嵩山作》

《归辋川作》

《韦给事山居》

《山居即事》

《终南山》

《辋川闲居》

《春园即事》

《淇上即事田园》

《与卢象集朱家》

《过福禅师兰若》

《黎拾遗昕裴迪见过秋夜对雨之作》

《晚春严少尹与诸公见过》

《过感化寺昙兴上人山院》

《夏日过青龙寺谒操禅师》

《郑果州相过》

《过香积寺》

《过崔驸马山池》

《送李判官赴江东》

《送封太守》

《送严秀才还蜀》

《送张判官赴河西》

《送岐州源长史归》

《同崔兴宗送瑗公》

《送张道士归山》

《送钱少府还蓝田》

《送邱为往唐州》

《送元中丞转运江淮》

《送崔九兴宗游蜀》

《送崔兴宗》

《送平淡然判官》

《送孙秀才（王缙）》

《送刘司直赴安西》

《送赵都督赴代州得青字》

《送方城韦明府》

《送李员外贤郎》

《送梓州李使君》

《送张五諲归宣城》

《送友人南归》

《送贺遂员外外甥》

《送杨长史赴果州》

《送邢桂州》

《送宇文三赴河西充行军司马》

《送孙二》

《送崔三往密州觐省》

《送邱为落第归江东》

《汉江临泛》

《登辨觉寺》

《凉州郊外游望》

《观猎》

《春日上方即事》

《泛前陂》

《游李山人所居因题屋壁》

《登河北城楼作》

《登裴迪秀才小台作》

《被出济州》

《千塔主人》

《使至塞上》

《晚春闺思》

《戏题示萧氏外甥》

《秋夜独坐》

《待储光羲不至》

《听宫莺》

《早朝》

《愚公谷三首》

《杂诗 燕子初命子》

《过秦皇墓》

《故太子太师徐公挽歌四首》

《故西河郡杜太守挽歌三首》

《故南阳夫人樊氏挽歌二首》

《达奚侍郎夫人寇氏挽歌二首》

《恭懿太子挽歌五首》

《奉和圣制从蓬莱向兴庆阁道中留春雨中春望之作应制》

《大同殿生玉芝龙池上有庆云百官共睹圣恩便赐宴乐敢书即事》

《敕赐百官樱桃》

《敕借岐王九成宫避暑应教》

《和贾舍人早朝大明宫之作》

《和太常韦主簿五郎温汤寓目》

《苑舍人能书梵字兼达梵音皆曲尽其妙戏为之赠》

《重酬苑郎中并序》

《既蒙宥罪旋复拜官伏感圣恩窃书鄙意兼奉简新除使君等诸公》

《酬郭给事》

《酌酒与裴迪》

《辋川别业》

《早秋山中作》

《积雨辋川庄作》

《过乘如禅师萧居士嵩丘兰若》

《春日与裴迪过新昌里访吕逸人不遇》

《送方尊师归嵩山》

《送杨少府贬郴州》

《出塞作》

《听百舌鸟》

《奉和圣制庆玄元皇帝玉像之作应制》

《奉和圣制与太子诸王三月三日龙池春禊应制》

《奉和圣制上巳于望春亭观禊饮应制》

《奉和圣制幸玉真公主山庄因题石壁十韵之作应制》

《奉和圣制登降圣观与宰臣等同望应制》

《奉和圣制御春明楼临右相园亭赋乐贤诗应制》

《奉和圣制暮春送朝集使归郡应制》

《奉和圣制送不蒙都护兼鸿胪卿归安西应制》

《三月三日曲江侍宴应制》

《奉和圣制十五夜燃灯继以酺宴应制》

《奉和圣制重阳节宰臣及群臣上寿应制》

《和仆射晋公扈从温汤》

《三月三日勤政楼侍宴应制》

《和陈监四郎秋雨中思从弟据》

《和宋中丞夏日游福贤观天长寺之作》

《沈十四拾遗新竹生读经处同诸公之作》

《赠东岳焦炼师》

《赠焦道士》

《投道一师兰若宿》

《山中示弟等》

《田家》

《过卢员外宅看饭僧共题》

《济州过赵叟家宴》

《青龙寺昙壁上人兄院集》

《春过贺遂员外药园》

《河南严尹弟见宿弊庐访别人赋十韵》

《送秘书晁监还日本国》

《送徐郎中》

《送熊九赴任安阳》

《送李太守赴上洛》

《游感化寺》

《与苏卢二员外期游方丈寺而苏不至因有是作》

《晓行巴峡》

《赋得清如玉壶冰》

《春日直门下省早朝》

《上张令公》

《哭褚司马》

《过沈居士山居哭之》

《哭祖六自虚》

《答裴迪》

《山中寄诸弟妹》

《闻裴秀才迪吟诗因戏赠》

《赠韦穆十八》

《皇甫岳云溪杂题五首》

《辋川集》（二十首）

《临高台送黎拾遗》

《送别 山中相送罢》

《别辋川别业》

《崔九弟欲往南山马上口号与别》

《息夫人》

《班婕妤三首》

《题友人云母障子》

《红牡丹》

《左掖梨花》

《口号又示裴迪》

《杂诗三首》

《崔兴宗写真》

《山茱萸》

《哭孟浩然》

《田园乐七首》

《少年行四首》

《寄河上段十六（卢象）》

《赠裴旻将军》

《九月九日忆山东兄弟》

《戏题辋川别业》

《戏题盘石》

《与卢员外象过崔处士兴宗林亭》

《送王尊师归蜀中拜扫》

《送元二使安西 》

《送别 送君南浦泪如丝》

《送韦评事》

《灵云池送从弟》

《送沈子福归江东》

《寒食汜上作》

《剧嘲史寰》

《菩提寺禁裴迪来相看说逆贼等凝碧池上作音乐供奉人等举声便一时泪下私成口号诵示裴迪》

《哭殷遥》

《凉州赛神》

《叹白发 宿昔朱颜成暮齿》

《游悟真寺（王缙）》

《留别钱起》

《留别崔兴宗》

《东溪玩月》

《过太乙观贾生房》

《送孟六归襄阳》

《相思》

《书事》

《山中》

《赋得秋月悬清光》

《失题》(《伊州歌》)

《疑梦》